라 스토리아
2

엘사 모란테 지음 · 나윤덕 옮김

Questo libro è stato tradotto grazie a un contributo del Ministero degli Affari Esteri e
della Cooperazione Internazionale italiano.

본 책은 이탈리아 외무부의 번역 지원금을 받아 출판되었습니다.

LA STORIA
2

어떠한 인간의 언어로도 왜 죽는지 모르는
실험용 생쥐를 위로할 수 없다.

히로시마 생존자

...배운 자들과 현명한 자들에게 숨기시고
하찮은 자들에게 드러내셨으니
...당신께서 그것을 기뻐하셨기 때문입니다.

마태복음 10:21

Por el analfabeto a quien escribo

글을 읽을 줄 모르는 사람을 위해 쓰노라

....1945

1월

독일이 점령했던 다른 국가들과 마찬가지로 이탈리아에서도 나치 파시스트들의 압제와 대량 학살의 빈도가 증가한다. 헤아릴 수 없는 살인, 파괴, 민중 학살, 나치 독일군 산업체로의 강제 동원이 시행된다. (강제 동원된 유럽인들의 수는 현재 900만을 넘어섰다)

소련군이 동쪽 국경에서 비스와 강을 따라 방어선을 탈환하며, 독일군은 바르샤바와 폴란드의 나머지 영토를 포기하고 프로이센 국경까지 후퇴한다. 베를린으로 이동한 총통은 서기국 건물 20미터 지하에 있는 개인 방공호(벙커)에 몸을 숨긴다.

2월

독일 법원에서 죽을 때까지 싸우지 않은 자들은 전부 사형에 처한다는 판결이 내려진다.

연합군 측 3대 강국(러시아, 영국, 미국)이 차르의 여름 별장이 있는 얄타에 모여 새로운 회의를 개최한다. 강대국들은 전후 세계에 땅따먹기 식으로 선을 그으며 각자의 몫을 지도에 표시한다.

3월

폭격당한 서기국 건물 잔해 아래 벙커에 머무는 총통이 독일 특수 부대와 관련된 모든 군사 시설, 교통 및 소통 수단, 산업 시설을 파괴할 것을 지시한다.

소련군의 진격에 따라 발틱 해안 경계선까지 후퇴한 독일군은 파괴된 도로와 혹한의 날씨로 고전하며 라인강에서 승리한 연합군이 진격해 오는 서쪽으로 도망친다.

4월

총통이 독일 도시들을 방어하고 사수하지 않는 자는 사형에 처한다는 명령을 내린다. 루스벨트 미국 대통령이 사망하고 부통령이었던 트루먼이 역할을 대신한다. 이탈리아에서 고딕 라인을 넘은 연합군이 볼로냐를 손에 넣고 북부로 향한다. 밀라노에서 독일군이 파르티잔 군에게 도시를 넘겨주고 후퇴한다. 이탈리아 국경선에서 독일군이 항복을 선언한다. 독일인으로 변장해 스위스로 도주하려던 베니토 무솔리니가 파르티잔 군에게 적발되어 체포되고 그의 애인이었던 클라레타 페타치와 함께 그 즉시 코모에 위치한 형장으로 호송된다. 파시스트 고위 인사들과 함께 처형당한 두 사람의 시신은 밀라노 광장에 거꾸로 매달려 군중들에게 전시된다.

독일에서 소련군이 선전을 거듭하며 베를린을 포위하고 브렌네로를 넘어온 연합군 병력과 합세한다. 벙커 안에 머물던—여전히 군대의 최고 수장이었던—히틀러는 시행은 불분명하지만, 나치 독일군은 자폭하고 자멸하라는 광적인 명령을 내린다. 그러는 동안 소련군 선두 부대가 파괴된 베를린에 입성하고 히틀러는 애인 에바 브라운과 자신의 측근들과 벙커에서 동반 자살한다. 미신적인 의미에서 신속하게 화장된 그의 시신을 러시아인들이 발견하고 신원을 확인한다. 그리스에서 독일군을 몰아냈던 티토가 이끄는 파르티잔 세력이 유고슬라비아를 해방한다.

5월

독일이 조건 없는 항복을 선언함에 따라 유럽 국경에서 전쟁이 종식된다. 최근 군수 산업은 로켓으로 추진하는 몇몇 무기들을 실험 중이다, 소련의 '스탈린 오르간'을 내적할 다수의 총포가 달린 독일의 '안개 창' 그리고 가장 최근에 생산된 히틀러의 그 유명한 무기인 V.2. 미사일도 그에 해당한다.

6월-7월

이탈리아에서 권력을 행사 중이던 CLN을 선두로 한 여섯 개의 저항 단체들이 파리(Parri) 정부를 세워 정권을 잡는다. 교황청을 비롯해 여전히 무대 뒤에서 활발하게 활동하고 있는 파시스트 주범과 관련된 군주제 법령은 여전히 미결 상태로 남아 있다.

로마에서 고문을 담당했던 코흐가 총살형을 당한다.

미국에서 1943년부터 천여 명의 과학자들과 특수 분야 기술자들이 연구해 온 최초의 원자 폭탄이 생산 단계에 접어든다.

극동 아시아 지역에서 일본이 계속되는 패배에도 전쟁을 계속 고집한다. 미국 측으로부터 항복하지 않으면 완전한 멸망이 닥칠 것이라는 최후의 통첩을 받는다.

8월

미국 측 최후의 통첩에 일본은 답변하지 않는다. 미국이 8월 6일에 일본 히로시마에 최초의 원자 폭탄을 투하한다. 2만 톤에 달하는 압축된 에너지가 방출된다. 같은 날인 6일에 소련이 일본에 전쟁을 선포하고 만주와 한국을 침공한다. 8월 9일에 미국에서 일본 나가사키에 두 번째 원자 폭탄을 투하한다.

일본의 조건 없는 항복으로 2차 세계 대전이 막을 내린다. 5천만 명의 사망자, 35만 명의 부상자, 3백만 명의 실종자가 발생했다.

강대 3국이 전후 처리 문제를 의논하기 위해 다시 회동한다. 자신들의 할당량을 계산하고 편 가르기를 하며 주어진 힘의 원리에 따라 세계를 새롭게 나눈다. 유럽에 새롭게 조성된 지도에 따라 이탈리아는 앵글로아메리카 편에 서게 된다. 독일에 관해서는 아직 의견이 분분하다. 현재는 이권을 다투는 적대적인 세력들이 독일 영토를 동서로 나누고 베를린을 동독의 수도로 결정한 상태다. 유럽에서 두 개의 세력이 다투며 논쟁을 벌이는 동안 철의 장막이 드리우며 서방을 비롯해 아시아로 확장된다.

아시아에서 식민지였던 국가들의 영토 분할이 이루어진다. (일본제국의 식민지였던) 한국은 38선을 경계로 러시아와 미국이 나누어 통치한다. (프랑스령이었던) 인도차이나는 영국이 통치하는 동시에 16선 북부는 공산당 자유 해방군의 손에 넘어간다. 호치민에서 베트남 자유 공화국이 출범한다.

9월

미국 은행 측이 (전쟁으로 형편없이 파괴된 이탈리아의 유일한 자원인) 미국의 경제적인 지원을 받으려면 좌파 인사들이 주축을 이루는 파리 정부의 입장 표명이 우선임을 공지한다.

인도차이나에서 프랑스 제국주의자들이 군대를 파견해 반격을 시작한다. 영국의 보호를 받는 남부에서 베트남군의 영토 일부를 재점령한다.

10월-12월

중국에서 일본군이 물러나면서 마오쩌둥을 선두로 한 공산주의자들과 러시아를 포함한 강대국들의 지지를 받는 국가주의자 장제석 정부가 협상을 시도한다. 하나의 연합 정부를 구성하려는 두 세력 간에 협상이 파국으로 치닫고 무장한 군사들을 주축으로 살벌한 전투가 벌어진다. 승리한 붉은 군대가 세력을 탈환하며 시민전쟁은 막을 내린다.

이탈리아에서 파리 정부가 물러가고 중도 기독교민주당에 속한 데 가스페리 대통령이 선출된다. 그는 자신이 이끄는 정부 내에 공산주의사들도 일부 기용하고 법무부 장관으로 톨리아티를 임명한다. 장관의 초기 정책 중에

는 국가적 평화의 시기가 도래함에 따라 파시스트 색출 및 숙청을 중단한다
는 사항이 포함되어 있다.

1.

"아무래도 그 사람을 못 만날 운명인가 보네!"

닌나리에두가 두 번째 방문을 마치고 돌아간 뒤 한 시간쯤 후에 산티나가 나타나자, 필로메나가 아쉬워하며 말했다. 이후에도 둘은 마주칠 기회가 없었다. 하긴 둘의 만남이 이루어진다 한들 서로에게 아무런 감흥을 느끼지 못했을 것이다. 니노의 시간 개념은 매우 상대적이었다. 몇 달 만에 다시 나타나서는 마치 며칠 만에 만난 사람처럼 행동했다. 이번에도 여자애는 사냥꾼을 만난 짐승처럼 구석에 몸을 숨기고 니노의 모습을 쳐다보기만 했다. 우세페는 몸을 부르르 떨며 형이 또다시 도망치지 않도록 옷자락을 꼭 붙들고 놓아주지 않았다. 형의 모습을 다시 본 건 1943년 10월 피난소 공터에서 헤어진 이후로 처음이었다. 당시 우세페는 2살이었지만, 이젠 3살이 훌쩍 넘었다. 니노의 모습도 그때와 사뭇 달랐다. 그럼에도 둘은 늘 단짝이었다는 듯 서로를 바로 알아보았다. 잠시 후에 니노가 우세페에게 말했다. "자세히 보니까 너도 달라졌네. 눈빛이 예전보다 슬퍼 보여." 그리고 마구 간지럼을 태우자, 우세페가 폭포수 같은 웃음을 쏟아냈다. 그날도 니노는 정확한 시간에 돌아가야만 했다. 우세페에게 작별 인사를 하고 옷에 달린 작은 호주머니 안에 지폐와 동전들을 마구 쑤셔 넣어 주었다. 우세페의 눈에는 그런 형이 백만장자로 보였다.

"이거 너 다 가져." 니노가 계단 밑으로 한 발짝을 내딛고 말했다.

"자전거 사든가!" 하지만 우세페의 귀에는 자전거란 말이 들리지 않았다. 형이 떠난다는 데에만 모든 생각이 집중되어 있었다. 잠시 후 아이는 이다의 도움으로 호주머니 속에 들어있던 '백만 어치' 돈을 모

조리 꺼내 엄마에게 주었다. 수백만 아니 수백억이라도 우세페에게
는 그저 종이 쪼가리에 불과했다. 엄마의 손에 있어야 비로소 능력을
발휘할 수 있었다.

그해 4월 말 즈음 독일군이 유럽 각지에서 철수했다. 전쟁은 결말
을 향해 가고 있었다. 그 유명한 나치의 특수 무기는 결국 실패로 돌
아갔다. 이탈리아에서는 경계선과 언덕, 국경들을 포함한 고딕 라인
이 연합군 측에 넘어갔다. 이탈리아 밀라노에서 후퇴한 독일군은 소
련군이 주요 시설들을 점령하고 있던 폐허가 된 베를린으로 향했다.
그로부터 불과 몇 시간 뒤에 독일군으로 위장해 도망쳐 목숨을 부지
하려던 무솔리니가 이탈리아 국경에서 붙잡혀 총살당했다. 히틀러는
마지막 거처였던 베를린 서기국 지하 벙커 안에서 총알 한 방으로 목
숨을 끊었다. 스스로 쏜 것인지 타인이 발사했는지는 알 수 없었다.
일주일 후에 독일이 무조건적인 항복을 선언하며 6년에 걸친 유럽의
처참한 살육과 전쟁이 막을 내렸다. 백마를 타고 승리의 관을 쓰고자
했던 몽상가 무솔리니의 계시는 연기가 되어 사라졌던 반면 히틀러의
꿈은 방대한 공간을 차지하며 현실로 이루어졌다. 그의 새로운 명령
에 따라 국가와 도시와 마을들이 유골과 잔해와 사형장으로 탈바꿈되
었다. 목숨을 잃은 5천만 명 이상의 사람 중에는 총통 자신 그리고 그
와 짝꿍이 되어 광대 짓을 했던 이탈리아의 수령도 포함되어 있었다.
그들의 작은 몸뚱이는 유대인, 공산주의자, 조직원들과 더불어 대지
의 거름이 되었다. 모스크바, 송곳, 에스테리나, 안졸리노 그리고 조
산원 에스켈과 마찬가지로 말이다. 유럽의 동쪽에서는 2차 세계 대전
에 대한 분풀이가 계속되었던 반면 서쪽에서는 가족들 사이에 벌어진

14

사기극 또는 살인 사건처럼 저울질과 재판이 벌어졌다. 그 과정에서 지금까지 일부나마 감춰져 있던 사적이고 추잡한 비밀들이 죄다 드러났다. 감방의 문들이 활짝 열렸고 화석과 구멍들이 죄다 파헤쳐졌다. 정의 실현을 빌미로 현장을 찾아다녔다. 은폐된 문서들을 죄다 끄집어냈다. 명단을 작성하고 빈칸을 이름으로 채워 넣었다.

그해 여름부터 이미 로마에서는 선전물과 신문에 괴상한 사진들이 실리기 시작했다. 테스타초 지역과 마스트로 조르조 가 근처도 예외는 아니었다. 다행히 우세페는 그런 일들을 이해하기에는 아직 어렸다. 로마 사람들 말마따나 '성스러운 아기 수호신'의 보호를 받는 상태였다. 또래보다 성장이 빠른 아이이긴 했지만, 어떤 면에 있어서는 다른 아이들에 비해 발달이 매우 더뎠다. 젖먹이 또는 강아지, 고양이 수준이라고나 할까. 우세페는 2차원적인 평면에 인쇄된 형태에 관심이 없었다. 행운이 찾아와 테스타초 거리에 나갈 기회가 생겨도 늘 어른의 손을 꼭 붙잡고 다녔다. 먹고 사느라 바빴던 어른들 또한 한낱 사진 따위에 관심을 쏟을 시간이 없었다. 집안에 책들은 조반니노의 소유였기에 절대 손대면 안 되는 물건이었다. 가끔 집안에 신문이 굴러다니기도 했지만, 글을 몰랐던 우세페에게는 여느 종이나 마찬가지였다. 우세페가 접했던 그림이 인쇄된 물건이라고는 열쇠로 잠근 서랍에 보관했던 카드 한 벌, 만화책 몇 권, 이다가 사다 준 그림책 한 권뿐이었다. 아이는 사람들을 즐겁게 해 주려는 마음에 그림을 가리키며 "집!" "꽃!" "신사들!"이라고 수수께끼 정답처럼 외치기도 했지만, 이내 시들해졌다.

1945년 봄의 어느 날이었다. 엄마가 가세 밖에서 잠깐 기다리라고 한 사이에 아이는 자신의 키 높이 정도 되는 신문 가판대에 놓인 잡지들을 유심히 관찰하고 있었다. 낮은 진열대에 놓인 잡지의 앞면은 최근에 찍은 두 장의 사진으로 도배되어 있었다. 둘 다 목매달려 죽은 사람들의 모습이었다. 첫 번째 사진에는 도심의 가로수가 보였고 뒤로 반쯤 부서진 다리가 있었다. 가로수 나무 한 그루마다 한 사람씩 똑같은 자세로 줄지어 매달려 있었다. 머리를 한쪽으로 숙이고, 다리를 쩍 벌리고, 양손은 등 뒤에 묶여 있었다. 다들 형편없는 옷차림의 가난한 젊은이들이었다. 목에는 전부 '파르티잔'이란 푯말이 걸려 있었다. 제일 앞 사람만 제외하고 전부 남자들이었다. 앞줄에 있는 그녀만 푯말이 없었다. 다른 사람들의 목에 밧줄이 걸린 것과 달리, 그녀의 목에는 정육점에서 쓰는 갈고리가 걸려 있었다. 사진상으로는 뒷모습만 보였지만, 스무 살도 안 된 젊고 창창한 아가씨가 분명했다. 쭉 뻗은 몸매에 짙은 색 바지를 입었고 윗몸은 온통 피투성이였다. 얼핏 보이는 허연색으로 보아 발가벗고 있는 듯했다. 길고 검은 머리카락은 묶은 건지 푼 건지 알 수 없었다. 다리 뒤편 오솔길에 발목을 조인 군복 바지를 입은 한 남자의 형상이 보였다. 길가 맞은편에는 그 광경을 지켜보는 한 무리의 사람들이 있었다. 우연히 그곳을 지나가던 이들 같았다. 게 중에는 우세페 나이 정도 되는 아이도 둘이나 있었다.

같은 면에 실린 또 다른 사진은 덩치 큰 대머리 남성을 거꾸로 매달아 놓은 장면이었다. 희미하고 불확실한 군중들의 머리 위에서 그는 양팔을 쫙 벌리고 공중에 매달려 있었다. 그보다 높은 진열대에 놓인 잡지에는 또 다른 최근 사진이 실려 있었다. 목을 매단 것도, 죽은 사람도 아니었지만 어쩐지 잔혹해 보이는 사진이었다. 신생아처럼 머리를 빡빡 민 발가벗은 젊은 여자 하나가 팔로 강보에 싸인 아기를 안고 있었다. 어린아이부터 노인까지 군중들이 손가락질하고 비웃으며 그녀를 뒤따라가고 있었다. 여자의 생김새는 평범했지만, 표정은 공포에 질려 있었다. 낡아빠진 커다란 신발을 질질 끌며 달아나는 듯한 그녀를 한 무리의 사람들이 앞뒤에서 따라가고 있었다. 전부 그녀처럼 가난하고 초라한 사람들이었다. 몇 개월 된 아기는 손가락을 입에 물고 평화롭게 잠들어 있었다. 강보 밖으로 밝은색 곱슬머리가 보였다. 우세페는 고개를 치켜들고 그 사진들을 골똘히 관찰하고 있었다. 대체 어떤 상황인지 혼란에 빠진 것 같았다. 수수께끼를 푸는 듯한 표정이었다. 모호하고 기형적인 자연과 관련된 친근하고도 난해한 수수께끼.

"우세페!" 이다가 아이의 이름을 크게 불렀다. 그러자 아이는 작은 손을 내밀고 엄마의 손을 꼭 붙잡았다. 아무런 질문도 하지 않고 엄마를 따라갔다. 잠시 후 다른 데 정신이 팔린 아이는 신문 가판대에서 보았던 모습들을 까맣게 잊어버렸다. 그로부터 며칠이 지나도록 아이는 새로운 사진에 대해 별다른 관심을 보이지 않았다. 그 모든 게 기억의 저편으로 사라진 듯했다. 길을 가다가도 가판대에 진열된 신문과 잡지에 눈길을 돌리지 않았다. 아마도 다른 차원의 우주에서 벌어지는 일들, 자신을 둘러싼 소소한 일들에 지나치게 매료되어 있었기 때문이리라. 아이는 가판대에서 보았던 난해한 형상들에 관해 아무한테도, 아무런 말도 하지 않았다. 한번은 집안에 우연히 펼쳐져 있던 신문에서 그와 비슷한 사진들이 보였다. 순간 아이의 눈이 감회에 젖은 듯 그윽해졌다. 저만치 떨어져 있던 이다의 눈에 짙은 그늘로 얼룩진 아이의 눈동자가 보였다. 하지만 아주 잠시뿐이었다.

어느 날, 사신이 언론인임을 자처했던 신문필이 노인은 우세페를 즐겁게 해 주려고 테이블 위에 있던 일간지를 접어 특수 경찰 비슷한 모자를 만들어 머리에 썼다. 동글동글한 얼굴에 삼각모를 쓴 난쟁이 같은 그의 모습을 보고 우세페는 웃음을 터뜨렸다. 그러더니 의자 위에 올라가 노인의 머리에서 모자를 벗겨 여자애에게 씌워 주었다. 다음으로는 이다에게 그리고 마지막으로 제 머리에 썼다. 하지만 머리가 너무 작아서 모자 속으로 쏙 들어가 버렸다. 우세페는 누가 간지럼을 태우듯 깔깔대며 웃음을 멈추지 않았다. 잠시 후에 필로메나가 빗쟁이처럼 다가와 아쉽게도 종이를 다시 잘 펴서 단정히 접어놓았다. 그날 늦은 오후에 우세페는 집주인 톰마소가 오래된 스포츠 신문을 펴들고 있는 모습을 보게 되었다. 매우 희귀한 분홍색 종이에 인쇄된 신문이었다. 아이는 논리적인 판단에 따라 모자를 접어달라고 요청했다. 글씨가 빼곡한 신문이 정말이지 근사해 보였다. 아쉽게도 톰마소는 아이의 요청을 정중하게 거절했다. 그는 워낙 신문을 수집하길 좋아했다. 더구나 그 신문에는 전쟁으로 챔피언스리그가 중단되기 전의 역사적인 기사가 실려 있었다. 이탈리아와 스페인의 경기로 페라리스 세콘도, 피올라 등의 사진이 실린 면이었다. 내가 기억하기로 그날은 일요일이었고, 아마도 6월이었다.

다음 날 아침에도 우세페는 신문 가판대 앞에서 사진들을 들여다보았지만, 별다른 의미를 두지 않는 듯했다. 시장에서 사 온 물건들을 정리하던 이다는 과일이 담긴 종이를 풀어헤쳐 부엌에 두고 잠시 자리를 비웠다. 우세페가 다가와 과일을 먹으려고 종이를 벗겨 집어 들었다. 순간 아이는 사색에 잠긴 것 같았다. 아니, 어쩌면 경찰 모자를 만들고 싶었던 것인지도 모르겠다. 인쇄 상태가 나쁜 도판이 실린 주간지의 페이지는 전반적으로 보랏빛이 감돌았다. 그런 부류의 싸구려 주간지들은 보통 배우들과 유명 인사들에 대한 수다와 소문으로 가득

차 있었다. 그러나 상황이 상황이니만큼 전쟁의 증거를 싣는데 페이지를 양보한 듯했다. 주간지 일 면에 연합군의 점령 전까지 소문만 무성했던 나치의 참상이 실려 있었다. 나치의 감춰진 비밀들이 이제 막 세상에 알려지기 시작한 참이었다. 나치 부대의 문을 열어젖힌 연합군들이 찍은 사진들, 미처 불태우지 못하고 승전국 기록 보관소로 넘어간 사진들, 사망한 포로들 또는 나치 부대원들이 기념품 삼아 개인적으로 지니고 있던 사진들이었다. 주간지의 특성상 그다지 정교하고 과학적인 보도는 아니었기에 일 면에 인쇄된 사진들은 지금까지 보았던 사진들보다 덜 끔찍해 보였다. 사진들은 다음과 같았다.

1) 벌거벗고 살해된 포로들의 시신이 아무렇게나 쌓여있는 장면, 시신 중 일부는 신체가 심하게 훼손됨

2) 그들 또는 다른 포로들이 신던 것이라 짐작되는 신발들이 무더기로 쌓여있는 장면

3) 철창에 갇힌 생존자들

4) 죽음의 계단, 186개에 달하는 매우 가파르고 울퉁불퉁한 계단으로 엄청나게 무거운 짐을 지고 올라간 죄수를 꼭대기에서 아래에 파 놓은 구렁텅이로 밀어 떨어뜨림, 나치 상관들에게 볼거리를 제공하는 수단

5) 자신이 파 놓은 구덩이 앞에서 무릎을 꿇고 처형의 순간을 기다리는 죄수와 한 무리의 독일군들, 그중 한 병사가 그의 뒷덜미에서 총구를 겨누는 장면

6) 인간을 대상으로 압력을 실험하는 과정을 묘사한 네 장의 작은 사진들, 나치 치하의 의사들은 죄수가 공기의 압력을 얼마나 견딜 수 있는

지 실험했으며 대부분 실신이나 폐출혈로 끝남

　오늘날까지 내가 기억하는 바에 따르면 사진마다 밑에 상세한 해설이 표기되어 있었다. 그러나 문맹인의 경우 커다란 사진에 등장하는 장면들은 해답을 알 수 없는 난해한 상황을 연출하고 있었다. 주간지 특유의 글씨체 또한 일련의 장면들을 한층 불분명하고 구분하기 힘들게 만들었다. 형태를 구분할 수 없는 허옇고 뾰족한 무언가가 무더기를 이룬다거나, 더러운 신발들이 잔뜩 쌓여있다거나 하는 장면들은 얼핏 시신들처럼 보이기도 했다. 정말이지 긴 계단, 화면이 모자랄 정도로 긴 계단 아래 갈색 덤불에 돌돌 말린 작은 형체가 있는가 하면, 덩치 큰 젊은이가 눈을 동그랗게 뜨고 구멍 밖으로 밥그릇을 내밀고 있는 모습을 보며 재미있어하는 한 무리의 병사들도 있었다. 그들 중 하나는 팔을 들고 어이없다는 몸짓을 하고 있었다. 또 다른 면에 실린 사진들은 다음과 같았다. 철창 안에 줄무늬 옷을 입은 뼈만 남은 난쟁이들, 꼭두각시 인형처럼 힘 없이 축 늘어진 사람들, 순무처럼 반질반질하게 머리를 빡빡 밀고 손바닥을 마주치고 있는 사람들도 있었다. 모두가 돌이킬 수 없는 지옥에서 벗어난 듯한 구사일생의 미소를 짓고 있었다. 마지막으로 제일 아래에는 4장의 사진이 순차적으로 배열되어 있었다. 나지막한 지붕 아래 온몸이 가죽띠로 꽁꽁 묶여 있는 뚱뚱한 남자였다. 천장 한가운데 깔때기 비슷한 도구가 설치되어 있었는데 남자는 신께 간구하듯 고개를 들고 그 물건을 쳐다보고 있었다. 4장의 사진에 담긴 남자의 표정은 제각기 달랐다. 신의 뜻처럼 도저히 알 수 없는 그 물건에 따라 표정이 변하는 듯했다. 그의 얼굴은 공포에서 경악으로, 우둔함에서 끔찍함으로 차츰 변해갔다. 그리고 황홀경으로 그리고 또다시 두려움과 경악으로.

글을 몰랐던 우세페가 뜻 모를 그 사진들을 보며 무슨 생각을 했는지는 영원히 미지수였다. 잠시 후 부엌에 들어온 이다는 그런 장면이 담긴 사진들을 유심히 들여다보는 아이를 발견했다. 아이의 동공 속에 그때, 그러니까 20개월 전 어느 날 정오에 티부르티나 역에서 보았던 끔찍함이 깃들어 있었다. 아이가 고개를 들고 가까이 다가온 엄마를 쳐다보았다. 마치 소경처럼 색깔이 없는 텅 빈 눈이었다. 누군가 커다란 손으로 붙잡고 흔드는 것처럼 아이는 온몸을 부들부들 떨고 있었다. 이다가 갓난아기를 어르듯 차분하고 부드럽게 말했다.

"그런 종이는 버려. 미운 거야!"

"미우 거."

아이가 이다의 말을 그대로 따라 했다. 아직도 어려운 발음은 애를 먹었다. 우세페는 기다렸다는 듯이 엄마와 함께 종이를 갈기갈기 찢었다. 잠시 후 거리에서 야채 장수 목소리가 들리자, 아이의 관심은 순식간에 그리로 쏠렸다. 우세페가 얼른 현관 옆 창가로 달려갔다. "양파! 마늘! 루꼴라!" 장사꾼이 소리 높여 외쳤다. 계단을 내려가기 귀찮았던 안니타는 바구니에 줄을 묶어 창문 아래로 내려보냈다. 우세페는 창가에 서서 지구와 달을 왕복하는 우주선의 여정 내지는 갈릴레이의 피사의 사탑 실험을 관람하는 듯한 진지한 태도로 바구니의 여행을 지켜보았다. 매일 벌어지는 일상적인 사건들조차 아이의 자그마한 머리 어딘가에 흔적을 남기고 있었다. 그날 이후로 우세페는 한동안 그런 사진이 실린 특정한 신문과 잡지들을 일부러 피하려는 듯했다. 충격적인 일을 당한 강아지처럼 말이다. 밖에 나가면 불안해하며 길을 걸었고, 벽보가 붙어 있다거나 신문 가판대가 나타나면 이다를 반대편으로 가자며 잡아끌기도 했다. 그러던 어느 날, 우세페를 만나러 온 니노가 아이스크림을 사 주려고 동생을 데리고 나갔다. 집으로 돌아오던 길에 신문 가판대에 들르고 싶었던 니노가 우세페를 인도에 세워놓고 말했다.

"잠깐 여기서 기다려."

길 건너편 인도에서 형이 신문 가판대 가까이 다가가는 모습을 본 우세페가 고함을 지르기 시작했다.

"왱! 왜앵! 왜애애애앵!"

위험에 처한 형을 구하려는 듯한 다급하고 절망적인 목소리였다.

"넌 진짜"

동생 곁에 되돌아온 닌누추가 말했다.

"점점 더 날 웃게 만들어! 왜 그래? 내가 도망치기라도 할까 봐서!"

그리고 언제나처럼 웃음꽃이 만발한 얼굴로 말했다.

"뽀뽀해 줄래?"

그해 여름 동안 닌누추는 두 번 더 엄마와 동생을 만나러 왔다. 첫 번째로 왔을 때는 엄마를 쓱 쳐다보며 이제야 알았다는 듯이 말했다.

"뭐야, 머리가 죄다 하얗게 셌네! 할머니 같잖아!!"

두 번째로 왔을 때 니노는 조만간 거의 새거나 다름없는 외제 오토바이를 살 예정이라고, 다음번에 로마에 올 때는 새 오토바이를 타고 오겠노라고 장담했다. 마침 집에 있던 여자애는 니노의 이야기를 듣고 그날 밤 꿈을 꾸었다. 니노의 방문에 적응이 된 그녀는 마음의 일인자 앞에서도 평정심을 유지할 수 있었다. 사람이 안 탄 오토바이가 미친 듯이 질주하며 자신을 따라오는 꿈이었다. 겁에 질려 몸을 피하던 그녀는 꿈속에서 급기야 하늘로 날아올랐다.

8월에 히로시마와 나가사키에 원자 폭탄이 떨어졌다. 일본은 무조건적인 항복을 선언했다. 추악한 동시에 추상적인 원자 폭발에 사람들은 할 말을 잃었다. 폭발 현상이 지속되는 시간은, 지속이란 말이 맞는지 모르겠지만, 그야말로 순식간이었다. 눈 깜짝할 정도로 짧은 시간, 대략 1초의 2만분의 1이라고 했다. 고작 그만큼 '지속되는' 시간에 표적이 된 두 도시의 사람들은 물질의 분자까지 존재를 상실했다. 파괴, 죽음, 그 어떤 단어로도 감히 표현할 수 없었다. 누군가는 빛나는 '버섯'이란 표현을 쓰기도 했는데 선천적인 소경조차 멀리서 비현실적인 불빛이 깜빡인다고 감지할 정도였다. 버섯은 주위에 존재했던 것들 전부를 깡그리 사라지게 만들고 대지 여기저기에 망령과도 같은 그늘을 남겼다. 버섯 주위에서 첫 번째 폭풍이 위력을 발휘했다. 두 번째 폭풍 그리고 마지막으로 기괴한 독극물에 오염된 비가 내렸다. 피해자의 숫자를 헤아리는 것조차 불가능했다. 버섯, 폭풍, 원자 비의 물리적인 결과는 전멸되거나 사망한 사람들에게만 국한된 게 아니기 때문이었다. 히로시마 측의 초기 발표에 따르면 사망자는 약 8만 명에 달했다. 그러나 거기서 끝이 아니었다. 생존자들에게도, 여러 해에 걸쳐, 자손 대대로 영향을 끼쳤다. 인화성 폭탄들이 터지며 발생하는 파괴, 화재, 먼지들은 그나마 지구상에서 충분히 벌어질 법한 현상들이었다. 히로시마와 나가사키는 이 세상이 아닌 저세상이었다. 단순히 동정심이란 말로는 일본인들을 위로할 수 없었다. 2차 세계 대전은 그렇게 막을 내렸다. 바로 그달에 처칠, 트루먼, 스탈린 동지를 앞세운 3대 강국이 전쟁 이후의 평화를 재정립하기 위해, 실제로는 자신들의 제국에 할당된 몫의 국경을 표시하기 위해 또다시 한 자리에 모였다. 로마 베를린 연합과 삼국 동맹은 자취를 감췄고, 철의 장막이

서서히 모습을 드러내기 시작하고 있었다.

2.

가을이 되자 평화와 더불어 새로운 사건들이 일어났다. 먼저 유대인들이 돌아왔다. 티부르티나 역에서 아우슈비츠행 열차에 몸을 실었던 1천 56명의 승객 중 생존자는 15명이었다. 로마에서 붙잡혀 갔던 유대인들 대부분이 그랬듯 하찮고 가난한 사람들이었다. 톰마소가 그들 중 한 사람이 자신이 일하는 성령 병원으로 곧장 이송되었다며 이야기를 전해 주었다. 그는 행상으로 생계를 꾸리던 서른 살 젊은이였는데 현재 몸무게는 어린이 정도라고 했다. 몸에는 불로 지져서 새긴 숫자가 있었고 여기저기 깊은 상처투성이였다. 본래 퉁퉁한 편이었지만, 지금은 살가죽이 뼈에 달라붙어 있었다. 열이 내리지 않았고 매일 밤 헛소리를 했다. 음식을 전혀 삼키지 못했고 거무죽죽한 액체를 토해냈다. 여성 한 명을 포함한 생존자 15명이 이탈리아에 도착했을 때 마중 나갔던 의료 협회 측에서 그들에게 증정한 물건은 다음과 같았다. 일반석 기차표 한 장, 비누 한 개 그리고 남자들에게는 면도날 한 개. 그들 중 가장 연장자였던 46세 남성은 빈집에 도착하자마자 문을 걸어 잠그고 집안에 틀어박혀 나오지 않았다. 며칠 내내 집안에서 통곡하는 소리가 들렸다. 생존자들과 우연히 마주친 사람들은 그들이 유대인임을 바로 알아보았다. 그들을 보자마자 손가락질하며 말했다. "유대인이다!"

터무니없는 몸무게, 기괴한 외모에 놀란 사람들은 그들을 보고도 자연의 장난질이 만들어 낸 기형 정도로 취급했다. 쪼그라든 몸으로,

다리를 질질 끌며 기계적으로 걷는 그들의 모습은 사람이 아니라 인형 같았다. 키가 큰 사람들조차 아주 아주 작아 보였다. 양 볼이 있던 자리는 구멍 뚫린 것처럼 움푹 파였고 이빨이 거의 없었다. 빡빡 민 머리에서 갓 태어난 아기처럼 보드라운 머리카락이 자라나기 시작하고 있었다. 깡마른 머리 양옆에 귀가 삐죽 솟아있었다. 뻥 뚫린 검정 또는 갈색 눈에는 아무것도 보이지 않는 듯했다. 아니, 헛것들이 설쳐대는 난장판을 바라보는 듯한 시선이었다. 영원토록 빙글빙글 도는 기이하고 무시무시한 등불 같은 그 무엇을. 언제, 어디서, 무엇을 보았는지 알 수 없었지만, 누군가의 눈동자에서 그토록 어두운 그늘이 보인다는 건 퍽 드문 일이었다. 그들의 망막에는 남들이 읽을 수 없는 아니, 읽기를 원치 않는 지워지지 않는 글씨들이 새겨져 있었다. 유대인들의 일은 그런 식으로 마무리되었다. 얼마 되지 않아 그들은 아무도 자신들의 이야기에 귀 기울이지 않는다는 사실을 깨달았다. 아예 관심이 없거나, 핑계를 대며 말을 돌리기도 했고, 어떤 이들은 그들을 피하고 비웃기까지 했다. "형제여, 당신을 이해하네만 내가 지금 좀 바빠서 말이지."라면서 말이다.

유대인들의 이야기는 설원에 파묻힌 탐험가나 모험을 끝내고 자신의 왕국으로 돌아온 오디세이 식 영웅담과는 거리가 멀었다. 불길한 숫자를 연상케 하는 처절한 형상에 불과했다. 그들의 이야기는 우리의 두뇌로 이해가 가능한 자연적인 상식을 뛰어넘는 것이었다. 그러니 호소력이 없는 게 당연했다. 사람들은 미친 사람들, 죽은 사람들에게서 벗어나 가족들과 함께 지극히 정상적인 생활을 영위하길 바랐다. 유대인들의 고독한 발걸음에 동행하고자 했던 소수의 목소리는 검은 안구에 새겨진 해독 불가한 글씨들과 더불어 소용돌이처럼 거대한 메아리를 남기며 사람들의 뇌리에서 사라졌다. 결국 아무것도 들리지 않을 때까지.

　우세페: "엄마, 저 사람은 왜 자꾸 손으로 벽을 때려?"

　이다: "놀이하는 거야... "

　"어디 아파?"

　"아니. 안 아파."

　"아니? 아니? 볼 수 있어?"

　"그럼, 소경도 아닌데, 볼 수 있지."

　"소경도 아닌데..."

　이다가 강 건너편 조아키노 벨리 광장에서 자주 보았던 어떤 사람 이야기였다. 그녀는 손 글씨로 쓴 '개인 과외를 구합니다'라는 전단을 붙이러 광장 근처 카페에 들르곤 했는데 그곳에 자주 들락거리던 남자였다. 나이는 도저히 감을 잡을 수 없었다. 소년 같기도, 환갑 먹은 노인 같기도 했다. 그의 실제 나이는 35세였다. 그녀가 아는 건 그가 유대인이란 것과 가난하다는 것이었다. 카페 주인 말에 따르면 아버지 대부터 고물상으로 생계를 꾸려온 집안이었다. 아무리 더워도 베레모를 쓰고 다녔고 코는 아주 길고 뾰족했다. 병든 개 같은 커다랗고 친숙한 갈색 눈에 부드러움이 깃들어 있었다. 어느 날, 이다는 얼굴을 붉히며 그에게 다가갔다. 그리고 생존자 중 혹시 첼레스테 디 센니 부인과 나이 든 조산원이 없었느냐고 조심스럽게 물었다. "없어요, 없어요." 그가 넋이 나간 듯한 미소를 지으며 대답했다. "애들이랑 노인네들은 하나도 없어요. 그 사람들은 진즉 하늘나라에 갔어요..." 그러더니 호주머니에서 작은 여자용 시계 하나를 꺼내 이다의 눈앞에 디밀었다. 좋은 가격에 줄 테니 사겠느냐고 물었다. 이다가 머뭇거리는 모습을 보자 카페 사장에게 보여주며 진짜 싸게 주겠다고 했다. 코냑, 그라파, 아무거나 좋으니 술 한 병이면 된다고. 이다는 작년 6월의 그 날 오후 이후 게토에 간 적이 없었다. 그 뒤로도 평생 다시는 그곳에 가지 않았다. 적어도 내가 알기로는 그랬다.

11월 말에 마로코 가족에게 희망을 주는 또 다른 귀환자가 나타났다. 콘솔라타의 남동생 클레멘테가 러시아에서 돌아온 것이었다. 소식이 끊긴 지 오래였고, 백방으로 찾아도 소용없었던 그의 귀환은 그야말로 기적이었다. 하지만 그로부터 일주일도 지나지 않아 콘솔라타는 눈을 치켜뜨고 중얼거렸다. "글쎄, 어쩌면 돌아오지 않는 편이 나았을지도 모르지..." 건강하고 멀쩡한 상태로 로마를 떠났던 그는 발가락 하나와 오른 손가락 두 개가 절단된 상태였다. 1943년에 후퇴하면서 혹한으로 동상에 걸렸기 때문이었다. 그의 직업은 목수였다. 손가락을 잃고 반병신이 된 그가 어떻게 그 일을 다시 할 수 있단 말인가? 결국 콘솔라타는 동생 몫까지 두 배로 일해야만 했다. 집으로 돌아올 당시에 그는 창피하다는 듯 작고 더러운 신발로 손가락이 잘린 손을 감추고 있었다. 필로메나가 검은 털실로 잘린 손가락을 가리는 맞춤 장갑을 떠 주었다. 그때부터 동네 사람들은 그를 검은 손이라는 별명으로 불렀다.
조반니노에 관해서는 정확한 소식을 모른다고 했다. 1943년 1월에 돈강에서 후퇴하면서 조반니노를 본 게 마지막이었다고 했다. 24일이거나 25일일지도 모른다고 했다. 그곳에서는 날짜를 알 수 없다고, 낮인지 밤인지조차 알 수 없다고 했다. 당시 그와 조반니노는 일이붙은 늪지대에서 함께 도망치고 있었다. 주위는 수레, 썰매, 소들, 말들,

걷는 사람들로 몹시 혼란스러웠다. 그와 조반니노는 적군에게 참패해 흩어진 부대원들 틈에서 걷고 있었다. 어느 순간, 기운이 빠진 조반니노가 배낭의 무게를 이기지 못하고 픽 쓰러졌다. 그는 배낭의 물건을 덜어내고 동료를 일으켜 세워 다시 앞으로 가도록 도왔다. 하지만 몇 킬로미터 정도 앞에서 조반니노는 또다시 쓰러졌다. 그 뒤에도 두 번, 세 번 쓰러졌다. 너무 힘들어서 그냥 누워서 쉬고 싶다고 했다. 썰매나 수레가 지나가며 멈춰 세우고 도움을 청할 테니 내 걱정은 말라고도 했다. 상처는 전혀 없었지만, 갈증을 호소했다. 그는 결국 동료를 그 자리에 두고 전진하기로 했다. 출발하기 직전에 눈 한 덩어리를 똘똘 뭉쳐서 마실 수 있도록 손바닥 위에 놓아주었다. 그 뒤로 둘은 서로를 보지 못했다.

혼자서 전진하던 그는 러시아군의 포로로 잡혔다. 몇 년 동안 시베리아와 아시아의 포로수용소를 옮겨 다녔지만, 조반니노의 소식을 아는 사람은 아무도 없었다. 아마도, 그가 마로코 가족을 위로하며 말을 이었다. 조반니노도 자기처럼 러시아군의 포로가 되었을 거라고, 러시아는 워낙 거대한 나라이니 어딘지 모르지만, 수용소로 보내졌을 거라고, 전쟁이 끝나고 포로들이 순차적으로 귀환하는 시기이므로 그가 집에 돌아오는 건 시간 문제라고 했다. 집에 도착했던 그날, 클레멘테는 목발을 짚고 있었다. 독일제 코트 주머니에는 푼돈이 들어 있었다. 이탈리아 국경에 도착해 러시아 화폐를 환전해서 1,500리라를 손에 쥐었을 때는 한밑천 잡은 기분이었다. 하지만 이탈리아 물가가 얼마나 올랐는지 몰랐던 그의 착각이었다. 브렌네로에서 로마까지 오는 사이에 포도주와 샌드위치만 사 먹었는데도 수중에 돈이 거의 바닥나 버렸다. "세상에, 햄 두 장에 200리라씩이나 하다니 말이

돼!" 그가 허공에 대고 빈정거리며 말했다. 자신이 겪었던 그 모든 끔찍했던 일 중 유일하게 되풀이한 말이었다. 나머지 일들에 관해서는 절대 입을 열지 않았다.

1916년에 태어난 그는 서른을 몇 년 앞두고 있었다. 그러나 워낙 풍채가 좋았던 그의 예전 모습을 기억하는 사람들이 보기에 그는 젊은이가 아닌 소년에 가까웠다. 국경으로 떠나기 전 그의 몸무게는 90kg이 훌쩍 넘었지만, 이제는 60kg을 밑돌았다. 발그스름했던 그의 피부는 아시아의 포로수용소에 있을 때 말라리아에 걸린 이후로 누렇게 들떴다. 그럼에도 그는 자신은 완쾌되었고 건강하다고 했다. 힘든 상황이었지만 일하기를 멈추지 않았고 포로수용소에서도 마찬가지였다고. 면화 수확, 잡초 태우기, 나무 베기 그리고 기회가 닿으면 목수 일도 했다고. 그곳에서 그는 자신의 절단된 발가락에 사용할 도구를 직접 만들었다. 다리에 연결해서 사용하는 나무 지지대였다. 그 덕분에 그는 지팡이를 짚지 않고도 걸을 수 있었다. 확신에 찬 그의 이야기는 누가 들어도 누나가 들으라고 하는 말이었다. 나는 병든 절름발이가 아니다. 누나의 생각과 달리 나는 누나도 다른 누구의 도움도 필요로 하지 않는 온전한 인간이다. 말하자면 그런 뜻이었다. 본인은 숨기고 싶었겠지만, 사실 아시아 포로수용소에 있었을 때 열이 심하게 올랐던 적이 있었다. 러시아 군인들은 노동을 중단시키고 '나사렛'이라 불리는 병원에 그를 입원시켰다. 다행히 완쾌되어서 퇴원했지만 말이다. 그는 종종 떨칠 수 없는 피로에 시달렸지만, 두 달에 걸친 긴 여행의 후유증일 뿐 다른 이유는 없다며 둘러대곤 했다.

과거에 검은 손은 덩치 큰 게으름뱅이였다. 일요일은 그렇다 쳐도 정오에 점심을 먹고 나서 낮잠을 못 잔다든가, 아침 일찍 일하러 가야 한다든가 할 때마다 불평을 일삼았다. 매일 아침 누나가 적어도 열 번은 이름을 불러야 자리에서 일어났다. 그러나 이제 그는 예전의 그가 아니었다. 의욕만큼은 차고 넘쳤지만 시시한 일을 하는 것조차 힘에 부쳤다. 어떤 날에는 가만히 서 있기만 해도 기운이 죽 빠져서 앞이 제대로 보이지 않았다. 잠시 몸을 눕히고 나서야 겨우 다시 볼 수 있었다. 가장 속상했던 건 이전처럼 마음껏 술을 마실 수 없다는 것이었다. 그는 술버릇이 좋은 데다 술을 즐겼다. 술을 마시면 평소와 달리 사랑스럽고 활달하고 수다스럽고 심지어 감성이 풍부한 사람으로 변했다. 술 자체보다 사람들과 어울리는 분위기를 좋아했다. 술이 센 편은 아니었던지라 취할 때까지 마시지도 않았고 기껏해야 몇 모금 홀짝거리는 게 고작이었다. 그가 러시아에서 살아 돌아왔다는 소식을 들은 사람들이 축하의 의미로 프라스카티 백포도주, 오르비에토 또는 키안티 적포도주 등등 포도주를 대접했지만, 이상하게도 술이 넘어가지 않았다. 이탈리아 국경에 도착했을 때도 마찬가지였다. 자축하는 의미로 최상급 네비올로 포도주를 사서 마셨지만, 입에서 쓴맛만 느껴졌다. 한 모금 마시자 바로 기분이 나빠지며 상처가 난 것처럼 위가 쓰라렸다. 그럼에도 그는 과거를 회상하며 종종 선술집으로 발걸음을 돌렸다. 술 한 방울로 입을 적시고 온종일 그 자리에 죽치고 앉아 있곤 했다. 누리끼리한 얼굴, 과묵하고 신경질적인 그가 예전의 그 사람 좋은 젊은이임을 알아보는 이는 아무도 없었다.

　누나를 비롯한 그의 지인들은 어느 순간부터 그가 살아 돌아오리란 걸 포기하고 있었다. 그의 귀향은 죽은 자의 부활과도 같은 놀라운 사건이었다. 삽시간에 소문이 퍼져나가며 그에게 인사를 전하고 싶다는 사람들이 찾아왔다. 그러나 놀라운 사건의 주인공이었던 그는 사람들에게 축하받으면서도 왠지 소외된 기분이었다. 아무짝에도 쓸모 없는 인간이 된 기분이었다. 사람들과 함께 있을 때면 한껏 쪼그라들어서 나사로처럼 자신의 누더기 속에 몸을 숨겼다. 그러나 어쨌든 사람들과 함께 있는 편이 훨씬 나았다. 잠시라도 혼자 있으면 걷잡을 수 없는 고통과 두려움이 밀려왔다. 선술집에 가면 같은 테이블에 앉은 친구들 말고도 사람들이 그의 주위에 모여들어 막무가내로 이야기를 들려달라고 했다. 그럴 때마다 그는 질문을 회피하며 말하기 싫다는 듯 입술을 실룩거렸다.

"그런 얘기는 해서 뭐하게!"

"안 가본 사람은 절대 몰라…"

"어차피 내가 본 건 아무도 믿지 않을 텐데…"

포도주 맛이 왜 이리 쓴 거냐고 성질을 부리거나 주위 사람들에게 막말을 퍼붓기도 했다.

"비겁한 자식들," 그가 고함을 질렀다.

"대체 뭘 알고 싶은 거야? 정 알고 싶으면 니들이 가보든가!"

때로 집착적으로 말을 더듬으며 이야기하기도 했다.

"내가 뭘 봤는지 알고 싶다고? 지붕마다 죽은 사람들이 서까래처럼 널려 있었지, 눈깔이 뽑힌…"

"어디냐고?"

"어디긴! 시베리아! 까마귀… 늑대…"

"늑대가 냄새를 맡고 열차 쪽으로…"

"하얀 식인귀들을 내 눈으로 봤어!"

"그런 건 아무것도 아니야!"

마지막에는 적대심에 가득한 환희에 젖어 말끝을 흐리곤 했다. 무언가를 암시하는 듯한 슬픈 눈빛으로. 한번은 선술집에서 자신의 검은 손을 쓱 쳐다보더니 옆에 앉아 있던 사람에게 말을 걸었다.

"최고의 외과 수술이 뭔지 보여줄까요?"

그리고 비밀을 누설하듯 설레는 눈빛으로 말을 이었다.

"알프스 출신 친구가 해 준 거예요. 타다 만 판잣집에서 가지치기할 때 쓰는 이따만한 가위로요!"

"그리고 이건"

그가 천으로 동여맨 한쪽 발을 들어 보이며 말했다. 발가락이 잘려 나간 상처가 제대로 아물지 않은 발이었다.

"이건 수술할 필요도 없었어요! 적군한테 포위돼서 꽁꽁 언 땅에서 도망치다가 잠깐 앉았거든요. 쇳덩어리처럼 딱딱한 신발을 벗으려고 했죠. 당기고, 또 당기고, 아무리 벗기려 해도 딱 달라붙어서 안 벗겨지더라고요. 결국 발가락 하나가 신발에 붙어서 딸려 나왔죠. 뒤꿈치랑 뼈가 무사하니 그나마 다행이죠."

한번은 비겁한 놈들이란 말을 듣고 기분이 상했던 누군가가 비꼬는 투로 그에게 말했다.

"그래도 자네가 모셨던 수령님께 감사의 엽서 한 통은 보냈겠지?"

클레멘테는 그를 노려보았지만, 아무런 대답도 하지 않았다. 자신이 한때 파시즘의 추종자였다는 건 엄연한 사실이기 때문이었다. 그는 수령님과 장군들을 전적으로 신뢰하는 병사였다. 그리스, 알바니아 전투 시절에도 상관들을 절대 탓하지 않았다. 이탈리아가 패배한 건 그리스 사람들의 배신 때문이라고 생각했다. 1942년 러시아 국경으로 파병되기 직전에도 그는 승리를 확신하고 있었다. 당시 바로 이 선술집에서 그는 이런 말을 했었다.

"윗분들이 다 알아서 할 거야! 무장도 제대로 안 하고 그렇게 추운 데까지 우릴 보내는 걸 보면 소련군의 운명은 이미 정해진 거야! 겨울 전에, 한두 달 안에, 러시아는 끝장이다!"

마로코 가족들이 후퇴 당시 상황이 어땠는지 질문할 때면, 그는 더 듬거리면서도 마지못해 한마디라도 더 해 주려고 안간힘을 썼다. 그럴 때마다 감출 수 없는 혐오감이 그의 얼굴을 물들였다.

"주위에 집들이 있었는가?"

"마을, 네, 마을이요..."

"사는 사람들은, 내 말은 가족들이었는가?"

"...네... 촌사람들... 농사꾼들..,"

"어떤가? 착한 사람들인가?"

"네, 러시아 사람들은 거의 착해요."

"... 근데 자네는 왜 마시라면서 눈을 줬나? 물이 없었나?"

순간 검은 손이 얼굴을 찌푸렸지만 이내 미소를 지어 보였다.

"그게" 그가 기분 나쁘다는 듯 침통한 표정으로 말했다.

"눈이라도 마신 게 행운이에요. 시베리아에서는 오줌을 마셨다고 요... 갈증! 배고픔!"

그러더니 갑자기 몸을 거칠게 돌리며 손가락 두 개가 잘려 나간 손의 멀쩡한 손가락들을 꼽으며 외치기 시작했다.

"추위! 전염병! 배고픔! 배. 고. 픔!!"

어느 순간 그는 자신이 가엾고 우둔한 사람들의 한 줄기 희망을 짓밟고 있음을 눈치챘다. 그러나 말라리아 후유증으로 퀭한 그의 눈에 깃들었던 동정심은 이내 경멸로 변모했다. 겪어보지도 않았으면서 뭘 더 알고 싶은 거예요? 도망치려고 땅에서 기던 순간부터 우린 이미 파멸이었어요. 아무도 다른 사람을 책임지려 하지 않았다고요! 거기 그냥 내버려 뒀어야 했는데! 시체들이 온통 널려 있었다고요!

이제부터는 머나먼 기억을 더듬어 조반니노의 생애 마지막 시간을 재구성해 보고자 한다. 동료였던 클레멘테가 혼자 전진하는 동안 조반니노는 눈 앞에 펼쳐진 벌판을 바라보며 무릎을 꿇고 앉아 누군가 지나가기만을 기다리고 있다. 온몸에 힘이 하나도 없고 정신이 혼미하다. 클레멘테와 함께 걸을 때부터 발이 푹푹 빠졌던 눈 속에 이제는 몸이 반쯤 뒤덮여 있다. 눕고 싶다는 욕망은 간신히 이겨냈지만, 몸을 일으킬 수 없다. 지나가는 사람이 있을지도 모른다는 생각에 양팔을 흔들며 허공에 대고 소리쳐 본다. "고향 사람들! 고향 사람들!"

그의 목소리가 거대한 혼돈 속에 파묻힌다. 고함, 전쟁 구호, 동지들의 군번, 기독교 성씨들, 날뛰는 노새들, 죄다 모르는 목소리뿐이다. 전장에서 그의 이름이었던 '마로코'를 부르는 소리는 어디서도 들리지 않는다. 마침 소들이 끄는 썰매 한 대가 지나간다. 어린애 하나가 칭얼거리는 아기를 태운 썰매를 밀고 걸어간다. 조반니노가 무릎으로 기어가 도와 달라는 몸짓을 한다. 아이가 의심의 눈초리로 그를 쳐다보더니 썰매를 얼른 다른 방향으로 돌린다. 잠시 후 멀리서 짐을 잔뜩 실은 수레와 온몸을 꽁꽁 싸맨 사람들이 보인다. 어쩌면 짐보따리 구석에 자리를 마련해줄 수도 있을 것이다. "고향 사람들! 고향 사람들!"

그러나 수레도 그를 쳐다보지 않고 북새통 속으로 사라진다. 조반니노는 수레에 치일까 봐 뒤로 물러난다. 저만치에서 비쩍 마른 말을 타고 오는 하사가 보인다. 등뼈가 뻐드렁니처럼 툭 튀어나온 말이다. 말이 멈칫하더니 자비롭고 커다란 눈으로 조반니노 쪽을 바라보고 그를 향해 방향을 돌린다. 남자가 조반니노를 쳐다보며 미안하지만 안 되겠다고 손짓한다. 부끄럽다는 듯 말을 타고 그대로 출발한다.

공포가 엄습해 오기 시작한다. 오후 2시의 하늘은 온통 회색빛이다. 밤이 다가오고 있다. 알프스 출신 병사 하나가 눈을 반쯤 감고 맨발로 전진하고 있다. 퉁퉁 부어오른 새카만 발이 마치 납덩이 같다.

"알프스 사람! 알프스 사람! 도와줘요! 나 좀 데려가 줘요!"

조반니노가 그를 향해 소리친다. 하지만 알프스 사람은 이미 저만치 가 있다. 커다랗고 새카만 발로 눈을 헤치며 앞으로 나간다.

조반니노는 더 이상 도움을 청할 기운이 없다. 온몸이 뜨겁다. 미친 듯한 폭발음과 함성 사이로 그의 귓가에 종소리가 들리기 시작한다. 여기가 어딘지 알 수 없다. 그의 눈앞에 높디높은 수레가 금박을 입힌, 기둥만큼이나 거대한 초들을 싣고 지나간다. 체프라노 행렬이 지나가고 있는 게지. 거기선 높은 수레를 밀며 행렬이 지나가지. 그런데 왜 창문마다 저 남자한테 꽃이 아니라 눈덩이를 던지지? 조반니노는 이내 그 남자를 알아본다. 장군, 부대원들에게 이렇게 말했던 장군이다.

"제군들, 차량을 불태우게, 짐들을 다 내버리게, 죄다, 할 수 있는 사람은 목숨을 구하게. 이탈리아는 서쪽에 있다. 서쪽으로 계속 전진하면 이탈리아다."

"서쪽이라," 조반니노가 머리를 굴린다.

"해가 지는 쪽이로군."

눈보라 저 너머 불타오르는 뭐가 보인다. 태양이 틀림없다. 귓가에 들리던 사람들 소리가 점점 작아진다. 그는 손과 무릎으로 기며 서쪽을 향한 여정을 멈추지 않는다. 신발을 벗은, 천 쪼가리로 대충 감싼 발이 퉁퉁 부어올랐지만, 무겁다는 느낌밖에 없다. 무릎 아래 발과 다

리에 커다란 모래주머니 두 개를 매달고 걷는 느낌이다. 흠뻑 젖은 군
복이 칼날처럼 딱딱하게 굳어 움직일 때마다 끼익... 소리가 난다. 수
천 개의 바늘이 몸을 찌르는 듯한, 바늘 하나하나가 몸속을 파고드는
듯한 이루 말할 수 없는 통증이다. 눈보라가 그를 쓰러뜨리고 휘파람
소리를 내며 그의 뺨을 후려갈긴다. 그가 대항하기 위해 중얼거린다.
"좆이나 처먹어라" "더러운 보지" 어릴 적부터 집에서 친숙하게 들었
던 욕지거리들을 내뱉는다. 혀가 꽁꽁 얼어붙어 입술 사이로 알아들
을 수 없는 개미 소리가 흘러나온다.

앞을 향해 몇 미터 전진하던 그가 꽁꽁 얼어붙은 눈을 파헤치더니
뭉쳐서 미친 듯이 핥아먹는다. 멈추면 끝장이다. 두려움이 엄습한다.
차라리 갈증을 견디기로 한다. 얼음이 갈라진 틈새 끄트머리에 다다
른다. 온몸을 꽁꽁 싸맨 사람 하나가 커다란 돌을 마주 보고 앉아서
쉬고 있다. 어린애 정도로 보이는 아주 작은 군인, 죽은 사람이다. 그
러나 조반니노는 그가 죽었다는 걸 모른다. 그에게 길을 묻는다. 그는
대답하지 않는다. 노래하듯 미소 지으며 조반니노를 바라본다.

여정은 이제 얼마 남지 않았다. 그는 초차리아 산타 아가타의 폐허
에 와 있다. 마로 뒤덮인 풀밭 건너 작은 불빛이 보인다. 가족들과 함
께 살던 집이다. 할아버지가 몽둥이를 들고 집 밖으로 뛰어나와 새로
산 염소를 놓쳤다며 그를 혼낸다. 염소 이름을 부르는 소리가 들린다.
"무실라! 무실라!" 동쪽에서 매에 매에 울음소리가 들린다. 그는 그곳
에 되돌아가는 게 싫다. 눈동자 자리에 구멍이 뻥 뚫린 할아버지한테
두들겨 맞지 않으려 얼른 폐허 뒤로 몸을 숨긴다. 얼음이 깨진 틈새
사이로 그의 몸이 부드럽게 미끄러져 들어간다. 위에서 벌어지는 난
장판에서 벗어나서 다행이다. 혼내려거든 할아버지가 이리 내려와 보

시든가! 난 로마에 가서 특수 경찰이 될 거라고요! 타오르는 건지 얼어붙는 건지 조반니노는 더 이상 뭐가 뭔지 모른다. 혹시 불인가. 머리가 펄펄 끓어오르고 레몬즙을 짜내듯 심장이 오그라들며 온몸이 떨린다. 다리 사이로 따뜻하고 눅눅한 액체가 흘러나오자마자 얼어붙는다. 갈증이 밀려온다. 얼어붙은 코트의 소맷자락을 붙잡고 핥고 싶지만, 머리와 팔이 말을 듣지 않는다.

"메에! 메에에! 메에에에!" 무실라의 울음소리가 이리저리 흩어진다. 귀청이 찢어질 듯한 울음소리가 들린다. 맞다, 오늘이 집 앞 풀밭에서 돼지 잡는 날이었지. 돼지 멱 따는 소리가 기독교인의 비명을 연상케 한다. 좀 있다 오두막에서 피가 철철 흐르는 심장과 간을 베어 물어야지... 빌어먹을 병영 생활 내내 조반니노를 가장 괴롭혔던 건 배고픔이었다. 하지만 이제 더 이상 배고픔이 느껴지지 않는다. 아니, 먹는다는 생각만으로도 구역질이 난다. 눈을 들어보니 투명하게 빛나는 거대한 초록빛 나무 한 그루가 있다. 나뭇가지에 그가 키우던 강아지 토마가 매달려 있다. 토마는 방금 배를 가른 돼지에게 달려들어 내장을 삼키고 숨이 끊어졌다. 외눈박이여서 동원령을 면한 나차레노 삼촌이 나와서 여우들이 보란 듯 토마를 나무에 매단다. "토마! 토마!" 반 양말을 신은 어린 조반니노가 외친다. 그러자 죽은 줄로만 알았던 토마가 이빨을 드러내며 으르렁거린다. 조반니노가 겁에 질려 엄마를 부른다. "마 마 마" 어린 조반니노가 엄마를 부르는 혀 짧은 소리가 폐허 사이로 울려 퍼진다. 윗집에서 팔 밑에 돌덩어리를 끼고 손에 방직기를 든 엄마가 나온다. 엄마는 걷는 동안에도 마에서 실을 뽑아 손으로 고르며 일한다. 조반니노가 여기저기 똥을 싸놓는 바람에 단단히 화가 나 있다.

"네 나이에 똥오줌도 못 가리다니 창피한 줄 알아! 당장 나가, 당장!"

엄마가 서 있는 덤불 뒤로 **쨍쨍한** 여름 해가 보인다. 정오의 풍만한 햇살이 그의 약혼녀 안니타를 비춘다. 산타 아가타에 살 적에 엄마는 셔츠와 검은 조끼에 길고 풍성한 치마를 입었지만, 안니타는 달랐다. 허리를 조이지 않은 짧은 셔츠 원피스에 깨끗한 맨발을 드러내고 있다. 머리에 흰 두건을 두르고 목덜미에서 두 번 매듭을 지어서 머리카락은 안 보인다. 그녀가 우물에서 물을 길어 온다. 물이 가득 찬 양동이 안에 바가지가 들어 있다. 날쌘 걸음걸이 탓에 무더위를 식혀 줄 시원한 물이 찰랑거리며 흘러넘친다. "안니타! 안니타!" 조반니노가 양동이에 든 물을 마시고 싶어서 그녀를 부른다. 하지만 안니타는 더럽다며 그를 쫓아버린다. "당신 몸에 온통 빈대가 득실거려!" 그녀가 소리친다. 순간, 할아버지가 있는 오두막 안에서 낮고 웅장한 목소리가 또박또박 말하는 소리가 들린다. "좋은 징조로군. 죽은 사람한테는 빈대가 꼬이지 않는 법이지."

무슨 소린지 도무지 모르겠다. 자고 싶은 마음뿐이다. 햇빛이 비치던 산타 아가타에 순식간에 어둠이 내린다. 선선하고 차분한 저녁 공기가 부채질하듯 주위로 퍼져나간다. 조반니노는 자기가 좋아하는 대로 몸을 웅크리고 자고 싶다. 추위로 꽁꽁 얼어붙지만 않았어도 몸을 웅크릴 수 있을 텐데. 순간, 조반니노는 자연의 섭리에서 벗어나 두 번째 몸을 지녔음을 알아챈다. 첫 번째 몸과 달리 부드럽고 깨끗하고 발가벗고 있다. 그가 만족스럽게 몸을 잔뜩 웅크린다. 머리가 거의 무릎에 닿을 정도로 몸을 굽히고 안락한 둥지 같은 매트리스에 몸을 누인다. 그가 움직일 때마다 매트리스를 채운 나뭇잎들이 사각사각 소리를 낸다. 여름이든 겨울이든 상관없다. 그는 어릴 적에도 소년 시절에도 그리고 다 커서도 웅크린 자세로 잠을 청했다. 매일 밤 침대에서 몸을 웅크리며 어린 시절로 되돌아간 듯한 기분에 빠져들었다. 아이, 소년, 어른, 젊은이, 늙은이, 노인... 어둠 속에서는 모두가 똑같은 법이란다. 잘 자렴, 금발의 아이야.

....1946

1월-3월

식민지 민중들이 반란의 움직임을 보이기 시작한다. 칼쿠타와 카이로에서 시위가 벌어져 영국 경찰들과 충돌하고 시위 참가자 중 다수가 희생된다.

유럽에서 벌어진 폭력의 결과로 수백만에 달하는 대규모 피난민이 발생하고 전후에 새롭게 형성된 국경선에 의해 거주민들 전체가 추방되고 이주하는 상황이 발생한다. 3천만에 달하는 그들 대부분은 독일인들이다.

이탈리아에서 전쟁의 잔해, 물가 상승, 실업 등 재난에 시달리는 시민들의 극단적인 요구가 재건을 담당한 권력층과 대립하며 억압에 대해 반기를 든다. 나라 전체에서 특히 남부 지방을 중심으로 혼란이 지속된다. 극심한 생활고에 시달리던 노동자와 소작농들의 반란을 경찰이 진압하는 과정에서 유혈 사태가 벌어진다. 시칠리아에서 다수의 희생자가 나온다.

승전 이후 소비에트 연방 최고의 장군이자 영웅이라는 호칭을 얻은 스탈린이 전쟁으로 엉망진창이 된 소비에트 사회주의 공화국 연방에서 공포 정치를 기반으로 헌법을 개정하며 정치적, 군사적 권력을 손에 넣는다. 유일한 대장인 그가 모든 시민의 자유에 대한 심판권을 획득함에 따라 재판에서 셀 수 없이 많은 피해자가 발생한다. 공장 노동자들은 온종일 기계에 달라붙어 죽음의 노동에 종사하며 사소한 잘못만 저질러도 강제 수용소로 끌려가는 처벌을 받는다. 나치 편에서 싸웠던 시민과 군인들 또는 나치 독일군에게 산 채로 끌려와 독일에서 강제 노동을 하던 사람들이 수용된 시베리아 강제 수용소는 포화 상태다. 그와 같은 러시아의 실상은 철의 장막이라는 그럴싸한 말에 힘입어 세상에 알려지지 않는다. 이른바 '희망 고문'을 당하던 다수의 유럽 시민을 비롯해 식민지와 그렇지 않은 국가의 민중들은 현실을 외면하며 대응 선전에 돌입한다. 그들은 여전히 소비에트 연방을 사회주의의 이상적인 조국이라 여긴다.

중국에서 붉은 군대와 국민당의 충돌이 계속된다.

6월-9월

이탈리아에서 헌법 의회를 결정하는 국민 투표가 시행된다. 공화국과 군주제 중 공화국이 채택된다. 사보이아 일가가 추방되고 헌법 의회가 구성된다.

시칠리아에서 또다시 경찰과 시민 사이에 충돌이 일어나 희생자가 발생한다.

팔레스타인에서 아랍인들과 이스라엘 이민자들 간에 불가능한 동거가 시작된다. 이스라엘의 테러에 아랍이 테러로 맞선다.

그리스 내의 영국 영향권 지역에서 시민전쟁이 발발한다. 무기를 손에 넣은 파르티잔 세력이 영국의 지지를 받는 군주제 세력과 충돌한다. 공권력의 신속하고 폭력적인 진압이 이루어진다. 전후 협정에 따라 영토를 분할받은 소비에트 연방은 그 사건에 대해 침묵으로 일관한다.

미국 버클리에서 340 Me V. 가변 주파수 사이클로트론이 설치된다.

10월-12월

로마에서 공장 노동자들과 경찰의 충돌로 두 명의 노동자가 숨지고 다수의 부상자가 발생한다.

노림베르그에서 나치 전범 재판이 열려 12명에게 사형이 선고된다. 재판이 진행되는 과정에서 이른바 나치 국가 조직 해부도가 대중에게 공개된다. 다시 말해 나치 정부에 협조한 대가로 이득을 챙긴 비열하고 부패한 산업 관료들의 책략이 공개된다. 그야말로 역사의 영광스러운 한 페이지가 아닐 수 없다.

베트남 북부에서 프랑스 선박이 하이퐁에 폭탄을 투하해 6천 명의 사망자

가 발생하고 하노이 금융 부처를 점령한다. 호치민이 프랑스인들에 대항해
자유를 쟁취하는 전쟁에 동참하도록 시민들을 독려한다.

1.

1946년 1월 초에 마로코 가족들은 산타 아가타 근방 발레코르사에 살던 친척들로부터 최근에 러시아에서 귀환했다는 병사의 소식을 들었다. 클레멘테의 귀환을 지켜보며 피어났던, 조반니노를 다시 볼 수 있으리라는 희망은 이제 최고조에 달했다. 매일 아침 해가 뜨면 마로코 가족의 희망도 두둥실 떠올랐다. '오늘은 어쩌면...' 그리고 해가 짐과 동시에 사그라들었다. 다음날도, 그다음 날도 마찬가지였다. 발레코르사 출신으로 러시아에 참전했다 돌아온 그 사람도 건강이 좋지 않은 상태였다. 결핵 진단을 받고 로마 포르나리니 요양소에서 치료 중이었다. 마로코 가족들은 열성적으로 그의 병문안을 갔다. 조반니노의 소식을 묻는 가족들의 지칠 줄 모르는 질문 공세에 그 또한 호의적으로 대답해 주려 애를 썼지만, 실은 클레멘테보다 아는 게 없었다. 그와 조반니노는 전투가 한창이던, 결정적인 참패가 일어나기 이전에 헤어졌다. 그때만 해도 조반니노는 잘 지내고 있었다고 했다. 그 뒤로는 명령 체계가 무너졌고 방어와 생존 수단도 사라졌다. 전쟁이나 후퇴가 아니었다. 그야말로 대학살이었다. 자루에 든 쥐처럼 포위된 이탈리아 병사 중 살아남은 이들은 백 명에 열 명꼴도 안 됐다. 그가 살아남을 수 있었던 이유는 애초에 러시아 시골집으로 몸을 피했기 때문이었다. 고향 사람들과 마찬가지로 배를 곯는 불쌍한 사람들이었다. 가족들은 그를 오두막 안에서 지내게 해 주었고 있는 힘껏 음식을 공급해 주었다. 그가 기운을 차리고 출발하고 나서 마을 전체가 불태워졌다.

필로메나와 안니타는 똑같은 이야기를 계속 들려달라며 그에게 매달렸다. 그리고 매번 들을 때마다 내용을 조목조목 따져보았다. 귀환한 병사들의 이야기는 대개가 부정적이거나 최악이었지만, 그럼에도 그녀들은 조반니노가 돌아올지도 모른다는 희망을 품었다. 반면에 아버지의 입장은 그녀들과 달랐다. 그가 생각하기에는 부질없는 희망이었다. 계단에서 인기척이 들릴 때마다 그녀들은 일하다 말고 동시에 고개를 번쩍 들었다. 그런 일이 수도 없이 반복되었다. 그리고 잠시 후에 아무 말 없이 다시 고개를 숙였다.

어느 날 집에 찾아온 산티나가 카드 점을 쳐보더니 조반니노가 길가에 있다는 점괘가 나왔노라고 말했다. 무엇보다 신뢰할 만한 지표였다. 며칠 후에는 심부름하는 여자애가 헐레벌떡 뛰어오더니 3층 계단참 구석에 조반니노가 서 있는 걸 보았노라고 했다. 모두가 미친 듯이 달려 나갔지만, 계단참에는 아무도 없었다. 하지만 여자애는 자기가 본 게 틀림없다며 고집을 부렸다. 군복을 입고 징이 박힌 등산화를 신고 망토를 걸친 사람이었다고 했다. 두 집 현관문 사이에서 쪼그리고 앉아 있었는데 그녀가 자신을 빤히 쳐다보자 조용히 하라며 손짓했다고 말했다. 사실 말도 안 되는 일이었다. 조반니노를 본 적도 없는 그녀가 어떻게 그를 알아보았단 말인가?

"보통 키에 금발이었어요!" 여자아이가 우겼다.

"맞아요, 진짜 그 사람 맞아요!"

"그럼, 왜 말을 안 걸었어?"

"그게... 너무 무서워서요..."

함께 있던 아버지가 어깨를 으쓱해 보였다. 하지만 필로메나와 안니타는 그날 온종일 쉴 새 없이 계단을 오르락내리락했다. 혹시 지나가는 군인이 보이지 않을까 싶어서 아래층 현관문을 열고 얼굴을 내밀기도 했다. 급기야 그녀들은 조반니노가 가족들에게 화가 나서 집에 왔다가 되돌아갔다고 생각하기에 이르렀다. 이를테면 자기 방이 없어졌다든지, 다른 사람들이 자기 방을 차지한 걸 눈치챘다든지 하는 이유로 말이다. 사실 얼마 전부터 이다는 다른 집을 찾으려고 생각하고 있었다. 필로메나의 고객이자, 지난번에 니노를 보자마자 '뽀뽀를 퍼붓겠우...'라고 말했던 노파가 2, 3월에 테스타초 집을 떠나 리에티에 있는 딸네 집으로 들어갈 거라는 얘길 들은 참이었다. 임대료만 맞는다면 바로 계약서를 쓸 작정이었다. 이다는 잔금을 최대한 빨리 내겠다는 조건으로 니노가 주고 간 미-리라 일부로 계약금을 거는 데 성공했다. 폭격에 대한 손해 보상금이나 최악의 경우 교육부에 급여 가불 신청이라도 할 작정이었다. 새로운 집으로 이사하려니 걱정스럽기도 했지만, 기쁘기도 했다. 환경이 나아지면 우세페의 육체적 정신적 건강도 나아질 거란 생각에서였다.

우세페의 창백한 안색은 좋아질 기미가 없었다. 겨울까지만 해도 생각하거나 토끼나 할아버지를 쳐다보며 혼자 잘 있었지만, 이젠 사정이 달라졌다. 아이의 불안감은 저녁이면 특히 심해졌다. 벽에 머리를 부딪힐락 말락 고개를 푹 숙이고 중얼거리며 이 방 저 방을 뛰어다녔다. 마로코 가족들은 입에 밴 험한 말을 퍼부으며 아이를 혼냈지만, 이다가 조만간 이사할 거라고 하자 어느 정도 참아 주는 눈치였다. 밤이 되면 아이는 졸려서 어쩔 줄 모르면서도 침대에 누우려 하지 않았다. 얼마 전까지 밤새 잘 잤던 아이가 안 자겠다고 고집을 부리니 이다는 아이가 뭔가에 놀랐다고 생각할 수밖에 없었다. 아이의 잠투정은 여름부터 시작되었다. 이다는 그 시절의 쓰디쓴 밤들을 기억해 냈다. 부엌에서 이상한 사진이 실린 잡지들을 찢으며 엄마의 말을 따라

했던 그날이 떠올랐다. "미우 거야! (미운 거야)" 그와 비슷한 일들이 아이의 작은 두뇌를 자극하는 게 분명했다. 아이의 잠투정이 시작된 지 일주일 정도 지난 어느 날 밤이었다. 이다는 자다 말고 깜짝 놀라 몸을 일으켰다. 불을 켜 보니 우세페가 옆에서 이불을 차 내버리고 앉아 있었다. 아이는 소위 '정신 분열' 증세를 보이고 있었다. 정신 나간 환자들이 옷을 찢듯 아이는 작은 손을 쉴 새 없이 꼼지락거리고 있었다. 무더운 여름이었다. 발가벗고 자던 아이는 상처 날 정도로 피부를 긁어대고 있었다. "미우 거야... 미우 거야..." 아이가 협박조로 웅얼거렸다. 옆에 엄마가 있다는 것도 몰랐다. 잠자다가 헛걸 본 사람처럼 눈을 까뒤집고 벽을 노려보았다. 이다가 이름을 불렀지만 못 알아들었다. 아이는 전에도 똑같은 증상을 보인 적이 있었다. 무언가에 놀란 듯 잔뜩 긴장한 상태로 벽을 노려보다가 갑자기 머리를 아래로 처박더니 이불 속으로 몸을 숨겼다. 그리고 다시 잠에 빠져들었다.

그런 증상은 이후로도 한동안 지속되었다. 우세페의 꿈과 불안이 안개처럼 겹겹이 쌓이며 이다의 기억을 일깨웠다. 그녀 또한 꿈 때문에 몹시 괴로웠지만, 우세페와는 달랐다. 그녀의 꿈에 등장하는 난해한 모험들은 기억을 스쳐 지나가며 미미한 고통의 흔적을 남길 뿐이었다. 대부분은 눈을 뜨면 잊어버렸다. 이다는 우세페가 자다가 조금만 뒤척여도 화들짝 놀라 잠에서 깨어났다. 잠결에 자신이 눈보라나 지진 꿈을 꾸었다고 믿었지만, 실은 우세페가 잠꼬대하거나 신음하는 소리였다. 아이가 아주 작은 소리만 내도, 이다는 순식간에 잠이 깼다. 사소한 증상에 그칠 때도 있었고, 심각할 때도 있었다. 아이는 꿈 속에서 어떤 단어를 발음하고 있었다. 얼굴은 잔뜩 겁에 질렸고 입술을 덜덜 떨며 이빨을 탁탁 부딪쳤다. 때로 도와달라고 외칠 때도 있었다. "엄마! 엄마아아아!" 자다 말고 깨어나 서럽게 흐느끼며 이불에 오줌을 싸기도 했다. 이유 없이 갑자기 울음을 터뜨리며 눈을 부릅뜨는가 하면 무서운 누군가에게 협박당하듯 눈을 꼭 감고 엄마를 와락 껴안기도 했다. 땀에 흠뻑 젖어 파란 눈을 번쩍 뜰 때면 형용할 수 없는 공포가 눈동자에 깃들어 있었다. 이다가 무슨 일이 있었느냐고 물어도 혼란스러운 파편만 기억할 뿐이었다. 아이는 늘 꿈속에 쥐들이 나온다고 했다.

"꿈꾸는 거 싫어." 아이가 공포에 질린 작은 소리로 되풀이했다.

"무슨 꿈? 무슨 꿈인데?"

"쥐들, 쥐들 꿈."

아이의 대답은 늘 똑같았다. 꿈이란 소리만 들어도 겁에 질렸다. 아이가 기억했던 꿈은, 아이의 말에 따르면, 아주 높은 건물들이 또는 집 아래 깊이 파인 구덩이가 나오는 꿈이었다. 그중에서도 아이가 제일 무서워했던 건 불이었다.

"부!... 부!" 불이라고 외치며 깜짝 놀라 잠에서 깨어나곤 했다. 이런 말을 할 때도 있었다.

"못생기고 뚱뚱하고 아주 뚱뚱한 여자"

"사람들이 많이 뛰어"

"부 많아 부 많아"

"부나서(불이 나서) 아기들이랑 동물들이 도망쳐"

그중 아이가 정확하게 기억하는 꿈이 딱 한 가지 있었다. 집중하느라 이마를 잔뜩 찌푸리며 이다에게 자신의 꿈 이야기를 들려주었다. 엄마가 나오는 꿈이었다.

"엄마 다 아니고, 얼굴만."

아이의 꿈속에 이다의 얼굴이 나타났다. 얼굴은 눈을 감고 있었다. "깨어 있었어, 아픈 거 아니고!"

그녀의 입술 위에 닌누추의 손이 그리고 우세페의 손이 포개졌다. 두 개의 손이 감쪽같이 사라지더니 어디선가 웅장한 소리가 들려왔다.

"대단해 대단해 대단해 대단해 대단해!"

이다의 얼굴은 여전히 눈을 감고 있었다. 꼭 다문 입가에 미소가 깃들어 있었다.

우세페가 밤 동안에 겪는 고통은 당연히 낮에도 영향을 미쳤다. 아이는 낮에도 긴장의 끈을 놓으려 하지 않았다. 사람과 마주칠 때마다 주저주저하며 뒷걸음을 쳤다. 무슨 일인지 알 수 없었다. 이다는 결국 아이를 데리고 의사 선생님을 찾아갔다. 같은 학교의 누군가가 알려준 의사 선생님으로 소아과 전문의라고 했다. 이다와 우세페가 대기실에서 기다리던 중 한 여자가 매우 조심스럽게 아기를 안고 들어왔다. 백일 정도 된 갓난아기는 우세페를 쳐다보며 미소를 지었다. 차례가 되어서 진료실에 들어가려던 우세페가 아기를 돌아보며 말했다. "넌 안 들어와?..."

의사 선생님은 우울한 인상의 젊은 여자로 성격은 깐깐하지만, 마음씨는 선해 보였다. 우세페는 낯선 의식에 참여하듯 매우 진지한 태도로 진찰에 임했다. 그러더니 이내 청진기에 관심을 보이며 말했다.

"... 소리 나?" 청진기를 보고 트럼펫이라 여기는 듯했다. 잠시 얌전하다 싶더니 의사 선생님을 쳐다보며 대기실에서 기다리던 다른 환자에 관해 물었다.

"쟤는 왜 안 들어와?"

"누구 말이니?"

"쟤!"

"다음 순서란다!"

의사 선생님이 대답했다. 우세페는 실망한 기색이었지만 고집을 부리지는 않았다. 의사 선생님은 우세페가 아픈 데가 없다고 했다.

"아이가 좀 작긴 하네요." 그녀가 이다의 눈치를 살피며 말했다.

"8월이면 네 살이 됐다고 하셨잖아요, 몸만 봐서는 두 살 반밖에 안 된 것 같은데요... 너무 말랐어요... 전쟁통에 난 아기들이 대부분 그렇긴 하죠... 그래도 성격이 활달해서 다행이네요."

그녀가 아이의 손을 잡고 빛이 드는 창가로 데려가더니 아이를 관찰하기 시작했다.

"눈이 좀 이상한데요."

그러더니 아이의 눈을 들여다보며 혼잣말처럼 속삭였다.

"너무 아름다워요."

그녀가 아이의 눈에 반했다는 듯이 아니, 의심스럽다는 듯이 덧붙였다. 그리고 이다에게 아이가 또래보다 발달이 더딘 편이냐는 뻔한 질문을 했다.

"네, 맞아요!" 이다가 얼버무리는 투로 덧붙였다.

"... 말씀드렸다시피 미숙아로 태어났어요..."

"저도 알아요! 미숙아라고 해서 다 성장이 느린 건 아닙니다!"

의사 선생님이 기분 나쁘다는 듯 이다의 말을 받아쳤다. 그녀는 의아하다는 듯 미간을 찌푸리고 아이가 종종 혼자 있는 걸 힘들어하거나 혼란스러운 이야기를 늘어놓지 않는지 물었다.

"네, 가끔 그래요." 이다가 의기소침한 투로 대답했다. 그리고 타인의 비밀을 누설하듯 머뭇거리며 작은 소리로 말했다.

"...제가 보기에는... 아이가 혼자서 이야기하는 것 같아요... 시나...
동화 같은 걸... 아무한테도 가르쳐주고 싶어 하지 않아요."

의사 선생님은 강장제와 밤에 복용하는 약한 진정제를 처방하며 진
료를 끝냈다. 심오한 의식이 끝나자, 우세페는 안도의 한숨을 내쉬었
다. 대기실에 있던 아기에게 손을 흔들며 오랜 지인처럼 은밀한 미소
를 지어 보였다. 의사 선생님의 훌륭한 처방은 즉시 효과를 나타냈다.
우세페는 진정제 덕분에 편안한 밤을 보낼 수 있게 되었다. 강장제는
달걀과 맛이 비슷한 시럽이었는데 어찌나 달콤했던지 우세페는 숟가
락까지 쪽쪽 빨아 먹었다. 우세페가 강장제를 한 번에 먹어 치울까 불
안했던 이다는 약병을 장에 숨기고 열쇠로 잠가 두었다.

2.

늦은 감이 없지 않았지만, 닌누추는 오토바이를 타고 돌아오겠다는
약속을 지켰다. 길가에 세워둔 오토바이를 누가 훔쳐 가지 않을까 불
안했던 그는 위층에 올라가지 않았다. 오토바이에서 내려 휘파람을
불며, 미친 듯이 클랙슨을 울리며 우세페를 불러댔다. "우세페! 우세
페에에에!" 번쩍번쩍 광이 나는 오토바이 옆에 서 있는 형의 모습을
본 우세페는 머리부터 발끝까지 안절부절못했다. 아무 말도 없이 그
즉시 계단을 향해 질주했다. 오토바이 선수가 도망칠까 겁나는 아이
처럼 말이다. 이다가 외투와 귀마개를 손에 들고 아이를 따라가서 알
록달록한 목도리를 둘러 주었다. 필로메나가 저렴한 가격으로 만들
어 준 어린이용 목도리였다. 재봉틀을 돌리다 말고 닌누추의 목소리

를 들은 여자애는 가슴이 철렁 내려앉았지만, 이내 아무렇지도 않은 척하며 하던 일을 계속했다.

1월 중순의 한겨울이었지만, 4월 같은 날씨였다. 하늘은 활짝 개었고 공기는 포근했다. 아래층 현관문을 열자마자 우세페는 묻지도 따지지도 않고 다짜고짜 말을 타듯 오토바이 안장 위로 뛰어올랐다. 가죽 재킷 차림의 니노는 커다란 장갑을 끼고 헬멧을 쓰고 있었다. 아까부터 아이들 몇몇이 다가와 사랑에 빠진 눈빛으로 오토바이를 들여다보고 있었다. 니노가 으스대며 아이들에게 설명해 주었다. "트라이엄프야!" 곧이어 그는 오토바이를 에워싼 가련한 연인들에게 배기량, 기어, 실린더 등에 관한 진귀한 정보들을 상세하게 알려주었다.

출발부터가 진짜 끝내줬다! SF 영화의 한 장면 같은 질주가 시작되었다. 베네치아 광장을 지나 포폴로 광장까지, 다음으로 베네토 거리, 보르게제 빌라에 이르기까지 시내를 한 바퀴 빙 돌고 나서, 나보나 광장 뒤편으로 내려와 잔니콜로, 성 베드로 광장까지! 거리를 돌진하는 내내 오토바이는 어마어마한 소음을 토해냈다. 닌나리에두가 소음기 시스템을 개조했기 때문이었다. 오토바이가 지나갈 때마다 놀란 사람들이 항의하며 인도로 몸을 피했고 경비원들은 호루라기를 불었다. 우세페는 머리털 나고 처음 가보는 동네들이었다. 니노의 오토바이가 가는 데마다 휘황찬란한 태풍이 몰아쳤다. 마치 우주의 별들 사이로 돌진하는 로켓 같았다. 눈을 들어보니 돔과 테라스의 조각상들이 날개를 활짝 펴고 날아가는 모습이 보였다. 새하얀 옷자락을 휘날리며 다리 위를 질주하기도 했다. 나무들, 서커스의 깃발들도 보였다. 흰 대리석으로 된 사람들도 만났다. 남자, 여자, 동물들도 있었다. 멋진 건물들을 구경하고, 물을 튕기며 놀고, 물로 트럼펫을 불고,

분수 안으로 뛰어들어 기둥에 매달리고, 우세페는 술에 취한 사람처럼 신나는 모험에 빠져들었다. 천둥 같은 오토바이 소리에 리듬을 맞춰 연신 깔깔거리며 웃어댔다. 니노가 동생을 안아 들고 오토바이에서 내려놓으려고 하자 얼굴을 찡그리며 오토바이를 꼭 붙들고 놓으려 하지 않았다.

"도(또)!"… "도(또)! 도(또)!" 오토바이에 다시 시동을 건 니노가 말했다.

"어이, 진짜 사나이, 이제 쌍디근 발음 좀 제대로 하시지!"

그렇게 세 바퀴나 더 돌고 나서 니노가 선언했다.

"이제 진짜 그만!… 자, 뽀뽀해 줄래?"

그리고 동생을 현관문 앞까지 데려다주었다.

"도(또)…" 상심한 우세페가 눈을 들고 형을 쳐다보며 중얼거렸다. 하지만 니노는 이번에도 정해진 시간에 돌아가야만 했다. 몸을 숙여 동생에게 뽀뽀하던 순간, 그는 지난번에 우세페를 보았던 때가 떠올랐다. 우세페의 눈에 이전과 다른 무언가가 깃들어 있었다. 그리고 보니 동생의 친숙한 웃음소리도 이전과 다른 느낌이었다. 왠지 광적이라고나 할까, 아주 미미한 변화였다. 오토바이의 속력 때문에 흥분한 건 아닌 것 같았다. 일종의 내면적인 균열이랄까, 어쨌든 신경이 몹시 거슬리는 웃음이었다. 니노가 눈치챈 건 그 정도였다. 오토바이에 올라타 뒤를 돌아보니 마지못해 계단을 올라가는 동생의 모습이 보였다. 걸음마를 배우는 아기처럼 계속 같은 발을 먼저 내디뎠다. 우세페가 기분 나쁠 때마다 하는 짓이었다. 분명 뭐라 구시렁거리고 있겠지. 귀마개와 목도리 사이로 깃털처럼 부들부들한 직모가 보였다. 커서도 입을 수 있는 기다란 코트 아래 아주 긴 미국식 나팔바지가 삐져나와 있었다.

"안녕!" 니노가 코미디언처럼 우스꽝스러운 투로 말했다.

"쌔게 보자고잉!!"

우세페가 몸을 돌려 형에게 인사하며 주먹을 쥐었다가 폈다가 했다.

"저리 비켜, 어이! 저리들 비키라고!!"

니노는 엄청난 괴성을 발하는 오토바이를 타고 흠모하는 군중들을 향해 소리치며 멀어져갔다.

로마가 해방된 이후부터 닌나리에두는 더 이상 공산주의 혁명과 스탈린 동지에 관해 이야기하지 않았다. 어느 날 니노가 선술집 주인 레모를 오토바이에 태우고 마로코 가족 집에 찾아왔다. 필로메나의 작업실에서 일하던 여자애는 인플루엔자에 걸려서 자기 집에서 쉬고 있었다. 여전히 한바탕 소란을 떨며 집안에 들어온 닌나리에두는 여자애가 없다는 사실조차 몰랐다. 하긴 눈앞에 있다 한들 보이지 않기는 마찬가지였다. 이번에는 오토바이를 공동현관 앞에 떡하니 세워놓고 수위더러 잠깐 봐 달라고 부탁했다. 오토바이 그리고 질주하는 영웅들을 사랑했던 그는 하렘의 공주라도 납신 듯이 딱 달라붙어서 니노의 오토바이를 지켰다. 이다에게 줄 선물로 선술집 주인은 올리브기름 작은 병을, 니노는 미제 커피 한 통을 들고 왔다. 말투로 보건대 둘은 이제 정치가 아닌 사업적인 관계를 맺고 있는 듯했다. 어쨌거나 둘은 계단을 올라오면서부터 정치 논쟁을 벌이고 있었다. 계단에서부터 들리던 논쟁은 집안에서도 이어졌다. 레모는 니노가 더 이상 공산당을 지지하지 않는다는 데 대해 몹시 유감스럽게 생각했다. 1월에 로마에서 성대한 당원 모임이 열렸는데 레모를 비롯한 열성 당원들이 전부 참석했노라고 했다. 닌나리에두는 레모의 이야기에 관심을 보이지 않았을뿐더러 유치한 짓이라며 무시하기까지 했다. 레모가 그에게 당원증을 발급해 주겠노라고 하자 신부가 되라는 권유라도 받은 듯이 비웃었다. 아무리 설득해 보아도 소용없었다. 결국 레모는 오페라 가수처럼 붉은 깃발 노래를 부르기 시작했다.

"옛날에는," 레모가 니노를 쳐다보며 씁쓸하게 말했다.

"진정한 동지였는데... 지금, 모두가 힘을 합쳐 투쟁해야 할 지금은..."

"옛날엔 애송이였지!" 니노가 불쾌하다는 듯 웅얼거렸다.

"... 투쟁은 무슨!"

그 자리에 와 있던 콘솔라타가 슬픈 눈빛으로 말했다.

"투쟁? 투쟁은 우리가 하고 있지, 친애하는 신발짝, 빵 쪼가리 동지들과 함께!"

"난, 나를 위해서만, 내가 원하는 사람을 위해서만 투쟁해!"

니노가 성질을 내며 외쳤다.

"빌어먹을 윗것들은 NO! NO라고! 혁명이 무슨 뜻인 줄 알기나 해? 먼저 윗것들을 없애야 한다는 뜻이야! 난 어릴 적부터 윗것들한테 맞서 왔어. 위대한 수령이 꼬리 내리는 거 당신도 봤지? 독일 사람으로 변장해서 쥐새끼처럼 도망쳤던 거! 아마 수녀복이라도 주워 입었을 걸!! 윗것들이 나한테 그러더군, 검은 셔츠는 더러운 것이다! 난 더러운 셔츠를 벗었는데 윗것들은 죄다 요직을 꿰찼어. 그것들 말을 듣기 싫어서 파르티잔에 들어갔다고! 근데 이제 와서 나더러 그것들 발밑에서 기라는 거야 뭐야?"

닌나리에두가 본때를 보여주겠다는 듯 오른 주먹으로 왼팔을 쳤다.

"그래도 스탈린 동지는 진정한 대장이었잖아! 너도 그건 믿었잖아!"

"한땐 그랬지!... 전부 다 믿은 건 아니야!"

닌누추가 잠시 생각하더니 말을 이었다.

"... 뭐, 믿었다고 치자... 하지만 이젠 아니야! 윗것들은 전부 다 똑같아! 지나갈 때마다 구린내가 나! 시베리아 왕국에 다녀온 사람한테 가서 물어보시지! 백성들은 굶어 죽게 생겼는데 지들은 콧수염이나 다듬고 있으니!"

"전에는 그런 식으로 말하지 않았었잖아..."

레모가 씁쓸하게 되뇌었다.

"전에! 전에! 전에!"

니노가 귀청이 떨어지게 외쳤다.

"내가 무슨 말을 하는 줄이나 알아, 레모? 시간이 없어."

그리고 웅장한 테너 음색으로 노래하기 시작했다.

"발랄라이카에 맞춰 이바나를 노래하네, 날 기다려 줘!..."

"... 레모! 이건 내 인생이야, 그것들 인생이 아니라고! 난 윗것들이랑은 아무 상관 없어! 빌어먹을! 왜애앵앵앵!"

닌누추는 화재 신고를 받고 출동한 소방차처럼 요란한 소리를 내며 말을 맺었다.

니노와 레모 사이에 벌어졌던 1차 논쟁은 이후에 이다가 이사가서 살게 된 보도니 가 집에서 또다시 불이 붙었다. 트라이엄프를 몰고 온 니노는 레모와 논쟁을 벌였는데 쿵쾅거리며 부엌에서 오락가락하는 폼이 금방이라도 싸울 태세였다. 결국 그날 레모가 돌아간 뒤에 이다와 우세페가 니노의 독백을 경청해야만 했다. 무슨 이유에서였는지 둘 다 말없이 니노의 말을 듣기만 했다. 그는 스탈린이고 뭐고 윗것들

은 다 똑같다며 열변을 토했는데 대충 이런 내용이었다. 스탈린 동지
는 폴란드를 넘보려고 나치를 물리쳤다?! 최근에 이미 K.O. 당한 일
본까지 넘봤다?! 스탈린을 비롯한 윗것들은 다 한통속이다. 다른 사
람들을 물어뜯고 지들끼리도 물어뜯는다. 나, 니노는 그것들한테 침
을 뱉을 것이다. 나, 니노는 죽을 때까지 온 세상과 온 우주와 더불어
먹고 마실 것이다! 태양과 달과 별들과 더불어!!! 1946년 현재는 미국
의 시간이다. 혁명은 불투명하다. 언제 이루어질지 아무도 모른다…

"백 년 뒤에 혁명이 일어날지도 모르지. 난 지금 20살이니까 120살
이 되면 그때 가서 다시 얘기해 보자고!"

그는, 니노는, 그때까지 부자가 되고 싶다고, 백만장자가 되고 싶다
고, 호화로운 최고급 비행기를 타고 미국에 가고 싶다고 했다. 우세
페도 데려갈 거라고.

"우셉, 너도 나랑 미국 가는 비행기 탈 거지?"

"응응응!"

"오예, 가자!"

현재 이곳의 주인은 미국인들이고 그들이 원치 않는 한 혁명은 일
어나지 않을 것이다. 스탈린 또한 제국주의자이므로 혁명을 원치 않
는다. 러시아는 미국과 위치만 다를 뿐 똑같은 제국주의이다. 지금 이
곳의 제국은 미국이 다스리고 있다. 미국이나 러시아나 여기저기 기
웃거리며 장물아비 짓거리를 하고 있다. 난 여기, 넌 저기, 뭐야, 말
안 들어? 옛다, 원자탄을 날려주마! 그래 놓고 발코니에서 쌍안경으
로 원자 폭탄을 감상하지. 윗것들이 하는 짓거리가 다 그래. 얘나 쟤
나 다 똑같다니까.

"나한테는 우습지! 난 무정부주의 왕이니까! 난 법을 피해 다니는

산적이다! 그것들의 은행을 죄다 털어버릴 것이다! 그것들이 보는 앞
에서..."

"우세페! 어때, 우리 오토바이 타고 한 바퀴 돌까?"

"엉엉엉!!!"

"엉엉엉? 이제 으 발음도 제대로 못 해? 가자, 우세페, 출동하자고!"

둘은 정신 나간 사람처럼 함께 밖으로 달려 나갔다. 출발 시동을 거
는 오토바이의 엄청난 굉음이 들리자, 정원으로 난 창문에서 사람들
이 일제히 얼굴을 내밀었다. 보도니 가 사람들 모두가 창문에서 트라
이임프의 출발을 지켜보고 있었다.

이다와 우세페가 지난봄에 이사 온 보도니 가의 집은 방이 두 개였
는데 그중 하나는 아주 작은 골방이었다. 현관은 넓은 편이었지만, 창
문이 없어서 빛이 안 들어왔다. 복도 왼편에 있는 화장실은 세면대가
겨우 들어갈 정도로 비좁았다. 복도 끝 오른편에는 정원이 내다보이
는 창문이 있는 부엌이 있었다. 부엌 맞은편 큰 방 창문에서는 해방의
성모마리아 광장이 보였다. 광장에는 모자이크로 장식된 성당이 있
었는데 빛을 받을 때마다 금빛으로 반짝였다. 이다의 눈에는 그렇게
아름다울 수가 없었다. 그 집의 가장 큰 장점은 이다가 다니는 학교
에서 멀지 않다는 것이었다. 전쟁과 점령이 끝나자마자 학교 측에서
는 다음 학기부터 수업이 시작될 거라고 공지한 상태였다. 정말이지
다행스러운 소식이었다. 작은 아파트 맨 위층에는 물탱크와 빨래를
널 수 있는 옥상이 있었다. 이다가 살던 산 로렌초 집과 비슷한 일반
적인 공동 주택의 구조였다. 다만 산 로렌초보다 좀 더 넓었고 두 개
의 정원과 여러 개의 동으로 이루어져 있었다. 이다의 아파트는 6동

이었고 정원에는 야자나무 한 그루가 자라고 있었다. 그 또한 이다의 마음에 들었다. 이다는 일부 금액을 할부로 갚는 조건으로 싸구려 가구점에서 최소한의 가구들을 샀다. 테이블, 부엌 찬장, 의자 몇 개, 중고 옷장 그리고 철제 침대 프레임이었는데 점원은 그 물건을 소미에르sommier 라는 거창한 호칭으로 불렀다. 소미에르를 큰 방에 두고 우세페와 같이 쓸 셈으로 작은 침대는 골방에 두었다. 혹시라도 니노가 집에 돌아올지 모른다는 희망에서였다. 그러나 아들은 가족의 품으로 돌아올 생각이 손톱만큼도 없었다. 가끔 로마에 올 때마다 어디가서 잠을 자는지도 미스터리였다. 정해진 주거지가 없다는 건 확실했다. 모르긴 해도 아는 여자의 집에서 지내는 것 같았다. 니노의 과거에 비추어 볼 때 여자가 한 명은 절대 아닐 것이다. 일시적이고 불규칙하게 관계를 맺는 여자들이 상당수 있을 것이다.

최근 들어 니노가 우세페와 함께 두 번씩이나 오토바이에 태웠던 여자가 있긴 했다. 이름은 파트리치아, 담배 공장에서 일하는 가난한 집 딸이었다. 그녀는 전사들이 로제타라고 불렀던 아가씨보다 훨씬 더 예뻤다. 오토바이를 엄청나게 무서워해서 니노가 시동을 걸 때마다 제발 살살 달리라고 당부했다. 니노는 그렇게 하겠다고 약속했지만, 오히려 그런 상황을 즐기며 미친 듯이 높이 속도를 올렸다. 그럴 때마다 그녀는 무서워서 어쩔 줄 모르며 그의 허리춤을 꼭 끌어안고 소리쳤다. "살인자! 살인자!" 그녀의 옷과 머리카락이 바람에 마구 휘날렸다. 한번은 시골길을 달리던 중에 그녀의 비명에 놀란 오토바이 헌병들이 트라이엄프를 길가에 멈춰 세웠다. 그러자 파트리치아가 나서서 방실방실 웃으며 니노는 잘못이 없다고 친절하게 상황을 설명했다. 사정을 들은 헌병들은 한바탕 웃음을 터뜨렸고 죄송하다면서 신사적으로 아가씨를 돌려보냈다. 어쩌면 파트리치아는 매번 의도적으로 '살살 달려!'라고 하는 것 같기도 했다. "살인자!"라고 고래고래 소리칠 빌미를 만들기 위해서 말이다. 풀밭의 나무 뒤에서도 비슷한 일이 있었다. 니노와 둘이 딱 달라붙어서 바닥에 누워있다가 처음에는 이렇게 외쳤다. 날 좀 가만 놔둬, 도와줘, 도와줘요! 마치 니노를 쫓아버리려는 듯이 말이다. 하지만 어느 순간 눈을 감은 그녀는 성녀 같은 미소를 지으며 이런 말을 내뱉기 시작했다.

"아아아... 니누초... 너무 좋아... 너 진짜 멋져..."

우세페를 데리고 셋이 처음 소풍을 갔을 때 그녀는 니노에게 아이가 옆에서 얼씬거리는 게 불편하다고 속삭였다. 그러나 연인들은 우세페의 관심 밖이었다. 우세페는 짝짓기에 관해서라면 도가 튼 아이였다. 피에트랄라타 강당에서 지내던 시절, 특히 밀레 가족이 떠나기 직전에 볼 만큼 봤던 터였다. 소라 메르체데스에게 뭐 하는 거냐고 묻자 운동 경기 비슷한 건데 결승전을 치르는 거라고 대답했다. 그러니 남녀가 괴상한 짓을 벌이는 걸 봐도 전혀 걱정하지 않았다. 처음에는 파트리치아가 자기 형을 혼내는 줄 알고 걱정스러워서 형을 지켜주려고 득달같이 달려갔다. 하지만 니노는 웃으며 이렇게 말했다.

"우리 장난치는 거야. 내 옆에 있는 아가씨 좀 봐봐, 진짜 쪼그맣지? 내가 살짝 힘만 줘도 으스러질걸."

형의 말을 듣고 우세페는 마음을 놓았다. 니노 또한 동생이 얼마나 순진한지 잘 알고 있었다. 동생이 나무 뒤에서 파트리치아와 하는 짓을 빤히 쳐다보아도 개의치 않았다. 두 번째 소풍 때는 우세페가 바로 옆에 다가와 오줌을 누는 바람에 깜짝 놀랐지만, 이내 이렇게 말했다.

"이리 와 봐, 우세페, 파트리치아한테 네 고추 좀 보여줘!"

그러자 우세페는 흔쾌히 고추를 쑥 내밀었다.

"이담에 크면" 니노가 신이 나서 말했다.

"너도 그걸 써먹을 데가 있을 거야. 작은 우세페들이 많이 태어날 거야."

니노의 우스갯소리를 듣고 우세페는 '작은 우세페들'을 떠올려 보았다. 왠지 기분이 좋았다. 니노가 그런 말까지는 안 했지만, 아이는 미래의 작은 우세페들이 눈알에서 튀어나올 거라 확신했다. 프로이드 박사의 연구에 비추어 보자면 우세페는 상당히 모순적인 생명체였다. 남성으로서 완벽한 자질을 갖추었지만, 현재는 생식기에 대해 아무런 관심을 보이지 않는 상태였다. 귀나 코와 전혀 다를 바 없는 기관에 불과했다. 밀레 가족들과 니노의 애정 행각을 보면서도 아이는 조금도 불안해하지 않았다. 세상을 떠난 브리츠가 암캐들과 벌였던 모험 또는 펩피니엘리 부부의 사랑스러운 행동과 다를 바 없었다. 한치도 부끄럽지 않은 일이었다. 그런 감정은 아이의 작은 머리로는 상상할 수 없는, 구름처럼 닿을 수 없는 신비로운 것이었으리라. 그런 복잡한 고민을 하느니 아예 관심을 두지 않는 편이 백배 나았다. 더구나 아이는 지금 봄의 시골 들판에 와 있었다. 혼자서도 할 일이 산더미 같았다. 어쨌거나 우세페는 아가씨들이 참 좋았다. 아가씨들은 생김새는 전부 달랐지만, 하나 같이 아름다웠다. 밀레 가족의 못생긴 카룰리나, 아름다운 로세타 혹은 마리아 그리고 역시나 아름다운 파트리치아. 그녀들이 자아내는 빛깔과 부드러움과 맑은 목소리가 좋았다. 금속과 유리 목걸이와 팔찌가 흔들리는 딸랑딸랑 소리가 좋았다. 파트리치아는 때로 길게 늘어진 귀걸이를 했는데 포도 모양 유리 귀걸이였다. 작은 포도알들이 부딪히며 청량한 음악 소리가 났다. 그러나 니노와 사랑을 나눌 때만큼은 귀걸이를 조심스럽게 빼서 가방 속에 집어넣었다.

　두 번째 소풍 때의 일이었다. 우세페는 풀밭 위를 뛰어다니다가 나무 뒤에서 니노와 파트리치아를 발견했다. 둘은 이제 막 사랑을 끝내고 땅에 드러누워 있었다. 온몸의 힘이 죽 빠진 니노는 파트리치아의 몸 위에 엎어져 있었다. 양팔을 풀밭 위에 축 늘어뜨리고 한쪽 뺨은 파트리치아의 뺨에 갖다 대고 있었다. 하늘을 바라보며 누워있는 파트리치아는 십자가에 달린 것처럼 양팔을 쫙 벌리고 있었다. 어찌 보면 순교 당한 성녀 같기도 했다. 고개는 뒤로 젖혔고 헝클어진 머리카락은 푸른빛이 감도는 까만 색이었다. 림멜 화장품을 바른 눈덩이가 갈색 별처럼 반짝였고 한쪽 눈가에 눈물이 살짝 맺혀 있었다. 반쯤 벌린 입술에 진한 립스틱이 얼룩져 있었는데 한 입 베어 물어 상큼한 즙이 터진 자두 같았다. 햇살을 받은 나무 잎새들이 총천연색 빛을 발하고 있었다. 그녀는 마치 화려한 카펫 위에 누워있는 듯했다. 우세페는 그녀가 정말이지 아름답다고 생각하며 그녀에게 다가가 팔꿈치에 살짝 입을 맞췄다. 그리고 만족스러워하며 다시 저만치 사라졌다. 연인들은 우세페의 뽀뽀에 관심을 보이지 않았지만, 셋이 함께 돌아오던 길에 파트리치아가 말했다.

　“네 동생 말인데, 맘에 들어.”

　사실 그녀는 니노가 자기보다 동생을 더 귀여워한다며 늘 질투했었다.

　그리고 이렇게 덧붙였다.

　“나한테 선물해 주는 거 어때? 넌 좀 별로라서, 너넨 형제가 아닌 것 같아. 하나도 안 닮았잖아.”

　“맞아,” 니노가 아무렇지도 않게 대답했다.

"우린 아빠가 다르거든. 내 아빠는 추장이고, 쟤 아빠는 중국 만다리노*야."

형의 우스갯소리를 들은 우세페는 또다시 터져 나오는 웃음을 참을 수 없었다. 아이는 만다리노가 과일이라고 알고 있었다. 논리적으로는 과일의 자식은 사람이 아닌 작은 과일이었다. 돌아오는 길에 들었던 니노의 말 중 우세페가 유일하게 반응을 보인 부분이었다. 나머지 말들은 오토바이의 요란한 소음에 파묻혀 들리지 않았다. 하긴 아이에게는 우스갯소리 말고는 중요할 게 없었다. 파트리치아가 농담 반 진담 반으로 말했던 우세페의 출생에 관한 비밀은 니노에게는 여전히 풀리지 않는 의문으로 남아 있었다. 산 로렌초에서 처음 아기를 보았던 순간부터 지금까지 니노는 엄마의 불장난에 대해 캐물으려 하지 않았다. 법에 얽매이길 싫어하는 그의 성향으로 미루어 보아 다분히 의도적으로, 베일에 싸인 동생으로 남겨두려는 것일 수도 있었다. 어디서 왔는지 모를 신비로운 존재, 어쩌면, 진짜로, 강보에 싸여 있던 아기를 주워 왔는지도 모를 일이었다.

3.

그즈음 다비데 세그레는 몇 달째 만토바**의 아버지 집에서 머물고 있었다. 이따금 니노에게 편지를 써 보내기도 했다. 1943년에 끌려갔던 그의 가족 중 생존자는 한 명도 없었다. 늙고 지병이 있었던 외

---

*   mandarino 관리 또는 귤
** 이탈리아 북부 롬바르디아 주에 있는 도시

할머니는 가는 도중에 목숨을 잃었다. 할아버지와 부모님은 아우슈비츠 비르케나우 수용소에 도착하자마자 가스실로 보내졌다. 당시 열일곱 살이었던 여동생은 그로부터 몇 달 뒤에 역시 가스실로 보내졌다. 1944년 3월경의 일이었다. 가족들이 집을 비운 사이에 누군가 무단으로 침입했던 게 분명했다. 다비데가 처음 보는 삽화들이 벽에 마구 나붙어 있었다. 방마다 먼지가 수북했고 반쯤 빈 상태로 방치되어 있었다. 가족들의 소유였던 가구와 장식품들은 대부분 사라졌다. 누가 언제 어디로 가져간 것인지 알 수 없었다. 집안에 아직 남아 있는 물건들은 다비데가 늘 보아왔던 자리에 그대로 놓여 있었다. 기분이 이상했다. 여동생이 아무도 건드리지 못하게 높은 선반 위에 올려놨던 예쁘장한 인형도 똑같은 자리에 똑같은 자세로 앉아있었다. 머리카락에 뽀얀 먼지가 내려앉은 채 유리 눈알을 동그랗게 뜨고 있었다. 게 중에는 다비데가 아주 어릴 적부터 보았던 물건들도 있었다. 소년이 되면서부터 그는 늘 똑같은 자리에 놓여 있는 집안의 평범한 물건들에 대해 염증을 느꼈다. 물건이란 영원히 끝나지 않을 공허함의 표상이었다. 죽은 사람들의 살아남은 물건들을 마주하며 그는 몸서리를 쳤다. 건드리기도, 옮기기도 싫었기에 그대로 내버려 두었다.

그는 방이 다섯 개나 되는 집안에 혼자 머물고 있었다. 목숨을 부지한 삼촌 하나가 최근에 가족들과 함께 도시로 돌아왔다는 이야기를 전해 듣긴 했다. 로마에서 신부님들이 숨겨주었던 사촌의 아버지였다. 그러나 친척들과 전혀 교류가 없었던 다비데에게는 생판 남이나 마찬가지였다. 그 사람들과 딱히 할 말도 없었고 어울리고 싶지도 않았다. 니노는 전우 시절부터 그런 사실을 익히 들어 알고 있었다. 카를로 핀토르와 대화를 나누던 중 그가 부르주아 친척은 물론이고 부모님, 여동생과도 갈라섰다는 사실을 눈치챘다. 그가 어릴 적에 당연하다고 여겼던 집안의 관습은 알고 보니 사회를 기만하고 기형으로 만드는 악습이었다. 아주 사소한 일들조차 그랬다. 아버지가 편지 봉투에 인쇄했던 '엔지니어 아무개'라는 글씨, 어머니가 누가 누가 예쁘고 잘났는지 자랑하는 여자들의 사교 모임에 여동생을 데려갔던 일, 식탁에서 나누던 가족들과 지인들의 대화, 부유한 인사들의 성씨를 또박또박 발음하던 여동생의 목소리, 어린 다비데가 공부를 제법 잘한다며 자랑하던 아버지의 말투, 그가 성장한 뒤에도 어머니는 머리를 쓰다듬으며 이렇게 말하곤 했다. '내 아기, 나의 천사, 나의 신사' 그 모든 걸 생각할 때마다 온몸이 경직될 정도로 혐오스러웠다. 머리가 커질수록 가족에 대한 그의 거부감도 점점 커졌다. 결국 그는 가족들과 연을 끊을 지경에 다다랐다. 부모와 자식 사이는 한 치의 희망도 없이 끊어졌다. 마치 다른 세상에서 다른 법을 따르며 사는 사람들 같았다. 그의 가족들은 자신들이 정직하고 건전한 사람들이라는 사실을 전혀 의심하지 않았다. 반면에 그는 가족들의 행동 하나하나에서 세상을 병들게 하는 추잡하고 변태적인 징후를 발견했다. 그들은 부르주아 그 자체였다. 그의 반항적인 성향은 점점 부정적으로 치달았고 결국 부모를 혐오하기에 이르렀다. 그에게 있어서 부르주아란 인종주의나 파시즘처럼 책임을 물어야 할 중대한 범죄였다.

중학교에 들어가면서부터 다비데는 가족들과의 접촉을 최대한 피했다. 집에서 벗어날 방법만 궁리했다. 집에 있을 때는 방문을 걸어 잠그고 방안에 틀어박혀 지냈다. 방학 때는 혼자 무전여행을 하며 이탈리아 방방곡곡을 떠돌아다녔다. 여행 중에 가족들에게 길고 열광적인 편지를 써 보내기도 했다. 가족들은 작가의 소설 같은 그의 편지를 읽고 또 읽었다. 그는 가족들의 기대를 한 몸에 받는 외아들이자 장남이었다. 성실했고 겸손했지만, 특이한 구석이 있는, 주위 사람들 모두가 우러러보는 아이였다. 인종법이 발령되어 유대인들이 학교에 다닐 수 없게 되자 그는 한 치의 미련도 없이 학교를 그만두었다. 그의 부모는 다른 고위층 유대인 자녀들처럼 무슨 수를 써서라도 그를 외국으로 보내려 했다. 하지만 그는 자신은 이탈리아 출생이니 여기 머물겠다면서 완강하게 거부했다. 아무리 설득해 보아도 소용없었다. 마치, 그는, 다비데 세그레는 불운한 조국에서 반드시 해야 할 일이 있다는 듯이 말이다. 그에게 외국행이란 도피 내지는 배신을 의미했다. 여느 여름처럼 이탈리아 각지를 떠돌아다니던 그는 토스카나에서 무정부주의 활동가들을 알게 되었고, 그들과 함께 불법 선전물을 만들어 배포하기 시작했다. 1943년에 누군가 가명을 쓰던 그를 밀고하는 바람에 독일군에게 붙잡혔다.

그는 현재 정치적인 활동을 일체 중단한 상태였다. 딱히 어울리는 사람도 없었다. 만토바의 지인 중 그가 유일하게 궁금해했던 이는 어린 시절 자신의 첫사랑뿐이었다. 니노에게 보낸 편지에서 그는 그녀를 G.Costei 라고 줄여서 불렀다. 유대인은 아니었고, 세례를 받았으며, 나이는 그보다 몇 살 위였다. 현재까지는 그의 유일한 사랑이라 부를 만했다. 다비데와 사귀었던 시절 그녀는 공장에서 일하는 아리따운 아가씨였다. 1942년부터는 다비데를 차 버리고 파시스트와 사귀었고 점령군이 들어온 뒤에는 독일 남자들과 놀아났다. 공장을 그만두고 만토바를 떠나 다른 도시로 갔다고들 했는데 그녀가 밀라노로 갔다는 사람도 있었다. 그런가 하면 독일인들이 철수한 후에 첩자로 몰려 탈탈 털렸다는 말도 있었다. 정확한 건 아무도 몰랐다. 그녀의 부모는 수년 전에 일자리를 찾아 독일로 이민을 떠나 연락이 끊긴 상태였다. 그녀가 어디에 있는지 다비데에게 알려줄 사람은 아무도 없었다. 그녀 외에 그가 사회적으로 관계를 맺었던 사람은 니노가 유일했다. 그는 니노에게 매우 불규칙한 주기로 편지를 보냈다. 하루에 두 통이나 쓰는가 하면, 몇 주가 지나도록 한 통도 쓰지 않기도 했다. 니노는 최선을 다해 그의 편지에 답장하려고 노력했지만, 엽서 한 장이 고작이었다. 니노에게 쓰기의 행위는 일종의 형벌이었다. 새하얀 종이와 펜을 보자마자 학교의 기억이 떠올라 수전증을 앓는 작가처럼 손을 바들바들 떨었다. 그가 직접 고른 화려한 색상의 엽서들은 빛이 바랬지만 경쾌했다. 엽서에는 간단한 안부와 서명만 적었다. 우세페와 같이 있을 때는 동생의 손을 붙들고 삐뚤삐뚤한 글씨로 '우세페'라고 쓰기도 했다.

다비데는 집에 가서 몇 주만 머물고 오겠다고 했지만, 예상보다 기간이 길어지고 있었다. 지방에 있는 집에서 혼자 지내는 게 심심하기도 할 터였다. '술이나 퍼마시고 있겠지.' 니노는 종종 그렇게 중얼거렸다. '내가 가서 끌고 내려와야지.' 그러나 로마는 물론이고 늘 북부와 남부를 돌아다니는 수상한 원정 탓에 그는 만토바에 갈 틈이 없었다. 니노에게 보낸 편지에서 다비데는 돈이 생기면 최대한 빨리 로마에 돌아가고 싶다고 했다. 가진 돈을 다 쓰면 막노동하거나 공장에 들어가겠다고도 했다. 몸을 쓰는 일을 하면 생각에서 벗어날 수 있다고, 최대한 몸이 힘든 일에 종사하고 싶다고, 그러면 적어도 저녁때 집에 돌아가 아무 생각 없이 침대에 뻗어 잠을 잘 수 있을 거라고. 하지만 니노는 그의 말을 믿지 않았다. 목숨을 걸고 군사 경계선을 넘어 나폴리에 도착했던 날 밤이었다. 그는 어릴 적부터 꿈꿔왔던 미래의 계획에 대해 니노에게 이야기했다. 그가 가장 바랐던 건 책을 쓰는 일이었다. 그는 책을 쓰는 일이야말로 인류 전체의 삶을 송두리째 바꿀 수 있는 일이라고 했다. 하지만 이내 부끄러운 표정을 지었다. 그런 말을 함부로 내뱉은 걸 후회하는 눈치였다. 어두운 표정으로 죄다 헛소리라고, 그냥 포르노 책이나 쓰고 싶다고 얼버무렸다.

닌누추는 다비데가 전에도 공장 노동자로 일한 적이 있다는 사실을 알고 있었다. 그가 피오트르 동지였던 시절에 알아낸 사실이었다. 결론적으로 그의 무모한 시도는 실패로 돌아갔다. 6년 전 즈음 다비데가 성인이 되던 무렵의 일이었다. 인종법 시행령으로 공립 학교에 다닐 수 없게 된 그의 공식적인 직업은 백수 학생이었다. 그동안 눌러왔던 자신의 열망을 마음껏 발산할 시기가 도래한 것이었다. 학교의 틀을 벗어나 새롭고 신선한 자유를 만끽할 수 있게 된 것이었다. 어떤 면에서는 상당히 위험한 일이었지만 말이다. 그동안 혁명적인 선택을 조심스럽게 고민해 왔던 다비데는 드디어 결정의 시기가 다가왔다고 느꼈다. 사상을 배신하느니 차라리 손을 자르리라! 그렇게 그는 자신에게 주어진 임무를 수행하기로 결심했다. 성인이 되면서부터 자신의 첫 번째 의무라 여겼던 건 육체노동을 직접 감당하는 것, 예를 들자면 부르주아 출신이었던 그가 공장에 들어가 월급을 받으며 일하는 것이었다. 익히 알려진 그의 사상에 따르면 진정한 무정부주의 혁명은 권력과 폭력을 거부하는 것이었다. 그중 그가 개인적으로 실천할 수 있었던 일은 자신과 전혀 다른 부류에 속한 타인의 삶을 체험하는 것이었다. 오늘날 산업 사회가 태동한 조직적인 권력과 폭력이란 운명의 굴레를 쓰고 태어난 이들, 다시 말해서 노동자 계급의 삶을!

같은 해에 그는 지인들을 통해 북부 공장에 노동자로 취업하는 데 성공했다. 제노바, 브레시아, 토리노 또는 기타 도시였을 수도 있다. 바야흐로 나치가 전폭적인 승리를 이어가던 시절이었다. 다시 말해 공장 내에서 무정부주의가 호응을 얻지 못한 시기란 뜻이었다. 그러나 다비데 세그레는 강대국들의 승리를 보면서도 코웃음을 쳤다. 모든 게 나치 파시스트 아니, 부르주아를 파멸로 몰아가려고 파 놓은 운명의 함정이라 굳게 믿었다. 이후에는 혁명의 노래가 온 땅에 울려 퍼지리라! 정말이지 순수하고 미숙했던 다비데 세그레의 발상이었다. 그는 인류 전체를 살아 움직이는 유기체에 비견했다. 하나의 세포가 행복해하면 인류 전체의 운명이 행복해질 것이고 결과적으로 온 세상에 행복이 도래하리라! 은둔생활을 했던 유대인 학생이 어떻게 취업에 성공했는지 실질적인 내용까지는 나도 잘 모르겠다. 누군가 내 귀에 속닥거렸던 바로는 공장에서 일하는 동안 그의 진짜 정체가 밝혀지지 않았노라고 했다. 노동자로 생활하는 동안 그는 가족 사항과 신상에 대해 비밀을 지켰고 아주 가까운 지인 외에는 그의 본래 모습을 몰랐다. 나 또한 닌누추를 통해 전해 들은 사실이었다. 다들 알다시피 닌누추는 비극적인 사건조차 코미디처럼 묘사하는 탁월한 재주가 있으므로 이제부터 내가 재현하려는 사건 또한 실제와는 다소 거리가 있음을 짚고 넘어가고자 한다.

그가 처음 일하게 된 장소는 함석지붕이 있는 커다란 창고였다. 광장이라 불러도 될 만큼 거대한 창고 내부는 바닥에서 천장까지 바삐 돌아가는 무시무시한 기계들로 가득 차 있었다. 다비데는 성스러운 울타리를 넘듯 경외하는 마음으로 창고의 문턱을 넘어섰다. 창고 안에 갇혀 일하던 사람들에게는 피할 수 없는 형벌이었지만, 그는 자신의 의지로 선택한 일이었다. 단순한 반항을 넘어서서 마침내 실행의 단계까지 이르렀다는 흥분된 감정이 그의 내면을 가득 채웠다. 태풍의 눈, 인간존재를 괴롭히는 심장부에 단순한 방문객이 아닌, 실제로 겪어낼 자격으로 침투한 것이었다. 그는 즉시 기계 앞으로 가서 일하라는 지시를 받았지만, 전혀 흔들리지 않았다. 주위는 소용돌이처럼 혼란스러웠다. 쉴 새 없이 돌아가는 기계들의 굉음 때문에 고막이 찢어질 것 같았다. 사람의 목소리는 아무리 크게 소리쳐도 잘 들리지 않았다. 그가 맡은 업무는 멈추지 않고 끊임없이 몸을 움직여야만 하는 일이었다. 잠시도 가만히 있지 못하는 병에 걸린 환자처럼 계속 스텝을 밟아야만 했다.

어디선가 흘러나오는 먼지와 냄새를 흡입하자 멀미와 유사한 증상이 나타나기 시작했다. 숨을 들이마실 때마다 콧구멍과 타액에 먼지와 냄새가 침투했지만, 다비데는 굴하지 않고 꿋꿋하게 자리를 지켰다. 밖은 환한 대낮이었지만 출입문은 드물게 열렸다. 거대한 창고의 내부는 흐릿하고 침침했다. 특정한 지점만 전깃불이 너무 밝아서 취조실 조명처럼 눈이 시렸다. 천고가 높은 지붕 바로 아래 작은 창문 몇 개가 있었다. 유리창은 전부 검은 시트로 가려져 있었다. 빈약한 환기구를 통해 스며드는 습하고 차가운 겨울 공기가 열이 끓어올라 뼛속까지 피폐해진 사람처럼 활활 타오르는 내부의 공기와 맞부딪쳤다. 먼지로 가득한 연기 사이로 무언가를 녹이며 찬란하게 타오르는 불꽃이 혀를 날름거렸다. 그 안에서 일하는 사람들마저 실제가 아닌, 한밤중에 보이는 헛것들 같았다. 이따금 바깥세상에서 반쯤 파묻힌 메아리들이 들려왔다. 사람들의 목소리, 전차의 종소리. 창고 안 세상은 눈 덮인 벌판을 가로지르며 투쟁하는 극 지대를 방불케 했다.

하지만 다비데 세그레는 그 어떤 어려움에도 맞설 준비가 되어 있었다. 당장 불바다로 뛰어들고 싶어 하는 풋내기 병사처럼 담대하게 맞설 작정이었다. 그러나 얼마 지나지 않아 그는 다른 건 다 제쳐두고라도, 일터에서 주체적인 인간은 존재하지 않는다는, 이제껏 몰랐던 사실을 깨닫게 되었다. 창고 안에서 일하던 수백 명의 사람 중 '영혼'을 지닌 존재는 단 한 명도 없었다. 중세 농노 시대에나 있을법한 일이 그곳에서 벌어지고 있었다. 엄청나게 비대한 기계들이 사람들의 왜소한 몸을 낚아채고 집어삼켰다. 사람들은 값싼 물질의 일부로 전락했다. 기계적으로 돌아가는 고철 덩어리와 사람들과의 다른 점이라면, 가련하리만치 연약하다는 것과 고통을 느낀다는 것 정도였다. 미친 듯이 질주하는 기계들로 이루어진 조직이 사람들을 노예처럼 부리고 있었다. 자신들의 힘으로 멈출 수 있는지 아닌지는 의미 없는 수수께끼였다. 실제로 그들 중 아무도, 아무런 설명도 요구하지 않았다. 설명 따위를 요구해 보았자 소용없다는 사실을 모두가 알고 있었다. 그러니 질문 자체가 부질없었다. 최대한의 물질적 이윤을 남겨야 한다는 개념은 노동자들에게 삶과 죽음에 준하는 법칙이었다. 그들의 유일한 방어책은 둔감 즉 극심하고 무감각한 둔감이었다. 그들에게 주어진 매일의 삶을 지배하는 법칙은 생존을 위한 극단적인 몸부림이었다. 그들 모두가 불가항력의 법칙을 상표처럼 몸에 달고 지냈다. 좀 더 인간적인 질문은 제쳐두고라도 쾌락을 추구하려는 동물적인 본능조차 끼어들 틈이 없었다. 다비데 세그레는 철저한 계급 사회의 위계질서에 대해 고민해 온 사람이었다. 그러나 창고 안에 발을 들여놓은 뒤로는 감지한다는 것 자체가 불가능했다. 느낄 수 있는 거라고는 흐트러진 구름 같은 희뿌연 증기밖에 없었다.

그가 공장에서 담당했던 업무가 무언지는 나도 들은 바가 없다. 내가 짐작하기로는 신출내기에다 변변한 기술도 없었던 그에게 주어진 건 프레스기를 다루는 일 정도였을 것이다. 밀링 머신이나 다른 기계를 다루는 일을 했을 수도 있다. 그러나 어떤 기계나 전부 마찬가지였다. 기계가 달라진다 한들 의미가 없었다. 모든 기계가 영원토록 반복될 단조로운 순서에 따라 움직였다. 하면 할수록 점점 공허해지는, 한치의 보람도 기대할 수 없는 일이었다. 그는 매일 똑같은 기본적인 공정을 소용돌이치듯 반복해야만 했다. 예를 들자면 손으로 막대기를 밀어 끼우며 발로는 계속 페달을 밟는다든지 하는 일들이었다. 초 단위의 리듬에 맞춰 하루에 5천 내지는 6천 회에 달하는 똑같은 동작을 멈추지 않고 반복해야만 했다. 화장실에 가는 시간은 예외였지만 그마저도 초 단위로 계산되었다. 그곳에서 일하는 동안 그는 프레스기 또는 밀링 머신을 제외한 그 누구와도 관계를 맺을 수 없었다. 자신의 선택으로 초인이 되고자 했던 다비데는 첫날부터 철저한 고독에 빠져들었다. 바깥세상의 생명체들은 물론이고 창고 안에서 함께 일하는 동료들과도 마주칠 틈이 없었다. 고통을 참아내며 똑같은 움직임을 끝없이 반복하는 사람들 사이에서 그는 마치 몽유병자가 된 기분이었다. 게임의 벌칙은 독방에 가두기였다. 격리된 사람들은 살아남기 위해 쉬지 않고 쳇바퀴를 돌려야만 했다. 불가항력의 형틀 주위를 끊임없이 빙빙 돌아야만 했다. 그는 아귀처럼 모든 걸 다 집어삼키는 기계들의 지배하에 놓여 있었다. 기타 관심사들은 적군에 대항하는 전술처럼 피하는 게 상책이었다. 분에 넘치는 사치를 부렸다가는 재해와 궁핍으로 갚게 될지니.

다비데는 예상치 못했던 새로운 형태의 고독을 체험하게 되었다. 익히 알고 있던 관조나 명상을 통해 터득하는, 우주의 모든 창조물과 하나가 되어 소통하는 그런 종류의 고독과는 다른 차원이었다. 수동적인 복종만을 요구하는 일터의 메커니즘이 그를 점점 옥죄었다. 그에게 주어진 임무는 끊임없이 되풀이되는 헛되고 어리석은 과정이었다. 다비데는 노동의 중압감에 시달렸던 한편 어처구니없게도 관념이라는 이중적 잣대에 짓눌렸다. 일시적으로 자유를 누릴 수 있는 퇴근길에조차 중압감에서 벗어날 수 없었다. 족쇄를 차고 바깥 공기를 들이마시는 죄수가 된 듯한 기분이었다. 공장의 철문을 벗어날 때마다 자신을 둘러싼 모든 게, 자신이 발을 내딛는 땅이 심한 멀미처럼 구역질을 일으키며 울렁거렸다. 일상적으로 그를 습격하는, 보이지 않는 기계들의 공격은 침대에 눕기 직전까지 이어졌다. 기계들은 그의 머리통을 집게로 집어 콕콕 찌르고 부글부글 끓였다. 아주아주 가끔 본질적인 사상과 관련된 생각이 떠오르는가 싶기도 했지만, 도움은커녕 방해만 되었다. 그런 생각 따위는 해충처럼 빨리 짓이겨 버리는 게 상책이었다.

그 같은 구토 증상은 출근 첫날 저녁부터 나타났다. 퇴근 시간이 되자마자 오로지 토하고 싶다는 생각밖에 없었다. 자신의 골방에 발을 들여놓자마자 그날 먹었던 아주 적은 양의 음식과 많은 양의 물을 게워 내고 싶어졌다. 그때만 해도 술을 못 마셨던지라 물 또는 주머니 사정이 허락할 때는 오렌지 음료를 마셨다. 첫날 저녁 이후에도 퇴근 시간만 되면 어김없이 구토 증상이 나타났다. 어렵사리 번 돈으로 사 먹은 점심을 토해낸다는 생각에 화가 치밀었지만, 도저히 참을 수 없었다. 일하는 날 아침이면 그를 잠에서 깨우는 자명종 소리에 한바탕 전쟁이 벌어졌다. 새로운 하루의 시작을 알리는 알람 소리가 수천 마리 개미들로 둔갑해 새카만 파도를 이루며 그의 몸을 향해 돌진했다.

도저히 참을 수 없을 만큼 온몸이 근질거렸다. 그는 눈을 뜨자마자 절망적으로 온몸을 긁어댔다. 본래의 자신을 거부하리라는 성스러운 의무감과 더불어 사악하고 불경스러운 기분에 빠져들었다. 마음속에서 상반되는 두 세계의 법칙이 팽팽하게 맞서고 충돌했다. 그럼에도 그는 나약해지지 않으려고 발버둥 쳤다. 그럴 때마다 높은 곳에서 열광적이고 절대적인 목소리가 들려와 그의 양심을 일깨워 주었다.

다비데는 자신의 현재 상태가 심각하게 잘못되었다는 사실을 인정할 수밖에 없었다. 그러나, 어쨌든, 누군가 떠민 게 아닌, 순전히 자기 뜻으로 시작한 일이었다. 노동자들을 비하하는 세상 사람들에 맞서 종이와 펜이 아닌 온몸으로 혈서를 써 내려가리라! 사상에 기반한 해방과 혁명을 부르짖으며 세상을 바꾸리라!! 그러나 그토록 신실한 믿음의 소유자였던 청년 다비데가 할 수 있었던 일은 고작 아침마다 공장 창고를 향해 전력 질주하는 것이었다. 자신만의 깃발을 휘날리며 최전방에서 싸우는 투사처럼 말이다. 끊임없이 반복되는 일을 시작한 뒤 처음 며칠 동안은 상상 비슷한 걸 하기도 했다. 그를 지탱해 주었던 마지막 끈이랄까. 피폐해진 정신을 환기해 주는 이미지들이었다. 그가 알고 지냈던 여자들, 숲속 오솔길, 바다, 파도 등등... 하지만 그가 종종 산으로 휴가를 떠날 때마다 안타깝게도 미미한 업무상 과실이란 결과로 이어졌다. 소장의 꾸지람과 해고하겠다는 협박에 시달렸다. 소장은 하늘이 무너질지라도 절대로 타인을 칭찬하는 법이 없는 인간이었다. 그가 공장에서 가장 빈번하게 썼던 단어는 멍청이란 뜻의 비속어였다. 그럴 때마다 다비데는 그에게 주먹을 날리고 싶다는 아니, 부속들을 보관하는 상자를 마구 걷어차고, 다 때려치우고 뛰쳐나가고 싶다는 생각이 솟구쳤다. 하지만 차마 그럴 수 없었다. 이건 엄연히 자신이 원해서 시작한 일이었다. 그렇게 꾹 참고 나면 내장이 뒤틀리며 구역질이 올라왔다. 곧이어 아침마다 반복되는 참을 수 없는 가려움증이 나타났다. 이불 속에 개미굴이 있다거나 빈대들이 침략이라도 한 것처럼.

그의 비밀스러운 상상은 얼마 지나지 않아 저절로 자취를 감췄다. 공장 일을 시작한 지 일주일 정도 지나자, 대지가 떠오르지 않았다. 숲, 해변, 풀밭, 하늘과 별도 사라졌다. 그는 더 이상 상상을 통해 행복을 느낄 수 없었다. 아니, 아예 상상 자체가 불가능했다. 창고를 나서면서 마주치는 여자들도 더 이상 눈에 들어오지 않았다. 그의 우주는 창고라는 공간으로 축소되었다. 이따금 감옥의 첨탑을 넘어 도주할 생각도 해 보았다. 하지만 두려웠다. 성공할 가능성은 전혀 없었다. 그렇게 그는 또다시 창고 안에 발을 들였다. 그곳에서 그는 살아 숨 쉰다는 사실만으로 행복해하는 얼굴들과 마주쳤다. 그가 좋아했던 예술, 시, 학문, 독서도 에덴의 낙원처럼 머나먼 이야기였다. 그는 회화와 음악, 그중에서도 바흐를 특히 좋아했다. 정치 거장들의 논문을 읽는 일도 그의 취미 중 하나였다. 아테네의 소크라테스라는 이름만 떠올려도 마음이 울컥했다. 햇볕이 드는 거실이나 벤치에 앉아 귀족적인 친구들과 토론하는 모습, 아리스토텔레스가 일리소스 강변을 산책하며 논리학을 가르치는 모습 등등.

창고에서 함께 일하는 동료들에게 사상을 전파한다는 건 말썽꾸러기 어린애들을 상대하는 것보다 어려운 일이었다. 그곳에서는 형제애니, 도덕심이니 하는 말을 내뱉는 것조차 부끄러웠다. 동료들을 계몽하겠다는 건 금단의 사치였다. 동료들을 정치적으로 선동하고자 했던 의도가 난항을 겪으면서, 그는 또 하나의 욕구 불만에 시달리게 되었다. 내가 알기로는, 그는 공장을 그만두기 직전에야 퇴근길에 철창문 밖에서 동료들 서너 명에게 불법 인쇄물을 나눠주며 사상적인 침투를 시도했다. 당연히 아무런 성과도 거두지 못했다. 나치 파시스트들이 판쳤던 그 시기에 그들이 베풀었던 유일한 동료애는 다비데의 행동을 눈감아 주는 것이었다. 동료들의 배려를 전혀 몰랐던 다비데는 무정부주의 사도로 공장에 침투한 자신의 전도 활동이 실패했음에 깊은 자괴감을 느꼈다.

그와 창고에서 일하던 동료들 사이는 매우 서먹한, 아주 피상적인 관계였다. 내가 듣기로는, 젊은 동료 몇몇이 토요일 퇴근길에 함께 저녁을 먹으러 간 적이 있었다. 장소는 공장에서 가까운 사람들로 북적거리는 술집이었다. 수령의 초상화와 전쟁 구호들이 벽을 도배한 그 술집은 사복 경찰들, 첩자들, 검은 셔츠 부대원들이 들락거리는 곳이었다. 테이블마다 남자들이 삼삼오오 모여 앉아 스포츠, 영화, 여자 이야기를 하고 있었다. 그들이 사용하는 언어는 대개가 암시적인 은어였고, 문장 구조는 최소한의 빈약한 단어들로 이루어져 있었다. 특히나 여자 이야기가 나오면 그야말로 유치한 코미디가 따로 없었다. 다비데는 그 술집이야말로 기계들의 침략에 맞서 싸우는 동료들의 유일한 마음의 안식처란 사실을 잘 알고 있었다. 어느 순간 동정심 아니, 동료들에게 잘 보이고 싶다는 마음에 사로잡힌 그가 음담패설을 들려주겠다면서 말을 꺼냈다. 그의 복잡한 괴담을 줄여 말하면 다음과 같았다. 어떤 사람이 가면무도회에 좆으로 변장하고 가고 싶었는데 마땅한 옷이 없어서 결국 엉덩이로 변장했다는, 하여간에 그런 이야기였다. 그가 이야기를 마치자마자, 분위기가 얼어붙으며 술집 안에 있던 사람들 전부가 동시에 경계의 눈빛으로 그를 쳐다보았다. 그 시절에 그런 이야기를 입에 올린다는 건 수령이나 총통 또는 고어링 헌병 사령관을 빗댄 것일 수도 있기 때문이었다. 그날 창고에서 일하다가 손끝을 살짝 베인 다비데는 한 손가락에 붕대를 감고 있었다. 상처가 곪으려는지 다친 손가락이 욱신욱신했다. 게다가 함께 술을 마시던 이들에게 호감을 사고 싶어서 포도주까지 진탕 마신 상태였다.

밤이 되자 열이 오르기 시작했다. 그는 악몽을 꿨다. 손가락이 있던 자리에 너트로 단단히 조인 커다란 볼트가 달려 있었다. 그는 창고 안에 있었지만, 사람들도 기계들도 보이지 않았다. 대신에 반은 사람이고 반은 기계인 희한한 생명체들이 보였다. 허리 아래는 수레가 달려 있고, 다리가 있어야 할 자리에 드릴이, 팔이 있어야 할 자리에 도르래가 달려 있었다. 새하얀 반점을 일으키며 안개가 부글부글 끓어올랐다. 그들 사이에서 그는 뛰고 또 뛰어야만 했다. 쉬지 않고 뛰어야만 절규와 비웃음에서 벗어날 수 있었다. 그게 정해진 규칙이었다. 그들은 시력이 거의 없었고, 주물공장에서 새어 나오는 산성 때문인지 크고 두꺼운 녹색 안경을 쓰고 있었다. 종종 검은 피처럼 녹진하고 끈끈한 침을 뱉기도 했다. 얼마 전부터 다비데는 그런 종류의 악몽에 시달렸다. 드릴, 도르래, 꺾쇠, 나사... 부속과 시간에 대한 복잡한 계산을 쉴 새 없이 한다든지, 자신의 월급이 2리라 40밖에 안 된다고 우기는 사람과 싸운다든지 하는 내용들이었다. 꿈속에서조차 행복할 겨를이 없었다.

내가 듣기로는, 다비데가 동료들과 창고 밖에서 만났던 건 그날 저녁 식사가 유일했다. 선천적으로 변덕이 심했던 다비데는 그날 이후 더더욱 내성적으로 변했다. 심할 때는 동료 노동자들과 충돌하기도 했다. 무엇보다 최악이었던 건 그가 실은 정반대의 상황을 갈망했다는 것이었다. 탈의실에서 마주친 동료에게 말을 붙이고, 퇴근길에 동료들을 부둥켜안고, 창고 밖에서 그들을 기다리는 멋진 일들이 얼마나 많은지 알려주고 싶었다. 그러나 현실은 좋은 아침, 좋은 저녁이라는 인사를 건네는 것마저도 힘들었다. 공장 동료 중 그의 진짜 계급과 정체를 아는 사람은 아무도 없었다. 그럼에도 그는 늘 겉도는 사람이었다. 가장 심각한 문제는 동료들의 모습을 보면 볼수록 자신이 혐오스러워졌다는 사실이었다. 그에게 있어서 공장 일이란 건 일시적인 경험에 불과했다. 지식인의 치기 어린 모험이랄까. 반면에 동료들에게는 그 일이 인생의 전부였다. 내일, 모레, 1년, 10년이 지나도 창고, 소음, 리듬, 부속, 소장의 싫은 소리는 끊이지 않고 이어질 것이다. 병에 걸린다거나 늙으면 쓸모없는 짐짝처럼 버려질 것이다. 고작 그따위 결말을 위해 그들은 세상에 태어났단 말인가. 그들 또한 온전한 정신과 육체를 지닌, 그와 다를 바 없는 인간이었다. 그와 그들 사이에 놓인 불공정의 간격을 무슨 수로 좁힐 수 있단 말인가. 그가 아는 유일한 방법은 자신 또한 그들과 마찬가지로 평생 노동자로 사는 것이었다. 그렇게만 된다면 진심으로 그들을 형제라 부를 수 있으리라. 그것이야말로 자신이 걸어가야 할 길이었다. 하지만 순식간에 내면의 창문들이 화들짝 열리고 행복이란 놈이 다가와 그의 귓가에 속삭였다. 설마 날 배신하려는 건 아니겠지? 다들 알다시피 다비데는 삶을 마음껏 즐길 줄 아는 사람이었다. 인생에 있어서 무엇보다 중요한 건 행복이었다. 스스로 선택한 운명이 그를 협박하고 다그쳤지만, 굴복하지 않았다. 다비데 세그레는 자신이 어떤 상황에서도 행복을 노래할 수 있으리라 믿었다. 난 아직 열여덟 살이잖아.

시간이 갈수록 그는 노동자라는 자신의 직업에 과도하리만치 열정을 쏟아부었다. 자신에게 부족한 건 오직 하나, 훈련뿐이었다. 훈련 또 훈련하기로 단단히 마음먹었다. 일하는 날의 횟수를 늘렸고 휴일에도 연장 근무를 신청했다. 하지만 빈칸은 채워지지 않았다. 매일 저녁 저주스러운 구토가 이어졌다. 몸무게가 점점 줄어들었다. 날이 갈수록 야위어 갔지만, 그는 힘겨운 상황을 극복해 낼 것이라 굳게 믿었다. 도덕의 실천은 마음먹기에 달렸다는 말도 있지 않은가. 창고에서 일하던 다른 사람들에 비해 그가 유독 허약했던 건 아닐까? 아니, 그 때문만은 아닐 것이다. 오십이 넘은 남자와 여자들, 심지어 허약하고 어린 소년 소녀들도 공장에 나와 일을 했다. 누가 보아도 그는 건강하고 튼튼한 편에 속했다. 육상 경기에서 우승한 적도 있는, 팔뚝에 알통이 불룩한 상남자였다.

어쨌든 그는 여름까지만이라도 버티기로 마음먹었다. 때는 바야흐로 2월이었다. 육체적인 인내야말로 그에게 주어진 의무이자 명예였다. 그러나 그의 육체는 결국 그를 배신하고야 말았다. 셋째 주 월요일에 사건이 벌어졌다. 끔찍한 토요일을 보낸 이후였다. 수백 개의 부속을 다루던 그는 실수를 거듭했다. 그날따라 예전에 사귀던 만토바 아가씨가 자꾸 생각났다. 새로 부임한 소장이 그에게 다가와 뭐라 뭐라 지껄였다. 정확한 뜻은 몰랐지만, 말투만 들어도 상스러운 욕설이었다. 그는 저녁도 안 먹고 곧장 숙소로 돌아왔다. 다른 날보다 더 심하게 구토가 올라왔다. 거무죽죽한 액체가 입에서 흘러나왔다. 토사물 안에 먼지, 그을음, 톱밥이 섞여 있었다. 침대에 누웠지만 잠이 오지 않았다. 언제나처럼 온몸이 가려웠고 머리가 깨질 듯이 아팠다. 그의 머릿속에는 오로지 볼트, 너트, 부속, 볼트, 너트, 부속이 들어차 있었다. 그러던 어느 순간 누구한테 한 대 얻어맞은 것처럼 놀라운 생각이 뇌리를 스쳤다. 세상 모든 이들 그러니까, 그들 중 단 한 사람이라도 강요된 삶을 살고 있다면 자유, 아름다움, 혁명을 논하는 건 사기극에 불과하다! 그는 흠칫 놀라며 한 발짝 뒤로 물러섰다. 악마의 속삭임, 최악의 유혹이었다. 그런 생각이야말로 유일한 삶의 희망인 사상을 저버리는 것이었다. 일요일이 되자 그는 고열에 시달리며 온종일 침대에 누워 잠을 잤다. 꿈도 많이 꿨지만, 내용은 잘 기억나지 않았다. 어쨌든 아주 즐거운 꿈들이었다. 회복기에 접어든 환자처럼 쇠약했던 몸이 치유되는 기분이었다. 얼마 전까지만 해도 말도 된다며 일축했던 생각들이 힘찬 언약과 촉진으로 변모했다. 자신의 힘으로 도저히 풀 수 없는 인간의 저주 앞에서 그는 이렇게 되뇌었다.

"사상이 저절로 하도록 내버려 두자. 그래, 사상이 알아서 기적을 일으키고 말도 안 되는 괴물들이 점령한 이 땅을 해방해 줄 거야."

자명종을 맞추고 잠들었다. 아침이 되자 분주하게 일터에 나갈 채비를 했다. 이제 그의 발은 자동으로 창고를 향해 움직였다. 잠시 후에 기계들과 마주하게 될 그곳으로. 순간 그의 머리 위로 빌어먹을 집게가 툭 하고 떨어졌다. 귓가에 잔혹한 굉음이 울려 퍼지기 시작했다. 다리가 마비된 듯한 기분이었다. 공장에 들어가는 계단을 오르던 중 그는 꼼짝도 할 수 없었다. 멀미가 났다. 눈앞이 캄캄해졌다. 귓가에 휘파람 소리가 들렸다. 어떻게든 일터의 문턱을 넘으려 애썼지만, 소용없었다. 짐을 벗어 던지려는 의도는 절대 아니었다. 그의 계시대로 그건 사상이 벌인 짓이었다. 아무짝에도 쓸모없는 실천을 하느니 작전상 후퇴가 나았다. 이따위 사회적 정치적 상황에서는 비폭력주의를 표방했던 사상가 바쿠닌이라도 모멸감을 느꼈을 것이다. 온몸으로 거부했을 것이다. 그렇게 생각하니 다리가 살짝 움직여지는 것 같기도 같았다. 온몸에 미세한 전율이 흘렀다. 즐겁고 신나는 전율은 아니었지만.

그는 새롭게 떠오른 주제를 실천에 옮길만한 다양한 방법을 생각해 보기로 했다. 예를 들면, 그를 멍충이(?) 라고 불렀던 소장을 두들겨 팬다든지, 기계 위에 올라타 빨갛고 검은 끈 따위를 휘날리며 데모가를 부른다든지, 모두에게 이렇게 소리친다든지, 다들 멈춰! 우렁찬 그의 목소리에 소음으로 가득했던 창고 안이 순식간에 잠잠해질 것이다. 그는 한층 소리 높여 외칠 것이다. "여기서 도망칩시다! 싹 다 뒤집어엎어 버립시다!! 공장을 불태웁시다! 기계들을 죽여 버립시다! 세상 사람들이여, 주인들을 포위하고 빙빙 돌며 춤을 춥시다!!" 기타 등등. 도덕적인 힘과 의지로 충만해지자, 우연한 충동을 실현하고 싶은 마음이 용솟음쳤다. 그러나 육체적인 현상이 그의 내장을 뒤흔드는 바람에 그는 또 다른 충동에 자신의 굳은 의지를 양보할 수밖에 없었다. 구토! 일터 안에 들어가 자신의 위치에서 부속들의 숫자를 세자마자 그놈의 빌어먹을 구토가 올라오기 시작했다. 저녁에만 나났던 증상이 환한 대낮에, 이토록 왕성하게 출몰하다니! 동료들이 보는 앞에서 바지에 오줌 싼 어린애 꼴이 되다니! 그렇다. 그 사건만 벌어지지 않았다면 그는 기필코 승리했을 것이다. 확신에 차서 창고를 향해 성큼성큼 발걸음을 옮겼을 것이다. 하지만 잠시 후 그는 5층에 있는 집의 계단 하나조차 디딜 수 없었다. 창고에 가서 일해야 한다고 생각한 즉시 몹쓸 마비 증상이 도져버렸다. 그의 도덕적인 의지는, 그럼에도, 어떻게든, 그곳에 가고자 했으나, 다리가 말을 듣지 않았다.

그가 닌누추에게 설명했던 바에 따르면 그 증상은 '불행함에서 기인한 마비'였다. 어떤 행동을 하든, 무슨 일을 하든, 인간의 움직임이란 건 지극히 자연스러운 현상이다. 하지만 지루하고, 소모적이고, 답이 없는 총체적 불행이란 비현실적인 상황에 놓이게 되면 자연은 정반대로 작동할 수밖에 없다. 그러니 난들 어쩌랴, 거기서 멈출 수밖에... 적어도 대여섯 달 이상은 지속하리라 결심했던 다비데 세그레의 노동자 경험은 19일 만에 허무하게 끝나버렸다. 불과 19일 만에. 심지어 그는 평생을 바칠 생각까지 했었는데 말이다. 불행인지 다행인지 그의 사상은 거기서 멸절되지 않았다. 그가 예상했던 대로 더 확실하고 단단해졌다. 그럼에도 그의 육체적인 시도가 실패로 돌아갔다는 사실만큼은 획실했다. 이후에 노동자들과 우연히 마주칠 때마다 다비데는 부끄러움과 죄책감으로 그들의 눈을 피할 수밖에 없었다. 그들 앞에서 감히 사상을 운운할 수 없었다.

다비데는 더 이상 소년이 아니었다. 니노 또한 잘 아는 사실이었다. 애송이 때는 다들 그런 거였다. 이미 처참하게 실패했던 노동자의 삶으로 되돌아가겠다는 그의 허풍에 친구는 실소를 금치 못했다. 그렇다고 해서 다비데 동지에 대한 지대한 존경심을 잃은 건 아니었다. 카스텔리 지역에서 함께 지낸 시절부터 니노는 그를 특출난 인물이라 여기고 있었다. 다비데는 언젠가, 반드시, 영광스러운 일을 이뤄낼 위대한 사상가였다. 모든 면에서 있어서, 그 누구보다 월등한 인간이었다. 다비데가 만토바에서 니노에게 보냈던 편지 중에는 아주 길고 멋진 것들도 있었다. 진정한 작가로서의 필체를 뽐내는 편지였다. 닌누추는 예술, 철학, 역사를 넘나들며 논리를 펼치는 그의 편지가 몹시 자랑스러웠다. 매번 읽어보려고 시도했지만, 끝까지 다 읽기는 어려웠다. 대부분은 절반도 못 읽고 포기했다. 그런가 하면 어떤 편지들은 충동적이고 혼란스러웠다. 큰 글씨로 낙서하듯 휘갈겨 쓴 편지들이었다. 무슨 소릴 하는 건지 도통 알아볼 수 없었다. 편지에서 그는 이렇게 말했다. 더 이상 고향에서 버티기 힘들다고, 덫에 걸린 짐승 같다고. 8월 말에 보낸 편지에서 그는 늦어도 몇 주 후에 로마로 돌아갈 거고, 거기서 눌러살고 싶다고 썼다.

4.

다비데가 북부에 머물고 있었던 8월 15일 성모 승천 기념일에 로마의 포르투엔세에서 범죄가 일어났다. 기둥서방이 늙은 창녀 산티나를 살해한 사건이었다. 몇 시간 뒤에 그는 제 발로 경찰서에 찾아가 자수했다. 니노 외에는 누구와도 왕래가 없었고 신문도 안 읽었던 다비데는 그 사건에 대해 전혀 모르고 있었다. 신문을 읽었더라도 북부 신문에 실릴 만한 기삿거리는 아니었다. 반면에 로마의 신문들은 그녀와 살인자의 사진을 싣고 기사를 썼다. 신문에 난 산티나의 사진은 최근에 찍은 게 아니었다. 젊고 팽팽했지만, 장차 자신의 운명을 암시하듯 도살장에 끌려가는 가축처럼 불길한 기운이 가득한 표정이었다. 반면 살인자의 사진은 구속되던 시점에 찍힌 것이었다. 그 또한 사진이 훨씬 젊어 보였다. 실제 나이는 서른둘이었지만, 사진상으로는 십 년은 어려 보였다. 까무잡잡한 피부는 지저분한 턱수염으로 뒤덮여 있었고, 판판한 이마 아래 사나운 눈동자가 광견 같았다. 일반적으로 '범죄형'이라 불리는 인상이었다. 감정도 표정도 없는 얼굴이었지만, 마치 이렇게 말하려는 듯했다.

'이 새끼들아, 난 엄연히 자수한 거야. 너희들한테 잡혀서 여기까지 온 게 아니라고. 당신들은 내가 보여? 내 눈엔 당신들이 안 보이는데.'

사람들은 신문에서 산티나가 그동안 입 밖에 내지 않았던 그의 이름을 알게 되었다. '넬로 단젤리'였다. 범행 현장은 여자가 거주하던 지층 집이었고 다분히 의도적인 범죄라고 추정되었다. 범행 도구는 집에서 쓰던 평범한 살림살이들이었다. 커다란 가위, 쇠 다리미, 더러운 물이 담긴 양동이까지 동원되었다. 직접적인 사망 원인은 가위를 사용한 경동맥 절단으로 판명되었다. 살인자는 그녀가 사망한 뒤에도 손에 잡히는 대로 물건을 집어 들고 그녀를 공격했다. 신문 기사의 표현을 빌리자면 '분노에 의한 살인'이었다. 살인 당일은 국경일이었고 낮잠 시간이었다. 점심 식사 이후 3~4시 경이었다. 집 주변에는 아무도 없었다. 집안에서 낮잠을 자던 이웃들도 고함이나 고성은 못 들었다고 진술했다. 가해자가 흔적을 고스란히 남겼기에 범죄가 들통나기까지 그리 오랜 시간이 걸리지 않았다. 살짝 열린 문틈으로 흘러나온 핏줄기가 먼지로 자욱한 땅을 적셨다. 집 안으로 들어가 보니 침대 위에서 시작된 커다란 피 웅덩이가 매트리스와 카펫을 흠뻑 적시고 있었다. 벽에도 여기저기 핏자국이 튀어 있었고 살인자의 피 묻은 발자국과 손자국이 찍혀 있었다. 산티나의 시신은 침대 위에 벌거벗은 채로 있었다. 아마도 그가 상대했던 다른 남자들과 달리 유일하게 옷을 벗고 관계했던 남자였을 것이다. 그녀가 연합국 군인들을 상대로 떼돈을 번다는 소문이 파다했지만, 옷가지에서도, 집안 어디서도 돈은 한 푼도 발견되지 않았다. 시신이 옮겨진 뒤에 매트리스 밑에서 핸드백이 발견됐지만, 돈은 없었다. 신분증, 집 열쇠, 다 쓴 전차 승차권, 잔돈 몇 푼이 다였다.

　반면에 그는 구속되던 시점에 큰돈과 작은 돈이 섞인 지폐 여러 장을 몸에 지니고 있었다. 지폐들은 그의 바지 뒷주머니에 있던 인조 악어가죽 지갑에 들어있었다. 낡고 손때 묻은 지갑이었지만 핏자국은 없었다. 살해한 여자한테서 갈취한 돈이냐는 질문에 그는 거만하고 음흉한 투로 대답했다. "뭐 그렇다고 칩시다." 사실 그 돈은 그녀가 죽기 직전에 그에게 건네준 것이었다. 그러나 그는 자세한 내용에 대해서는 계속 입을 다물고 있었다. 단추가 달린 주머니에 들어있던 지갑만 빼고 옷가지, 손, 심지어 손톱 밑에도 핏자국이 있었고 일부는 먼지와 땀이 뒤섞여 새카맣게 변해 있었다. 그는 씻지도 않고, 옷도 안 갈아입고 현장에 있던 그대로 경찰에 자수했다. 윗단추를 풀어 헤친 얇은 연분홍 마 남방에 법랑 재질 네잎클로버가 달린 목걸이를 하고 있었다. 헐렁한 면바지에 허리띠는 하지 않았고, 맨발에 여름 신발을 신고 있었다. 그의 증언에 따르면 범죄를 저지른 뒤에 자기 집에 돌아가지 않았으며 피우미치노 방향 풀밭에서 한 시간 정도 잠들었노라고 했다. 머리카락에 마른 풀이 붙어 있는 걸로 보아 그의 말은 사실이었다. 그가 자수한 시간은 저녁 7시 반이었다.

그가 사기 전과자라는 사실을 알아낸 경찰은 쉽사리 그의 자백을 받아낼 수 있었다. 이른바 '클래식'으로 통하는 전형적인 범죄였다. 늘 돈을 뜯어냈던 늙은 창녀가 돈을 주길 거부했다거나, 그가 의심했던 바대로 돈을 일부 숨겼다거나 하는 이유로 자신의 원칙에 따라 처단한 것이었다. 경찰이 들춰본 그의 과거 기록은 다음과 같았다. 도덕성 결여, 무능함, 정상보다 낮은 지능, 분노 조절 장애, 그는 경찰 조사 과정에서 과거에도 비슷한 이유로 처벌받은 적이 있었다고 인정했다. 경찰관들이 좀 더 정확한 정황을 요구하자 그는 돈의 출처를 질문했을 때와 마찬가지로 대답했다. '뭐 그렇다고 칩시다' '그렇겠죠' '어쩌다 보니 그렇게 됐습니다' '당신들이 말한 대로요' 일부 질문에는 눈썹을 치켜올리며 답변하지 않았는데 남부 지방에서는 인정한다는 몸짓으로 통했다. 경찰관들이 질문할 때마다 그는 성가시다는 듯 느릿느릿 대답했다. 마치 극도로 힘든 일을 훌훌 털어버리고 안도하는 사람 같았다. 조사는 신속하게 마무리되었고 그는 아무런 이의 제기도 없이 조서 밑부분에 서명했다. '단젤리 넬로' 마구 휘갈긴 커다란 서명이 종이를 꽉 채웠다. 서명만 보면 베니토 무솔리니 또는 가브리엘레 단눈치오*와 맞먹을 정도였다.

조서에는 다음과 같은 내용이 적혀 있었다. '치정에 의한 살인' 여기서 '치정'이라 함은 '착취'와 '금전적인 이해관계'를 뜻함. 넬로 단젤리는 자신의 진짜 의도가 드러나지 않았음에 심히 안도했다. 그의 기준에서 보면 젊은 남자가 늙은 창녀를 착취하는 건 지극히 정상적인 일이었다. 그러나 사랑하는 건 달랐다. 그것만은 도저히 받아들일 수 없는 일이었다. 그는 자신만의 방법으로 산티나를 사랑하고 있었다. 지금까지 그는 단 한 번도 자신의 소유를 가져본 적이 없었다. 그는 공립 고아원에서 자랐는데 일 년에 딱 한 번 크리스마스가 되면 아이들에게 폭신폭신한 곰 인형을 나눠주었다. 그리고 크리스마스가 지나면 인형을 빼앗아서 장 속에 집어넣고 열쇠로 잠가 놓았다. 곰 인형이 너무도 그리웠던 그는 몰래 열쇠를 깨부수고 인형을 꺼냈다가 발각되어 대걸레로 흠씬 두들겨 맞았다. 이듬해 크리스마스부터 아이들은 곰 인형을 받지 못했다. 그가 물건을 훔치기 시작한 건 그때부터였다. 물건을 훔칠 때마다 다양하고 변태적인 체벌이 뒤따랐다. 구타는 기본이었다. 장시간 무릎을 꿇고 앉아있기, 냄비에 남은 음식들을 죄

---

* 이탈리아의 시인, 극작가, 소설가

다 섞어서 먹는 벌은 그나마 약과였다. 신문지에 불을 붙여 엉덩이에 불을 놓겠다고 협박당했고, 자기가 싼 똥을 핥기도 했다. 한번 도둑놈 이라는 낙인이 찍히자 다른 아이들이 물건을 훔쳐도 늘 그를 의심했 다. 그는 사근사근하지도, 빠릿빠릿하지도 않았다. 아무도 그는 변호 해 주지 않았다. 아무도 그를 쓰다듬어 주지 않았다. 소년이 되어서는 어떤 남자가 고아원 아이들을 데려다가 침대 안에서 쓰다듬어 주고 뽀뽀도 해 준다는 얘기를 들었다. 그도 딱 한 번 그 남자의 집에 가긴 했지만, 어쩐지 이상하다는 생각이 들었다. 정상적인 남자로 살고 싶 었던 그는 미친 듯이 화를 내며 주먹을 날렸다. 그때부터도 그의 주먹 은 상당히 센 편이어서 다들 그를 무서워했다. 이후로 그는 친구라면 서 자신에게 다가오는 사람들을 신뢰하지 않게 되었다. 아니, 그런 사 람들은 정상이 아니라고 무조건 의심하게 되었다.

스무 살이 되던 해에 그는 보육원을 나왔다. 무엇보다 먼저 자신의 엄마를 찾아보기로 했다. 목동의 딸로 태어난 엄마는 젊은 시절에 산 티나와 같은 직업에 종사했다. 그녀의 부모는 시칠리아 출신이었고, 조부들은 알바니아에서 건너왔다. 나이가 든 지금은 남자를 만나 애 들 셋을 키우며 살고 있었다. "우리 집에서 먹여 주고 재워줄게." 그녀 가 자신을 찾아온 아들을 보고 말했다. "단, 네가 집안일을 돕는다는 조건으로." 그때부터 그는 온갖 허드렛일을 도맡아 했지만, 엄마라는 사람은 그에게 담뱃값은 고사하고 먹을 것도 제대로 챙겨주지 않았 다. 어느 날 그는 엄마에게 주먹을 날리고 다시는 그곳에 돌아가지 않 았다. 그리고 몇 달 후에 로마에 도착했다. 비슷한 시기에 그는 개 한 마리를 갖게 되었다. 원래는 하얀 개였지만, 쓰레기 더미를 뒤지느라 털이 초록 비슷한 검은색으로 변해 있었다. 자갈과 나무 조각으로 꽉 찬 구덩이에 빠져있던 그 개를 구출해 결국 개를 살려냈다. 태어나서 처음 가져보는 자신의 소유물이었다. 개에게 '피도'라는 이름을 지어 주었고, 어디든 데리고 다녔다. 하지만 그의 수중에는 애완견 증서를 발급받을 돈이 없었다. 어느 날 시에서 파견된 공무원이 작살로 피도를 잡아서 트럭에 싣고 갔다. 트럭 안에는 피도처럼 죽음을 향해 떠나는 개들이 잔뜩 실려 있었다. 그 이후로 넬로 단젤리는 새로운 취미가 생겼다. 떠돌이 개나 고양이와 마주칠 때마다 죽기 직전까지 고문하는 것이었다. 일 하기는 죽기보다 싫었다. 닥치는 대로 남의 물건을 슬쩍 하며 하루하루 살았다. 그렇게 그는 사회의 가장 끄트머리에 뿌리를 내렸다. 사기꾼 기질이 부족했던지라 물건을 훔치나가 붙잡히기 일쑤였다. 레지나 코엘리 교도소를 들락거리며 일 년 중 몇 달은 거기서 보냈다. 중간에 사회에 나왔던 시기에 산티나를 알게 되었고 그때부터 그녀가 그를 먹여 살렸다.

그는 못생긴 얼굴은 아니었지만 그렇다고 잘생긴 것도 아니었다. 촌티가 줄줄 나는 외모, 작달막한 키, 다부진 몸집, 보통은 여자들에게 인기가 없는 유형이었다. 그럼에도 마음만 먹었다면 산티나보다 예쁘고 어린 또래 여자를 찾는 건 그리 어렵지 않았을 것이다. 하지만 그는 본능적으로 젊음과 아름다움을 회피했다. 마치 광견병에 걸린 개를 피해 다니듯. 그의 유일한 여자는 산티나뿐이었다. 겉으로 보기에 둘은 돈으로 엮인 관계였다. 하지만 실상은 그는 그녀를 사랑했다. 돈은 그녀와 관계를 유지하려는 핑계에 불과했다. 산티나에게 있어서 그가 유일한 사람이었듯이 그 또한 지상을 통틀어 그녀밖에는 없었나. 둘의 다른 점이라면 그녀는 지능은 낮았지만, 사랑하는 법을 알았고, 그는 몰랐다는 것이었다. 그녀를 볼 때마다 그는 성질을 내며 협박조로 이렇게 말했다. "돈 어딨어?"

　그럴 때마다 그녀는 가진 돈을 전부 꺼내서 그에게 건네주었다. 그녀의 유일한 아쉬움은 더 줄 돈이 없다는 것이었다. 만일 그녀가 자신과의 거래를 거절하거나 막말을 퍼부었다면, 그는 지극히 정상이라 생각했을 것이다. 하지만 그녀는 그러기에는 너무 어리숙했다. 그녀가 창녀 일을 하는 것도 오로지 그 때문이었다. 여기저기 돌아다니며 빨래를 해 주고, 주사를 놓아주고, 카드 점을 봐줬던 것도 오로지 그 때문이었다. 만일 그가 없었더라면 그녀는 주인 잃은 늙은 개처럼 죽어갔을 것이다. 그는 돈을 핑계 삼아 그녀에게 접근했다. 그녀의 늙고 추한 육체를 짐승처럼 거칠게 다뤘다. 그럴 때마다 그녀는 가난에 찌든 내를 풍기며 애조 띤 미소를 짓곤 했다. 정말이지 이상했던 건 꽤 오래 그런 직업에 종사했음에도 그녀가 그 짓을 제대로 할 줄 모르는 것처럼 느껴진다는 사실이었다. 언젠가 그녀가 병원에 입원했을 적에 오렌지를 사 들고 찾아간 적이 있었다. 외투를 벗어서 그녀의 몸을 감싸주기도 했다. 그러나 그녀가 병원에서 나오는 모습을 보자 왠지 모르게 화가 치밀었다. 언제나처럼 그녀에게 막말을 퍼부었다. 그녀에게서 돈을 갈취하고 나서도 그는 갈 생각을 안 하고 불쌍한 개처럼 마당을 서성였다. 트리온팔레 지역에 있는 그가 세 들어 사는 판잣집은 대낮에도 어두컴컴했다. 산티나가 돈을 잘 벌게 된 뒤로는 저녁 늦게까지 그녀의 집에 머물렀다. 그녀는 저녁 시간에도 종종 손님을 상대해야 했기에 그는 쓰레기로 뒤덮인 마당에서 일이 끝날 때까지 기다렸다. 질투심 따위는 없었다. 어차피 그녀가 사랑하는 유일한 사람은 자신뿐이었다. 그녀는 그의 여자였고, 그는 그녀의 유일한 주인이었다. 그녀는 오로지 그를 위해서만 돈을 썼다. 자신을 위해서는 직업상 꼭 필요해서 목욕탕이나 미장원에 가는 것 외에는 한 푼도 쓰지 않았다. 수입이 늘어갈수록 유일했던 그녀의 사치도 점점 심해졌다. 악어가죽 지갑, 최고급 마 남방, 네잎클로버 목걸이, 전부 다 그녀가 선물해 준 것이었다. 그의 속옷과 바지를 깨끗이 빨아서 다려주었고, 파스타와 고기로 밥상을 차려주었다. 깜짝 선물이라면서 미국 담배를 구해다 주기도 했다.

남자의 그림자가 그녀의 방문을 나와 마당을 빠져나간다. 집안에서 부스럭거리는 소리가 들린다. 몸을 일으킨 그가 문 쪽으로 간다. "돈 어딨어?!" 그가 돈을 받아 든다. 원한다면 그냥 가버릴 수도 있다. 그녀는 그에게 아무런 대가도 요구하지 않으니 말이다. 하지만 그는 엄마 젖을 빨아 먹은 새끼처럼 하품하며 침대 위에 푹 쓰러진다. 자장가를 불러주길 기다리는 아기처럼. 그녀는 음식을 준비하느라 분주하다. 찬장에서 마카로니, 양파, 감자를 꺼낸다. 턱을 괴고 엎드려 있던 그가 그녀를 흘낏 쳐다보며 말한다. "세상에, 저 못생긴 꼬라지 좀 보소! 팔뚝이랑 다리는 통나무, 엉덩이는 축 처진 소 궁뎅일세!"

그녀는 아무런 대꾸도 하지 않는다. 수줍고 죄스러운 미소만 짓는다.

"뭐 하는 짓이야? 냄새하고는! 제기랄, 양파 냄새 때문에 못 살겠네, 이불 좀 가져와, 푹 뒤집어써야 저 못생긴 꼬라지가 안 보이지..."

매일 저녁 똑같은 장면이 반복되었다. 어느새 그는 어딜 가나 그녀와의 애절한 추억에서 벗어날 수 없었다. 그녀의 육체를 갈구했다. 그런 자신이 너무 싫어서 어떤 날은 일부러 그녀를 찾아가지 않기도 했다. 다음 날이 되면 그녀는 아무렇지도 않게 그를 맞아주었다. 선선한 여름 저녁에 집 앞 계단 턱에 앉아서 하염없이 그를 기다렸다. 저만치에서 그가 다가오면 황홀한 눈길로 바라보며 수줍은 미소를 지었다.

"넬로!" 인사말은 그게 전부였다. 그리고 육중한 몸을 일으켜 쿵쿵 거리며 어둡고 눅눅한 방 안으로 들어갔다. 방에 들어서자마자 그가 말했다.

"돈 어딨어?!"

만일 그녀가 단 한 번만이라도 그를 내쳤더라면 사정은 몹시 달라졌을 것이다. 산티나는 온몸에 퍼진 붉은 반점 같은 피부병이 되어버렸다. 인간에게 있어서 자신이 세상에 태어난 목적을 찾고자 하는 욕구는 지극히 자연스러운 일이다. 다른 종과 구별되는 인간만의 특징이기도 하다. 지능이 높든 낮든, 부유하든 가난하든, 어른이든 아이이든 간에 우린 이 세상에 태어난 이유가 무엇인지 알고 싶다. 목적이 없다면 인생은 한없이 허무해질 테니 말이다. 넬로 단젤리 또한 나름대로 인생의 목적을 찾았다고 믿었다. 산티나를 만나기 전까지만 해도 그랬다. '세상은 넬로 단젤리의 적들이 득실거리는 곳이다.' 적들과 대항하기 위해 그가 쓸 수 있었던 방어책은 증오뿐이었다. 하지만 산티나를 알게 되고 나서부터 자신이 미처 몰랐던 세상의 단면이 보이기 시작했다. 누구보다 잘 안다고 믿었던 세상이 거꾸로 돌아가기 시작했다. 단순했던 사고가 점점 혼란스러워지기 시작했다. 종종 악몽을 꾸기도 했다. 대개는 산티나가 누군가에게 붙잡혀 가는 꿈이었다. 독일군 부대가 그녀의 집 마당을 포위하고 그녀의 머리에 총구를 겨누며 트럭으로 끌고 간다거나, 제복을 입은 간호사와 형사들이 궤짝을 들고 와서 산티나의 옷을 들춰보며 "감염되었습니다"라며 그녀를 궤짝 안에 집어넣는다거나 하는 꿈들이었다. 악몽에 시달릴 때마다 그는 잠결에 미친 듯이 울부짖었다. 눈을 뜨고 나면 모든 게 그녀의 책임이라는 듯 산티나에 대한 증오심에 사로잡혔다. 그러던 어느 날 밤, 그는 또다시 악몽을 꾸다가 깨어났다. 그녀가 곁에서 충혈된 눈으로 그런 자신을 바라보고 있었다. 그가 마구 소리치기 시작했다. "뭐 하는 거야, 이 나쁜 년아!" 그녀를 두들겨 패면서 그는 마치 자신이 주먹으로 얻어맞는 듯한 묘한 기분에 사로잡혔다.

어느새 그는 매일 밤 한숨도 못 자고 꿈에 시달리게 되었다. 산티나가 나오든 아니든 하나같이 불길하고 무서운 꿈들이었다. 성모 승천 기념일에 범죄를 저지르고 나서도 풀밭에 누워있다가 꿈을 꿨다. 자신이 누워있던 풀밭에서 구덩이 쪽으로 걸어가고 있었다. 낮인 듯도 밤인 듯도 했다. 처음 보는 불투명한 빛이 감돌았다. 구덩이 밑바닥에 떨어진 산티나가 두 눈을 부릅뜨고 꼼짝도 하지 않고 있었다. 그녀가 있는 곳까지 내려가 팔을 붙잡고 겨우 구덩이 밖으로 끌어냈다. 그녀의 옷을 벗기고 그 짓을 하려고 했다. 풀밭 위에서 그녀는 그의 몸 아래 누워있었다. 핏기 하나 없이 축 늘어진, 앙상한 그녀의 몸에 축 처진 작은 젖꼭지가 붙어 있었다. 그녀가 서서히, 아주 서서히 눈을 감았다. 얼굴에 화색이 돌기 시작했다. 손을 들더니 농담하려는 듯 손가락 하나를 까딱거렸다. 언제나처럼 빠진 이빨을 숨기려 애쓰며 미소 띤 얼굴로 말했다.

"괜찮아... 별 거 아니야..."

순간 그는 태어나서 처음으로 기쁨과 믿음이 뭔지 알 것 같았다. 눈을 떠 보니 해가 저만치 넘어가고 있었다. 분홍색 셔츠에 묻은 핏자국이 보였다. 자신이 무슨 짓을 저질렀는지 떠올랐다. 그에게는 이제 돌아갈 집이 없었다. 그가 오래도록 증오해 왔던 것 중 하나는 자유, 자유였다. 그는 단 한 번도 자유로웠던 적이 없었다. 처음에는 고아원에서 지냈고, 다음에는 어머니 밑에서 매일 강제로 일했고, 나중에는 레지나 코엘리 교도소를 들락거렸다. 고아원에서 그랬던 것처럼, 짓지도 않은 죄를 뒤집어쓰기도 했다. 한번 상습적인 절도범으로 낙인찍히자, 의심스럽다는 이유만으로 구속되었다. 마치 제 자리에서 계속 빙글빙글 도는 생쥐 같았다. 그를 처음 발견한 사람이 신고할 테고, 바로 감옥에 들어갈 게 분명했다. 섣부른 자유는 최악이었다. 그는 망설이지 않고 곧장 경찰서에 가서 자수했다. 32세에 살인죄를 저지른 그는 감옥 안에서 늙어갈 것이었다. 그곳만이 그의 유일한 집이었다.

다비데는 니노에게 편지로 알렸던 날짜보다 이른 9월 초에 로마로 왔다. 로마에 도착해서 언제나처럼 니노가 갈만한 장소들을 돌아다녔다. 그리고 수소문 끝에 마지막으로 보도니 가의 집까지 오게 되었다. 공동현관에 다다르기도 전에 누군가 작은 소리로 그를 불렀다. "카를로! 카를로!" 이제는 낯설어진 자신의 이름이었다. 그는 이내 목소리의 주인공 우세페를 알아보았다. 아이는 정원에서 커다란 개를 데리고 있었다. 곧 내려올 엄마를 기다리는 중이었다. 그가 실망하지 않을까 걱정했던 아이가 큰 소리로 말했다.

"카를로! 니노는 어제 떠났어! 뱅기(비행기) 타고 갔어! 다른 뱅기(비행기) 타고 빨리 온대!"

우세페는 다섯 살이나 먹었지만, 기분이 좋거나 감정이 북받치면 아직도 어린애처럼 특정한 자음을 제대로 발음하지 못했다. 니노가 떠났다는 말을 듣고 다비데는 한숨을 푹 쉬었지만, 티를 내지 않고 무심한 듯이 말했다.

"내 이름은 카를로가 아니라 다비데야…"

"바비데(다비데)!... 맞다!"

우세페가 실수를 만회하려는 듯 말했다. 그리고 당연한 의무라는 듯 반복했다.

"바비데! 니노는 어제 떠났어. 비행기 타고 갔어..."

둘이 대화하는 동안 개가 갑작스러운 방문을 환영한다는 듯 펄쩍펄쩍 뛰어올랐다. 인사 하듯 왈왈 짖어대기도 했다. 니노가 없으니 더 이상 있을 머무를 이유가 없었던 다비데는 철문 쪽으로 발길을 돌렸다. "안녕, 바비데!" 그가 걸음을 떼자마자 우세페가 손발을 세차게 흔들며 큰 소리로 외쳤다. 다비데가 인사 하려고 뒤를 돌아보니 아이가 커다란 짐승의 목줄을 잡은 모습이 보였다. 마치 말고삐를 쥐고 있는 것 같았다. 개는 잠시도 가만히 있질 않았다. 몸을 돌려 연신 아이의 뺨과 코를 핥았다. 아이가 개의 희고 커다란 머리를 꼭 끌어안았다. 둘은 완벽하게 소통하는 사이가 분명했다.

다비데는 아이와 개를 뒤로 하고 발길을 돌렸다. 낡은 야간 기차의 삼등칸 나무 의자에 앉아서 여기까지 온 터였다. 기차가 워낙 만석이라 밤새 몸 한번 제대로 펼 수 없었다. 역무원한테 빌린 베개에 얼굴을 파묻고 구석에서 자는 둥 마는 둥 밤을 보냈다. 정오를 알리는 종소리가 들렸다. 전날부터 쫄쫄 굶었지만, 딱히 배가 고프다는 생각은 들지 않았다. 수브리치오 다리를 건너 잰걸음으로 산타나가 사는 포르타 포르테제로 갔다. 니노를 빼고 그가 로마에서 유일하게 아는 사람은 그녀뿐이었다. 마당의 문이 반쯤 열려 있었다. 집 밖 계단 위에 슬리퍼 한 켤레가 놓여 있는 게 보였다. 집안에서 땀범벅이 된 절름발이 여자 하나가 양동이를 들고 맨발로 부지런히 청소하고 있었다. 그를 향해 몸을 살짝 돌린 그녀가 산타나는 이제 여기 안 산다고 말

했다. 무심하고 불친절한 말투였다. 눅눅한 바람 탓에 숨이 턱턱 막
힐 것만 같았다. 더 이상 갈증을 참을 수 없었다. 그늘진 곳이라면 어
디든 가서 쉬고 싶어졌다. 주변에서 유일하게 알던 작은 선술집에서
시끄러운 라디오 음악이 흘러나오고 있었다. 요란한 리듬의 드럼에
맞춰 부르는 삼바 풍 노래였다. 선술집 안에 테이블 두 개 중 하나는
손님 둘이 앉아있었고 다른 하나는 비어 있었다. 새로 들어온 청년이
접시를 나르며 일하고 있었다. 다비데는 처음 보는 청년이었다. 청년
에게 산티나의 소식을 묻자 모르겠다는 표정을 지어 보였다. 그 동네
에서 산티나는 실제 이름이 아닌 발이 크다는 뜻의 별명으로 통했다.

"아, 그 왕발 여자."

다른 테이블에 앉아있던 손님 하나가 끼어들었다.

"왜 그 여자 있잖아, 성모 승천일에..."

"신문에도 났었지." 또 다른 손님이 다비데의 눈치를 살피며 말했
다.

"아! 그 여자!" 젊은이가 외쳤다. 그리고 번거롭다는 투로 산티나의
끔찍한 결말에 대해 다비데에게 대충 이야기를 들려주었다. 마지막으
로 그는 손으로 목을 긋는 시늉을 하며 그녀가 살해당했다는 사실을
확실히 주지시켰다. 그녀의 비극적인 소식을 듣고도 다비데는 별다른
감흥이 없었다. 이미 정해진, 지극히 자연스러운 결말을 낭독하는 목
소리를 듣는 것 같았다. 지금까지 차근차근 진행 중이었던 사건, 중간
을 읽기도 전에 결말을 먼저 읽어버린 책 같았다. 그는 앞에 놓인 1리
터짜리 포도주병의 절반을 이미 비운 상태였다. 포도주와 함께 주문
한 빵을 기계적으로 물어뜯었다. 무감각한 상태에 빠져들었다. 피로
가 밀려와 정신이 혼미했다. 주위에 나무는 한 그루도 없었지만, 이상

하게도 매미나 곤충들이 우는 소리가 들렸다. 라디오에서 들리는 음악 소리가 거슬려서 더 이상 선술집 안에 있기가 힘들었다. 사람들에게 혹시 가까운 곳에 바로 들어갈 수 있는 셋방이 있는지 물었다. 사람들이 어깨를 으쓱했다. 서빙을 하던 젊은이가 잠시 생각하더니 말했다. "그... 절름발이 여자가... 다시 세를 놓는다던데요... 그 여자가 살았던 방을..." 젊은이가 잠시 말을 멈추더니 주저하면서 거긴 산티나가 살던 집이라고 덧붙였다. 다비데가 진짜 그 방에 들어가 살지는 않을 거라 여기는 듯했다. 로마에서 그렇게 싼 방도 없었지만, 그렇다고 엊그제 그런 사건이 벌어졌던 방에 누가 들어갈 살 리도 만무했다.

다비데는 선술집 밖으로 나왔다. 동남풍과 더위로 여전히 푹푹 찌는 날씨였다. 그렇게 터무니없는 결말이라니. 최후의 도피처를 붙잡으려는 듯 정신 나간 사람처럼 그녀의 집을 향해 내달렸다. 아까와 달리 대문이 잠겨 있었다. 한 무리의 아이들이 그를 둘러싸고 호기심 어린 눈빛으로 쳐다보더니 아래 동네에 사는 집주인을 불러주었다. 조금 전 집안에서 양동이를 들고 일하던 절름발이 여자였다. 다비데는 절박한 심정으로 서둘러 그녀에게 집세를 내고 열쇠를 받았다. 집 안으로 도망쳐 침대 위에 드러누웠다. 익숙한 작은 방안에 여전히 산티나의 체취가 남아 있었다. 아늑한 보금자리처럼 자신을 맞아주었던 습하고 그늘진 방. 다비데는 유령이 전혀 무섭지 않았다. 죽은 자들은 아무리 불러도 대답이 없었다. 그가 스스로 깨달은 사실이었다. 무슨 수를 써도 마찬가지였다. 기도마저도 거짓되고 공허한 형식에 불과했다. 아니, 어쩌면 착시일지도 모른다. 아무도 챙기지 않은 산티나의 유품들은 집주인의 몫으로 남겨졌다. 방안에 가구들은 내부분 그대로였다. 바뀐 건 진한 페인트로 칠한 침대 틀과 새 매트리스, 이불뿐이었다. 두툼한 원단의 새 이불에는 터키풍 아라베스크 무늬가 있었다. 떠돌이 행상에게서 산 싸구려 물건이었다. 침대 밑에는 여전히 형편 없이 낡은 카펫이 깔려 있었다. 탁자, 찬장, 소파, 성화들은 여전히 그 자리에 있었다. 커튼도 그대로였지만, 어찌나 세게 비벼 빨았는지 색 깔이 바래있었다. 벽에 묻은 핏자국들은 흰 석회를 이겨 발라 가려져 있었다. 소파 위에 미처 지워지지 않은 핏자국이 얼룩져 있었다. 저녁 이 되니 날이 제법 선선했다. 다비데는 테르미니 역에 맡겨 놓았던 짐 가방을 찾으러 나갔다. 그곳에서 니노에게 편지 한 통을 부쳤다. 주소 는 언제나처럼 로마 사서함이었다. 자신이 지내게 된 로마 주소를 알 려주면서 다음번에 오면 꼭 들르라는 말을 남겼다.

5.

1946년 여름 내내 닌누추는 뭔지 모를 물건들을 실어 나르며 떠돌 이 생활을 했다. 그 와중에 틈나는 대로 보도니 가의 집에 들렀다. 이 젠 전처럼 큰 소리로 우세페의 이름이나 휘파람을 부를 필요가 없었 다. 클랙슨의 나팔 소리와 엄청난 모터 소리만으로 충분했다. 우세페 는 벌 떼 같은 오토바이들 사이에서도 형의 모터와 클랙슨 소리를 바 로 알아들었을 것이다. 7월 중순의 어느 날이었다. 우세페는 정원에 서 부르는 니노의 목소리가 평소와 조금 다르다는 걸 눈치챘다. "우 세페! 우세페!" 형의 목소리와 더불어 우렁찬 멍멍 소리가 울려 퍼졌 다. 우세페는 어마어마한 깜짝 선물이 자신을 기다리고 있음을 직감 했다. 냅다 부엌으로 달려가 창밖을 내다보았다. 그러더니 놀란 토끼 눈으로 샌들을 손에 들고 미친 듯이 계단을 내려가기 시작했다. 계단

몇 개를 내려가 샌들 한 짝이 바닥에 떨어졌다. 다른 한 짝을 그 자리에 내던지더니 더 이상 지체할 수 없다는 듯 난간을 타고 미끄러져 내려가기 시작했다. 3층 계단참에 다다른 우세페는 거대하고 하얀 동물과 마주쳤다. 커다란 축제가 벌어졌다는 듯 쾌활한 모습이었다. 계단을 올라오던 니노가 위를 쳐다보며 웃었다. 순간 우세페는 누군가 자기 맨발을 핥고 있다고 느꼈다.

"뭐야, 신발은? 깜빡했어?" 계단을 다 올라온 니노가 개를 향해 말했다.

"가, 가서 물어와, 어서!" 그 즉시 계단을 날아오른 개가 우세페의 샌들 한 짝을 입에 물고 내려왔다. 그리고 또다시 날아올라 다른 한 짝을 가져왔다. 그게 자신의 보람이란 듯 연신 즐거운 기색이었다. 우세페와 벨라의 첫 만남은 그렇게 이루어졌다. 개는 암컷이었고 이름은 '벨라'였다. 니노를 만나기 전부터 그렇게 불렸는데 누가 지어준 이름인지는 미지수였다. 니노는 1944년에 벨라를 처음 만났다. 그때만 해도 강아지였던 벨라는 사업상 항구에서 만났던 동료의 품에 안겨 있었다. 동료는 길거리에서 우연히 마주친 소년에게 카멜과 체스터필드 담배 몇 갑을 주고 강아지와 맞바꿨다고 했다. 당시에 소년은 진짜 좋은 거래라고, 얘는 족보가 있는 강아지라고, 적어도 사오천 리라 값어치는 될 거라고 강조했다. 니노는 동료의 품에 안긴 강아지의 모습을 보자마자 첫눈에 반해버렸다. 그가 헐값에 샀다는 게 배가 아프긴 했지만, 어쨌든 달라는 대로 돈을 주고 강아지를 살 작정이었다. 당시에도 강아지의 이름은 벨라였다. 동료가 니노에게 이름을 소개하자, 강아지가 자기 이름을 알아듣고 짖어댔다. 그날 이후로 닌나리에두는 마음속에서 벨라를 지울 수 없었다. 안토니오라는 그 동료와 마주칠 때마다 강아지를 자기한테 팔지 않겠느냐고 물었다. 니노는 계속 가격을 높이며 흥정을 거듭했지만, 그는 절대로 팔 생각이 없노라고 했다. 견디다 못한 니노는 강아지를 훔칠 생각까지 했지만, 상대가 동료였던지라 왠지 찜찜했다. 안토니오는 자신과 동종 업계에 종사하고 있었다. 1946년에 안토니오가 절도범으로 교도소에 가기 전까지만 해도 상황은 그랬다. 그는 혼자 남겨질 벨라를 걱정하며 닌누추에게 사람을 보내 벨라를 맡아달라고 부탁했다. 주인 없는 개들에게 닥칠 끔찍한 결말을 피하려면 서둘러야만 했다. 안토니오의 부탁을 받고 니노가 그의 집으로 찾아갔지만, 벨라는 보이지 않았다. 니노는 직감적으로 교도소 근처에 가서 주변 건물들을 뒤지기 시작했다. 포지오레알레 교도소 근처에 다다르자 20미터 전방에서 흰곰 한 마리가 교도소 외벽 주위를 어슬렁거리는 모습이 보였다. 끊임없이 짖다가 지쳤는지 털썩 주저앉았다. 니노가 다가가 벨라 벨라 부르며 잡아끌었지만, 그 자리에서 꼼짝도 하지 않았다. 아무리 불러도 구슬픈 소리로 계속 짖어대기만 했다. 청력이 예민한 사람은 벨라의 말을 알아들었을 수도 있다.

"안토니오... 안토니오... 안토니오..."

결국 니노는 다음과 같은 말로 그녀를 설득하는 데 성공했다.

"잘 들어봐, 내 이름도 안토니오거든. 안토니오, 안토누초, 다시 말해서 니노, 닌누추, 닌나리에두, 이제 네 인생의 유일한 안토니오는 나야. 다른 안토니오는 저 안에 들어가 있는데 네가 늙기 전까지 절대 못 나와. 이렇게 돌아다니면 개장수들이 와서 작살로 널 붙잡아 갈 거야. 넌 잘 모르겠지만 난 너한테 첫눈에 반했어. 사실 내 유일한 강아지를 잃고 나서 다른 강아지는 눈에 안 보였거든. 하지만 너를 본 순간, 생각이 달라졌어. 얘 아니면 안 돼 라고. 만일 네가 나랑 같이 안 가면 넌 둘이나 되는 안토니오들을 외롭게 내버려 두는 거야. 아, 맞다, 메시나에 살던 우리 할아버지 이름도 안토니오였어. 자, 나랑 빨리 가자, 우린 운명이야."

다비데와 잠깐 마주쳤던 그 개는 그리하여 결국 니노에게 오게 되었다. 우세페는 계단참에서 개를 처음 보았던 순간부터 그녀가 브리츠와 같은 족속임을 눈치챘다. 외모는 영 딴판이었지만 말이다. 그녀 또한 브리츠처럼 뛰어오르고, 춤추고, 입을 맞추고, 혓바닥을 죽 내밀고 핥긴 마찬가지였다. 얼굴과 꼬리로 웃는 행동도 브리츠와 똑같았다. 반면에 처음부터 브리츠와 달랐던 건 그녀의 눈빛이었다. 벨라는 헤이즐넛 빛깔의 부드럽고 서글픈 눈빛을 지니고 있었는데 아마도 암컷이었기 때문일 것이다. 습지대나 아브루초에 사는 양치기들 말에 따르면 벨라의 혈통은 아시아에서 건너왔고, 그녀의 조상들은 인류가 최초로 양을 치기 시작했던 선사 시대까지 거슬러 올라간다고 한다. 양치기 개였던 벨라는 양들의 자매인 동시에 늑대들과 용감하게 맞서 양들을 보호하기도 했을 것이다. 선천적으로 참을성이 많고 순종적이었지만, 야생동물 같은 잔인한 면도 없지 않았다. 외모는 웅장하면서도 푸근했다. 새하얗고 숱이 많은 털은 군데군데 엉켜 있었고, 새까만 코가 박힌 얼굴은 환하고 순박했다. 니노와 처음 만났을 때 두 살이었던 그녀는 사람으로 치면 이제 열다섯 소녀였다. 그럼에도 종종 몇 달밖에 안 된 강아지처럼 굴기도 했다. 사과나 막대기 같은 시시한 물건으로도 즐겁게 노는 모습을 보면 그랬다. 하지만 때로는 노파처럼 보이기도 했다. 오래된 기억을 간직하며 수 천 년을 살아온 지혜로운 노파처럼.

안토니오와 함께 살던 시절에 그녀는 거리를 돌아다니던 중 모르는 개와 두 번 관계를 맺었다. 처음 관계를 맺었던 개는 검은 아니, 반쯤 검은 개였는데 그녀가 낳은 일곱 마리 강아지 중에는 검은 바탕에 흰 점박이도 있었고, 흰 바탕에 검은 점박이도 있었다. 한 마리는 흰색에 귀만 까만색이었고, 마지막으로 나온 강아지는 온몸이 까맣고 꼬리 끝과 목덜미만 살짝 흰색이었다. 그녀는 계단 밑에서 새끼들에게 젖을 물리고 돌봤지만, 안토니오는 일곱 마리나 되는 불쌍한 짐승들을 어찌해야 할지 몰랐다. 결국 그는 새끼들을 그녀 몰래 안락사시키는 곳으로 보내버렸다. 그로부터 몇 달 뒤에 그녀는 또다시 누군지 모를 개의 새끼들을 임신했다. 하지만 이번에는 새끼를 낳던 도중 문제가 생기는 바람에 목숨을 잃을 지경까지 갔다. 대수술을 받아야만 했고 이후로는 더 이상 엄마가 될 수 없게 되었다. 그녀의 눈빛에 종종 슬픔이 깃드는 이유는 아마도 그런 기억들 때문일 것이다.

벨라를 키우게 되면서부터 니노는 되도록 개를 혼자 두지 않으려고 애썼다. 영화관이나 공연장, 댄스 클럽처럼 개를 데리고 갈 수 없는 장소들은 포기해야만 했다. 개가 출입할 수 있는 곳인지 아리송할 때는 무작정 벨라를 데려갔다가 문 앞에서 쫓겨나기도 했다. "죄송합니다만, 개들은 출입할 수 없습니다." 그럴 때마다 그는 모욕과 분노로 소리소리 지르며 돌아왔다. 지옥에 떨어지라는 둥 쌍욕을 퍼부으며 싸움을 걸기도 했다. 어느 날에는 벨라를 데리고 카페에 들어갔다가 벨라가 바닥에 떨어진 파스타 한 개를 물어 삼켰는데 피스타치오 따위가 거부 반응을 일으켰는지 몽땅 바닥에 토해냈다. 그러자 주인이 나와서 카페를 죄다 더럽혔느니 어쩌느니 난리를 쳤다. 니노도 지지 않고 맞받아쳤다.

"내 개가 토한 게 당신이 만드는 거지 같은 파스타보다 백배 낫지!"

그리고 성질을 내며 말했다.

"제기랄, 여기 커피 한번 더럽게 맛없네!"

에스프레소 한 모금을 마신 그가 커피를 묻힌 입술로 되풀이했다. 토악질이 난다는 듯 남은 커피를 놔두고 바 테이블 위에 손해 배상 조로 500리라를 내팽개치며 말했다. "가자, 벨라!" 그리고 다시는 그곳에 발을 들이지 않기로 맹세하듯 신발 바닥에 묻은 먼지를 탈탈 털며 카페를 나왔다. 심지어 벨라도 자기 행동을 부끄러워하거나 후회하는 기색이 전혀 없었다. 오히려 정반대였다. 멋들어진 준마처럼 고개를 꼿꼿이 세우고 풍성한 꼬리를 깃발처럼 흔들며 신바람이 나서 니노를 따라나섰다.

니노가 벨라 때문에 감수해야 했던 가장 큰 희생은 오토바이를 탈 수 없다는 것이었다. 벨라를 키우게 되면서 그는 트라이엄프를 팔 생각까지 했다. 대신 벨라를 태우고 다닐 수 있는 자동차를 3개월 할부로 살 작정이었다. 하지만 첫 달 할부금으로 모아두었던 돈을 다 써버리는 바람에 그해 여름이 가도록 자동차는 유토피아로 남았다. 종종 벨라를 데리고 나가서 남의 자동차를 기웃거리기도 했고, 우세페를 만나면 조만간 자동차를 살 거라며 속도계, 주행 거리, 배기량에 대해 떠들어대기도 했다. 벨라에 대한 니노의 집착이 어찌나 강했던지 심지어 아가씨들보다 우위를 차지했다. 벨라의 입장에서도 니노에게 최선을 다하려고 애썼지만, 교도소에 가 있는 안토니오를 잊는 건 쉽지 않았다. 사람들이 대화를 나누다가 우연히 '안토니오'라는 이름이 들릴 때면 이내 귀를 쫑긋 세우고 수심 어린 눈빛을 보였다. 그녀가 이해한 바에 따르면 안토니오는 나폴리에 살고 있지만, 안타깝게도 닿을 수 없는 곳에 있었다. 그녀의 심정을 헤아렸던 니노는 마음의 상처를 들추지 않으려고 그녀 앞에서 안토니오라는 이름을 입에 올리지 않았다.

원시성을 간직한 벨라 같은 종의 개들은 이름만 들어도 순식간에 반응을 보였다. 예를 들어 '고양이'란 말을 들으면 꼬리를 살짝 움직이면서 귀를 반쯤 세웠다. 공격성을 내비치면서 눈을 부릅떴지만, 실은 장난질에 가까운 행동이었다. 그녀 또한 니노처럼 고양잇과의 일반적인 특성에 대해 아는 바가 없었다. 어쩌다 고양이 한 마리가 나타나 자신을 위협하면 마지못해 대결을 수락한다는 듯이 굴다가 이내 웃어넘기곤 했다. '까불고 있네! 지가 늑대라도 되는 줄 아나 보지?!' 우세페를 알게 된 이후로 그녀는 '우세페'라는 이름만 들어도 좋아서 날뛰며 어쩔 줄 몰랐다. 니노는 로마에 데려가기 전부터 벨라를 놀리며 '우세페 만나러 갈까?'라고 말했다가 결국 진짜 로마까지 오기도 했다. 벨라는 니노가 7월과 8월 두 달 사이에 가족을 뻔질나게 찾아오게 만드는 구실이었다. 특히나 그해 여름은 니노를 끊임없이 유혹하며 가만히 내버려 두지 않았다. 벨라를 데리고 틈날 때마다 해변을 돌아다녔다. 피부는 점점 더 까맣게 그을렸고, 이글이글 타오르는 눈은 태양과 소금기로 살짝 충혈되어 있었다. 머리카락에도 소금 냄새가 배었다. 벨라의 몸에서도 짭조름한 냄새가 났다. 털 사이사이에 낀 모래 때문인지 자꾸만 몸을 긁어댔다. 니노는 벨라를 샤워장에 데려가 정성껏 씻기고 돌봐주었다. 방금 목욕을 마치고 나온 벨라의 모습은 새 옷으로 갈아입고 미용실에 다녀온 숙녀처럼 눈부셨다. 니노는 우세페에게 조만간 바다에 데려가서 수영하는 법을 가르쳐주겠다고 약속했다. 하지만, 로마에서의 일정이 늘 빠듯했던지라 실행에 옮길 수 없었다. 니노, 우세페, 벨라 셋이 함께했던 소풍도 전보다 많이 줄었다. 집에서 가까운 피라미데 또는 아벤티노까지 가는 게 고작이었다.

그해 여름 닌누추의 주된 사업은 리보르노 항구에 들어온 미제 하와이안 셔츠들을 떼다 파는 일이었다. 우세페에게도 아동용 셔츠 세 벌을 갖다주었다. 이다의 선물도 잊지 않았다. R.A.F 라고 새겨진 수건 여러 장과 아프리카제 라탄 실내화였다. 호텔에서 훔친 금도금 재떨이도 갖다주었다. 8월 말에 니노는 로마에서 며칠씩이나 머물렀다. 벨라 때문에 한집에 살던 사람들과 심하게 다퉜기 때문이었다. 그는 즉시 짐가방을 챙겨서 벨라를 데리고 보도니 가 집으로 왔다. 아들이 갑자기 들이닥치는 바람에 이다는 '소미에르' 침대가 놓인 방을 시돌러 정리해야만 했다. 벨라는 브리츠처럼 집안에서 키우기에 적당한 개가 아니었다. 비좁은 아파트 안에 발을 들이자마자 잔뜩 긴장한 눈치였다. 이다는 흰 북극곰 같은 그녀를 흔쾌히 맞아주었다. 니노가 며칠 만이라도 집에 머물 수만 있다면 개 한 마리 돌보는 것쯤이야 아무것도 아니었다. 벨라는 니노가 자는 작은 방 침대 밑에서 잤다. 늘먼저 일어나 참을성 있게 니노가 깨어나길 기다렸다. 니노가 조금이라도 몸을 꼼지락거린다든지 하품한다든지 눈을 반쯤 뜬다든지 하면 일출을 본 부족처럼 흥분하며 펄쩍펄쩍 뛰어올랐다. 온 가족이 니노의 기상 시간을 알 수 있었다. 대개는 정오가 다 되어서였다. 이다는 그 시간까지 아들의 잠을 깨우지 않으려고 부엌에 들어가 조용히 집안일을 했다. 아들이 코 고는 소리가 정말이지 자랑스러웠다. 우세페가 먼저 일어나 소리를 내면 조용히 하라고 다그쳤다. 방 안에서 잠든 그야말로 진정한 일군이자 집안의 가장이라는 듯이 말이다. 니노가 일을 해서 돈을 번다는 건 확실했지만, (사실 그다지 많이 버는 건 아니었다) 정확히 무슨 일을 하는지는 여전히 미스터리였다. 암거래 비슷한 거라고 짐작할 뿐이었다. 이다에게는 그런 종류의 일이 수수께끼나 마찬가지였다.

벨라가 한바탕 난리를 치는 소리가 들리고 나면 잠시 후에 니노가 방에서 나왔다. 속옷 차림으로 부엌에 가서 고양이 세수만 하면서도 바닥을 물바다로 만들어 놓았다. 정오 이후에는 누군가 정원에서 큰 소리로 그의 이름을 불렀다. 대개는 작업복 차림의 정비공이었다. 아들은 벨라를 데리고 나가 온종일 밖에 있었다. 중간에 아주 잠깐 집에 들어왔다가 다시 나가기도 했다. 이다는 아들에게 집 열쇠를 넘겨주는 엄청난 희생을 치러야만 했다. 그녀에게는 성 베드로의 열쇠만큼이나 소중한 것이었다. 정말이지 대단한 결심을 해야만 했다. 니노는 밤늦은 시간이 되어서야 집에 돌아왔다. 이다는 물론 우세페도 잠을 설치며 니노를 기다렸다. 잠결에 '니노... 니노...'라며 웅얼거리기도 했다. 벨라와 낮에 집에 돌아왔다가 벨라를 집에 두고 나간 적도 몇 번 있었다. 그런 날 니노가 집에 돌아오면 벨라는 신바람이 나서 꼬리를 흔들었다. 우세페는 입을 샐쭉하게 내밀고 웅얼거렸다. '에이... 에이...' 니노가 집에 머물렀던 시간은 고작 닷새였지만, 이다의 꿈을 충족시키기에는 충분했다. 니노가 아직 자는 시간에 부엌에서 채소를 다듬을 때면 정말이지 행복했다. 우세페에게 진정한 가족의 의미를 일깨워 주는 것 같았다. 마치 전쟁이 일어나지 않았던 것 같았다. 세상은 아직 살만한 곳이었다.

아들이 집에 온 지 사흘째 되던 날이었다. 니노는 잠에서 깨어난 뒤에도 한동안 방 밖으로 나오지 않았다. 그러자 그녀는 니노의 방에 들어가서 공부를 다시 시작하는 게 어떠냐는 말을 내뱉고 말았다. 불순한 의도는 전혀 없었다. 순전히 '미래를 대비하는 차원'에서였다. 세 식구를 먹여 살린다는 게 여간 힘든 일이 아닐 테지만, 어떻게든 기꺼이 희생을 감수할 의향이 있었다. 과외 수업을 늘리든지 뭐든지 해서라도. 그녀가 생각하기에 니노가 현재 종사하는 일은 확실하고 안정적인 직업과 거리가 먼 일시적인 일이었다. 아들에게 진작부터 하고 싶었지만, 가슴 속에 숨겨두었던 말을 늘어놓았다. 니노는 엄마의 설교를 듣고도 예전처럼 거칠게 반항하지 않았다. 애처롭다는 듯 엄마의 우스운 말을 가만히 듣고 있었다. 방안에서 발가벗고 있었던 그는 엄마가 들어오자마자 얼른 꽃무늬 하와이안 셔츠로 하체를 가렸다. 10시라니, 지나치게 일렀다. 한참 침대에서 뒹굴고 빈둥거릴 시간이었다. 니노는 엄마가 말하는 동안 벗은 몸을 보이지 않으려 애쓰며 침대에서 이리저리 뒹굴었다. 벨라가 명랑하게 짖는 소리에 대꾸하며 엄마의 말을 한쪽 귀로 듣고 다른 쪽 귀로 흘렸다. 수도 없이 들었던 멍청한 이야기들, 낚싯줄에 묶여 꼭두각시 노릇이나 하라는 그 따위 이야기들.

"제발, 엄마, 뭔 소리야?!" 마침내 그가 입을 열었다.

"벨라, 그만 좀 해... 엄마! 아니, 엄마! 뭔 소리냐고?! 학위라니!!! 난..."

"학위가 아니면 적어도 졸업장이라도 따야지. 졸업장은 살면서 늘 필요한 법이야. 고등학교를 거의 마쳤는데 학교를 그만두었잖아. 넌 똑똑한 아이니까 조금만 노력하면 될 거야. 여태까지 공부한 게 아깝지도 않아? 응? 이제 전쟁도 다 끝났는데!"

순간 니노의 눈빛이 사납게 변했다.

"벨라, 나가! 꺼져!"

그가 분노에 찬 목소리로 벨라에게 화풀이하며 소리쳤다. 발가벗었든 아니든 상관없었다. 몸을 일으켜 매트리스 한구석에 걸터앉아 큰 소리로 말하기 시작했다.

"그거 알아, 엄마? 전쟁은 코미디였어!"

그가 몸을 일으켰다. 비좁고 누추한 방안에 새카맣게 그을린 몸으로 발가벗고 서 있는 모습이 마치 영웅 같았다.

"근데 말이지, 코미디는 아직 끝나지 않았거든!"

그가 협박조로 말했다. 비극적인 교만에 사로잡힌 어린아이 시절로 되돌아간 듯한 표정이었다. 발레리노처럼 까치발을 떼더니 속옷을 주섬주섬 걸치기 시작했다.

"... 그것들이 처음부터 또다시 시작하려고 하는 거라고, 진짜 모르겠어? 놀고들 있네! 그것들이 우리 손에 진짜 무기를 쥐여줬다고! 애송이였던 우리한테! 그런 줄도 모르고 우린 평화 놀이를 즐겼다고! 우리가 그랬다고, 엄마! 내가 다 작살내 버릴 거야!"

그는 기분이 한결 나아진 듯했다. 작살내겠다는 말을 내뱉자마자, 활기가 도는 듯했다.

"그래 놓고서 우리더러 학교로 돌아오라니!"

그가 엄마를 골탕 먹이려는 듯 사투리가 아닌 정확한 이탈리아어 발음으로 말을 이었다.

"라틴어 쓰기, 라틴어 말하기, 역사, 수학, 지리? 난 그 장소들을 직접 다니면서 지리를 공부한 사람이야. 역사? 그건 지긋지긋한 코미디야! 수학? 내가 어떤 숫자를 제일 좋아하는지 알아, 엄마? 제로야!"

"... 벨라, 밖에서 얌전히 있어... 금방 갈게..."

"우린 폭력의 세대야! 무기를 갖고 노는 법을 배운 사람은 언제든 또다시 그렇게 놀게 되어 있어! 그것들이 또다시 우릴 속일 수 있다고 착각하겠지. 뻔한 눈속임이야. 일자리, 조약, 무슨 무슨 위원회, 수백 가지 계획이니 나발이니, 학교니, 감옥이니, 지역이니, 군대니, 그딴 걸 죄다 처음부터 다시 시작하겠다고! 그렇다고오오오...?! 빵야! 빵야! 빵야!"

순간, 이다는 아들의 눈에서 플래시처럼 번뜩이는 빛을 보았다. 송곳을 대동하고 강당을 찾아왔던 날에 보았던 바로 그 눈빛이었다. 그는 '빵야 빵야 빵야'라고 외치며 적군을 겨냥하는 듯한 몸짓을 해 보였다. 그의 주된 목표물은 제국을 거느린 왕국들, 국가라 일컫는 공화국들로 가득 찬 지구란 이름의 둥근 행성이었다.

"우리가 첫 세대야!"

흥분에 사로잡힌 그가 다시금 큰 소리로 외쳤다.

"원자 혁명의 세대! 우린 절대로 무기를 내려놓을 수 없어, 엄마! 그것들... 그것들... 그것들은..."

"그것들은 말이지, 엄마, 인생이 얼마나 아름다운지 몰라!"

그가 한쪽 팔을 들더니 꽃무늬 셔츠로 겨드랑이에 난 땀을 닦았다. 그리고 해맑게 웃으며 부엌으로 달려갔다. 행복한 기운이 부엌에서 새어 나와 온 집안에 퍼져나갔다.

"멍! 멍! 멍!." 안방으로 피신했던 벨라가 더블 침대 위에서 미친 듯이 구르는 소리가 들렸다.

"니노! 야호! 니노! 니노오오오!" 벨라의 성화에 못 이겨 잠에서 깬 우세페가 방에서 나와 니노의 뒤를 춤추듯 졸래졸래 따라다녔다.

니노가 퍼부었던 독설 중 이다의 가슴을 철렁 내려앉게 했던 건 무기에 관한 언급이었다. 언제부터인지 이다는 닌누추를 대할 때마다 스타 앞에 선 가여운 시골 처녀처럼 주눅이 들었다. 공상 과학 소설에 등장하는, 기계를 무한 신뢰하며 모든 권한을 물려준 인간 같은 꼴이랄까. 혹시라도 닌나리에두가 범죄 조직에 가담한 건 아닐까? 아니야, 가설일 뿐이야, 진짜 뭘 하는지도 모르잖아! 그녀는 그따위 가설을 떠올리고 싶지도 않았다. 보도니 가 집에서 그녀가 본 아들은 지극히 건전하고, 엄마를 포함한 그 누구의 도움도 필요로 하지 않는 청년이었다. 그럼에도 닌누추의 일장 연설이 그녀에게 근심거리를 안겨 준 건 사실이었다. 로마가 해방된 이후에 무기들 일체를 정부 기관에 반납하라는 명령이 떨어졌다. 이다가 기억하기로는 남아프리카 병사들에게 이탈리아어를 가르쳤던 시절에 내려졌던 명령이었다. 아들이 명백한 범법 행위를 저지른 건 아닐지 너무나 불안했다. 잠시 후 니노가 외출하자마자, 그녀는 손을 부들부들 떨며 최초로 수색에 착수했다. 작은 방 안에 들어가 문을 걸어 잠그고 아들의 짐가방을 뒤졌다. 그러나 숨겨진 무기 따위는 없었다. 늘 입고 다니는 화려한 무늬의 셔츠 중 몇 벌은 더럽고 몇 벌은 깨끗했다. 역시나 더럽고 깨끗한 속옷들, 샌들 한 켤레, 여분의 바지 한 벌에는 모래가 묻어 있었다. 삽화 엽서 두세 장, 보랏빛이 감도는 종이 위에 쓴 편지, 이다는 '리디아'라는 편지의 서명과 '오, 잊지 못할 나의 꿈 같은 사랑이여'라는 도입부만 슬쩍 보고 읽을 엄두가 안 나서 재빨리 제자리에 편지를 넣어 두었다. 그 밖에 '나의 개를 키우는 법'이라는 책 한 권이 들어있었다. 유일한 무기는, 그걸 무기라고 부를 수 있다면, 여행 가방 바닥에 무딘 칼 하나뿐이었다. 니노가 바닷가에서 성게를 따 먹는 데 썼던 칼이었다. 이다는 안도의 한숨을 내쉬었다.

닷새째가 되자, 니노는 내일 여행을 떠난다고 했다. 비행기를 타야 하는데 개를 데리고 갈 수 없는 관계로 보도니 가 숙소에 개를 맡기겠다고 했다. 숙박비 조로 이다에게 엄청난 액수의 돈을 건네며 매우 중대한 사안이라는 듯 과학적이고 정확한 말투로 '개를 제대로 돌봐 주어야 한다'라고 당부했다. 벨라가 매일 의무적으로 섭취해야 하는 음식은 다음과 같았다. 아주 많은 양의 우유, 아주 많은 양의 쌀, 곱게 간 사과 한 개 그리고 500그램이나 되는 양질의 고기! 한마디로 개 팔자가 상팔자였다. 이다가 보기에는 정말이지 어처구니없는 일이었다. 정육점서 개한테 먹일 고기를 사느라 우세페와 둘이 먹을거리를 살 때보다 훨씬 더 많은 돈을 쓰다니. 문득 가여운 브리츠가 먹던 고약하고 형편없는 먹거리가 떠올랐다. 거대한 동족과 비교하니 견생이 불공평하다는 생각이 들었다. 하지만 벨라가 먹는 모습을 보면서 고기를 잘 먹지 않으려 했던 우세페도 투정을 부리지 않고 잘 먹었다. 이다는 백만장자나 누릴법한 그녀의 만찬을 너그럽게 이해해 주기로 했다. 보름 정도 지난 뒤에 니노가 개를 데리러 돌아왔다. 벨라와 함께 임시로 지낼 교외의 시골집을 구했노라고 했다. 언제나처럼 정확한 주소는 철저한 비밀에 부쳤다. 니노가 다음 날 떠난다는 소식을 듣고 다비데가 집에 찾아왔다. 둘은 계속 편지를 주고받았고, 만난 적도 있다고 했다. 니노는 지프차 한 대를 사려고 흥정하고 있다면서 우세페의 눈앞에 사진을 들이밀었다. 지프차의 장단점이 무엇인지도 설명해 주었다. 지프차는 안타깝게도 속도를 많이 낼 수 없지만, 일반 차량이 다닐 수 없는 울퉁불퉁한 길, 물길, 해변의 모래밭이나 사막에서도 달릴 수 있는 군용차량이라고 했다. 필요한 경우에는 좌식을 펼쳐서 침대로 사용할 수 있다고도 했다.

그날 닌누추의 방문은 여태까지 중 가장 짧았다. 방문이라고 하기가 뭐할 정도였다. 새로 얻은 집에 그와 벨라를 태워다주려고 누군가, 아마도 레모였을 것이다, 길가에 트럭을 세워놓고 기다리고 있었다. 자리에 앉자마자, 바로 일어나야 했다. 벨라를 앞세워 뛰다시피 계단을 내려가던 니노가 뒤를 돌아보았다. 형이 선물해 준 꽃무늬 셔츠를 입은 우세페가 난간을 붙잡고 서서 니노의 이름을 불렀기 때문이었다. 동생은 애써 용감한 표정을 지으려 했지만, 토끼처럼 온몸을 덜덜 떨고 있었다.

"니노! 니노오오! 니노오오오!"

벨라가 곧장 몸을 돌려 우세페를 쳐다보았다. 계단을 내려가면서도 계속 니노에게 뛰어올랐다. 어디로 가야 할지 헷갈린다는 몸짓이었다. 닌누추도 계단을 내려가던 발걸음을 늦추고 위를 쳐다보았다. 우세페의 입술이 질문이 있다는 듯 오물거렸다. 아이의 얼굴이 창백해 보였다. 그럼에도 아이는 있는 힘을 다해 형에게 질문을 던졌다.

"애(왜)?" 그러더니 이내 심각한 표정으로 말했다.

"왜 떠나는 거야?!"

"곧 보자." 계단 위에 멈춰 선 니노가 안절부절못하는 개의 목줄을 당기며 말했다.

"다음번에는" 그가 약속했다.

"지프차에 태워줄게."

동생에게 안녕의 손짓을 했지만, 우세페는 모른 척하며 계속 난간을 붙잡고 있었다. 왠지 몰라도 단단히 삐진 듯했다. 닌누추가 한달음에 계단을 뛰어 올라와 동생에게 정식으로 인사를 했다.

"뽀뽀해 줄래?"

그날은 9월 22일 또는 23일이었다.

6.

10월이 되자 보도니 가에서 그리 멀지 않은 이다가 다녔던 학교가 문을 열고 새롭게 수업을 시작했다. 이다는 1학년 학생들을 가르치게 되었다. 우세페를 맡길 곳이 없었던 그녀는 매일 아이를 데리고 학교에 출근하기로 마음먹었다. 우세페는 아직 학교에 다닐 나이가 아니었다. 한 살이 모자랐다. 그럼에도 이다는 자기 아들이 또래보다 훨씬 똑똑하다는 확신에 차 있었다. 학교에서 다른 아이들과 함께 지내면 자극을 받아서 알파벳을 읽게 되지 않을까 하는 심산이었다. 하지만 채 하루도 지나지 않아 착각이었음이 드러났다. 글씨와 숫자를 배운다는 건 아예 시도조차 할 수 없었다. 우세페는 다섯 살에 접어들었지만, 전보다도 더 어린아이처럼 굴었다. 아이에게 책과 공책은 너무도 생소한 물건이었다. 아이를 억지로 가르치는 건 새에게 오선지 음계를 내밀며 음악 공부를 하라는 거나 마찬가지였다. 기분이 내킬 때면 아이는 색연필로 종이 위에 신기한 형상들을 그리기도 했다. 불꽃 비슷한 것들, 꽃, 아라베스크 무늬 같은 것들이 어우러진 흥미로운 그림이었다. 하지만 그마저도 금방 싫증을 냈다. 성질을 부리며 종이와 연필들을 바닥에 내팽개쳤다. 억지로 공부하기가 진짜 힘들다는 듯 졸린 표정으로 책상에 엎드려 수업 분위기를 망쳐놓기 일쑤였다.

아이가 가만히 있는 경우는 극히 드물었다. 우세페의 자랑거리였던 특출난 사회성도 학교에서는 전혀 발휘되지 않았다. 그런 아이의 모습을 보며 엄마는 정말이지 걱정스러웠다. 학교가 요구하는 규율, 금기 사항, 책상, 원칙이 아이에게는 불가능한 도전이었다. 아이는 학교에서 줄을 맞춰 나란히 앉아있는 그런 식의 쇼를 불신했다. 급기야 급우들을 방해하고, 큰 소리로 떠들고, 목을 휘감고, 겨울잠을 깨우듯 주먹으로 툭툭 치기도 했다. 피에트랄라타 피난소 강당에서처럼 책걸상 위로 마구 뛰어오르는가 하면 밀레 가족 아이들과 축구나 인디언 놀이를 했던 것처럼 원시적인 함성을 내지르며 교실 안에서 뛰어다니기도 했다. 잠시도 쉬지 않고 엄마 곁에 다가와 똑같은 말을 되풀이했다. "엄마, 가자, 응? 지금 갈까? 언제 가?" 마침내 수업이 끝났다는 종소리가 울리면 아이는 미친 듯이 문밖으로 뛰쳐나갔다. 집에서 기다리는 사람이 있다는 듯 빨리 가자며 엄마를 재촉했다. 이다는 아이가 집에 가자고 보채는 이유를 충분히 짐작할 수 있었다. 아무도 없는 빈집에 니노가 들르지 않았을까 걱정하는 게 분명했다. 공동 현관에 들어서기 전에 아이는 매번 길가를 이리저리 살폈다. 형이 사진으로 보여주었던 근사하고 번지르르한 지프차가 서 있는지 보려는 것이었다. 그리고 니노와 벨라 유쾌한 한 쌍이 창문 밑에서 기다리고 있지 않을까 기대하며 서둘러 정원 안으로 들어갔다. 9월 말에 마지막 안녕을 고한 뒤로 둘은 소식이 없었다. 형과 마지막으로 보냈던 행운의 나날들을 떠올리며 우세페는 더더욱 형의 부재를 느꼈다. 하지만 엄마 앞에서 그런 말을 입 밖에 내지는 않았다.

우세페가 아직 공부할 나이가 아니라고 판단한 이다는 그녀의 학교와 한 건물 안에 있는 유치원에 아이를 맡기기로 했다. 매일 수업이 끝나는 종소리를 듣고 아이를 데리러 갔다. 담임 선생님이 아이를 데리고 나왔다. 하지만 새로운 시도는 더더욱 심각한 재난을 불러일으켰다. 선생님이 아이의 하루가 어땠는지 이야기할 때마다, 이다는 자신이 이전에 몰랐던, 새로운 우세페라는 아이에 대해 듣는 것 같았다. 아이는 첫날부터 규칙을 위반하는 행동을 했으며 날이 갈수록 점점 심각해지고 있노라고 했다. 이다의 기대와 달리 우세페는 같은 반 친구들과 어울리길 거부했다. 친구들이 다 함께 노래할 때면 혼자만 입을 꾹 다물었다. 노래하는 척을 하다가도 이내 시시하다는 듯 딴짓을 했다. 친구들과 함께 노는 시간에는 벌 받는 아이처럼 입을 꾹 다물고 구석에 틀어박혔다. 자신과 친구들 사이를 갈라놓는 반투명한 가림막이 있는 것처럼 방어적인 태세를 취하며 구석으로 몸을 숨겼다. 친구들이 다가와 같이 놀자고 잡아끌면 폭력적인 성향을 드러냈다. 버려진 고양이처럼 한 구석에 몸을 웅크리고 엎드려서 훌쩍거리기도 했다.

아이의 감정 기복이 어찌나 심한지 도무지 종잡을 수 없었다. 사회와 동료라는 존재를 고집스럽게 거부하려는 듯했다. 그러다가도 간식 시간이 되면 여느 아이들처럼 선생님 주위를 기웃거리며 친근한 미소를 보였다. 그리고 신이 나서 과자를 얼른 입에 넣었다. 어떤 날에는 잠자코 있다가 이유 없이 얼굴이 눈물로 뒤범벅되더니 다음 순간 어쩔 줄 모르며 미친 듯이 날뛰었다. 노예선에 붙잡혀 가다가 숲속으로 탈출한 아프리카 아이 같았다. 지루해서 그랬는지 꾸벅꾸벅 졸기도 했다. 선생님이 다가가 부드러운 목소리로 잠을 깨우면 높은 침대에서 떨어진 것처럼 화들짝 놀라며 눈을 떴다. 하루는 선생님이 깨우는 소리를 듣고 잠결에 바지를 내리고 친구들 한가운데 서서 오줌을 쌌다. 학급에서 가장 연장자였던 다섯 살씩이나 먹은 아이가 딸이다. 선생님은 쌓기 같은 놀이를 통해 아이의 주의를 돌리려고 시도하기도 했다. 처음에는 흥미를 보였지만 이내 싫증을 내며 놀잇감을 마구 집어던졌다. 그러던 어느 날 가쁜 숨을 몰아쉬며 놀던 아이는 더 이상 참을 수 없다는 듯 고래고래 소리를 지르기 시작했다. 금방이라도 숨이 멈출 것 같은 무시무시한 소리였다. 잠시 후 고함을 멈춘 아이는 고통스럽다는 듯 큰 소리로 울음을 터뜨렸다. 선생님이 이다를 붙잡고 아이의 상태에 관해 이야기할 때마다 우세페는 엄마 옆에서 놀란 토끼 눈을 하고 얌전히 서 있었다. 선생님이 이야기하는 이상한 아이가 누군지 통 모르겠다는 눈치였다. 마치 이렇게 말하려는 듯했다. "왜 나한테 이런 일이 벌어지는 거죠, 이건 내 책임이 아니에요, 아무도 날 도와주지 않아요." 아이는 이다의 치맛자락을 잡아끌며 빨리 집에 가자고 재촉했다. 이다가 선생님과 대화를 마치자마자 언제나처럼 힘들어하는 엄마의 손을 이끌고 정신 없이 보도니 가를 향해 질주했다. 보도니 가의 빈집에 이상한 사건이 일어나 가족들을 괴롭히기라도 할 것처럼.

초기에는 선생님도 아이가 차차 학교에 적응할 거라며 이다를 위로했다. 하지만 아이의 불안증은 날이 갈수록 심각해졌다. 매일 아침 아이는 전날의 어려움은 까맣게 잊은 채 놀러 나가는 사람처럼 이다와 함께 집을 나섰다. 하지만 학교가 눈에 보이는 순간, 태도가 싹 달라졌다. 이다는 아이의 작은 손이 저항하고 있음을 느꼈다. 자신을 짓누르는 억압으로부터 구해달라는 눈빛으로 엄마를 쳐다보았다. 그런 아이의 모습이 너무나 가슴 아팠지만, 달리 방법이 없었다. 아이는 더 이상 고집을 부리지 않았다. 가만히 서서 엄마에게 작은 손을 흔들며 인사를 했다. 그렇게 유치원에 다닌 지 일주일째 되자 아이는 온갖 방법으로 도주를 시도했다. 쉬는 시간에 정원에서 선생님이 잠깐 한눈을 팔자 아이는 기다렸다는 듯 도주했다. 서른 정도 된 선생님은 안경을 쓰고 머리를 길게 땋은 아가씨였다. 진지하고 빈틈없는 태도로 혼자서 열여덟 명이나 되는 학생들을 돌봤다. 놀이터에 나갈 때마다 암탉이 병아리들을 챙기듯 아이들의 숫자를 거듭 세어 보았다. 유치원에는 선생님 외에도 놀이터에서 길가로 나가는 철창 교문을 지키는 수위가 있었다. 그렇게 엄중한 상황에서 우세페가 어떻게 도망쳤는지 선생님은 감이 오지 않았다. 마치 도망칠 기회만 노리는 아이 같았다. 한순간만 시선을 돌려도 아이는 온데간데없이 사라져 버렸다. 처음 몇 번은 멀리 도망치지 못했다. 기껏해야 복도 현관문 옆 계단 아래라든지 기둥 뒤에 숨어 있었다. 선생님이 이유를 물으면 변명을 늘어놓진 않았지만, 씁쓸한 투로 단호하게 말했다. "집에 가고 싶어요!"

그러던 어느 날에는 정말이지 아이를 찾을 수 없었다. 선생님과 수위가 한참을 찾아다닌 끝에 다른 층 복도에서 출구를 찾아 헤매던 아이를 발견했다. 문이 전부 닫혀있고 계단과 층들로 이루어진 학교라는 장소는 아이에게 미로 같은 수용소나 마찬가지였다. 그리고 다음 날 아이는 결국 미로의 실마리를 찾아냈다. 그날 아침에 이다는 아이가 하늘색 유치원복에 눈꽃 무늬가 있는 작은 넥타이를 매고 교실에 들어가는 모습을 지켜보았다. 아이는 그 날따라 엄마랑 같이 있고 싶다면서 떼를 쓰고 매달렸다. 덜덜 떠는 아이의 모습은 이민을 떠났다가 한겨울을 만난 제비 같았다. 이다는 어쩔 줄 모르며 얼른 선생님께 얼른 아이를 떠넘겼다. 바로 그날 최악의 사건이 벌어졌다. 수위가 교문을 단단히 지켰지만, 아이는 무슨 수를 썼는지 길거리까지 나가는 데 성공했다. 아이가 혼자서 길거리를 돌아다닌 건 태어나서 처음이었다. 다행히 이다가 사는 건물의 수위가 아이를 학교에 데리고 왔다. 수위는 일흔 살 과부이자 손주들을 여럿 둔 할머니이기도 했다. 지금은 건물에 딸린 경비실에서 혼자 지내고 있었다. 창문도 없고 침대만 달랑 놓인 어두컴컴한 골방이었다. 그녀는 때마침 우세페가 코트도 안 입고 유치원복 차림으로 경비실 앞을 지나치는 모습을 보았다. 의심스러운 생각이 들어서 안뜰 밖으로 나와 우세페를 불렀다. 우세페는 평소에 경비실 유리에 머리를 갖다 대고 호기심 어린 눈으로 수위를 들여다보곤 했다. 노파는 라디오를 갖고 있었는데 '에페톤도'가 쓰던 것과 비슷했다. 작은 화덕 하나, 눈 위에 루르드의 마리아가 들어있는 스노우볼도 있었다. 스노우볼을 흔들면 수많은 하얀 눈꽃들이 흩날렸다. 하지만, 오늘 아이는 경비실 앞을 그냥 지나쳤다. 물건을 분실한 사람처럼 숨을 헐떡이며 '집에 간다'라는 말만 되뇌었다. 어차피 열쇠도 없었을 텐데 말이다. 아이는 이내 의미 없는 말들을 주절거리기 시작했다. '어떤 거' '붙잡다' '다른 아이들은 안 그래' 그러면서 불안한 듯 연신 손을 머리에 갖다 댔다. 마치 '어떤 거'라는 게 자기 머릿속에 들어있기라도 한 것처럼 말이다.

"왜 그러니, 머리가 아파?"

"아니 아니 안 아파..."

"안 아픈 데 왜 그래? 생각 때문에?"

"아니 생각 아니야..."

우세페는 거듭 아니라며 숨을 몰아쉬었다. 아이가 숨을 헐떡이길 멈추자 서서히 본래의 혈색이 되돌아왔다.

"네 머릿속에 뭐가 들어있는지 알아?"

수위가 결론을 내렸다.

"내가 말해줄까? 귀뚜라미야! 이제 알았지?"

아이는 방금 숨을 헐떡거렸다는 것도 잊고 노파의 말에 웃음을 터뜨렸다. 세상에, 머릿속에 사는 귀뚜라미라니. 그리고 얌전히 노파의 손을 잡고 유치원으로 돌아갔다. 우세페가 도주한 지 15분도 안 되어서 수위 둘이 아이를 찾느라 이리저리 돌아다녔다. 선생님은 놀이터에서 놀던 아이들을 단단히 지키고 있었다. 신경이 곤두선 선생님은 잠시도 쉬지 않고 건물 안쪽과 복도 현관과 길가 쪽 교문을 번갈아 쳐다보았다. 드디어 교문에서 노파의 손에 붙들린 도망자가 모습을 드러냈다. 그녀는 학교까지 오는 내내 아이를 달래느라 노래하는 귀뚜라미 이야기를 들려주고 있었다. 선생님은 부아가 치밀어 올랐지만, 아이를 혼내지는 않았다. 사실 아이는 태어나서 한 번도 호되게 혼난 적이 없었다. 차분한 태도로 아이를 맞이한 그녀가 얼굴을 잔뜩 찌푸리며 말했다.

"또 그러니? 대체 무슨 짓이야?! 다른 친구들 앞에서 나쁜 행동을 보인 게 부끄럽지도 않아? 어쨌든 이제 됐어. 오늘부터 너한테 학교는 끝이야."

우세페는 의외라는 듯 슬픈 표정으로 선생님을 빤히 쳐다보았다. 순간 아이의 안색이 창백해졌다. 질문이 있다는 듯한 눈동자였다. 알 수 없는 두려움에 사로잡힌 듯했다. 두려운 건 선생님보다 자신인 듯했다.

"안돼! 가! 저리 가!"

아이가 어둠을 물리치듯 갈라진 목소리로 외쳤다. 다음으로는 아이들이 떼를 쓸 때 흔히 보이는 전형적인 장면이 펼쳐졌다. 땅바닥에 벌러덩 드러누워 격투기하듯 허공에 대고 미친 듯이 주먹질과 발길질을 해댔다. 핏대가 잔뜩 오른 두 눈이 시뻘겋게 변했다. 아이들이 그렇게 떼를 쓰는 경우는 대부분 나를 좀 알아달라는 뜻이었지만, 우세페의 경우는 달랐다. '무언가'를 물리치기 위해서였다. 아이는 홀로 적들과 맞서서 무시무시한 격투를 벌이고 있었다.

"우세페! 우세페! 대체 왜 그래? 넌 정말 착하고 멋진 아이야! 우린 다 널 좋아해..."

선생님의 위로를 들으며 우세페는 차츰 정신을 차렸다. 선생님을 쳐다보고 안도의 미소를 지었다. 그날 수업이 끝나도록 아이는 선생님의 치맛자락을 붙잡고 졸졸 따라다녔다. 수업이 끝나자, 선생님은 이다에게 아이가 지나치게 예민해서 현재로서는 학교에 보내지 않는 편이 나을 것 같다고 말했다. 우세페의 상태는 선생님이 책임질 수 있는 상황이 아니었다. 그녀는 1년 뒤에 입학할 나이가 될 때까지 아이를 집에 두고 믿을 만한 사람에게 맡기는 편이 나을 거라고 충고했다. 그렇게 우세페는 다음 날부터 학교에 가지 않게 되었다. 마지막 순간까지도 아이는 할 말이 있다는 듯 간절한 눈빛으로 이다를 쳐다보았다. 다른 날처럼 이다와 함께 학교에 가고 싶어 하는 눈치였다. 그러나 엄마에게 아무런 질문도, 아무 말도 하지 않았다. 수위 할머니의 의견은 그랬다. 우세페의 경우는 지나치게 활달한 나머지 남몰래 사고를 치고 싶어 하는 지극히 정상적인 남자아이라고 했다. 그러나 이다는 그녀의 말에 동의하지 않았다. 그녀는 우세페가 자신만의 비밀이 있다는 사실을 잘 알고 있었다. 파르티잔 기지에서 대원들과 함께 보냈던 시간이라든지, 그런 비밀들은 아무도 이해할 수 없는 다른 차원의 일들이었다. 그러므로 우세페를 다그치거나 비난하지 않기로 했다.

그녀 또한 해결책을 고심했지만, 별다른 방법이 없었다. 결국 그녀는 현관문을 이중으로 걸어 잠그고 아이를 집안에 혼자 둘 수밖에 없었다. 수위 할머니에게 열쇠를 복사해 주고 늦은 오전에 한 번씩 올라가서 아이가 잘 있는지 확인해달라고 부탁했다. 그 대가로 그녀는 매일 할머니를 찾아오는 손녀에게 공부를 가르쳐주기로 했다. 그렇게 우세페는 또다시 감옥에 갇혀 오전 시간을 보내게 되었다. 갓 태어났을 때 산 로렌초에서 그랬던 것처럼 말이다. 혹시라도 아이가 아래로 떨어지지 않을까 걱정스러웠던 엄마는 아이의 키보다 훨씬 높은 창문까지 걸쇠로 단단히 잠가 두었다. 다행히 겨울이 다가오고 있었다. 아이가 밖에 나간다든지 창밖으로 얼굴을 내민다든지 하는 걱정은 덜 수 있었다. 이다는 새로운 상황에 맞춰 평소 같으면 절대 사지 않았을 물건 몇 개를 집에 들이기로 결심했다. 제일 먼저 전화 개통을 신청했다. 하지만, 기술적이 문제로, 아무리 빨라도 1947년 2월에서 3월에야 개통이 가능하다는 답변이 돌아왔다. 이다는 우세페가 피에트랄라타에서 지냈을 때 음악을 좋아했다는 사실을 떠올렸다. 아이의 외로움을 달래주려 시장에서 새것에 가까운 수동 축음기를 샀다. 라디오를 살까도 생각해 보았지만, 성인 프로그램을 듣다가 나쁜 말을 배울까 걱정스러웠다. 결국 라디오가 아닌 축음기로 결정했다. 축음기에는 그녀가 직접 고른 동요 디스크를 걸어주었다. 한 번에 78회를 회전하는 온 가족이 들을 수 있는 동요 디스크였다. '빨래가 좋아' '내 인형은 진짜 예뻐' 등등의 노래들이었다. 두 번째 노래는 인형에게 바치는 일종의 헌정 시였는데 다음과 같은 가사로 끝났다.

우리의 진짜 여왕님이
임금님과 함께 마차를 타고 갑니다

수위 할머니는 활기찬 사람이었지만, 나이가 있어서 꼭대기 층까지 계단을 오르내리길 힘들어했다. 그러다 보니 자신을 도우러 온 손녀를 우세페에게 대신 올려보내는 일이 잦아졌다. 손녀의 이름은 막달레나였는데 우세페는 그녀는 '레나-레나'라고 불렀다. 이른 아침에 젖은 걸레를 들고 계단을 청소했고, 할머니가 잠시 자리를 비우면 경비실을 지키기도 했다. 그녀는 앉아있는 것보다 꼼지락거리는 일을 더 좋아했다. 오전 시간에 우세페를 살피러 가는 일 또한 마다하지 않았다. 14살 소녀로 여자가 바깥출입 하는 걸 허락하지 않는 고리타분한 가족들 사이에서 자랐다. 사르데냐 내륙 지방에서 로마로 이주한 가족들은 보도니 가에서 가까운 산 사바에 살고 있었다. 몸매는 오동통했고, 다리는 짤막한 통나무 같았다. 작달막한 체구에 까맣고 뻣뻣한 머리카락이 시골집에서 키우는 고슴도치를 연상케 했다. 잔뜩 뿔난 사람 같기도 했다. 그녀는 말끝마다 '우'를 붙이며 도무지 알아들을 수 없는 사투리를 썼는데 마치 외국어를 방불케 했다. 그럼에도 우세페와는 말이 아주 잘 통했다. 아이는 그녀가 위층에 올라올 때마다 디스크를 틀어주었고, 그녀는 고음으로 사르데냐 자장가를 불러주었다. 한마디도 알아들을 수 없는 온통 '우'로 끝나는 노래였다. 그럼에도 우세페는 노래가 끝나면 이다의 칼라브리아 노래를 들을 때처럼 '또!'라고 말했다. 레나-레나가 다른 곳에 일하러 가서 못 오는 날에는 나이 든 수위가 숨을 헐떡이며 계단을 올라왔다. 그리고 경비실을 비우지 않으려고 서둘러 다시 내려갔다. 주로 우세페가 잠든 이른 아침 시간에 올라와서 아이를 깨우지 않고 그대로 내려가곤 했다. 그런 날이면 잠에서 깨어난 우세페는 누군가 찾아오기만을 기다렸다. 창문 유리 뒤로 레나-레나가 오기만을 애타게 기다리는 우세페의 희미한 형체가 보였다. 잠시 후 아이의 모습은 창가에서 사라졌지만, 여전히 누군가 오길 기다렸을 것이다. 정오를 알리는 종이 울리면 습관처럼 아이가 다시 창가에 나타났다. 수업을 마친 이다를 기다리기 위해서였다.

최근 들어 레나-레나가 10시에서 11시 사이에 위층으로 올라가 보면 아이는 그때까지도 쿨쿨 자고 있었다. 얼마 전부터 아이는 매일 늦잠을 자기 시작했다. 의사 선생님이 처방한 안정제를 몇 달 동안 끊었다가 저녁마다 다시 먹기 시작했기 때문이었다. 온화한 계절에 나아지는 듯했던 아이는 또다시 불안한 밤을 보내기 시작했다. 약을 먹어도 나아지지 않았다. 잠이 듦과 동시에 일어나는 짧고 격렬한 발작이 있다. 마치 정체 모를 무언가가 잠의 장벽 건너편에서 아이를 덮치려고 기다리고 있는 것 같았다. 무시무시한 만남을 거부하려는 듯 아이의 표정이 딱딱하게 굳었다. 하지만 그런 증상이 지나가고 나면 기억이 없다는 듯 스르르 잠에 빠져들었다. 정체 모를 무언가와의 약속은 정확하고 기계적으로 반복되었다. 이다는 아이를 지키기 위해 매일 저녁 아이의 곁에 머물러야만 했다. 그리고 결국 또다시 의사 선생님을 찾아갔다. 선생님은 칼슘, 달걀, 우유를 섭취하고 맑은 공기를 마시며 산책하라고 충고했다.

"아이가" 그녀가 아이를 유심히 관찰하며 말했다.

"너무 안 컸네요." 틀린 말은 아니었다. 여름에 키는 조금 자랐지만, 몸무게는 그대로였다. 의사 선생님이 자세히 진찰하기 위해 아이더러 옷을 벗으라고 했다. 아이의 발가벗은 몸은 갈색빛이 감돌았다. 왜소한 상체에 흉곽이 앞으로 툭 튀어나와 있었다. 가느다란 어깨 위로 작은 가면을 쓴 듯한 머리가 삐죽 솟아있었다. 의사 선생님은 이빨도 유심히 들여다보았다. 아이의 정신적인 문제가 영구치와 관련이 있을지도 모른다고 했다. 어떤 아이의 경우에는 이빨이 빠질 나이가 되면 심각한 문제가 발생하기도 한다면서. 아이는 흔쾌히 입을 쫙 벌렸다. 몇 달 안 된 새끼 고양이처럼 깨끗한 핑크빛 잇몸 사이에 하늘색이 감도는 젖니들이 가지런히 돋아 있었다. 이다는 아이의 입안을 들여다보며 감탄을 금치 못했다. 전쟁통에 아무한테도 폐를 끼치지 않고 이빨이 전부 제자리에 나 있다니, 정말이지 대단해 보였다.

"맨 처음에 빠지는 이빨은" 의사 선생님이 진지하게 말했다.

"집안에 꼭꼭 숨겨두어야 해. 부활절에 찾아오는 착한 마녀 할머니가 있거든. 이빨이 있던 자리에 선물을 두고 갈 거야."

아이는 태어나서 단 한 번도 아이들에게 선물을 준다는 마녀 할머니나 산타 할아버지에 대해 들어본 적이 없었다. 요정이 뭔지도 잘 몰랐다. 하지만 어디서 주워 들은 건 있었다.

"어떻게 들어와요?" 아이가 조심스럽게 의사 선생님께 물었다.

"어디로 들어와요?" "어디로요?! 우리 집으로요?"

"걱정하지 마, 마녀 할머니들은 굴뚝으로 들어온단다."

"근데... 우리집 굴뚝은 아주 좁거든요... 그래도 지나갈 수 있어요? 몸이 작아져요?"

"그럼!" 의사 선생님이 단언했다.

"작아지기도 하고 커지기도 한단다! 어디든 갈 수 있지!"

"요만한 데도요?"

우세페가 손가락을 오므리며 보도니 가 집의 굴뚝 정도 되는 동그라미를 만들어 보였다.

"당연하지! 내 말만 믿으렴!"

권위 있는 선생님의 입을 통한 확답을 듣고 우세페는 비로소 미소를 지어 보였다.

11월 치 월급을 탄 이다는 축음기 음반을 하나 더 사러 갔다. 피에
트랄라타에 있을 때 아이가 춤곡을 좋아했다는 기억을 떠올리며 점원
에게 추천을 부탁했다. 점원은 최신 스윙 곡을 추천해 주었다. 이번에
산 디스크는 굉장한 성공을 거뒀다. '빨래'와 '나의 인형'은 즉시 쓰레
기통으로 직행했다. 그날부터 축음기에서는 새 디스크의 음악만 울
려 퍼졌다. 우세페는 음악이 나오자마자 기다렸다는 듯이 춤을 췄다.
아이의 춤은 예전과 조금 다른 형태로 발전된 듯했다. 우리의 춤꾼이
피에트랄라타에서 보였던 다양하고 즉흥적인 발놀림과 재주 넘기는
더 이상 없었다. 아이는 이제 한가지 동작만 반복적으로 보여주었는
데 제자리에서 멈추지 않고 빙글빙글 돌기였다. 양발을 활짝 벌리고
지칠 때까지 미친 듯이 빙글빙글 도는, 어떻게 보면 발작에 가까운 몸
짓이었다. 어떤 경우에는 현기증이 나서 천지가 빙빙 돌 때까지 멈추
지 않기도 했다. 기력이 다하고 나서야 아이는 엄마한테 와서 푹 쓰러
졌다. 힘들긴 하지만 도는 게 싫지 않다는 듯 이렇게 말했다. "다 빙
빙 돌아, 빙빙 돌아, 엄마…" 어떤 경우에는 계속 돌면서 속도만 조금
줄이기도 했다. 그럴 때면 아이의 몸은 한쪽으로 기울어졌고 팔도 같
은 방향으로 쳐져서 흐느적거렸다. 아이는 기쁨과 꿈 사이 어딘가처
럼 흡족한 표정을 지었다. 디스크 음악에 맞춘 춤사위는 거실이자 부
엌에서 주로 벌어졌다. 이다가 요리할 때마다 엄마를 기쁘게 해 주고
싶어서였는지 격렬한 춤판을 벌이곤 했다. 하지만 아이의 새로운 취
미는 며칠 되지 않아 끝나버렸다. 사흘 뒤인 일요일 아침이었다. 활기
차게 축음기로 다가가 디스크를 돌리려던 우세페가 갑자기 멈칫했다.
꼼짝도 하지 않고 그 자리에 서서 의문에 찬 표정으로 손으로 디스크
를 어루만졌다. 쓰디쓴 무언가를 곱씹는 듯한 표정이었다. 그러더니

이내 도망치듯 한 구석으로 몸을 숨기고 알아들을 수 없는 말을 중얼거렸다. 이다는 아이의 입에서 나온 단어를 확실히 알아들을 수 있었다. '카룰리나'라는 이름이었다. 아이는 헤어질 당시만 해도 그녀를 '울리'라고 불렀었다. 그 뒤로는 한 번도 그녀의 이름을 입에 올린 적이 없었다. 아이가 그녀의 이름을 한 글자도 빠짐없이 또박또박 발음한 건 그때가 처음이자 마지막이었다. 심지어 'R' 발음을 정확히 하려고 혀를 굴리기까지 했다. 아이는 부지불식간에 떠오른 회상 속으로 깊이 가라앉은 듯했다. 잠시 후에 아이는 조금 전과 달리 울부짖으며 엄마를 불렀다. "엄마? 엄마아아아?..."

망연자실한 질문이자, 불시에 닥쳐온 공격이자, 도와달라는 저항의 목소리였다. 급작스러운 충격이 아이를 뒤흔들었다. 별안간 축음기가 있는 쪽으로 가더니 아끼던 스윙 디스크를 잡아빼서 바닥에 내팽개쳤다. 얼굴이 새빨개지면서 몸이 덜덜 떨렸다. 바닥에 떨어져 두 조각 난 디스크를 발로 마구 짓밟고 나서야 정체 모를 아이의 분노는 가라앉았다. 아이가 바닥을 빤히 쳐다보며 누가 그랬냐는 듯한 표정을 지었다. 쪼개진 디스크 앞에서 몸을 숙이고 떼쓰듯 울음을 터뜨렸다. 계속 훌쩍거리며 부서진 조각들을 다시 맞추려는 듯 손으로 만지작거렸다. 이다는 내일 새 디스크를 사 주겠노라고 약속했다. 자신이 백만장자 엄마였다면 오케스트라 단원 전체를 아이 앞에 대령했을 것이다. 하지만 소용없었다. 아이는 엄마를 찰싹찰싹 때리며 계속 떼를 썼다. "아니야! 아니야! 싫어!" 씁쓸한 표정으로 발밑에서 부서진 디스크 곁을 떠나지 않았다. 아이를 겨우 달랜 이다가 빗자루로 부서진 조각들을 쓸어 모으자, 못 보겠다는 듯 양손으로 눈을 가렸다. 소중했던 물건을 내팽개치는 아이의 행동을 보며 이다는 뼈저린 죄책감을 느꼈다. 아이의 내면에는 그 누구도 풀 수 없는 심각한 매듭이 있었다. 아이 자신을 포함한 그 누구도 매듭의 실마리조차 찾을 수 없었다. 여전히 불안한 표정으로 창가로 다가간 아이가 안뜰을 내려다보았다. 삐죽삐죽한 머리카락 사이로 깡마른 목덜미가 보였다. 뒷모습만 보아도 아이가 걱정스러운 표정이란 걸 짐작할 수 있었다. 아이는 형을 기다리는 일을 멈추지 않을 것이다. 형이 집에 오지 않는 게 이다의 책임이라고 생각하는 것 같기도 했다. 처음으로 저지른 못된 짓에 여간 속상했는지 아이는 입을 꾹 다물고 있었다. 이다 또한 금기라는 듯 아이에게 말을 걸지 않았다.

"... 오늘 레나-레나는 안 와?"

"안 와, 오늘은 일요일이잖아. 엄마가 집에 있는 게 싫어?"

"아니."

아이의 기분이 조금 풀린 듯했다. 엄마에게 다가와 옷에 뽀뽀하며 눈을 들고 엄마의 얼굴을 들여다보았다. 아이의 눈동자에 불안한 질문이 새겨져 있었다.

"엄마는... 안 떠날 거지, 그치, 엄마?"

"내가? 떠나다니? 내가? 절대로! 절대로! 절대로! 널 혼자 내버려 두지 않을 거야, 우세페!"

우세페가 만족감과 의심 사이에서 안도의 한숨을 내쉬었다. 냄비에서 피어오르는 연기가 굴뚝 위로 올라가는 모습을 보던 아이가 다시 엄마를 쳐다보며 말했다.

"그 아줌마는 언제 와?"

아이가 미간을 찌푸리며 물었다.

"그 아줌마라니?"

이다는 레나-레나 또는 카룰리나를 떠올리고 있었다.

"굴뚝으로 내려온다는 그 아줌마 있잖아, 기억 안 나, 엄마? 마녀 할머니 친척이라며! 의사 선생님이 그랬잖아!"

"...아, 맞다... 뭐라고 하셨더라? 새 이빨이 날 때까지 기다리라고 하셨잖아. 이빨이 흔들리면 곧 빠진다는 뜻이야. 그럼, 그 할머니가 와서 가져갈 거야."

우세페가 흔들리는지 점검하려는 듯 손가락으로 이빨을 더듬었다.

"아직 일러." 그러자 엄마가 알려줬다.

"넌 아직 어려. 일 년 정도 걸릴 거야."

"..."

높은 곳에서 정오를 알리는 힘찬 종소리가 들렸다. 흐리고 포근한 일요일 아침이었다. 닫힌 창문 너머로 안뜰에서 아이들의 소리가 들렸다. 공동 주택에 사는 아이들이 엄마가 점심을 먹으라고 부를 때까지 신나게 뛰어노는 소리였다. 그중 우세페의 목소리가 있었다면 얼마나 기뻤을까. 피난소 강당의 커튼 뒤에서 들었던 것처럼 말이다. 그녀는 안뜰에 내려가 다른 아이들과 놀라며 몇 번이나 아이의 등을 떠밀곤 했다. 하지만, 잠시 후에 창문 너머로 살펴보면 아이는 늘 혼자 떨어져 한 구석에 서 있었다. 마치 따돌림당하는 외톨이 같았다. "우세페!" 순간 그녀는 창문을 열어젖히고 충동적으로 아이의 이름을 불렀다. 고개를 들고 엄마의 모습을 보자마자 아이는 안뜰을 벗어나 날듯이 집으로 내달렸다. 학교에서도 친구들과 어울리길 거부했던 아이는 여전히 자신을 고립시키고 있었다. 누군가 다가와 손을 내밀면 씁쓸한 표정으로 상대방을 쳐다보며 한 걸음 뒤로 물러났다. 마치 독한 병균에 감염되어 남들에게 옮길까 봐 무서워하는 단순한 생명체

같았다.

맑은 공기를 마시는 게 좋다는 의사 선생님의 충고에 따라 이다는 날씨가 좋은 날이면 늘 아이를 데리고 산책에 나섰다. 몬테 테스타초, 아벤티노 언덕 쪽으로도 갔고, 아이가 피곤해하면 집 근처 공원이라도 갔다. 하지만 어딜 가든 마찬가지였다. 우세페는 아이들이 노는 걸 보면서도 다가가려 하지 않았다. 한 아이가 다가와 "같이 놀래?"라고 묻기라도 하면 아무 대답도 없이 줄행랑을 쳤다. 오두막에 몸을 숨기는 원시인처럼 얼른 엄마 곁으로 몸을 피했다. 그러면서도 다른 아이들이 노는 모습을 흘낏흘낏 쳐다보았다. 인간 자체를 혐오하는 아이는 확실히 아니었다. 종종 본능적인 미소를 띠고 아이들이 노는 쪽으로 엄마의 치맛자락을 잡아끌기도 했다. 마음먹은 대로 되지 않았지만, 어쨌든 친구를 사귀고 싶어 한다는 건 분명했다. 반바지 아래 드러난 아이의 다리는 가늘었지만, 무릎은 튼실한 편이었다. 가느다란 다리로 운동선수처럼 출중하게 혼자 놀이기구 위에서 뛰어다니곤 했다. 유머 감각을 타고난 아이는 이내 공원에 드나드는 사람들 사이에서 유명 인사가 되었다. 젊은 여자나 나이 든 여자나 아이의 짙은 피부색, 검은 머리카락과 대조를 이루는 새파란 눈동자를 보며 칭찬을 퍼부었다. 사실 아이의 외모는 로마 사람들이 가장 멋있다고 하는 모습에 가까웠다. 아이가 서너 살 정도라고 여겼던 사람들은 다섯 살이라고 하면 어쩜 그리 작냐며 또다시 떠들어 댔다. 틀린 말은 아니었지만, 그런 말을 들을 때마다 이다는 마음이 불편했다. 몰지각한 사람들이 떠들어대는 판단의 말을 듣지 않으려고 서둘러 자리를 피했다.

우세페의 경우는 이다와 달랐다. 구경거리가 된 새끼 농물 같은 신세였지만, 사람들의 칭찬을 귀담아듣지도, 신경 쓰지도 않았다. 아니,

어쩌면 듣고도 모른 척했던 것일 수도 있었다. 아이는 늘 입을 꼭 다물고 있었지만, 작은 얼굴 양옆에 튀어나온 귀로 세상의 온갖 소리를 주의 깊게 듣고 있었다. 소리야말로 아이의 유일하고 열정적인 찬가였다. 때로는 아주 사소한 일로 아이의 눈빛이 흔들리기도 했다. 그 윽한 눈빛으로 한참을 잠자코 있기도 했다. 그런가 하면 이따금 아이가 온몸을 떨 정도로 격하게 반응하는 존재가 등장하기도 했다. 눈앞에 개가 나타날 때였다. 그럴 때면 향수에 젖은 아이의 눈동자가 반짝반짝 빛났다. 주인이 있든 없든, 못생겼든, 다리를 절든, 피부병이 있든, 어떤 개를 보아도 아이는 똑같은 반응을 보였다. 이다는 가족 구성원을 늘릴 마음이 추호도 없었지만, 아이의 그런 반응에 마음이 흔들리지 않을 수 없었다. 화창한 날, 산책길에서 돌아오면서 아이에게 개를 키우고 싶은지 물었다. 우세페가 엄마를 힐끗 쳐다보더니 이내 씁쓸한 표정을 지었다. 그리고 성난 목소리로 계속 "아니! 아니!"라고 소리쳤다. 돌이킬 수 없는 일을 당한 사람처럼 아니, 누군가 설명할 수 없는 자신의 매듭을 억지로 풀려고 한 것처럼. 숨도 안 쉬고 고함을 내지르던 아이가 헐떡거리며 겨우 한마디를 내뱉었다. "벨라도... 브리츠랑 똑같잖아!"

이다는 아무리 굳은 약속이라도 아이에게는 소용없다는 사실을 깨달았다. 아이가 무엇보다 두려워하는 건 상실이었다. 충격적이었다. 물질적 형태를 지닌 존재가 나타나 위험을 경고하는 듯한, 그들의 방안에 추악한 귀신이 살고 있는 듯한, 수많은 손과 입들이 우세페를 위협하는 듯한 이상한 기분. 아이는 지난 몇 년 동안 단 한 번도 언급하지 않던 브리츠라는 이름을 입에 올렸다. 그녀는 아이가 브리츠의 기억을 잊은 줄로만 알았다. 어린 시절 한때 좋아했다가 시간이 지나면 잊어버리는 영웅들처럼 말이다. 1946년 가을이 되자, 짧은 생애를 살아오면서 묻어두었던 나쁜 기억들이 우세페의 머릿속에 하나둘씩 떠오르는 듯했다.

"말도 안 돼, 벨라랑 브리츠랑 어떻게 똑같아!"

이다가 아이를 놀리듯이 말했다. 그리고 아이의 나쁜 생각을 몰아내려고 아주 차분하게 말했다. 벨라는 닌누추랑 건강하게 잘 지내고 있다고, 늘 그렇듯 늦긴 하겠지만, 조만간 우릴 만나러 집에 올 거라고! 이다의 확신에 찬 이야기를 듣자, 우세페도 마음이 조금 풀렸는지 미소를 지어 보였다. 엄마와 아들은 서로를 마주 보며 사랑에 빠진 연인처럼 깔깔 웃었다. 그것만이 방 안에 침입한 귀신을 쫓아낼 유일한 방법이었다. 하지만 아무리 생각해도 그것만으로는 충분치 않았다. 다음날 일요일에 이다는 포르타 포르테제에서 열리는 벼룩시장에 아이를 데려갔다. 몽고메리 코트로 우세페의 마음을 달래주기 위해서였다. 몽고메리를 모르는 사람들을 위해 잠깐 설명하자면, 몽고메리 장군이 전쟁 때 입어서 유행시킨 아주 특별한 코트였다. 이다가 우세페에게 사 준 코트는 이탈리아, 아니 로마에서 만들어진 복제품이었다. 제일 작은 사이즈였지만, 우세페에게는 어깨도 헐렁하고 소매도 너무 길었다. 아이는 그 자리에서 바로 코트를 입고 씩씩하게 몇 발짝 앞으로 갔다. 몽고메리를 걸치자마자, 장군까지는 아니었지만, 한층 용감해진 기분이었다.

7.

아이의 밤은 여전히 두렵고 불안했다. 의사 선생님이 처방해 준 약도 잘 챙겨 먹었다. 엄마가 약을 들고 오면 한시라도 빨리 낫고 싶다는 듯 아기새처럼 '아' 하고 입을 크게 벌렸다. 하지만 약은 별 효과가 없었다. 매일 저녁 꼬박꼬박 약을 먹었지만, 소용없었다. 정체 모를 거대한 형상은 약속이라도 한 듯 늘 정확한 시간에 아이를 찾아왔다. 11월 둘째 주에 아이는 한밤중에 자다 말고 두 번이나 침대에서 몸을 일으켰다. 눈을 뜨고 있었지만, 연신 가쁜 숨을 몰아쉬었다. 이다는 일부러 전등을 켜지 않았다. 온몸이 땀으로 뒤범벅된 아이는 싸움을 벌이기 직전처럼 잔뜩 긴장하고 있었다. 이다가 다가가 손을 잡아보니 손목의 맥박이 격렬하게 뛰고 있었다. 하지만 다행히 차츰 정상적인 리듬을 되찾았다. 아이의 눈꺼풀도 스르르 내려앉았다. 그런 증상이 1분도 채 안 되게 지속되었다. 아이는 예전과 마찬가지로 자신에게 무슨 일이 벌어졌는지 전혀 모르는 상태였다.

11월 15일과 16일 사이에 더욱 심각한 일이 벌어졌다. 고요한 한밤중이었다. 이다가 협탁 위에 놓인 조명의 스위치를 켰다. 방안에서 누군가 걸어 다니는 소리가 들리고 있었다. 작은 새끼 동물이 방황하는 발소리였다. 이다가 불을 켜자, 우세페가 흠칫 놀라며 벽에 몸을 바짝 기댔다. 집안이 추워서 아이는 우단 잠옷 위에 몽고메리를 걸치고 있었다. 소리를 안 내려고 양말은 벗고 있었다. 최근 들어 밤마다 아이의 잠을 훼방했던 이상한 증상이 이번에는 아이를 침대 밖으로 끌어낸 것이었다. 아이는 어둠 속에서 무언가를 찾아다니듯 비몽사몽 방안의 벽을 짚고 돌아다니고 있었다. 이다가 몸을 일으키자, 아이가 침착하게 말했다.

"자, 엄마!"

단호한 명령으로 위장한, 실은 자신을 고통스럽게 만드는 미지의 사건에 대한 본능적인 의구심을 무마하려는 수단이었다. 아이는 순식간에 나약해진 모습으로 와락 울음을 터뜨렸다.

"엄마, 니노 어딨어?!"

오래전부터 따라다녔던 끔찍한 예감이 아이의 입에서 터져 나왔다.

"... 혹시 나 빼고 혼자 미국에 간 건 아니지?!..."

이다는 자기가 보는 앞에서 미국에 같이 가자며 아이에게 몇 번씩 다짐했던 닌누추의 약속을 기억했다. 그녀가 마지막으로 들었던 니노의 말은 다음과 같았다.

"디비데도 데려갈 거야. 거기서 이쁘고 싸가지 없는 미국 여자를 만날지도 모르지..."

우세페에게 확신을 주는 핑계를 찾는 게 쉽지 않았지만, 어쨌든 이다의 대답을 들은 우세페는 마음을 추스르고 엄마 곁에서 곤히 잠들었다. 9월에 잠깐 보았던 이후로, 니노는 언제나처럼 소식이 없었다. 그동안 니노 앞으로 온 엽서 두 장이 집에 도착했다. 지인들에게 보도니 가의 집 주소를 알려준 모양이었다. 하나는 광택지에 나를 생각해 달라는 꽃말을 지닌 바이올렛과 붉은 장미 한 다발이 그려진 엽서였다. 벨라의 전 주인이었던 안토니오가 보낸 것으로 포지오레알레 교도소의 직인이 찍혀 있었다. 내용은 다음과 같았다. "소중한 추억과 더불어 건강과 축복이 함께 하길." 다른 하나는 로마에서 보낸 것으로 빅토리오 엠마누엘레 기념관 흑백 사진 엽서였다. 초등학교 2학년 수준의 커다란 글씨였지만 맞춤법은 틀린 데가 없었다. "어딜 그렇게 싸돌아다니는 거야? 여기까지. – P." 두 장의 엽서는 10월부터 주욱 이다의 집에 있었다.

10월 말에 이다는 길에서 우연히 안니타 마로코와 마주쳤다. 그녀는 가족들을 돕기 위해 오스티엔제 거리의 부잣집에 일하러 다니고 있었다. 필로메나의 재단사 일감이 점점 줄어들고 있다고 했다. 고객들 대부분은 노인네들이었고 병에 걸렸거나 세상을 떠난 이들도 있었다. 조반니노의 방은 주인이 돌아올지도 모른다는 희망에 지금까지도 세를 놓지 않고 비워둔 상태였다. 그에 대한 소식은 좋은 것도 나쁜 것도 들리지 않았다. 주임 신부의 도움으로 군의관에게 편지를 보낸 가족들은 현재 답변을 기다리는 중이라고 했다. 수취인은 북부 이탈리아 줄리아 지역 산악인 출신 군의관으로 참전했던 생존자였다. 러시아 전장에서 조반니노를 만난 적이 있었는지, 마로코라는 성씨를 들어본 적이 있었는지 등등의 내용이었다. 안니타는 다른 소식들과 더불어, 최근에 다비데 세그레를 만났다고도 했다. 함께 있던 시어머니가 니노의 소식을 꼬치꼬치 캐묻자, 그는 최근에 로마에서 여러 번 니노를 만났지만, 매번 아주 짧은 만남이었다고 했다. 안니타는 니노가 아주 건강하다는 것 빼고 별다른 소식을 못 들었다고 했다. 니노가 이다에게 언급했던 세를 얻었다는(아니면 공짜로 빌렸든지) 로마 변두리 집에 대해서는 안니타도, 시어머니도 전혀 몰랐다. 이다는 아들이 말했던 그 집이 거짓부렁일지도 모른다는 생각이 들었다. 아니, 그 집에서 나와서 또다시 이사했을 수도 있었다. 안니타가 말하길, 다비데는 빨리 그 자리를 벗어나고 싶은 사람처럼 시어머니의 질문에 퉁하게 몇 마디로만 대답했다고 했다. 그 또한 현재 로마에 살고 있다고 했지만, 당연히 정확한 주소는 알려주지 않았다. 이다는 이후에 테스타초 시장에 갔다가 필로메나를 만났지만, 며느리가 했던 이야기 외에 새로운 소식은 없었다. 마로코 가족들은 그녀와 마주칠 때마다 자기들 집에 아이를 데리고 놀러 오라고 초대하곤 했다. 아이를 데리고 그 집에 찾아가긴 했지만, 몇 번에 그쳤다. 불편했다기보다 시간이 없어서였다. 자신이 가르치는 학생들과 우세페를 빼면 이다는 세상 누구와도 어울리지 않았다. 닌누추의 소식을 물으려고 레모를 찾아가 볼까도 생각했지만, 산 로렌초 지역에 간다는 생각만 해도 참을 수 없이 마음이 출렁거렸다.

마지막으로 니노를 본 지 두 달이 되어가고 있었다. 지난 수년에 걸쳐서 부재와 침묵은 니노의 습관이었다. 하지만, 이번만큼은 좀 달랐다. 우세페가 평소와 다르게, 너무도 간절히 형을 기다리고 있었다. 이나는 그게 다 아이의 건강 때문이라고 생각했다. 아이의 변덕스러움, 외톨이 성향, 말도 안 되는 분노 또한 그 때문이리라. 우리가 익히 알던 우세페의 진짜 모습은 어디론가 사라져 버렸다. 동생을 위해서라도 집에 자주 들르라고 닌나리에두를 설득해 보았자 소용없단 걸 이다는 누구보다 잘 알고 있었다. 닌누추 만쿠소에게 감히 그런 말을 한다는 건 바람에게 깃발을 배려해서 이리 불어라 저리 불어라 하는 식이나 다름없었다. 다정한 엄마는 아니었지만, 그 정도는 아들을 알고 있었다. 11월 16일 아침에 우세페는 지금까지 통틀어 가장 심각한 증상을 겪었다. 새벽 1시 반 경이었다. 아이는 괜찮아질 거라는 엄마의 말을 듣고 다시 잠들었고 밤새 편안하게 잤다. 이다가 아침에 커피를 끓이러 부엌에 갔을 때도 아이는 아직 자고 있었다. 가스레인지에 불을 붙이려던 순간, 아이가 잠옷에 맨발로 곁에 다가왔다. 의문에 찬 눈빛으로 엄마를 흘낏 쳐다보더니 이내 방으로 되돌아갔다. 방 안에 들어간 아이는 인간의 소리가 아닌 무시무시한 괴성을 내질렀다. 순간 그녀는 온몸이 굳어버렸다. 겨우 정신을 차리고 아이가 끔찍한 소리를 지르는 이유를 알아보고자 의학 서적을 들춰보았다. 아이의 증상은 '중병'이라고 명시되어 있었다. 증상은 다음과 같았다.

완벽한 의식의 상실을 동반한 폭력적이고 충동적인 위기. 초기 단계의 증상은 (간헐성 경련) 고성을 동반한 호흡곤란으로 방어 행동 없이 몸이 뒤로 쓰러지며 피부는 푸른색을 띤다. 동맥이 최대치로 긴장하며 마비 증상에 근접할 때까지 심장 박동수가 증가한다. 턱부위의 수축으로 인해 혀에 상처를 입을 수 있다.

경련성 발작의 단계가 지나면 혼수상태가 된다. 1분에서 3분 정도 지속되며 표면적인 활동이 중단되고 움직임이 무기력해진다. 이러한 단계를 거치는 동안 일반적으로 괄약근의 완화로 인해 소변이 나오기도 한다. 마지막으로 침이 잔뜩 고이고 숨이 찰 정도로 활기찬 호흡 활동을 보이며 활동을 재개한다.

오래전부터 실재했던 증상이지만 정확한 원인과 병명에 대해서는 밝혀진 바가 없다.

이다가 방으로 달려가 보니, 우세페는 눈을 꼭 감고 양팔을 쫙 벌리고 바닥에 뻗어 있었다. 벼락을 맞고 허공에서 떨어진 제비 같았다. 위기의 순간은 몇 초 만에 지나갔다. 천만다행이었다. 이다는 아이의 곁에 무릎을 꿇고 앉았다. 아이의 얼굴에서 시퍼런 빛이 사라지며 다시금 호흡이 돌아왔다. 불과 한순간 전에 고함과 함께 지나간 미지의 존재는 다행히 아이를 앗아가지 않았다. 그녀는 안도하며 가슴을 쓸어내렸다. 작은 소리로 아이의 이름을 불러보았다. 자신의 이름을 부르는 엄마의 속삭임을 들은 아이가 안도하며 온몸으로 깊은 한숨을 내쉬었다. 눈을 꼭 감고 다 나았다는 듯 느슨한 미소를 지어 보였다.

그리고 기적처럼 눈을 떴다. 전보다 한결 아름다운, 푸른 바다에 빠져든 듯한 눈동자였다.

"우세페!"

"...엄마..."

아이를 침대에 눕히던 이다는 입술 가장자리에서 피가 섞인 거품이 흘러나오는 걸 보았다. 머리카락을 쓰다듬는 엄마를 꿈결처럼 바라보며 아이가 물었다.

"무슨 일이야, 엄마?"

아이는 여전히 혼미한 상태로 중얼거렸다. 말을 끝맺기도 전에 아이의 눈이 스르르 감겼다. 아이에게 가장 절실한 건 잠이었다. 깊은 잠에 빠져든 아이는 정오가 되어서야 깨어났다. 자신을 엄습했던 위기에 대해 전혀 모르는 듯했다. 나중에 의사들이 이다에게 설명한 바에 따르면 위기의 주체는 상황을 인식하지 못한다고 했다. 어쨌든 무슨 일인가 일어났다는 걸 짐작했던 아이는 창피해하며 소미에르 침대 안에서 몸을 잔뜩 움츠리고 있었다. 아이가 양손으로 얼굴을 가리고 단호하게 말했다.

"형한테는 절대 얘기하면 안 돼, 알겠지, 엄마?"

이다가 비밀을 지키겠다고 고개를 끄덕이며 아이를 안심시켰다. 그러나 우세페의 당부는 부질없는 것이었다. 형에게 이야기할 기회는 두 번 다시 찾아오지 않았다. 그로부터 몇 시간 뒤에 정말이지 믿을 수 없는 사건이 벌어졌다. 끔찍한 밤 뒤에 찾아오는 또 다른 끔찍한 하루였다. 시간이 흐른 지금까지도 나는 그 사건을 산 자들과 죽은 자들을 통틀어 말도 안 되는 거짓부렁이 아닌지 의심하곤 한다. 하지만, 기어이, 그 일은 벌어지고야 말았다. '폭력의 세대'를 살았던 그의 동지들과 마찬가지로 일명 마음의 일인자 닌누추 만쿠소 또한 생애를 마감했다. 그해 5월에 21세를 앞둔 나이였다. 이다는 예감에 이끌려 살아온 편에 속했지만, 이번만큼은 그렇지 않았다. 그날 이른 아침 수사관이 집에 찾아왔다.

"안토니오 만쿠소의 가족분 되십니까?"

곧바로 다음과 같은 질문이 그녀의 뇌리를 스쳤다.

"왜요? 무슨 나쁜 짓이라도 했나요?"

하지만 아무렇지도 않은 척하며 수사관에게 말했다.

"제가 그 아이 엄마입니다만..."

그녀가 웅얼거렸다. 그러자 수사관이 무표정한 얼굴로 아들의 소식을 전했다. 아피아 가도에서 교통사고가 났다고 했다. 아니, 정확하게는 왼쪽 차선이라는 표현을 사용했다. 대형 트럭이 질주하다 도로를 탈선했다고.

"부인의 아들이 부상을 당했습니다... 아주 심각한."

아들은 산 조반니 병원의 응급실로 실려 갔노라고 했다. 보도니 가에서 산 조반니 병원까지는 도심을 가로질러야만 했다. 이두차는 정류장까지 가서, 표를 사고, 전차를 타고, 다시 정류장에 내렸다. 그러면서 생각했다. 누군가 자동차로 병원 앞까지 자길 데려다주어야만 했다고. 그곳까지 가는 동안 그녀의 머리는 백지장 같았다. 눈앞에 보이는 것들 전부가 갈기갈기 찢어진 사진 같았다. 하얀 회벽을 발라놓은 장소 안으로 들어가자마자, 이다는 희한할 정도로 석회의 먼지 맛을 느꼈다. 그 맛이 내내 입안에 감돌았다. 병실이 어디였는지, 입구에서 한참을 들어갔는지, 병실에 창문이 있었는지, 아니면 없었는지, 확실치 않았다. 그녀를 안내했던 병원 관계자들도 전혀 기억나지 않앉다. 그녀의 눈에 사람 몸 크기 정도 되는 들것 두 개가 보였다. 들것은 아래부터 위까지 흰 천으로 덮여 있었다. 누군가의 손이 들것 하나에 덮인 천을 걷어 올렸다. 아들이 아니었다. 머리가 피투성이인, 얼굴이 반쪽만 남은 금발의 청년이었다. 그들이 다른 들것의 천을 걷어올렸다. 니노였다. 목 부분까지는 상처의 흔적이 없었다. 코 밑에 살짝 핏자국만 나 있었다. 조명 때문이었는지 그리 창백해 보이지도 않았다. 볼은 발그스름했고 진흙이 잔뜩 묻은 곱슬머리가 물결치고 있었다. 꾹 다문 윗입술은 살짝 돌출되어 있었고 눈꺼풀 끄트머리에 기다란 속눈썹이 곡선을 이뤘다. 저절로 눈을 감은 것 같진 않았다. 누군가 억지로 눈을 감긴 흔적이 역력했다. 마지막 얼굴은 동물과도 같이 순수해 보였다. 망연자실한 표정으로 질문을 던지는 듯했다. "나한테 뭔 일이 일어난 거지? 이런 기분 진짜 처음이야. 진짜 이상해, 진짜 뭔지 모르겠어."

아들의 신원을 확인하자마자, 이다는 누군가 예리한 칼로 질 부위를 도려내는 기분을 느꼈다. 우세페 때와 달리, 니노의 출산은 정말이지 끔찍했다. 아주 길고 힘겨운, 온몸의 피를 다 뽑아내는 듯한 출산이었다. 아기는 4kg에 달하는 체중으로 태어났다. 작은 체구에 초산이었던 그녀에게는 버거운 출산이었다. 엄마의 살점을 갈기갈기 찢으며 세상에 나올 수밖에 없었다. 작은 산모는 거대한 야생동물의 울부짖음을 방불케 하는 무시무시한 소리를 내질렀다. 그녀의 남편 알피오가 나중에 들려준 바에 따르면 그랬다. 하지만, 오늘, 이다의 목구멍에서는 그 어떤 소리도 나오지 않았다. 마치 딱딱하게 굳어버린 시멘트 같았다. 영안실에서 나온 그녀는 오전 내내 제정신이 아니었다. 소리 내지 못하는 벙어리가 되어 거리를 정처 없이 헤매고 돌아다녔다. 중천에 뜬 태양이 모든 사물에 음영을 자아냈다. 햇빛에 눈이 멀어버릴 것만 같았다. 신문 가판대에서 사진들이 괴기스럽게 웃고 있었다. 인파가 이리저리 굼틀거렸다. 바실리카 성당 꼭대기에서 괴물 같은 조각상들이 주르르 쏟아져 내렸다. 우세페를 낳았을 때 산파 에스켈의 집 창밖으로 보았던 조각상들이었다. 하지만, 오늘, 그녀의 눈에 비친 바실리카 성당은 온통 일그러져 있었다. 주변에 집들도 마찬가지였다. 모든 게 볼록 거울에 비친 형상 같았다. 길들이 뒤틀리며 부자연스럽게 이리저리 뻗어나갔다. 집들도 마찬가지였다. 아주 아주 멀리, 저만치 멀어져갔다. 그럼에도 그녀는 서둘러 집으로 달려가야만 했다. 우세페가 혼자 집에서 자고 있기 때문이었다. 그녀는, 지금, 어디에 있는 걸까? 메트로니아 문, 아마도 그곳일 것이다, 이다, 이다, 어디로 가는 거야? 거긴 틀린 방향이야. 석회로 만들어진 동네들, 죄다 석회로 만들어진, 당장, 아니, 언제라도 부서지고 가루가 되어버릴. 그녀 자신 또한 석회 덩어리였다. 집에 도착하기 전에 파편이 되어 부스러질 것만 같았다. 아무도 그녀를 집까지 데려다주지 않았다. 부축해 주지 않았다. 누구에게도 도움을 요청할 수 없었다. 하지만, 그럼에도, 그녀는 결국 해냈다. 보도니 가에 도착해 현관문까지 계단을 올라갔다. 집 안이다. 그곳에서는, 마침내, 잠시라도, 쓰러질 수 있다. 먼지가 되어 흩날릴 수 있다. 우세페는 일어나서 혼자 옷을 갈아입고 있었다. 이다의 귓가에 아이의 목소리가 들렸다.

"왜 그래, 엄마? 졸려?" 자신의 목소리가 대답했다.

"응, 졸려. 좀 자다가 일어날게."

그녀의 육신이 벽처럼, 먼지와 석회 가루가 되어 산산이 부서졌다. 어린 시절 어머니에게 들었던 '통곡의 벽'이란 말이 떠올랐다. '통곡의 벽'이 무슨 의미인지 그녀는 제대로 몰랐다. 울 수도, 소리 지를 수도 없었다. 벽에서 말이 새어 나와 메아리쳤다. 그녀의 육신처럼 벽들도 버석거리며 먼지로 변해가고 있었다. 그럼에도 그녀는 정신을 놓지 않았다. 엄청난 먼지가 흩날리는 와중에 끊임없이 귓가에 들려오는 소리가 있었다. 탁 탁 탁. 우세페가 발에 비해 큰 신발을 신고 걸어다니는 소리였다. 아이는 집안을 돌아다니며 쉬지 않고 걷고 있었다. 탁 탁 탁. 커다란 신발을 신고, 앞뒤로, 위아래로, 어쩌면 몇 킬로미터씩이나. 시간이 지나고 신문에 기사가 실렸다. 현관 초인종이 울리기 시작했다. 수위 할머니와 손녀, 필로메나와 안니타 모로코, 유치원 선생님, 클레멘테의 누나 콘솔라타, 모두가 이다의 집 문을 두드렸다. 모두가 석회처럼 허옇게 굳은 얼굴로 소리 죽여 말했다.

"아이 앞에서 절대 말하면 안 돼요. 아이는 알면 안 돼요."

방문객들이 입을 꾹 다물고 부엌에 들어와 의자를 놓고 둘러앉았다. 이따금 우세페가 부엌 안으로 얼굴을 디밀었다. 집안이 추워서 몽고메리를 걸치고 있었다. 코트가 너무 커서 강보에 싸인 갓난아기 같았다. 아이는 부엌에 모인 손님들을 흘낏 쳐다보고 이내 방으로 돌아갔다. 마로코 가족 여자들이 아이를 데리고 나가서 바깥바람을 쐬고 오겠다고 했지만, 이다는 거절했다. 이틀 전에 아이가 겪었던 위기 상황이 다른 사람들 앞에서 발생하는 건 아닐지 걱정되어서였다. 그런 증상을 알게 된다면 모자라고 박약한 아이 취급을 당하게 될 것이었다. 저녁이 되자, 교장 선생님이 보낸 조문 전보가 도착했다. 부고를 알릴 친척은 한 사람도 없었다. 칼라브리아의 조부모가 세상을 떠난 뒤로 이다는 남쪽에 사는 삼촌들, 조카들과 연락을 끊었다. 온 세상을 통틀어, 그녀에게는, 가족도, 친구도, 아무도 없었다. 안니타와 콘솔라타가 나서서 선술집 주인 레모의 도움으로 장례를 치렀다. 레모는 장례 비용을 선뜻 빌려주며 '동지들'이란 문구가 적힌 붉은 카네이션 화환을 준비해 주었다. 이다는 실질적인 일들을 처리할 만한 힘이 없었다. 조사를 받기 위해 경찰서에 출두했지만, 그녀의 애처로운 모습을 본 경찰관은 바로 집에 돌아가도록 조치해 주었다. 하긴 그녀도, 경찰관도 아들에게 무슨 일이 벌어졌는지 모르긴 마찬가지였다. 아니, 그녀는 사고의 세세한 정황을 알고 싶지 않았다. 누군가 그런 이야기를 꺼내면 고개를 내저으며 웅얼거렸다.

"아니, 아직은 아니에요. 지금은 아무 말도 못 해요."

조사 결과에 따르면 트럭 안에는 세 사람이 타고 있었다. 셋 중에 운전사는 응급실에 도착하기 전에 이미 사망했다. 니노는 병원에 도착하자마자 숨이 끊어졌다. 흉곽을 다치고, 다리가 부러진 세 번째 인물은 경찰의 감시하에 산 조반니 병원에 입원 중이었다. 이다마저도 이상하다고 느꼈을 정도로 사고에는 미심쩍은 부분들이 있었다. 트럭은 도난 차량의 번호판을 부착하고 있었고, 짐칸에 들어있던 목재 밑에는 독일군들이 버리고 간 불법 무기들이 숨겨져 있었다. 수사관은 이다에게 상황을 설명해야 할 의무가 있었다. 지금까지 밝혀진 바로는, 그들은 장차 벌어질지 모를 혁명의 허울을 쓴 파괴적인 전투에 대비하는 과거 파르티잔 세력의 잔당들이었다. 하지만 현재로서는 잔돈푼이나 챙기는 불법 암거래에 종사하고 있는 자들이었다. 조사는 여전히 진행 중이었다. 셋 중 유일한 생존자가 의식을 잃기 전에 종이에 나머지 둘의 이름과 주소를 갈겨썼노라고 했다. 그는 의식을 잃어가는 와중에도 트럭에 있던 개는 어떻게 되었느냐고 거듭 물었다. 하지만, 개의 행방은 묘연했다. 운명에 맡길 수밖에 없었다. 사고는 동이

트기 직전에 일어났다. 이다가 전해 들은 바로는 경찰이 트럭을 멈춰 세웠지만, 운전사는 브레이크 대신 악셀을 밟았다. 그리고 의도는 불분명했지만, 길옆으로 질주했다. 추격이 시작되자, 형사들이 밝힌 바에 따르면, 운전석 쪽에서 몇 발의 총알을 발사했다. 형사들 또한 총을 쐈지만, 공포탄 내지는 타이어에 구멍을 내기 위해서였다고 했다. 현장에서 탄피가 발견되었지만, 누가 발사한 것인지 밝혀지지 않았다. 짧은 시간 사이에 총성이 오갔다. 그리고, 아마도 운전자의 실수로, 전날 밤 내린 비로 축축한 도로에서 차량이 미끄러졌다. 첫 번째 커브 길에서 한편으로 기울어진 트럭은 겻길 밑으로 그대로 곤두박질쳤다. 아직 동이 트기 전이었다. 그로부터 사흘 후에 자동차 수리공이었던 마지막 생존자가 혼수상태로 숨을 거두었다. 의식이 없었기에 아무런 정보도 얻을 수 없었다. 그를 비롯한 셋이 무슨 일에 종사했는지, 다른 협조자들이 있는지, 아무것도 알 수 없었다. 수사는 진척이 없었다. 경찰들의 진술만이 유일한 정황이었다. 경찰 측에서는 몇몇 지인들을 소환해 조사를 진행했다. 티부르티노에서 선술집을 운영하며 때로 불법적으로 공산당에 적을 두고 있던 레모 프로이에티, 유대인으로 학생 신분이었던 다비데 세그레, 그들은 둘 다 만쿠소와 함께 파르티잔에 가담했던 인물이었다. 그러나 사고에 대해서는 둘 다 아는 바가 없었다. 그렇게 그 사건은 기록으로만 남겨졌다.

8.

어머니는 장례식에 불참했다. 베라노 묘지에 찾아갈 기운도 없었다. 닌나리에두가 묻힌 묘지는 그가 태어나서 자란 산 로렌초 집에서 멀지 않은 곳이었다. 이다는 산 로렌초 성벽 안에 아들이 묻혔다는 생각으로도 다리에 힘이 죽 빠졌다. 아들이 어릴 적부터 까불거리며 지나다녔던 그곳이 이젠 아들과 동떨어진 기이한 국경이 되어버린 것만 같았다. 어머니가 찾지 않는 작은 무덤 앞에 '동지들'이란 문구가 붙은 카네이션은 얼마 되지 않아 시들시들해졌다. 이따금 누군가 찾아와 무덤 앞에 생화를 두고 가기도 했다. 어머니는 소리 내어 울 수도 없었다. 우세페 앞에서 억지로 슬픔을 삼켜야만 했다. 사정을 모르는 사람들은 그런 그녀를 이상한 눈초리로 바라보기도 했다. 하지만 이다의 심정은 그랬다. 한번 넋두리를 늘어놓기 시작하면, 둑이 와르르 무너져 내리듯, 걷잡을 수 없을 것만 같았다. 도저히 참을 수 없는 절규가 터져 나오고, 외치고 외치다 못해 미쳐버릴 것만 같았다. 그렇게 되면 더 이상 정상적인 생활을 영위하지 못할 테고, 불쌍한 우세페는 아무도 돌봐줄 사람이 없게 될 것이었다. 그녀는 오로지 꿈속에서만 소리쳤다. 끔찍한 비명에 놀라 잠에서 깼다. 자기 입에서 튀어나온 소리였다. 그러나 그런 비명마저도 생각뿐이었다. 집안은 늘 쥐 죽은 듯이 고요했다. 그녀의 꿈은 모호하고, 연약하고, 툭툭 끊어졌다. 한밤중에 고개를 세차게 내저으며 눈을 떠 보면 먼저 일어나 있는 우세페의 얼굴이 보였다. 엄마에게 뭔가를 묻고 싶은 듯한 표정이었다. 하지만, 아이는 아무런 질문도 하지 않았다. 니노의 소식도 묻지 않았다.

이다는 몇 년째 아들이 불사신일 거라는 확신에 사로잡혀 있었다. 하지만 이제 아들이 없는 땅에서 살아가야 한다는 현실을 받아들여야만 했다. 쉽지 않았다. 아들에게는 그토록 짧은 순간에 찾아왔던 죽음이 이다에게는 너무도 길었다. 자신이 불참했던 장례식 이후에 아들의 빈자리는 오히려 점점 커져만 갔다. 마치 아들이 여러 명으로 쪼개진 것 같았다. 서로 다른 개체가 서로 다른 방법으로 그녀에게 고통을 안겨 주었다. 가장 먼저 떠오르는 건 마지막으로 보도니 가 집에 찾아왔다 돌아갈 때의 모습이었다. 벨라와 함께 정원을 빠져나가던 천진난만한 닌나리에두, 둘이 팔짝팔짝 뛰던 모습, 세상 모든 국경을 넘어, 지상의 모든 대지를 밟으면, 언젠가 그들과 마주칠 수 있을 것 같았다. 그 때문인지 어느 순간, 그녀는 아들을 찾아 정처 없이 헤매고 다니는 자신을 발견하곤 했다. 오후의 강한 햇살이 부릅뜬 눈처럼 그녀의 머리 위에 내리쬐었다. 초현실적인 감각을 지닌 거리마다 기이하고 몹쓸 형상들이 눈앞에 어른거렸다. 산 조반니 병원에 갔던 날 아침에 그녀가 보았던 도시의 모습이 끊임없이 이어졌다. 몇 년 전부터 시력이 나빠진 그녀는 안경을 쓰고 다녀야만 했다. 외출할 때는 안경알 위에 짙은 색 렌즈를 착용했는데 다행히 눈부신 그 광경을 조금이나마 차단하는 역할을 했다. 하지만, 도무지 그녀를 놓아주지 않는, 햇빛보다 훨씬 강한 빛이 있었다. 순간순간, 기운찬 청년이 문가에서 활짝 웃으며 인사를 건넸고, 오토바이를 세우고 비스듬히 서 있었고, 바람막이 재킷을 입고 날 듯이 지나쳐 갔다. 그럴 때마다 그녀는 환영이란 걸 알면서도 미친 듯이 그 청년을 뒤따라갔다. 고단함에 지쳐 쓰러지기까지, 일상, 이름들, 자신의 존재를 포함한 모든 감각을 잃을 때까지 그런 일들이 수도 없이 반복되었다. 자신이 이다라는 사실도, 집 주소도 기억나지 않았다. 가면무도회를 휘젓고 다니는 사람처럼 인파와 차들을 헤치고 벽을 짚으며 떠돌아다녔다. 그러다 깜빡 정신이 돌아올 때면 새파란 눈동자가 자신을 지켜보고 있었다. 몽롱한 와중에 반짝이는 두 개의 작은 불빛이 보였다. 그 빛이, 우세페가 혼자 있는 집으로 어서 돌아가라며 그녀의 등을 떠밀었다.

온화한 계절이 지나가고 있었다. 우세페는 가을 내내 집안에 갇혀서 지냈다. 이다는 전처럼 아이를 데리고 공원이나 들판에 나갈 엄두가 나지 않았다. 그곳은 도시보다 더 끔찍한 장소들이었다. 상쾌한 자연의 공기를 들이마실 때면 나무와 식물들 틈에 거대하고 이국적인 괴물들이 살고 있는 것 같았다. 니노의 육신을 양분으로 섭취하며 자라나는 생명체들. 그녀는 여전히 흔적조차 없이 세상에서 사라진 닌누추를 뒤쫓고 있었다. 진작 매장되어 좁고 어두운 땅속에 갇혀 있는 니노를. 어린애 모습을 한 또 다른 니노가 자꾸만 그녀 앞에 나타났다. 그녀에게 다가와 먹을 걸 달라고, 같이 있어 달라고 보챘다. 다양하게 나타나는 니노의 모습 중 그나마 친근했다. 아기를 쓰다듬으려고 손을 내밀자마자, 현기증을 불러일으키며 사라져 버렸다. 산 로렌초의 누추한 묘소는 극 지대나 인도처럼, 아주 아주 먼 곳처럼 느껴졌다. 평범한 여정을 통해서는 도달할 수 없는 머나먼 곳. 지하로 이어진 통로를 걷다 보면, 어쩌면 아들이 있는 곳에 다다를 수 있을지 모른다는 헛된 망상에 사로잡히기도 했다. 길을 가다 말고 종종 땅바닥에 엎드려 귀를 갖다 댔다. 영원의 저편에서 들리는 심장 박동 소리에 귀를 기울이듯.

그 모든 니노 중 가장 두려웠던 모습은 산 조반니 병원에서 시신을 확인할 때 보았던, 들것에 누워있는 모습이었다. 새카만 곱슬머리, 진흙이 묻은 지저분한 얼굴, 싸움질하고 돌아왔던 어느 날 저녁처럼 코에서 흘러나온 핏줄기. 아들이 그렇게 눈을 감고 누워있는 모습을 본 적이 있었던가. 긴 속눈썹 아래 증오에 불타는 눈동자가 느껴졌다. 아들이 반쯤 벌린 입술로 그녀에게 원망의 말을 내뱉었다.

"저리 비켜, 이게 다 당신 책임이야. 왜 날 낳은 거야?"

이다는 그 니노 또한 다른 니노들과 마찬가지로 혼미한 정신의 산물이라는 사실을 알고 있었다. 그럼에도 밤이 되면 그 니노가 육신을 입고 나타나 문 뒤에 서 있다거나, 집안 구석에 숨어있다가, 자신 앞에 나타날까 두려웠다. "왜 날 낳은 거야? 다 당신 잘못이야." 그녀는 살인죄를 저지른 죄인처럼 안절부절못하며 겁에 질려 복도를 가로질렀다. 온 집안의 불을 다 끄고 침대에 드러누웠다. 그러다가도 우세페가 생각나서 전등 하나를 켜고 전구를 천으로 덮었다. 전등 앞을 지나칠 때마다 불빛이 새어 나와 그녀의 얼굴을 환히 비쳤다. 어떤 날은 그렇게 밤새도록 복도를 오락가락했다. 니노에게 용서를 빌고자, 자신에게 계속 똑같은 질문을 던졌다. 하지만 천번 만번을 되물어도 자신의 무죄를 주장할 수 없었다. 질문의 답변은 밀고자처럼 그녀를 고발하길 멈추지 않았다. 닌누추를 세상에 태어나게 한 건 바로 그녀 자신이었다. 그녀는 자신의 범죄와 관련된 수많은 증거들을 끌어모으기 시작했다. 신생아 시절 숨소리부터, 자신이 우유를 먹였던 장면, 그리고 자신의 마지막 악행에 이르기까지, 무슨 수를 써서라도 아들이 죽음에 이르지 못하도록 막지 않았다는 사실까지. 무슨 수를 써서라도, 공권력을 동원해서라도 아들의 죽음만은 막았어야 했다. 어느 순간, 이다는 피해자에서 가해자가 되었다. 닌나리에두와 함께 살았던 시절에 아들을 혼낼 때마다 결국 그렇게 되었던 것처럼. 그렇게 생각하니 오히려 마음이 편안해지는 것 같았다. 마치 아들이 이곳에서 자신의 넋두리를 듣고 있는 것 같았다. 하지만 아들은 곁에 없었다. 그 사실을 깨닫자마자, 그녀는 소스라치게 놀랐다. 매일 밤잠을 설치게 된 그녀는 낮에도 꾸벅꾸벅 졸기 일쑤였다. 깜빡 잠이 들 때면 끊이지 않고 들리는 소리가 있었다. 겨울 부츠를 신고 집안을 걸어 다니는 우세페

의 발소리였다. 터벅 터벅 터벅 터벅

"엄마 책임이야, 엄마 책임이야, 엄마 책임이라고!"

그렇게 몇 주가 흘렀다. 이다와 다양한 모습의 닌누추 사이에 벌어졌던 싸움도 끝났다. 각각의 개체들이 하나둘씩 사라지더니 유일하고 애처로운 모습으로 합쳐졌다. 그렇게 만들어진 닌누추는 살아있는 상태도, 죽은 상태도 아니었다. 그는 지상에서 바쁘게 뛰어다니며 지낼만한 곳을 찾고 있었다. 공기를 빨아들이고 식물들이 내뿜는 산소를 들이마시고 싶었지만, 더 이상 호흡할 폐가 없었다. 여자들 꽁무니를 졸졸 따라다니고 친구들, 개들, 고양이들에게 인사를 건네고 싶었지만, 남들의 눈에 보이지도, 목소리가 들리지도 않았다. 쇼윈도우에 진열된 근사한 미국 셔츠를 입고, 스포츠카를 몰고, 갓 구운 빵을 한입 베어 물고 싶었지만, 그에게는 더 이상 몸이, 손과 발이 없었다. 살아있는 상태가 아니었음에도, 삶에 대한 욕구만큼은 한층 잔혹하고 처절했다. 이다는 비물질적인 형상의 그가 공기 중에서 끊임없이 떠돌아다님을 느꼈다. 절망에 찬 몸짓으로 무엇이든 닥치는 대로 껴안으려 했다. 하다못해 쓰레기통이라도 껴안으며 산 자들의 땅에 다시금 발을 붙이려 했다. 이따금 이다의 눈에 그런 아들이 보이기도 했지만, 왜곡된 열망이 빚어낸 한순간의 환영에 불과했다. 때로 "닌누추!"라고 이름을 부르면 "엄마,"라고 대답하기도 했다. 아니, 그마저도 환청이었다. 그녀는 이제 부엌에서 오락가락하며 아들의 이름을 부르기 시작했다. 우세페가 듣지 못하도록 아주 작은 소리로 이름을 불렀다. "어딨니, 닌나리에두?" 그리고 벽에다 몸을 부딪쳤다. 아들이 어딘가에 있다는 물리적인 확신을 결코 떨칠 수 없었다. 집안은 물론이고 어디든 마찬가지였다. 차라리 영원히 십자가에 못 박히는 형벌을 받았으면, 보잘것없는 벌레, 가느다란 실조차 자신보다 나아 보였다. 어느새 "엄마 책임이야!"라는 정죄의 소리도 들리지 않았다. 니노는 이제 한 마디만 내뱉고 있었다. "엄마, 제발 나 좀 도와줘." 이두차는 초인적인 능력을 지닌 그 어떤 신도 믿지 않았다. 신을 생각했던 적도, 신에게 기도했던 적도 없었다. 그녀의 생애를 통틀어 최초로 입에서 기도가 흘러나왔다. 어느 늦은 오후, 보도니 가 집의 부엌 안에서였다.

"신이여! 신이 있다면, 제발 멈춰 주소서! 아니면 싹 다 죽여 버리든가!"

모호한 계절이 지속되었다. 불확실하고 변화무쌍한 11월이었다. 이다는 매일 아침 태양이 뜬다는 사실이 너무도 끔찍했다. 닌나리에 두가 없는 세상을 살아가는 뻔뻔스러운 생명체에게 생기를 불어넣어 주다니, 말도 안 되는 짓이었다. 그런가 하면 독한 약에 취한 기분이 들 때도 있었다. 한밤중에 눈을 부릅뜨면 맑음이라고는 없는, 지평선 끝까지 펼쳐진 납덩이 같은 하늘이 도시를 짓눌렀다. 가을비가 주룩주룩 내리던 어느 날 아침이었다. 장례식이 끝난 지 나흘에서 닷새 정도 지났을 때였다. 이다는 아직 학교에 출근하지 못하고 있었다. 오전 11시 정도에 누군가 현관문을 긁어대는 소리가 들렸다. 우세페가 벌떡 몸을 일으켰다. 마치 무의식적으로 불확실한 그 작은 소리를 기다리고 있었다는 듯이. 아이가 아무 말 없이 현관 쪽으로 달음박질쳤다. 아이의 입술이 새파랗게 질렸다. 아이가 뛰어감과 동시에 문 뒤에서 컹컹 소리가 들렸다. 아이가 걸쇠를 풀고 현관문을 활짝 열어젖혔다. 순간, 네발 달린 짐승이 우세페에게 엄청난 포옹을 퍼부었다. 아이의 주위를 맴돌고 미친 듯이 춤을 추고 혀를 내밀어 아이의 얼굴을 사정

없이 핥았다. 벨라의 모습도 몹시 달라져 있었다. 흑곰, 원시 시대 동물, 심지어 괴수 같기도 했다. 그럼에도 아이는 개를 바로 알아보았다. 다른 사람이었다면 지저분한 개가 누구인지, 한때 귀족적이었던 양치기 개인지 꿈에도 몰랐으리라. 잘 먹이고, 잘 씻겼던 귀부인은 불과 며칠 사이에 빈민으로 전락해 버렸다. 뼈가 드러날 정도로 비쩍 마른 몸에 반지르르했던 털은 꼬질꼬질 한데다 진흙이 잔뜩 엉겨 붙어 있었다. 풍성했던 꼬리도 시커멓고 볼품없게 변했다. 그야말로 무시무시한 몰골이었다. 상실, 배고픔, 고난의 베일이 덮인 눈동자만이 그녀의 희고 순수한 영혼을 담고 있었다.

우세페를 다시 만난 그 순간, 그녀는 타고난 활기찬 기운을 주체할 수 없었다. 하나뿐인 가족에게 돌아오기까지 그녀가 어떤 여정을 거쳤는지는 영원히 밝혀지지 않을 것이다. 혹시 트럭 사고를 목격했던 건 아닐까? 형사들과 들것을 나르는 사람들을 피해 본능적으로 도망쳤던 걸까? 어쩌면 구급차 안에 몰래 숨어들어 산 조반니 병원까지 따라갔다가 근처 성벽을 헤매고 다녔을지도, 버려진 개처럼 방황하다가 닌누추의 장례 행렬을 따라갔을지도 모른다. 혹시 지금까지 망부석처럼 주인의 무덤을 지켰던 건 아닐까? 이다처럼 로마의 길거리를 방황하며 주인을 찾아 헤맸던 건 아닐까? 어쩌면 주인이 남기고 간 여전히 생생한 발자국 냄새를 따라 나폴리나 다른 먼 곳까지 갔다 왔을 수도 있다. 아무도 그녀의 여정을 알지 못할 것이다. 오로지 그녀 자신만의 비밀로 남겨질 것이다. 우세페 또한 그녀를 다시 만났을 당시에 아무것도 묻지 않았다. 이후로도 마찬가지였다. 뭔가에 홀린 듯한 작은 목소리로 끊임없이 한 마디만 되풀이했다.

"벨라... 벨라..."

그녀가 아이의 귓가에 대고 사랑을 고백하는 듯한 소리를 냈다.

"그릉 그릉 킁 킁 킁."

개들의 언어에 능통했던 우세페의 해석에 따르면 다음과 같은 뜻이었다. "이제 나한테는 이 세상에 너밖에 없어. 아무도 우릴 떼놓지 못해."

그날부터 보도니 가의 식구는 세 명으로 늘어났다. 그날부터 우세페에게는 두 명의 엄마가 생겼다. 벨라는 브리츠와는 다른 성향을 지닌 개였다. 우세페를 처음 본 순간부터 니노와는 다른 태도로 대했다. 그녀에게 니노는 위대한 존재이자 자신은 그의 노예요, 동지였다. 반면에 어린 우세페에게 그녀는 보호자이자 감시자였다. 그 시점에서 벨라 엄마가 등장한 건 우세페에게 대단한 행운이었다. 이두차는 이미 노쇠한 엄마였다. 어떤 사람들은 그녀의 외모만 보고 아이의 할머니라 여기기도 했다. 정신적으로도 마찬가지였다. 그녀는 점점 이상하고 철없는 사람으로 변해가고 있었다. 짧은 휴가가 끝나자, 그녀는 또다시 학교에 나가 매일 아이들을 가르치기 시작했다. 선생님의 아들이 세상을 떠났다는 사실을 전해 들은 어린 학생들은 자신들만의 방법으로 선생님을 챙겼다. 어떤 학생들은 교단 위에 꽃다발을 갖다 놓기도 했다. 하지만 그녀의 눈에는 꽃다발이 피를 흘리는 것처럼 보였기에 눈을 동그랗게 뜨고 손도 대지 않았다. 아이들은 모두가 그런 건 아니었지만, 대개는 수업 시간 내내 얌전하고 차분한 태도를 보였다. 하지만 선생님을 만난 지 두 달도 안 된, 40명에 가까운 초등학교 1학년 입학생들을 다스리는 건 이다에게 있어서 불가능한 일이었다. 1946년 겨울 무렵부터, 이다가 그토록 자랑스러워했던 선생님으로서의 자질은 급격히 추락하기 시작했다.

온갖 세월의 풍파 속에서도 그녀는 지금까지 훌륭한 선생님의 본분을 다했다. 그녀가 아이들을 가르치는 방식이 혁신적인 건 절대 아니었다. 아니, 오히려 정반대였다. 그녀는 어렸을 때 자신이 선생님들께 배웠던 그대로, 그 선생님들이 자신들의 선생님께 배웠던 그대로, 날마다 초등학교 학생들을 가르쳤다. 어떤 경우에는 공권력에서 지시하는 바에 따라 왕, 수령, 조국, 역사가 부여한 영광과 전투를 주제로 받아쓰기를 시키기도 했다. 그러나 한 치의 거리낌도 없이 순수한 마음으로 그 일을 감당했다. 그녀에게 있어서 역사란, 신과 마찬가지로, 한 번도 심각하게 생각해 본 적 없는 주제였다. 지금까지 그녀는 훌륭한 선생님이라는 소리를 들으며 살아왔다. 아이들과 함께하는 일이야말로 그녀가 타고난 유일한 재능이었다. 앞서 여러 차례 언급했듯이 그녀는 여러모로 미성숙한, 완벽한 어른이 아니었다. 어린아이들을 가르치며 권력자가 자신에게 하듯 군림하는 태도를 보이지 않았다. 학급이란 지극히 작은 영토는 그녀가 신비롭게 피어나는 유일한 장소였다. 그녀의 권력은 자연스럽게 우러나는 그 무엇이었다. 아마도 아이들만이 바깥세상의 거대한 두려움으로부터 그녀를 지켜주었기 때문이었으리라. 그녀는 아이들을 존중했고, 아이들은 자신들에게 보호받는 그녀를 존중했다. 마치 주인과 당나귀의 관계 같았다. 그녀가 의도했던 바도 아니었고, 합리적인 이유도 없었지만, 그녀와 아이들 사이를 잇는 놀라운 관계는 거의 25년 동안이나 지속되었다. 남편 알피오의 죽음, 아버지와 어머니의 죽음, 인종주의, 전쟁통에 찾아온 몰락과 굶주림과 학살을 이겨내고서. 때로 비틀거리기도 했고, 혹독한 바람에 시달리기도 했지만, 아이들의 존재는 매일 아침 그녀를 일으켜 세워준 기적의 성배였다. 하지만, 1946년 그해에 영원할 것만 같았던 그녀의 꽃송이는 결국 시들어 버리고야 말았다.

사실, 우세페가 학교에서 퇴출당했던 초가을부터 몰락은 이미 시작된 거나 다름없었다. 어찌 보면 우세페의 책임이었지만, 이다의 생각으로는 상처 입은 동물을 보금자리에서 내쫓는 일이었다. 그 당시에는 미처 깨닫지 못했지만, 그 사건은 이다의 마음을 학교에서 멀어지게 만들었다. 세상 사람들 모두에게 소외된 느낌이랄까. 마치 그들 모두가 힘을 합쳐 우세페를 벼랑 끝으로 내몬 기분이었다. 그녀는 우세페와 더불어 둘만의 삶을 이어 나가기로 결심했다. 그것만이 그녀의 진정한 삶이었나. 우세페야말로 그녀가 아는 세상의 마지막 동심이었다. 그런 생각이 들자, 지금까지 친밀했던 다른 아이들마저 어른들과 마찬가지로 두려워지기 시작했다. 장례가 끝난 뒤에 글씨를 모르는 아이들 앞에 선 이두차 만쿠소는 더 이상 선생님이 아니었다. 억지로 공장에 끌려 나온 비참한 풋내기였다. 학교에 나간 뒤로도 며칠 동안은 밤중에 잠을 이룰 수 없었다. 그녀는 수면제를 복용했고 약 기운 때문인지 종종 선 채로 잠이 들기도 했다. 여전히 광적으로 닌누추의 흔적을 찾아다녔다. 꿈속에서라도, 한 번만이라도 아들을 만나는 게 소원이었다. 온갖 생명체들이 그녀의 꿈속에 등장했지만, 닌누추의 모습은 어디에도 보이지 않았다.

그녀 앞에 모래밭이 펼쳐져 있다. 고대 이집트 왕국 또는 인도인 듯하다. 지평선이 안 보일 만큼 끝없이 펼쳐진 모래밭 위에 뜻 모를 이국의 문자들이 새겨진 판들이 놓여 있다. 중요한 내용이었지만, 그녀는 그 문자를 읽을 줄 모른다. 모래밭에는 그녀뿐이다.

그녀가 끝이 보이지 않는 또 다른 장소에 와 있다. 이번에는 지저분한 대양이다. 파도가 출렁이고 일그러진 물건들이 둥둥 떠다닌다. 옷가지들, 자루들, 물건들과 잡동사니들, 온통 뭉그러져서 색깔도 형태도 알 수 없다. 살아있는 건지, 죽은 건지, 도무지 알 수 없다. 죽은 것 같았던 물질들이 기이한 모습을 드러내며 제 자리에서 활기차게 무언가를 표현하고 있다. 이곳 역시 지평선이라고는 찾아볼 수 없다. 물 위편에 기다란 하늘이 펼쳐져 있다. 하늘은 빛바랜 오목 거울처럼 대양의 형상을 그대로 투영하고 있다. 희미해진 기억처럼 혼란스럽다. 뭐가 뭔지 도통 구별할 수 없다.

또 다른 장소다. 혼자서 잠든 여자가 길을 잃고 울타리 안에 발을 들인다. 공룡처럼 커다랗고 녹슨 철조망이 왜소한 그녀를 에워싼다. 그녀는 사람 목소리가 들리길 간절히 바란다. 고통스러운 외침이라도. 하지만 유일하게 들리는 소리는 태고로부터 전해지는 메아리처럼 윙윙거리는 사이렌 소리뿐이다.

그런 꿈들을 꾸다가 깜짝 놀라 잠에서 깨어날 때면 이다는 정신이 가물가물해서 옷도 제대로 추스를 수 없었다. 그러던 어느 날 아침이었다. 그녀는 교실에서 코트를 벗고 칠판에 글씨를 쓰고 있었다. 어깨 너머로 책상 쪽에서 키득키득 웃는 소리가 들렸다. 치맛단 가장자리가 위로 돌돌 말려 올라가 허벅지가 드러나 있었다. 고무줄이 헐렁헐렁해진 스타킹을 묶는 끈이 보일 지경이었다. 그녀는 최후의 심판 날에 죄지은 영혼처럼 수치스러움으로 몸 둘 바를 몰랐다. 그 학기 동안, 그녀는 몇 번씩이나 학생들 앞에서 그렇게 웃음거리가 되었다. 어느 날 아침에는 교단에 서기가 무섭게 꾸벅꾸벅 졸기도 했다. 저녁에 복용했던 수면제 때문이었다. 아이들이 떠드는 소리에 깨어난 그녀는 무슨 이유에서였는지 전차에 타고 있다고 생각하면서 학생들에게 말했다.

"서둘러, 빨리, 이번 정류장에서 내려야 해!"

교단을 오르내리다 발을 헛디디기도 했고, 칠판으로 간다고 생각하면서 문 쪽으로 가기도 했다. 단어를 헷갈리기도 했다. 이를테면 "공책 가져와" 대신 "커피 마셔"라고 엉뚱한 소리를 하는 식이었다. 소규모 청중에게 틀에 박힌 지식을 전달해야 할 그녀의 목소리는 고장 난 오르간의 건반을 누르는 소리처럼 울려 퍼졌다. 때로 말하다 말고 뜬금없이 어수룩하고 굼뜬 표정을 짓기도 했다. 방금 무슨 말을 했는지조차 기억하지 못했다. 늘 그래왔던 것처럼, 뒤처지는 아이들의 손을 붙잡고 글씨 쓰기를 도왔다. 하지만 손이 덜덜 떨려서 글씨들이 죄다 삐뚤삐뚤하고 우스꽝스러웠다. 수업 시간 내내 아이들은 광대놀이를 구경하는 표정으로 그녀를 쳐다보았다. 오늘날까지 그녀가 존중하며 지켜왔던 상호 간에 원칙은 허술해지고 느슨해졌다. 그녀가 수업하는 장면을 본 사람이라면 누구라도, 처음 본 사람일지라도, 금세 문제가 있음을 눈치챌 수 있었다. 교실에서는 온종일 난리를 치며 웅성웅성 떠드는 소리와 발소리가 들렸다. 너무 소란스러워서 수위가 무슨 일이 생겼나 걱정하며 교실까지 와서 들여다보기도 했다. 여교장이 교실 앞에 와서 조용히 들여다보고 간 적도 있었다. 안타깝게도 이다는 그들 모두가 자신을 협박한다고 생각했다. 누군가 교육청에 '자질 부족'이란 보고서를 내면 감사를 나올 테고, 그랬다가는 일자리를 잃게 될 수도 있었다. 사실 사람들은 최대한 그녀를 배려해 주고 싶어 했다. 그녀가 본래 실력 있는 선생님이란 사실과 최근에 그녀에게 빌이긴 일에 대해서도 다들 알고 있었다. 그녀는 파르티잔 영웅이었던 아들의 죽음을 겪은 데다 정체 모를 어린 아들과 혼사 사는 처지였다. 학교에서는 그녀가 과부가 되고 나서 가까운 친척의 아이를 맡아 기른다는 소문이 나돌았다. 그러니 아이가 정신 질환을 앓는 게 당연하다고도 했다.

시간이 지나자, 그녀가 아이들을 제대로 못 가르친다는 소문이 파다해졌다. 어떤 부모들은 이다에게 수단과 방법을 가리지 말라고도 했다. 정 안 되면 아이들을 때리라고 했다. 하지만 그녀는 지금까지 단 한 번도 누굴 때려본 적이 없었다. 말썽꾸러기 큰아들도, 길거리 출신으로 온 집안에 오줌을 질질 싸던 브리츠조차도! 누군가를 벌준다는 생각만으로도 무서웠다. 그런 행동을 하게 될 자신이 가장 무서웠다. 어느새 그녀의 교실에서는 아이들이 사형 집행을 하듯 활개를 치며 돌아다녔다. 그럼에도 그녀는 고작 한마디만 내뱉을 뿐이었다. "쉬... 쉬이... 조용, 조용..."

그녀는 기도문을 읊조리듯 두 손을 가지런히 모으고 시끌벅적한 책상 사이를 돌아다녔다. 40명의 가여운 장난꾸러기들은 더 이상 어린애들이 아니었다. 마치 사악한 요정 같았다. 그녀는 이름은 고사하고 아이들 각자의 얼굴도 구별할 줄 몰랐다. 아이들 전체가 자신을 괴롭히려는 어른들의 얼굴이 한데 뭉쳐진 적대적인 군중이었다. "쉬... 쉬..."

지옥 같았던 수업 시간 동안 그녀의 바람은 오직 하나뿐이었다. 어서 빨리 수업을 마치는 종이 울리길, 자유의 몸이 되길. 학교가 끝나자마자 그녀는 미친 듯이 우세페가 기다리는 보도니 가의 집으로 질주했다. 그럼에도, 언제나처럼, 집으로 가는 길에 먹을거리를 사야만 했고, 잡다한 일들을 처리해야 했다. 길을 틀리는 일도 심심치 않게 벌어져서 종종 왔던 길을 되돌아가야만 했다. 동네가 아닌 적군의 숲속에서 방황하는 기분이었다. 어느 날 아침, 그녀는 고장 난 선로가 있는 도로에서 한 노파와 마주쳤다. 노파는 팔을 앞뒤로 휘저으며 성큼성 큼 씩씩하게 걷고 있었다. 주위를 둘러보며 흥분에 젖어 큰 소리로 인 사를 건네기도 했다. 이다는 유령이라도 본 듯 흠칫 놀라며 한 발짝 뒤 로 물러섰다. 겉모습이 많이 변하긴 했지만, 그녀는 빌마였다. 다시는 못 볼 줄 알았던 게토의 예언자, 다른 유대인들과 함께 끌려가 죽었다 고 생각했던, 바로 그녀였다. 이다의 예측과 달리 빌마는 추격을 피해 도망쳤다. 그리고 그녀가 늘 언급했던 유명한 수녀원에 몸을 숨겼다.

이즈음에서 그녀와 관련된, 다양하게 변형된 이야기 중 하나를 들 려주고 싶다. 바야흐로 독일의 인종 말살 정책이 시행되었던 1943 년 10월 16일이었다. 들리는 바에 따르면, 하루 전이었던, 그러니까 10월15일 금요일 저녁에 빌마가 울부짖으며 게토의 작은 마을에 모 습을 드러냈다. 그녀가 큰 소리로 사람들의 이름을 부르며 돌아다녔 던 그 시간, 게토의 가족들은 집안에 한데 모여 안식일 기도를 드리 던 중이었다. 그녀는 넝마를 걸친 심판자처럼 작은 골목골목을 누비 며 울부짖었다. 노인들과 아이들 먼저, 최소한의 물건만 챙겨서 어서 빨리 도망쳐야 한다고, 자신이 여러 번 언급했던 학살의 시간이 다가 왔다고, 날이 밝으면 독일군들이 트럭을 몰고 들이닥칠 거라고, 자신 이 아는 귀부인이 이미 명단을 확인했다고. 그녀의 외침을 듣고 적잖 은 사람들이 창밖을 내다보았다. 어떤 이들은 현관문까지 내려오기 도 했다. 하지만 아무도 그녀의 말을 믿지 않았다. 불과 며칠 전에 독 일군들은 로마의 유대인들을 살려준다는 조건을 내걸고 협약을 맺었 다. 로마 사람들은 그들이 잔인하긴 해도 명예를 존중하는 민족이라 여겼다. 그들이 원했던 건 자그마치 50kg이나 되는 금이었다! 로마 전체가 힘을 합쳐 기적적으로 그만큼의 무게를 채웠다. 사람들은 언제나처럼 빌마를 머리가 돌아버린 가여운 예언자로 취급했다. 게토의 거주자들은 그녀가 혼자 떠들도록 내버려 두고 집으로 올라가 저녁 기도를 마쳤다. 그날 저녁에는 내내 비가 내렸고, 빌마는 비에 젖은 생쥐 꼴이 되어 수녀원으로 돌아갔다. 그날 밤부터 빌마는 열이 심하게 오르기 시작했다. 사람이 아닌 동물들한테 옮은 병균이라고 했다. 드디어 자리를 털고 일어난 그녀는 혼란스러웠던 그날 밤의 일을 전혀 기억하지 못했다. 심지어 전보다 훨씬 유쾌한 사람으로 변했다. 여전히 알아듣지 못할 말들을 주절댔다. 아무한테도 폐를 끼치지 않았고 여전히 노새처럼 열심히 일했다. 덕분에 그녀는 귀부인과 수녀원 측으로부터 보호받을 수 있었다. 수녀원에서는 어느 일요일에 산타 체칠리아 성당에서 그녀에게 세례를 베풀기까지 했다. 당시 밝혀진 사실에 따르면 놀랍게도 그녀는 어렸을 때 대모를 대동하고 세례를 받은 적이 있었다. 그렇게 빌마는 평생 두 번이나 세례를 받는 호사를 누렸다.

그녀의 모습은 이제 성별도, 나이도 짐작할 수 없는 존재로 변모했다. 분명한 건 그녀도 늙었다는 사실이었다. 머리는 새하얀 백발이었고 군데군데 불그스름한 땜통이 보였다. 이마 위에는 하늘색 리본을 질끈 동여매고 있었다. 겨울 같은 날씨였지만, 여름용 얇은 면 원피스를 걸치고 있었다. 어쨌든 깨끗하고 품위 있는 옷이었다. 몸에 열이 많아서인지 스타킹을 신지 않은 맨 다리였다. 그녀는 이다를 보자마자 다시 만나길 학수고대했다는 듯 흥분에 차서 미친 듯이 웃어댔다. 그러면서 마구잡이로 허공을 가로지르는 커다란 몸짓을 해 보였다. 그녀의 몸짓은 차츰 신들을 모시는 사제들의 춤처럼 변했다. 예전처럼 새로운 소식을 전하거나 긴박한 사실을 알리려는 듯했다. 하지만 그녀의 입에서 흘러나오는 건 둔탁하고 불확실한 소리뿐이었다. 그녀는 목이 아프다는 듯 활짝 웃으며 목덜미를 어루만졌다. 이빨은 전부 빠졌지만, 눈동자만큼은 반짝반짝 빛났다. 예전에도 그랬듯 그녀의 눈동자는 그 무엇과도 비교할 수 없을 만큼 눈부셨다.

그녀가 유령이라 여겼던 이다는 서둘러 도망치려고 했다. 그러자 그녀는 이다에게 다가왔을 때와 마찬가지로 늦으면 안 될 약속이 있다는 듯 잰걸음으로 선로를 가로질러 저만치 멀어졌다. 이다는 평생 그녀를 다시 보지 못했다. 하지만, 나는 그녀가 아주 오래 살았으리라 확신한다. 나 또한 얼마 전에 그녀를 보았다. 마르첼로 극장을 비롯한 로마의 폐허들을 돌아다니며 길고양이들에게 먹이를 챙겨주던 노파였다. 머리카락은 까칠했지만, 언제나처럼 리본을 두르고 있었다. 얇지만 제법 근사한 원피스를 입었고, 맨다리에는 혈관 질환으로 추정되는 갈색 반점이 돋아 있었다. 그녀는 고양이들 틈바구니에서 땅바닥에 주저앉아 특유의 툭툭 끊기고 어눌한 말투로 주절거리고 있었다. 어린애 같은 그녀의 목소리가 허공에 울려 퍼졌다. 모르긴 해도 고양이들은 그녀의 언어를 이해했을 것이다. 그녀의 주위를 맴돌며 대답했으니 말이다. 고양이들 사이에서 그녀는 정말이지 행복해 보였다. 마치 천국에서 대화를 나누는 사람 같았다.

그렇게 전후의 한 해가 마무리되었다. '지상의 강자들'은 다양한 형식의 '정상 회담'을 개최했다. 정체가 드러난 전범들을 재판에 넘겼고, 개입하거나 개입하지 않았고, 기회주의 원칙에 입각한 공업화 또는 재건을 시도했다. 그러나 우리의 일부 친구들, 에페본도, 송곳과 같은 이들이 그토록 고대했던 사회적 탈바꿈은 동양과 서양을 막론하고 일어날 기미가 보이지 않았다. 마치 손에 잡히자마자 사라져 버리는 신기루 같았다. 이탈리아에 공화국이 수립되었고 노동자들로 구성된 정당도 정부에 참여하게 되었다. 지난 수년 동안 이어져 온 비참함에 비하면 정말이지 고귀한 소식이었다. 실제로는 영원히 닳지 않는 오래된 해골에 새로운 거죽만 덧씌운 것에 불과했지만 말이다. 수령과 그의 측근들은 매장되었고 왕족은 짐을 쌌다. 하지만 그들의 공연이 계속되는 한 누군가는 여전히 무대 뒤에서 줄을 잡고 조종하고 있었다. 농민들은 지주에게 매여있었고, 기술자와 공장 노동자들은 사업가에게, 군인들은 장교에게, 주교들은 교구에 소속되어 있었다. 부자들은 가난한 자들의 양분을 빨아먹었고, 가난한 사람들은 상식적인 규범의 한도 내에서 부자들의 자리를 비집고 들어가려고 발버둥을 쳤다. 그러나 부자들 사이에도, 가난한 자들 사이에도 이두차 라문도가 설 자리는 없었다. 그녀는 말하자면, 제3의 종족에 속했다. 세상에 왔다가 아무런 자취도 없이 사라져 버리는, 또는 오로지 나쁜 사건에만 연루되는 종족. 그해 가을과 겨울 동안 그리고 이후로도 이두차는 희망과는 거리가 먼 삶을 살았다. 지구란 이름의 별에서 기대했던 미미한 희망마저도 빼앗긴 채로.

그녀는 그해에 일어났던 정치적 투쟁이라든지, 정부의 변동이라든지 하는 사건들에 대해 거의 아니, 전혀 모르고 있었다. 그녀의 유일한 사회 문제는 물가에 비해 턱없이 부족한 월급 외에 '자질 부족'이라는 이유로 일자리를 잃는 것이었다. 앞서 말했다시피 그녀는 신문을 읽지 않았다. 세계 대전이 끝나고 독일군이 철수했지만, 어른들의 세계는 그녀를 가만히 내버려 두지 않았다. 쓰나미 이후에 밀려드는 파편처럼 그녀의 운명을 모래더미로 뒤덮어버렸다. 6월이 되자 그

녀 생애에 최초로 선거에 참여해야만 했다. 기권하는 사람들은 공기
관에 유죄로 기록된다는 소문이 나돌았기에 그녀는 마지못해 투표소
를 찾아갔다. 이른 아침부터 한 표를 행사하고 싶어 안달이 난 사람
들이 득실거렸다. 그녀는 선술집 주인 레모가 신신당부했던 대로 공
화당과 공산당을 찍었다. 개인적으로는 아버지를 추억하며 무정부주
의를 지지하고 싶었지만, 레모는 펄쩍 뛰며 그런 당은 아예 후보 명
단에도 없다고 했다.

그 해가 가기 전에 레모는 보도니 가의 집에 두어 번 더 찾아왔다.
마음의 일인자 동시의 이머니를 외롭게 내버려 두지 않으려는 배려심
때문이었다. 그가 집에 찾아올 때마다 이다는 몸 둘 바를 모르고 그
저 잠자코 있었다. 장례식 때 진 빚을 어떻게 갚아야 할지, 무슨 이야
기를 나눠야 할지 알 수 없었다. 옆에 있던 우세페와 벨라에게 조용히
있으라고만 했다. 레모는 레모대로 불쌍한 부인 앞에서 닌누추 이야
기를 꺼내는 게 예의가 아니라고 생각했다. 그러다 보니 자신의 유일
한 관심사였던 정치 이야기만 줄줄 늘어놓았다. 닌누추와 달리 그는
미래를 신뢰하는 낙관주의자였다. 식민지들의 반란, 중국과 그리스
의 내전, 인도차이나 호치민의 투쟁, 이탈리아의 파업, 경찰과 시민,
경찰과 공장 노동자들 간에 충돌 등등 지구상에서 벌어지는 사건들을
언급하며 그런 것들이야말로 세상이 나아지기 위한 움직임이라고 했
다. 이번만큼은 그 누구도 민중들의 움직임을 막을 수 없다고, 1918
년과는 상황이 딴판이라고, 이번만큼은 공산주의가 승리를 거둘 것이
라고! 히틀러 세력을 물리친 게 누굽니까? 붉은 군대 아닙니까? 이탈
리아 레지스탕스를 이끈 건 가리발디 군이 아니지 않습니까? 그러니
우리 정당의 출범을 누가 감히 막겠습니까?

니노가 치를 떨었던 것처럼 겉보기에는 대책도 없고, 배신과 도태가 난무한 것 같지만, 레모의 말에 따르면 그 모든 게 실은 철저하게 계산된 전략이었다. 그와 같은 전략이야말로 결국 승리에 이르게 하는 비밀이라고, 절대적으로 확실한 곳 즉 톨리아티* 동지의 머릿속에 전부 다 들어있다고 했다. 레모에 따르면 천재적인 톨리아티 동지는 현재와 미래의 사회 문제들을 해결할 방법을 누구보다 잘 알고 있었다. 그는 이미 모든 걸 계산에 넣고 있다고 했다. 레모의 추정에 따르면 스탈린 동지조차 중요한 결정을 내리기 전에 톨리아티 동지를 찾아와 조언을 구했다. 두 사람 다 내로라하는 전략가들이었다. 레닌 동지가 명시하고 칼 마르크스가 과학적으로 입증한 전략이 과학적으로 검증되고 성숙해 나갈 시기가 도래했다. 과거와 현재를 아우르는 위대한 동지들의 지도하에 벌어지고 있는 민중들의 움직임을 보라. 작금의 모든 사태는 새로운 세상이 도래하리라는 증거이리니.

"부인과 제가 지금, 이 자리에서, 이야기하는 새로운 세상을 내일은 보게 될 겁니다!"

레모가 뜨겁고 진지한 눈빛으로 확신에 차서 말했다. 짙은 피부색 때문인지 그는 마치 산지기나 석공처럼 보였다. 보도니 가의 작고 썰렁한 부엌에서 이다는 과연 그토록 위대한 세상이 도래할지, 적어도 우세페 같은 어린이들이 살게 될 세상만이라도 그렇게 될지 의문을 품었다.

1946년 12월 31일 밤, 그 해의 마지막 날이었다. 로마의 거리 거리마다 요란한 소리와 함께 종이 폭죽들이 터졌다.

---

* 이탈리아의 공산당 지도자(1893-1964)

....1947

1월-6월

시칠리아에서 토지를 소유한 지주들이 생존권을 위해 투쟁하는 농민들과 일용직 노동자들의 노조 지도자들을 조직적으로 살해한다.

파시스트 정권이 교회 측과 협약을 맺었던 섯처럼, 로마의 헌법 제정위원회에서 (공산당원들의 찬성표에 힘입어) 정부와 교회 측이 협약을 맺었음을 선포한다.

그리스에서 내전이 지속됨에 따라 영국이 미국 측에 파르티잔 저항 세력과 맞서는 군주 세력의 옹호를 요청한다. 트루먼 대통령이 의회에서 그러한 문건을 낭독하자, 미국 측에서는 (트루먼 조약을 통해) 그리스뿐만 아니라, 공산화 위협에 당면한 국가들을 전부 방어하기로 결의한다. 미국의 새로운 방침에 따라 2차 세계 대전 동맹이 전복되고, 철의 장막을 기점으로 두 개의 진영으로 갈라지는 냉전 시대가 열린다.

냉전 시대의 미래를 준비하는 차원에서 미국과 소련 양대 강국은 모든 수단을 총동원해 소규모 국가들을 자신들의 진영으로 편입한다. 미국 측은 경제적 지원을 약속하고, 스탈린이 지배하는 러시아는 압제를 수단으로 활용한다. 미국이 '마샬 플랜'을 발표한다. 전쟁으로 초토화되고 위기에 빠진 나라들을 상대로 막대한 규모의 경제적 지원을 하는 한편 내정에 개입할 여지를 남긴다. 이탈리아와 서독도 이에 포함된다. 소련은 위성 국가들을 힘으로 제압하며, 대부분 소련으로 옮겨져 얼마 남지 않은 물질적 자원들을 최대한 이용한다.

또다시 '급속한 무장화'가 이루어진다. 지금까지 미국이 독점했던 원자탄 개발이 비밀리에 진행된다.

서방 국가들 내에서 우파와 중도파, 좌파 사이에 긴장이 격화된다.

그리스에서 시민군이 패배한다.

중국에서 붉은 군대의 반격이 승리한다.

베트남에서 호치민이 프랑스 군을 격퇴하고 휴전 협상을 벌인다.

시칠리아에서 평화 시위를 펼치던 한 여성이 지주들을 배후로 한 지역의 일당에게 처참하게 살해당한다.

이탈리아에서 새로운 정부가 결성된다. 공산주의자들을 배척하는 중도당 출신의 데 가스페리가 대통령에 당선된다.

7월-9월

마하트마 간디가 비폭력 무저항주의를 표방한 지 30년 만에 인도가 독립을 쟁취한다. 인도의 영토는 (힌두교가 우세한) 인도와 (이슬람이 우세한) 파키스탄으로 갈라진다. 반대편 국가의 종교를 믿는 수천 명의 난민들이 도피하기 위해 양측 국경으로 몰려든다. 힌두교도와 이슬람교도 사이에 유혈 사태가 벌어져 100만 명이 목숨을 잃는다.

(지난 세기말 10여 년 동안 진행 중이었으며 현재 가속화되고 있는) 식민 국가들을 독립시키는 과정이 결정적인 단계에 접어든다. 식민 제국들은 이권을 거머쥔 강대국으로 대체되고 (다는 아니지만) 대부분 식민지에서 물러난다. 식민주의가 물러가자, 과거에 식민지였던 국가들을 경제적으로 종속시키는 '새로운 식민주의'가 출현한다. 강대국들은 자신들의 일차적인 자원과 공업 자산을 통해 과거 식민지였던 국가들을 경제적으로 종속시키고 그들의 영토를 (무기를 포함한) 공업 생산품들을 소비하는 거대한 시장으로 탈바꿈시킨다.

10월-12월

동쪽 진영에서 국제 공산당 정보기관 코민포름이 출범한다.

강대국들 사이에 평화 협정이 무산됨에 따라 전후 독일에 관한 문제가 미해결 상태로 남는다.

 미국 원자 무기 정보에 관한 기밀을 다루는 첩자들이 구속되고 형량이 선고되는 등 양측 진영 간에 스파이 전쟁이 가속화된다.

 이탈리아의 여러 지역에서 파업, 투쟁, 사살이 이어진다.

 2차 세계 대전 당시 독일과 마찬가지로 미국에서 최초로 개발된 미사일들이 생산에 돌입한다.

...무게들로 이루어진 세상에서 잴 수 없고...

...치수들로 이루어진 세상에서 측정할 수 없고...

마리나 츠베타에바

1.

"여보세요? 저는 우세페에요. 누구세요?"

"응, 나야! 엄마야! 무슨 말 좀 해 봐, 우세페!"

"여보세요? 누구세요? 저는 우세페에요. 여보세요?"

"죄송해요, 죄송해요, 부인" 레나-레나의 목소리가 끼어든다.

"저더러 전화를 걸어달라고 해서요, 근데 할 말이 없나 봐요!!"

레나-레나의 웃음소리와 벨라가 신나게 짖어대는 소리가 들린다. 전화신 너머로 잠시 불평하는 소리가 들리더니 수화기가 제자리에 놓인다. 겨울이 끝나갈 무렵 이다의 집에도 전화기가 설치되었다. 이다는 학교 수위 실 전화기로 처음 집에 전화를 걸었다. 레나-레나에게는 위급한 상황에만 전화를 걸어야 한다고 당부했다. 우세페는 벽에 걸린 말하는 물건을 보자마자 써 보고 싶어서 안달했지만, 사용 방법을 잘 몰랐다. 이다는 매일 10시 반 쉬는 시간이 되면 집에 전화를 걸었다. 우세페는 전화벨이 울리기가 무섭게 달려갔고, 벨라가 뒤따랐다. 그러나 막상 이다가 인사하면 무슨 말을 해야 할지 몰라서 매번 똑같은 말만 반복했다.

"여보세요! 누구세요? 저는 우세페에요. 누구세요?..."

집으로 전화할 사람은 이다 밖에 없었다. 물론 우세페도 로마에 전화를 걸 만한 사람이 없었다. 한번은 두 자리 숫자로 된 번호를 돌렸는데 수화기에서 정시를 알리는 대답이 들렸다. 모르는 아주머니의 목소리를 들은 우세페가 "여보세요! 누구세요?"라고 반복했지만, 그 여자는 모른 척하며 "11시 21분!"이라고 시간만 반복해 말했다. 또 한번은 평소와 달리 이른 아침 시간에 전화벨이 울렸다. 잘못 걸려 온

전화였다. 수화기 저편의 상대방은 자기가 번호를 틀려놓고 우세페에게 짜증을 부렸다. 그렇게 며칠이 지나자, 우세페는 정체 모를 괴상망측한 물건에 더 이상 관심을 보이지 않게 되었다. 매일 우세페에게 전화할 때면 아이는 소심한 목소리로 대답했다. "밥 먹있어?" "으응..." "잘 있지?" "으... 응!" "응..." 그리고 재빨리 인사가 이어졌다. "안녕! 안녕!"

겨울을 보내는 동안 우세페는 다행히 심각한 증상을 겪지 않았다. 11월 말경에 또다시 나쁜 증상이 일어났을 때 어머니는 곧바로 의사 선생님을 찾아갔다. 그리고 자신도 어린 시절에 나쁜 증상을 겪었노라고 비밀을 털어놓았다. 지금까지 그녀는 아무에게도, 심지어 남편에게도 자신의 비밀을 털어놓지 않았다. 아버지와 노새를 타고 몬탈로에 있는 의사를 찾아갔던 일, 의사가 간지럼을 태워서 깔깔 웃었던 일 등등. 그런 사건들을 세세히 설명하다 보니 어린 시절로 돌아간 듯 감회에 젖었다. 하지만 여의사는 특유의 까칠한 말투로 그녀가 주절주절 늘어놓는 고백을 중간에 잘랐다. 그리고 권위적인 투로 단언했다.

"아닙니다, 부인, 그렇지 않아요! 어떤 질환들은 유전이 아니란 사실이 밝혀졌어요! 그럼에도, 아마도, 유전적인 경향이 있을 수도 있겠지요, 하지만, 검증된 건 아닙니다. 제가 보기에는, 제가 아는 바로는, 부인의 경우는 아이와 매우 다릅니다. 일반적인 히스테리죠. 지금 우린 그와 다른 일종의 자연 현상에 관해 이야기하고 있어요. 실은 아이를 처음 보자마자 눈치챘어요."

그 시점에서 의사가 혼잣말하듯 중얼거렸다.

"아이의 눈 속에 이상한 게 있어요."

여의사는 처방전 종이를 쭉 찢더니 그 방면에서 전문가라는 교수의 이름을 적어 주었다. 환자가 'EEG 뇌파전위기록술' 검사를 받는 게 좋을 거라고 했다. 의사의 입에서 난해한 명칭이 튀어나오자 이다는 화들짝 놀랐다. 그녀는 전자 기기들의 보이지 않는 지배에 야만인처럼 거부감을 느꼈다. 어릴 때부터 전등이 깜빡깜빡하거나 기계의 굉음이 들리면 무서워서 얼른 숨곤 했다. 그중에서도 아버지의 망토 속으로 파고드는 게 상책이었다. 나이가 들어서도 전선을 만진다거나 코드가 꽂힌 전구를 돌릴 때마다 무서워서 벌벌 떨었다. 생전 처음 듣는 길고 위협적인 단어에 그녀의 눈이 휘둥그레졌다. 마치 그 방면에 학위를 소지한 전문가가 전기의자란 말을 입에 올린 것처럼. 그러나 여의사의 태도가 너무 단호해서 무식한 사람처럼 꼬치꼬치 캐 물을 수 없었다. 닌누추에게 벌어졌던 일들이 떠올랐다. 전문가를 찾아가는 일은 그만두기로 했다. 누군지 모를 교수의 처방은 아이에게 돌이킬 수 없는 형량을 선고하는 거나 마찬가지였다.

미궁에 빠진 우세페의 질병은 의사 선생님과의 상담 이후 한동안 별다른 증상을 보이지 않았다. 이다 또한 마음이 조금 누그러졌다. 가을까지만 해도 아이를 집어삼킬 듯했던 나쁜 증상은 딱 한 번뿐이었다. 이후로는 아이가 전혀 기억하지 못하는 미미한 증상만 나타났다. 마치 이제 그만하자며 스스로 물러간 것 같았다. 이다가 저녁마다 안정제를 먹이면 아이는 젖먹이가 엄마 젖꼭지를 빨듯 받아먹었다. 그리고 잠시 후에 깊은 잠에 빠져들었다. 똑바로 누워서, 주먹을 꼭 쥐고, 양팔을 쫙 펼친 자세로 10시간씩 꼼짝도 하지 않고 잤다. 11월 16일에 벌어졌던 '발작'의 흔적은 혓바닥을 살짝 깨문 자국만 남아있었다. 그럼에도 그전부터 아이를 보았던 사람은, 여의사가 지나치게 아름답다고 했던 아이의 눈 속에 이전과는 다른, 현실을 넘어선 무언가가 깃들어 있다는 사실을 알아챌 수 있었다. 최초의 뱃사람들이 지도에 없는, 측량할 수 없는 바다를 건넜을 때의 눈빛이랄까. 그들과 다른 점이라면 우세페는 전에도, 후에도 자신의 여행에 대해 아는 바가 없다는 것이었다. 어쨌든 아이의 망막에 미지의 형상이 새겨졌다는 것만큼은 확실했다. 마치 거꾸로 뒤집힌 형상 같았다. 아무것도 모르는 철새들도 날짜, 태양의 주기, 숨겨진 별들을 볼 수 있다고 하지 않던가. 그럼에도 이다는 우세페의 눈에 새겨진 증표를 눈치채지 못했다. 눈동자 색깔만 조금 달라졌다고 느꼈다. 진한 파랑과 흐린 하늘색이 섞인 아이의 눈은 더욱 순수해졌다. 깊이를 측정할 수 없을 정도로 그윽해졌다. 어느 날, 갑자기 부엌에 들어온 아이가 화덕 앞에 놓인 작은 스툴 위에 올라섰다. 순간 두 사람의 시선이 마주쳤다. 그녀는 우세페의 눈에 깃든, 인식할 수 없을 정도로 미세하고 처절한 감정을 읽었다. 아이의 눈빛은 그녀에게 이렇게 묻고 있었다. "당신은 알잖아!" 이다도, 그 누구도 논리적으로 대답할 수 없는 질문이었다.

2월부터 스타킹 공장에서 일하게 된 레나-레나는 더 이상 보도니가 집에 들를 수 없게 되었다. 이제는 벨라가 우세페를 돌보았다. 매일 즐겼던 스테이크와 스파 수준의 목욕 같은, 닌나리에두 시절에 누렸던 안락함은 벨라와 다른 세상일이 되었다. 니노는 자기 손으로 벨라의 털을 곱게 빗기고, 마사지하고, 수건에 물을 묻혀 눈과 귀까지 닦아주곤 했다. 하지만 이제 고기 대신 파스타와 콩을 먹었고, 우세페가 이다의 눈치를 살피며 남은 음식을 던져주는 것으로 만족해야 했다. 미용은 일종의 건식 목욕법으로 해결했다. 산책하러 가서 자신만의 방법으로 흙에서 나뒹굴다가 태풍에 떠밀린 구름처럼 미친 듯이 온몸을 털었다. 사실, 그녀는 마르살라 비누와 뜨거운 물보다 자신만의 목욕법을 선호했다. 호스러운 목욕은 그녀가 정말이지 저주하던 것 중 하나였다. 반면에 방이 한두 개 딸린 작은 공간에 적응하는 건 무척 힘든 일이었다. 그녀는 태생적으로 아시아의 광활한 들판에서 양을 돌보던 종이었다. 여행하며 돌아다니는 길 위에 삶이 적성에 맞았다. 그럼에도 겨우내 집안에 갇혀서 감옥 생활을 해야 했다. 어떤 날에는 신문 위에 볼일을 봐야 했다. 열악한 상황 속에서도 그녀는 밤낮을 가리지 않고 군말 없이 우세페 곁을 지켰다. 아이와 함께할 수만 있다면 어떤 희생도 마다하지 않았다. 멀건 수프로 끼니를 때우기 일쑤였지만, 오히려 토실토실해졌고 근육도 튼튼해졌다. 한때 눈부셨던 하얀 망토는 시커멓고 여기저기 털이 뭉쳤다. 목에는 여전히 '벨라'라고 새겨진 은목걸이를 달고 있었다. 동네 아이들은 그런 그녀를 보고 털북숭이라고 불렀다. 빈대가 들끓는 몸을 수시로 긁어댔고 개 특유의 냄새도 몹시 심했다. 우세페에게 악취를 옮기는 바람에 어떤 개들은 킁킁거리며 아이 곁을 맴돌기도 했다. 아이를 강아지로 여겼던 것이리라. 그러나 그런 개들이야말로 우세페의 유일한 친구였다. 자신과 같은 종족의 친구는 아무도 없었다.

날씨가 풀리자, 벨라와 우세페는 온종일 집 밖을 돌아다녔다. 처음에는 이다도 한가할 때 함께 나가곤 했지만, 연약한 다리로 따라다니긴 힘들었다. 둘은 밖에 나가기가 무섭게 사라져 따라잡을 수 없는 곳까지 가 있었다. 현관문이 열리고 밖이 보이자마자 미끄러지고, 뛰어오르고, 재주를 넘으며, 미지의 세계를 향해 미친 듯이 내달렸다. 그녀가 큰 소리로 우세페를 부르면 벨라가 안심하라는 듯 컹컹 짖었다.

"괜찮아. 걱정 말고 집에 가. 우세페는 내가 돌볼 테니까! 나로 말하자면 백, 이백 아니, 삼백 마리 양들도 돌본 개라고! 이렇게 작은 아이 정도는 아무것도 아니야."

달리 방법이 없었던 이다는 벨라를 믿고 우세페를 맡길 수밖에 없었다. 벨라와의 외출은 아이의 유일한 놀거리였다. 스윙 디스크를 깨부순 뒤로 축음기도 구석에 처박혀 먼지만 쌓여가고 있었다. 우세페와 벨라는 겨우내 죄지은 영혼들처럼 작은 집안에 갇혀 지냈다. 이제는 겨울처럼 추위를 핑계로 밖에서 문을 걸어 잠글 수도 없었다. 매일 아침 엄마의 전화를 받고 나면 둘은 집을 뛰쳐나갈 만반의 준비를 갖췄다. 벨라는 전화벨 소리를 밖에 나가서 자유를 만끽하라는 신호로 받아들였다. 벨 소리가 울리자마자 온 집안을 뛰어다니며 요란하게 짖어댔다. 그러다가도, 점심시간만 되면, 머릿속에 시계가 들어있는 것처럼 정확한 시간에 우세페를 집까지 데리고 왔다.

처음에는 보도니 가에서 그리 멀리 가지 않았다. 둘 사이에 정해진 헤라클레스의 기둥은 테베레 강변, 아벤티노 언덕길, 아무리 멀어도 성 바울 성당까지였다. 도중에 도살장 앞을 지날 때면 벨라는 우리 구역이 아니라는 듯 우세페의 발길을 길 건너편으로 이끌었다. 모르긴 해도, 누군가는 지금도 테스타치오 근방에서 그 한 쌍이 지나가는 모습을 보았다고 기억할 것이다. 커다란 개와 작은 남자애, 찰싹 달라붙어 다녔던 두 단짝을. 그들의 여정에는 특별하고 중요한 지점들이 몇 군데 있었다. 목마가 있는 엠포리오 광장, 집시 가족이 텐트를 치고 사는 몬테 테스타치오 등등. 둘은 그런 곳마다 멈춰서 넋을 잃고 구경했다. 개는 꼬리를, 아이는 몸을 열심히 흔들었다. 그러다가도 저쪽에서 누군가 아는 체하며 다가오면, 아이는 급히 뒷걸음을 쳤다. 개가 온순한 표정으로 아이를 뒤따라갔다. 어느새 봄이 찾아온 바깥은 온갖 소리와 움직임으로 가득했다. 길가로 난 창문마다 누군가의 이름을 부르는 소리가 들렸다. "에토레에에! 마리사! 움베!..."

그리고 "니노!..."

그 이름을 듣자마자 우세페의 눈빛이 살짝 흔들렸다. 벨라의 곁에 붙어 있던 아이가 멈칫하며 옆으로 몇 발짝 옮겼다. 벨라가 귀를 쫑긋하더니 자기도 그 이름을 알아들었다는 듯 환상적인 울림에 동감한다는 표정을 지었다. 그리고 아이를 따라가는 대신 누군가를 기다리듯 너그러운 눈빛으로 그 자리에 머물렀다. 하지만 이내 우세페처럼 민망한 눈빛으로 뒷걸음을 쳤다. 그 동네에 니노와 비슷한 이름을 가진 아이는 한둘이 아니었다. 우세페도 그걸 모르는 바 아니었다.

그해 봄은 유달리 일찍 찾아왔다. 사흘 동안 남동풍이 몰아치더니 먼지구름이 몰려왔다. 공기는 사막처럼 후덥지근하고 지저분했다. 우세페는 두 번째 발작을 겪었다. 점심 식사를 끝냈을 무렵이었다. 아이는 입맛이 없다면서 음식을 조금만 먹고 벨라와 부엌에 머물렀다. 이다는 잠깐 눈을 붙이려고 침대로 가서 누웠다. 잠시 후에 벨라가 처음 듣는 흥분한 소리를 내기 시작했다. 참사나 지진을 미리 알아챈 동물들이 낼법한 소리였다. 벨라가 부엌과 침실을 오락가락하며 계속 이상한 소리를 내는 바람에 이다는 큰 소리로 개를 쫓아야만 했다. 점심을 먹고 난 뒤 3시쯤이었다. 마당에서 아주 작은 소리가 들렸다. 라디오 소리와 자전거 보관소 쪽에서 나는 소리였다. 그러더니 잔뜩 찌푸린 하늘에서 마른천둥이 치는 소리가 들렸다. 길가를 지나던 차의 사이렌 소리도 들렸다. 그런 뒤에 이다의 귓가에 대화 소리가 들렸다.

우세페가 부엌에서 겁에 질려 웅얼거리며 툭툭 끊기는 노래 비슷한 소리를 내고 있었다. 벨라는 아이 곁에서 부드럽게 짖으며 어쩔 줄 모르고 있었다. 둘은 평소에도 곧잘 대화를 나누곤 했다. 그러나 오늘 부엌에서 들리는 소리는 앤지 위급한 빌작 소리 같았다. 우세페가 꼿꼿하게 서서 어둠 속을 떠도는 소경처럼 걸어 다니고 있었다. 벨라는 치료법을 모르는 불쌍한 유모처럼 아이의 주위를 맴돌고 있었다. 이다의 모습이 보이자마자 벨라가 기다렸다는 듯 다가갔다. 이번만큼은 이다도 두 눈으로 똑똑이 볼 수 있었다. 아이의 발작이 시작되는 순간부터 '거대한 망령'이 작은 우세페의 목숨을 앗아가려는 포식자처럼 괴성을 지르며 아이를 쓰러뜨리는 순간까지.

이후에 벌어진 일들은 이다가 알아채기도 전에 눈 깜짝할 사이에 지나갔다. 정신을 차린 이다는 첫 번째 발작 때처럼 정신이 돌아오는 아이 곁에서 무릎을 꿇고 있었다. 아이가 손짓하는 것 같기도 했지만, 정확한 건 아니었다. 그녀가 확실히 느낄 수 있었던 건 집안에 나쁜 침입자가 쳐들어왔다는 것과 아이를 앗아가려고 했다는 것이었다. 아이를 어두운 데로 끌고 가서 다시는 돌려보내지 않으려 한다는 것이었다. 이번에도 우세페는 깊은 한숨을 내쉬더니 황홀한 미소를 지으며 눈을 떴다. 아이의 눈에 자신의 귀환을 맞아주는 둘의 모습이 보였다. 이쪽 편에는 엄마가, 저쪽 편에서는 털보 벨라가 아이의 손과 코를 조심스럽게 핥아주고 있었다. 이어서 아이는 깊은 잠에 빠져들었고 개는 침대 아래 엎드려 아이의 곁을 지켰다.

저녁 늦게 우세페가 일어났을 때도 둘은 아이의 곁에 있었다. 아이의 눈에 벨라와 어머니가 나란히 있는 모습이 보였다. "우세페!" 이다는 인사했고, 벨라는 구슬픈 메아리처럼 조심스럽게 짖었다. 고개를 든 아이가 말했다. "달!" 남동풍이 물러간 하늘에 봄기운이 완연했다. 방금 목욕을 마치고 나온 듯한 청명한 달이 두둥실 떠 있었다. 우세페가 산 로렌초에 살 때 '벼(별)' 또는 '애비'(제비)라고 불렀던 바로 그 달이었다. 아이는 불 켜진 전등, 색색의 풍선들, 분유통, 땅바닥에 뱉은 침까지 조금이라도 반짝이는 건 뭐든 그렇게 불렀다. 그때만 해도 아직 기어다닐 나이였다. 이다는 학교에 또다시 휴가를 낼 처지가 아니었다. 다음 날 아침에 집을 나서며 겨울에 그랬던 것처럼 현관문을 걸어 잠갔다. 열쇠를 돌리는 손이 어찌나 묵직했던지 우세페에게 몹쓸 짓을 하는 기분이었다. 아이는 몸을 잔뜩 웅크린 채 자고 있었고 벨라는 '소미에르' 밑에서 꾸벅꾸벅 졸고 있었다. 그녀가 나가는 소리를 듣고 벨라가 고개를 살짝 들더니 꼬리를 살랑살랑 흔들었다. "어서 가. 우세페는 내가 잘 돌볼게." 11시 전에 언제나처럼 엄마한테서 전화가 왔다. 전화벨이 서너 번 울리자 매일 똑같은 아이의 목소리가 들렸다.

"여보세요? 누구세요? 전 우세페예요! 누구세요?"

"나야, 엄마야! 좀 괜찮아?"

"응."

언제나처럼 벨라가 짖는 소리가 들렸다.

"커피 우유 마셨어?"

"응…"

늘 똑같은 대화였지만, 오늘따라 이다는 아이의 목소리가 떨리고 있음을 느꼈다. 무슨 핑계를 대서라도 아이를 안심시키고 싶었다.

"문 잠갔어," 그녀가 재빨리 설명했다.

"네가 어제 열이 나서 그랬어. 다 나으면 벨라랑 밖에 나가도 돼!"

"응... 응..."

"괜찮은 거지? 그럼... 엄마가 한 시 되기 전에 집에 갈게."

"응... 안녕. 안녕."

어제도, 그제도, 마치 아무 일도 없었던 것처럼, 모든 게 정상이었다. 그럼에도 이다는 왠지 아이의 목소리가 떨리는 느낌을 받았다. 집에 돌아오는 길에 장을 보면서 그녀는 점심 후에 먹을 디저트를 샀다. 크림빵 두 개였다. 한 개는 우세페 거, 한 개는 벨라 거. 엄마가 벨라까지 챙겨주는 걸 보고 아이의 눈이 환하게 밝아졌다. 어제 있었던 '열'은 흔적도 없이 사라졌다. 아이는 약간 창백해 보였고 기운이 없어 보이긴 했지만, 입맛이 없다거나 피곤하단 말은 없었다. 현관문을 걸어 잠근 이다의 배신에도 개의치 않았다. 아이는 오전 내내 그림을 그리며 시간을 보낸 듯했다. 부엌 식탁 위에 색연필과 그림으로 꽉 찬 종이들이 널브러져 있었다. 이다가 없는 동안 소소한 사건도 일어났다. 아이가 겸연쩍게 웃으며 말했다. "...근데 엄마, 벨라가 접시 닦는 행주에다 똥 쌌어." 이다가 아침에 바닥에 떨어뜨린 행주를 보고 벨라는 당연히 자신의 볼 일을 위해 예비해 놓은 거라 여겼다. 우세페는 자신의 의무를 다하려 큰 덩어리를 변기에 버리고 대야에 물을 붓고 행주를 담가 놓았다. 대야에서 코를 찌르는 악취가 풍겼다. 벨라는 자신이 무슨 죄를 저질렀는지 의아했지만, 어쨌든 서글픈 죄인의 표정으로 저만치 물러나 있었다. 이다는 우세페에게 늘 하던 잔소리조차 할 수 없었다. "볼일을 봤다고 해야지! 똥 싼다는 건 저속한 말이야!" 형한테서 배운 말이었다. 그런 말을 했다가는 아이가 왜 날 벨라랑 가둬놨느냐며 반항할 것 같았다.

"괜찮아!" 이다가 서둘러 말했다.

"어차피 못 쓰는 행주였어."

벨라가 엄마한테 혼날까 조마조마했던 우세페의 얼굴이 이내 밝아졌다. 이다는 식탁 위에 놓인 그림들을 쳐다보았다. 빨강, 초록, 파랑, 노랑이 섞인 동그라미들, 거친 선들이 마치 아라베스크 무늬 같았다. 아이가 이다에게 자랑스럽게 설명했다. "제비들이야." 우세페가 손가락으로 창문을 가리키며 말했다. 그러자 그림의 모델들이 허공으로 날아올라 흩어졌다. 이다가 멋진 그림이라며 아이를 칭찬해 주었다. 무슨 그림인지 이해할 수 없었지만, 어쨌든 이다의 눈에는 멋져 보였다. 하지만 아이는 이다에게 설명하고 나서 종이를 박박 찢더니 쓰레기통에 넣었다. 그림을 그릴 때마다 늘 그런 일이 벌어졌다. 이다가 말려 보았지만, 아이는 아무렇지도 않다는 듯 우울한 표정으로 어깨를 으쓱해 보였다. 이다는 종종 아이 몰래 쓰레기통에서 종잇조각들을 꺼내 맞춰서 서랍에 넣어두었다. 모든 게 지극히 정상이었다. 아니, 어쩌면 아닌지도 몰랐다. 점심을 먹고 난 뒤에 벨라는 낮잠에 빠졌다. 이다는 벽에 딱 달라붙은 채 복도 바닥에 엎드려 있는 우세페를 발견했다. 처음에는 그냥 웅크리고 있는 것 같았다. 하지만 가까이 다가가 보니 아이는 엉엉 울고 있었다. 잔뜩 일그러진 얼굴을 주먹으로 가린 채로. 아이가 그녀를 힐끗 쳐다보며 도저히 참을 수 없다는 듯 계속 훌쩍거렸다. 그리고 작은 짐승이 낼법한 절망적인 투로 말했다. "엄마... 왜?" 이다에게 진짜 궁금한 게 있던 건 아니었다. 설명할 수 없는, 자신의 의지로 어쩔 수 없는 가혹한 그 무엇에 관한 질문이었다. 이다는 아이의 질문이 단순히 현관문을 걸어 잠근 자신의 배신에 대한 항의라고 생각했다. 시간이 지남에 따라 그녀 또한 그리 간단한 질문이 아니란 사실을 깨닫게 되리라. 그날부터 우세페는 후렴구를 반복하듯 자꾸 "왜?"라는 질문을 던졌다. 말도 안 되는 경우에도 입버릇처럼 그 말을 되뇌었다. 정확하게 발음하려고 애쓰지 않는 것으로 보아 입에 밴 습관이었다. 이따금 무심하게 혼잣말로 중얼거리기도 했다. "왜 왜 왜 왜 왜 왜?" 무의식적인 행동이라 넘기기에는 작은 소리로 내뱉는 아이의 질문이 너무 처절하고 집요했다. 누가 들어도 사람이 아닌 동물적인 소리였다. 버려진 고양이들, 줄에 묶여 맷돌을 끄는 나귀들, 부활절 수레에 올라탄 염소들이 냅법한 그런 소리였다. 그들의 익명의 '왜'에 대해 누가 대답할 수 있으랴. 대답 없는 누군가를 향한, 저편에 존재하는 불사신을 향한 질문인지도 모른다.

2.

우세페에게 두 번째로 나쁜 증상이 나타나자 이다는 겁에 질려서 여의사를 다시 찾아갔다. 그리고 그녀가 이다에게 추천했던 신경학 교수와 이틀 뒤에 진료 약속을 잡았다. 의사의 말에 따르면 'EEG 뇌파전위기록술'은 뇌의 전기적 활동을 기록하는, 통증이 없는 간단한 검사라고 했다. 그러면서 걱정하는 이다를 안심시켰다. 이다는 이다대로 우세페에게 핑계를 둘러댔다. 열이 나는 걸 방지하는 차원에서 또래 아이들 전부 검사를 받도록 법으로 의무화되었다고 했다. 아이는 엄마 말에 아무 대답도 없었다. 오히려 엄마와의 나들이가 즐겁다는 듯 편안한 미소를 지어 보였다. 진료를 받으러 가기 전에 이다는 빨래통에 물을 받아 놓고 아이를 깨끗이 씻겼다. 그리고 제일 좋은 옷을 꺼내 입혔다. 미국 스타일 긴 바지에 하양 빨강 줄무늬 새 티셔츠였다. 이다는 전차를 타고 테르미니 역까지 갔다. 역에서 목적지까지는 택시를 타고 가는 사치를 부렸다. 우세페를 힘들게 하고 싶지 않아서였다. 교수가 알려준 주소는 티부르티노에서 가까운 노멘타노였기에 그 근처 땅을 밟는다는 생각만으로도 온몸에 힘이 빠졌다. 이다는 남편 알피오가 살아있을 때에 몇 번 택시를 탄 적이 있었다. 우세페가 택시를 타 본 건 태어나서 처음이었다. 아이는 신바람이 나서 운전석 옆 좌석에 얼른 자리를 잡았다. 뒷좌석에 앉은 이다의 귀에 아이가 능숙하게 운전사에게 질문하는 소리가 들렸다.

"이 차는 배기량이 얼마나 되나요?"

"피아트 1100cc 란다!"

택시 기사가 자랑스럽게 대답했다. 그러더니 손님의 다음 질문을 기다리듯 속도를 높이며 손가락으로 속도계를 가리켰다. 우세페는 다음으로 속도에 관한 질문을 던지더니 이내 입을 다물었다. 둘의 짧막한 대화는 거기서 끝났다. 운전사는 호기심투성이 꼬마 손님이 뭘 좀 더 물어봐 주었으면 하는 눈치였다. 왜 왜 왜 왜? 티부르티노를 지나던 이다는 바깥 풍경을 바라보지 않으려고 목적지까지 눈을 감고 있었다. 병원에 도착한 이다와 우세페는 응급실을 갖춘 병원의 후미진 곳에 있는 방으로 안내받았다. 여의사의 의뢰서 덕분에 진료 시간에 앞서 교수를 만날 수 있었다. 교수의 방은 복도 맨 끝에 있는 매우 협소한 공간이었다. 출입문에는 'G. A. 마르키온니 교수'라는 명패가 붙어 있었다. 중년의 신사였던 교수는 키가 크고 부스스한 인상을 풍겼다. 안경을 썼고 후덕한 인상에 다듬지 않은 회색 수염을 기르고 있었다. 중간중간에 안경을 벗어서 안경알을 닦기도 했다. 안경을 벗은 그의 얼굴은 근시 때문인지 순식간에 직업적인 품위를 상실했다. 얼굴이 부은 둔탁한 옆집 아저씨 같은 인상을 풍겼다. 그는 무슨 말을 하든 다분히 학문적이고 딱딱한 어조를 사용했는데 그럼에도 여의사에 비해 친절하게 느껴졌다. 지극히 평범한 인상이었음에도 이다는 교수를 보자마자 잔뜩 겁을 집어먹었다. 교수가 종이에 적힌 내용을 건성으로 쳐다보았다. 여의사를 통해 환자의 병력을 알고 있지만, 처방하기 전에 어머니께 몇 가지 확인할 사항이 있다고 했다.

"그동안 주세페는 마당에 가 있어도 돼... 네 이름이 주세페 맞지?..."

"아뇨. 우세페에요."

"착하지, 그래, 주세페, 내려가서 마당에 있는 작은 동물을 구경하고 오렴. 재미있을 거야."

교수가 마당으로 나가는 유리문 쪽으로 우세페의 등을 떠밀었다. 병원 벽으로 둘러싸인 작은 정원에 시들시들한 식물 몇 그루가 자라고 있었다. 한 구석에 놓인 철창 안에서 깜찍한 동물 하나가 잔뜩 긴장하고 우세페를 빤히 쳐다보았다. 작은 다람쥐처럼 생긴 꼬리가 없는 동물이었다. 노랑과 주황이 군데군데 섞인 갈색 털에 다리가 아주 짧았다. 자그마한 귀의 안쪽은 분홍빛이었다. 동물은 다른 무엇에도 관심이 없었다. 오로지 철창 안에 걸린 바퀴를 돌리는 데만 골몰했다. 철창은 신발 상자 정도 크기였고, 바퀴의 지름은 대략 15cm 정도였다. 동물은 철창에 갇혀 분노에 찬 발짓으로 끊임없이 질주하고 있었다. 어쩌면 그 짧은 다리로 적도까지 되는 거리를 수도 없이 왕복했으리라! 우세페가 작은 소리로 불렀지만, 동물은 자기 일에 몰두하느라 전혀 알아듣지 못했다. 올리브 빛이 감도는 작고 예쁜 눈에 처절한 광기가 번뜩였다. 철창 앞에 선 우세페는 잠시 어리둥절한 표정을 짓더니 잽싸게 머리를 굴리기 시작했다. 잠시 후에 교수가 급히 유리문으로 다가오더니 아이의 이름을 불렀다. 우세페가 철창 사이로 손을 집어넣고 동물을 꺼내주려 하고 있었다. 아이는 작은 동물을 꺼내 티셔츠 속에 숨기려던 참이었다. 벨라에게 부탁해 둘만 아는 근사한 장소로 데려가 동물을 풀어줄 작정이었다. 그렇게 잽싼 다리라면 원하는 곳 어디든 도망칠 수 있을 것이었다. 카스텔리 로마니, 미국, 이 세상 어디라도... 하지만 때마침 다가온 교수가 도둑질이 벌어지기 직전에 아이를 말렸다. "안 돼... 안 돼... 어디 보자!"

그가 심드렁한 목소리로 아이를 꾸짖었다. 그러나 아이는 전혀 반성의 기색이 없었다. 오히려 대항하려는 듯한 눈빛을 보였다. 그가 아이의 팔을 붙잡고 억지로 철장에서 떼어냈다. 그리고 열쇠를 걸어 잠갔다. 아이의 손목을 붙잡고, 이다가 기다리는 방 쪽으로 끌고 갔다. 바로 그때였다. 그때까지 조용했던 작은 동물이 귀에 들릴락 말락 한 울음소리를 냈다. 우세페가 교수를 확 밀치고 마당 쪽으로 가려고 용을 썼다. 하지만 교수는 쉽사리 우세페를 방안으로 데리고 들어와 유리문을 잠가 버렸다. 우세페는 이제 얼굴과 눈동자까지 부들부들 떨고 있었다. "싫어! 싫다고!" 아이의 태도는 절대 용납할 수 없는 사건을 목격한 사람 같았다. 아이가 마구 울부짖기 시작했다. 잔뜩 흥분해서 시뻘건 얼굴로 교수의 배에다 대고 주먹을 쥐어 보였다. 이다가 안절부절못하며 아이를 말렸다.

"괜찮습니다. 근무 중에 종종 벌어지는 일입니다."

교수가 씁쓸한 표정으로 이다에게 말했다.

"해결... 해결해 보기로 합시다..."

그는 차분한 태도로 전화를 걸어서 여자 직원을 불렀다. 잠시 후 여자가 나타나 우세페의 입 안에 '달콤한 물질'을 한 숟가락 넣어주었다. 그녀가 어찌나 아이를 잘 달랬던지 우세페는 '달콤한 물질'을 얼른 받아먹었다. 하지만 바로 그녀의 옷에 대고 뱉어 버렸다. 아이는 미친 듯이 손을 내저으며 모두에게서 도망치려고 했다. 교수, 여자, 엄마, 모두에게 완강하게 반항하며 바닥에서 데굴데굴 굴렀다. 미심쩍은 무언가가 있다는 듯 유리문 쪽을 힐끔힐끔 처다보기도 했다. 열불이 나서 상처를 싸맨 붕대를 갈기갈기 찢는 사람처럼 새 티셔츠를 마구 쥐어뜯었다. 이다는 아이의 몸부림이 마스트로 조르조 가 작은 방에서 처음 나쁜 증상을 보였던 그날 밤과 똑같은 증상이란 걸 눈치챘다. 아이의 적수는 말을 타고 나타나 혈투를 벌이려는 듯 수개월, 아니, 수년에 걸쳐 작은 말썽꾸러기의 몸을 짓밟고 있었다. 순간 또다시 '커다란 위기가' 아이를 덮칠 것만 같아서 너무나 조마조마했다. 하필 의사 선생님 앞에서 논리로 설명할 수 없는 증상이 벌어지다니! 텅 빈 주머니처럼 공허한 기분이었다. 우세페의 나쁜 증상은 과학을 공부했다는 의사들이 고칠 수 있는 게 아니었다. 그들은 아이의 행동을 저지하는 게 고작이었다. 우세페가 차츰 안정을 되찾자, 그녀는 안도의 한숨을 내쉬었다. 정신을 차린 아이는 부끄러운 기색으로 모든 검사 절차에 순순히 응했다. 하지만 진료를 마칠 때까지 교수의 질문에 한 마디도 대답하지 않았다. 마치 교수의 말을 무시하는 듯했다. 내가 생각하기에 당시 아이의 머리는 꼬리가 없는 작은 동물로 꽉 차 있었을 것이다. 내가 아는 바에 따르면 아이는 그 동물을 만났던 얘기를 아무한테도 하지 않았다.

둘은 드디어 교수의 방을 벗어났다. 대기실에 있는 사람들 사이에서 다음 검사 절차를 기다렸다. 사람들은 대부분 선 채로 순서를 기다리고 있었다. 팔과 입이 축 늘어져서 끊임없이 뭐라 웅얼대는 금발의 소년, 혈색이 붉고 깔끔한 인상의 할아버지는 미친 듯이 어깨를 긁어댔는데 마치 벌레들이 달려들어 그를 물어뜯고 있는 것 같았다. 반쯤 열린 입원실 문밖으로 간호사가 고개를 내밀었다. 문틈으로 입원실 안이 들여다보였다. 창문에 철망이 달려 있었고, 시트가 없는 매트리스 위에 환자들 옷가지가 어지럽게 널려 있었다. 침대 곁에 턱수염을 길게 기른 남자가 보였다. 셔츠에 소매만 겨우 끼워 넣고 껄껄 웃으며 잰걸음으로 방 안을 돌아다니다가 갑자기 만취한 사람처럼 비틀거리기도 했다.

간호사가 복도에서 기다리던 이다와 우세페의 이름을 불렀다. 둘은 계단 바로 옆 유리문이 달린 공간 안으로 들어갔다. EEG 연구실은 지하에 자리 잡고 있었다. 실내에는 인공조명 아래 위협적인 기계들이 주르륵 놓여 있었다. 우세페는 호기심을 보이지도, 두려운 기색을 내비치지도 않았다. 작은 머리에 전자파 측정기를 씌웠을 때도 무심하게 가만히 있었다. 마치 전에도 이런 지하실에 와서 똑같은 일을 당한 적이 있는 사람 같았다. 당신들이 무슨 짓을 할지 다 알고 있으니 어차피 상관없다는 태도였다. 병원을 나오는 길에 아이는 경비원과 마주쳤다. 아주 중요한 일을 겪었다는 듯 "전자파 검사를 받았어요."라고 조심스럽게 말했다. 이다의 귀에는 아이의 말이 들리지 않았다. 검사실 광경을 보고 혼비백산한 엄마는 반은 귀머거리가 되어있었다.

며칠 후에 이다는 검사 결과를 확인하기 위해 혼자 교수를 찾아갔다. 병리적인 검사 결과에 따르면 심각한 증상은 전혀 없었다. 또래에 비해 작고 병약한 아이이긴 했지만, 상처도, 감염 후유증도, 장기와 관련된 기타 질병도 없다고 했다. 교수는 EEG에 관해서도 마찬가지로 설명했지만, 이다의 귀에는 해석이 불가한 신탁처럼 들렸다. 그녀가 말을 못 알아듣자, 교수는 활동 세포 리듬의 영역과 관련된 문제라고 풀어서 설명해 주었다. 활동이 중단되는 경우는 기록되는 선들이 평평해진다고 했다. 종잇장에 새겨진 몇 줄 안 되는 선들을 통해 드러난 결과는 다음과 같았다. '검사 결과 별다른 의미를 내포하지 않음' 교수는 이로써 아이의 뇌에 주목할 만한 이상이 없음이 확인되었다고 설명했다. 다른 검사 기록들과 마찬가지로 그 부분에서도 환자의 건강은 정상으로 판명되었다고 했다. 하지만 환자의 병력을 고려하면 실질적인 검사 결과는 불확실한 것일 수도 있다고 덧붙였다. 상대적이고 일시적인 결과일 수 있으며 그런 경우에는 처방도, 신뢰할 만한 예측도 불가능합니다. 일반적으로 설명할 수 없는 병리 현상은 원인도 완치 시기도 알 수 없습니다. 지금까지 복용했던 약은 증상을 완화하는 효과만 있다고도 했다. 교수는 '가데날'을 처방하면서 체계적이고 규칙적인 복용이 매우 중요하다고 강조했다. 환자의 상태를 계속 지켜볼 필요가 있다며. 교수가 안경알을 닦으려고 안경을 벗어 들었다. 순간 이다의 귀에 가까운 입원실에서 남자아이의 비명 소리가 들렸다. 그녀가 머뭇거리며 혹시 그 병이 미숙아로 태어났기 때문일 수도 있느냐고 물었다.

"그럴 가능성도 있습니다. 아예 없다고 볼 수는 없습니다."

교수가 책상 위에 놓인 안경을 만지작거리며 무미건조한 투로 대답했다. 그리고 이다의 코 앞에서 안경을 집어 들고 질문을 던졌다.

"아이가 충분히 영양을 섭취하고 있나요?"

"네! 네!! 아니요, 그게... 정말이에요!"

이다가 자신을 방어하듯 떨리는 소리로 대답했다.

"하지만," 그리고 변명하듯 덧붙였다.

"전쟁통에는 다들 힘들었잖아요..."

186

비참한 사람들을 통틀어 '다들'이라고 표현한 이다는 교수까지 싸잡아 말하는 실수를 범한 건 아닐지 싶었다. 그의 시선이 자신을 야유하는 듯했다. 하지만 실제로는 근시 때문에 사팔뜨기처럼 보이는 것뿐이었다. 이다는 더 이상 그가 무섭지 않았다. 또 다른 입원실에서 한 여자가 괴성을 지르는 소리가 들렸다. 아니, 어쩌면 환청일 수도 있었다. 교수가 안경을 벗자, 그의 얼굴은 마치 벌거벗은 사람 같았다. 품위라고는 찾아볼 수 없는, 못생기고 위협적인 인상이었다. 혼란스럽기만 한 지하의 공간들, 복도와 계단과 기계들, 그들 모두가 입을 모아 우세페를 해치라는 명령을 내리고 있는 것 같았다. 사실 그녀 앞에 앉아있는 교수를 유능한 의사라고 지칭할 수는 없었다. 자신이 아는 과학적인 사실들을 의무적으로 나열하며 나름대로 최선을 다해서 업무를 처리하는 정도였다. 여의사의 의뢰서 덕택에 진료비는 거의 무료였으니 그나마 다행이었다. 그럼에도 이다의 눈에 비친 교수는 무시무시한 권력의 소유자였다. 교수라는 가면 속에 그녀가 늘 두려워했던 어른들의 존재가 응축되어 있었다. 그에 비하면 여의사는 까칠했고, 이다를 바보 취급했지만, 그만큼 어른이라 느껴지지 않았다. 어릴 적 이다를 진찰하며 간지럼을 태웠던 그 의사도 마찬가지였다. 하지만 이제 그녀는 의사라는 사람들 모두가 두려워졌다. 의사가 우세페를 두고 지칭한 '병자'라는 단어 또한 거짓부렁이지 않을까 싶었다. 그저 한시라도 빨리 병원에서 빠져나가고 싶은 심정뿐이었다. 엄마는 우세페가 병자가 아니기만을 간절히 바랐다. 다른 아이들과 똑같기만을 바랐다, 제발.

어쨌든 그녀는 그날 바로 약국에 가서 교수의 처방전을 내밀었다. 시간이 지난 뒤에야 아이가 낮에 양치기 개와 집 밖을 돌아다녀도 괜찮냐고 교수에게 물어보는 걸 깜빡 했다는 사실이 떠올랐다. 하지만, 더 이상 마음 쓰지 않기로 했다. 이다는 이미 마음을 정했다. 발작이 일어났던 다음 날 아침을 끝으로, 다시는 현관문을 잠그지 않기로 결심한 터였다. 그렇게 우세페와 벨라는 동시에 자유를 되찾았다. 바야흐로 4월이었다. 5월, 6월, 7월, 8월이 잇따라 다가올 것이다. 한여름의 쨍쨍한 햇빛이 아기들, 어린이들, 소년 소녀들, 개와 고양이들이 밖으로 뛰쳐나오도록 등을 떠밀 것이다. 그러니 우세페도 '다른 아이들'처럼 햇살을 받으며 신나게 뛰어다녀야 했다. 언제까지나 아이를 집안에 가둬놓을 수는 없었다. 아니, 어쩌면, 아마도, 아주 작은 목소리가 '아이가 뛰어놀 수 있는 여름이 몇 번 남지 않았어.'라고 그녀에게 속삭였던 게 아닐까?

3.

그러므로 1947년 봄부터 여름에 이르기까지 테스타초 주변에서 우세페와 벨라가 벌였던 자유로운 방랑에 관해 이야기하지 않을 수 없을 것이다. 만일 벨라가 없었다면 우세페는 그토록 자유롭지 못했을 것이다. 엄마가 현관문을 열어놓자마자, 아이는 이내 내키는 대로 쏘다니는 방랑자의 영혼을 되찾았다. 벨라가 앞장서서 정시에 집까지 데려오지 않았다면, 분명 어딘가에서 길을 잃었을 것이다. 이따금 상상을 초월하는 끔찍한 공포가 아이를 덮치기도 했다. 그림자의 미세한 움직임, 떨리는 나뭇잎 같은 사소한 것들만으로도 어마어마한 두려움에 시달렸다. 잔뜩 겁에 질린 눈으로 고개를 돌리면 벨라의 얼굴이 보였다. 그녀의 갈색 눈은 화창한 날씨를 만끽하며 마냥 행복해하고 있었다. 입을 헤 벌리고 공기를 잔뜩 들이마시기도 했다. 그렇게 계절을 보내는 동안 대부분은 우세페와 벨라 둘뿐이었지만, 때로 새로운 만남과 모험이 펼쳐지기도 했다. 그중에서도 첫 번째는 어마어마한 그 장소를 발견한 것이었다. 우세페가 병원에서 보았던, 꼬리가 없는 작은 동물을 데려와 풀어주기에 안성맞춤인 곳이었다. 마르키온니 교수에게 들키지 않았더라면 말이다.

그날은 일요일 아침이었다. 우세페와 벨라는 짧은 감금 생활을 마치고 다시금 자유의 몸이 되었다. 둘은 9시도 되기 전에 이다에게 다녀오겠다고 인사한 뒤 서둘러 밖으로 나왔다. 비가 그친 데다 북풍이 지나간 덕에 모든 게 맑고 깨끗해 보였다. 낡고 오래된 벽들마저 새것이 되어 숨 쉬는 듯했다. 바싹 마른 태양이 이글이글 타올랐지만, 그늘은 선선했다. 신선한 공기를 한 모금 들이마시니 하늘 위를 걷는듯한, 돛단배를 탄 듯한 기분이었다. 우세페와 벨라는 그날 최초로, 자신들이 암암리에 정해놓았던 경계선을 넘어갔다. 일부러 그런 건 아니었다. 걷고 또 걷다 보니 마르모라타 가를 지나 오스티엔세 대로까지 다다랐다. 성 바울 성당에서 오른쪽 길로 접어들자 무슨 냄새를 맡았는지 벨라가 내달리기 시작했다. 우세페도 뒤따라 달렸다. 벨라는 미친 듯이 짖어대며 달리길 멈추지 않았다. "멍멍! 멍멍!" 말인즉슨 "바다! 바다!"였다. 다들 알다시피, 그건 바다가 아니라 테베레강이었다. 하지만 로마 테베레강 이쪽 편은 저쪽 편과는 딴판이었다. 낮은 담장 하나 없는, 풀밭에서 마음껏 뛰어놀 수 있는, 자연의 색채로 가득한 탁트인 시골 풍경이 눈앞에 펼쳐졌다. 순간 벨라의 머릿속에서 아주 오래된 기억이 떠오르기 시작했다. 인도양의 냄새, 비 웅덩이에서 풍기는 늪의 냄새. 그녀의 코로 말할 것 같으면 자전거에서 마차의 냄새를, 전차에서 고대 페니키아 배의 냄새를 맡는 수준이었다. 그러니 그토록 정신 없이 뛰어갈 수밖에. 가다 말고 쓰레기 더미에 코를 처박고 킁킁대며 들쑤시기도 했다. 시시콜콜한 것들이 자아내는 수많은 냄새의 향연이 펼쳐졌다. 도시가 끝나는 지점이었다. 강가 저편 풀밭에 듬성듬성 자리한 판잣집과 오두막들이 보였다. 하지만 이편에는 풀밭과 갈대밭이 전부였다. 인간이 지은 건축물은 하나도 보이지 않았다. 일요일이었지만, 그곳에는 아무도 없었다. 이른 봄날 아침부터 그곳까지 찾아올 사람은 아무도 없었다. 오직 우세페와 벨라 둘뿐이었다. 둘은 마음껏 뛰어다니며 풀밭에서 신나게 뒹굴다가 또다시 내달렸다.

　풀밭 끝에는 나지막한 둔덕이, 그 뒤로는 작은 숲이 있었다. 숲속에 다다른 우세페와 벨라는 걸음을 늦추고 입을 다물었다. 무성한 초목들이 둘을 에워쌌다. 울창한 나무 꼭대기마다 겹겹이 펼쳐진 가지와 잎사귀들이 커튼처럼 드리워져 있었다. 바닥에는 비 온 뒤에 갓 돋아난 풀들이 둥그스름하게 깔려 있었다. 아직 아무도 밟지 않은 풀들이었다. 풀들 사이사이로 아주 작은 들꽃들이 눈에 띄었다. 나무들의 몸통 사이로 갈대 울타리가, 그 뒤로는 강물이 보였다. 나뭇잎들과 갈대 줄기가 쉬지 않고 흔들리며 형형색색의 그늘을 만들어 내고 있었다. 풍경이 유유히 흘러갔다. 암막 커튼 같은 그곳에 들어선 순간 벨라는 멈칫했지만, 이내 귀를 쫑긋 세우고 시골 특유의 소리를 들으며 부드럽게 귀를 내렸다. 우세페 또한 그녀와 마찬가지로 침묵 속에서 들려오는 자연의 소리에 오롯이 집중했다. 어느새 우세페의 곁에 다가온 벨라가 애조 띤 눈빛으로 가만히 엎드렸다. 어쩌면 자신의 새끼들, 포조레알레 감방에 있는 첫 번째 주인 안토니오, 땅속에 묻힌 두 번째 주인 안토니오를 떠올리고 있을지도 모른다. 그곳은 로마 아니,

어떤 도시에서도 머나먼, 이국의 커튼으로 뒤덮인 아무도 모르는 곳이었다. 끝내주는 여행의 종착지였다. 광활한 공간 속에서 들리는 거라고는 공기와 물 흐르는 소리뿐이었다.

나무 꼭대기에서 뭔가가 바스락거리는가 싶더니 숨겨진 가지에서 지지배배 노랫소리가 들렸다. 우세페는 그 노래가 뭔지 바로 기억해 냈다. 어린 시절, 어느 날 아침에 들었던 바로 그 노래였다. 노래를 듣자마자, 당시에 보았던 장면들이 눈앞에 펼쳐지는 듯했다. 카스텔리 산자락에 있던 전사들의 오두막, 에페톤도가 감자를 익히며 마음의 일인자 닌누추를 기다리던 그때 그 모습들... 희미한 빛처럼 가물가물한 기억들, 마치 나무들의 커튼 아래 떨리는 그림자 같았다. 하지만 슬프지는 않았다. 아니, 오히려 정반대였다. 노래하는 새가 자신에게 다정한 인사를 건네는 듯했다. 벨라 또한 새의 노래를 즐기는 것 같았다. 엎드린 채 고개를 바짝 치켜들고 노랫소리를 듣고 있었다. 다른 때 같았으면 벌써 앞발을 들어 올렸을 텐데 말이다. "이 노래 뭔지 알아?" 우세페가 그녀에게 속삭였다. 그녀가 아주 잘 안다는 듯 귀를 반쯤 세웠다. "알다마다! 모를 리가 있어?" 이번에는 듀엣이 아닌 솔로였다. 아래편에서 보이는 새는 카나리아도, 검은 방울새도 아니었다. 찌르레기 또는 평범한 참새일 수도 있었다. 회갈색 깃털의 지극히 평범한 새였다. 나무 위편은 다른 어떤 움직임도, 소리도 없었다. 새의 작은 머리와 분홍빛 작은 목젖이 팔딱거리는 모습만 보였다. 그때 그 노래가 새들 사이에서 유행처럼 번져나가 이제 참새들도 그 노래를 알게 된 듯했다. 아니, 어쩌면 그 새가 아는 노래는 하나뿐인지도 모른다. 그러니 계속 그 노래만 부를 수밖에. 똑같은 음정, 똑같은 가사, 중간중간에 소소한 변주가 첨가되긴 했지만.

농담이야

농담이야

죄다 농담이야!

또는, 농담이야 농담이야

죄다 농담이야!

또는, 농담이야

농담이야

죄다 농담이야 농담이야

농다아암암암!

　스무 번 정도 똑같은 노래를 부른 새는 몸을 부르르 떨더니 날아가 버렸다. 벨라가 만족스럽다는 듯 풀밭 위로 몸을 축 늘어뜨렸다. 슬슬 졸음이 오는 듯했다. 고개를 숙이고 두 다리를 앞으로 죽 뻗었다. 새의 노래가 침묵을 깨자, 우세페의 눈에 주위의 모든 게 더욱 환상적으로 보였다. 귀뿐만 아니라 온몸으로 느껴지는 감정이었다. 만일 우세페가 어른이었더라면, 새의 노래를 듣고 나서 적잖이 마음이 흔들렸을 것이다. 하지만 아이의 자그마한 몸은 처음 느껴보는 알 수 없는 감정마저도 자연스러운 현상으로 받아들였다. 침묵 속에서 이야기가 들려오고 있었다. 형형색색 움직이는 그늘 속에서 들려오는 불확실한 목소리들이 하나가 되었다. 빛과 그늘이 움직이는 소리. 침묵과 빛이 햇빛에 달궈진 땅을 구석구석 감싸며 소리를 불어넣고 있었다. 환한 곳들은 점점 더 환해졌다. 바람이 하나의 선율로 소리 높여 노래했다.

아니, 어쩌면 하나가 아닌 3도 화음인지도 몰랐다. 그곳에서는, 이상하게도, 모든 게 하나의 소리처럼 들렸다. 수천, 수만 개의 목소리와 문장들, 노래들, 짐승들의 울음, 바다, 공습경보 사이렌, 총성, 기침, 엔진, 아우슈비츠로 향하는 열차들, 귀뚜라미들, 무시무시한 폭탄들, 꼬리 없는 동물이 그르렁대는 소리... 그리고 "뽀뽀해 줄래, 우셉?..."

우세페는 가슴이 터질 것 같은 그 느낌을 뭐라 표현해야 할지 알 수 없었다. 타란텔라 춤처럼 단순하고 빠른 회전을 무한 반복하는 기분이었다. 결국 커다란 웃음을 터뜨릴 수밖에 없었다. 의사들의 말에 따르면, 아이의 질환은 때로 정신 나간 듯한 웃음을 유발하는 증상을 일으키기도 한다고, 지나치게 기분이 고조되는 경우 간질을 유발하기도 한다고 했다. 누군가 나무들의 커튼 밑에서 우세페의 모습을 보았더라면, 아무 걱정 없는 푸른 눈의 난쟁이라 여겼을 것이다. 아이는 초점 없는 눈으로 허공을 쳐다보며 미친 듯이 깔깔 웃고 있었다. 마치 누군가 보이지 않는 깃털로 간지럼을 태우듯.

4.

"카를로오오!...? 바비데... 다아비데!"

마르모라타 가에서 저만치 앞서가던 젊은이가 뒤를 돌아보았다. 우세페가 다비데 그러니까, 카를로 비발디이자 피오트르를 마지막으로 보았던 건 보도니 가 집에 잠깐 들렀던 때였다. 반면에 벨라는 여름과 가을 동안 몇 번 더 그를 만난 적이 있었다. 니노가 로마에 왔을 때, 너무 바빠서 집에 들르지 못했던 때였다. 그를 알아본 벨라가 신바람이 나서 달려가는 바람에 우세페는 꼭 쥐고 있던 목줄을 놓치고 말았다. 입마개가 없는 개들은 주인 없는 개로 간주해 붙잡아 간다는 소문이 나돌자, 겁을 집어먹은 이다는 그 길로 코까지 뒤덮는 커다란 입마개를 사 들고 왔다. 우세페가 벨라를 데리고 밖에 나갈 때마다 입마개를 꼭 씌워야 한다고 신신당부했다. 그때부터 둘은 가까운 동네에서도 찰싹 달라붙어 다녔다. 우세페는 벨라보다 훨씬 덩치가 작은 아이였지만, 자연스럽게 목줄을 붙잡고 다녔다. 자신의 이름을 부르는 소리에 뒤를 돌아본 젊은이는 누군가 하며 어리둥절한 표정이었다. 닌누추가 기르던 거대한 털북숭이 개가 길 한복판에서 자신을 덮쳤는데도 못 알아보는 눈치였다.

"저리 가!" 그가 모르는 개를 향해 소리쳤다. 곧이어 우세페가 달음박질치며 가까이 다가왔다.

"나야, 우세페야!"

그가 거만한 표정으로 아이를 힐끗 쳐다보았다. 새파란 눈동자가 그를 바라보며 반갑게 웃고 있었다. 아이를 알아본 다비데는 무척 당황한 듯했다. 그의 유일한 소원은 혼자만의 시간을 보내는 것이었다.

"안녕, 난 이만 집에 가 봐야 해."

짧은 인사만 건넨 그는 몸을 돌려 수브리코 다리를 향해 가던 길을 갔다. 그러더니 다리를 반쯤 건너가 아쉽다는 듯 다시 뒤돌아보았다. 아이와 개, 둘이 다리 초입에 멈춰 서 있는 모습이 보였다. 개는 꼬리를 살랑살랑 흔들고 있었고, 아이는 두 손으로 목줄을 꼭 잡고 몸을 슬슬 흔들고 있었다. 다비데가 건성으로 한 손을 들어 보이며 억지 미소를 지었다. 그러자 그 둘은 그 순간이 오기만을 기다렸다는 듯 눈 깜짝할 사이에 다비데에게 달려가 찰거머리처럼 달라붙었다.

"어디 가는데?" 우세페가 상기된 얼굴로 말했다.

"집에, 이만 안녕." 다비데가 대답했다. 그리고 둘에게서 벗어나려는 듯 포르타 포르테제 쪽으로 발길을 돌리며 재빨리 덧붙였다.

"다음에 봐, 빨리 보자고!"

우세페가 서운한 표정으로 주먹을 쥐어 들며 익숙한 인사를 했다. 벨라는 빨리 보자는 그의 말을 확실한 약속이라고 머릿속에 저장해 두었다. 벌써 1시가 다 되어가고 있었다. 그녀가 우세페를 보도니 가 집 쪽으로 끌어당겼다. 다비데는 포르타 포르테세를 향해 발길을 재촉했다. 사실 그는 집에서 자신을 기다리는 다른 약속 때문에 부리나케 달려가던 참이었다. 여자와의 약속만큼이나 절실했던, 그가 얼마 전부터 복용해 온 약물이었다. 참을 수 없을 만큼 힘들어질 때면 그는 술 대신 약물을 찾았다. 술이 그를 흥분하게 만들었던 반면, 약물은 그를 진정시켜 주었다.

닌누추가 세상을 떠난 뒤에 그의 불안감은 최고조에 다다랐다. 산티나가 살던 로마의 누추한 거처만이 그의 유일한 집이었다. 이따금 고향에 가기도 했지만, 서둘러 다시 로마로 내려왔다. 다음 날 또다시 만토바에 갔지만, 오래 버티지 못하고 곧장 남쪽행 열차를 탔다. 피사나 리보르노의 카페에 갔다가 오래전에 어울렸던 무정부주의자 친구들과 마주치기도 했다. 어린 시절 함께 어울려 다녔던 추억의 장소들이었다. 옛 친구들이 질문을 던지면, 그는 억지스러운 미소를 지으며 최소한의 단어로 대답했다. 뿔난 사람처럼 입을 꾹 다물고 두 다리를 쉴 새 없이 떨면서 의자에 앉아있었다. 의자가 자길 가만히 놔두지 않는다는 듯이 말이다. 친구들과 대화가 시작되자마자, 그는 급한 볼일이 있어서 이만 가 봐야 한다녀 무심하게 자리를 떴다. 로마행 열차를 놓치지 않기 위해서였다. 옛 친구들 사이에서 그는 예고 없이 나타났다가 갑자기 사라지는, 알다가도 모를 사람이었다.

　어느 날에는 로마에서 카스텔리로 가는 기차를 타 보기도 했다. 하지만, 절벽에서 추락하기 직전 같아서 다음 역에서 바로 내릴 수밖에 없었다. 나폴리로 가는 기차도 몇 번 타 보았지만 소용없었다. 그가 마음을 붙일만한 장소는 어디에도 없었다. 어느 도시든, 어느 나라든, 친구 하나 없기는 마찬가지였다. 그럴 바에야 차라리 로마가 나았다. 결국 그는 포르투엔세의 누추한 셋방으로 다시 돌아올 수밖에 없었다. 그곳에는, 적어도, 마음 놓고 몸을 누일 친숙한 침대라도 있었으니까. 그렇다고 그의 정처 없는 여행이 부질없었던 건 아니었다. 지금 그리고 앞으로도 그의 고독에 동행이 되어줄 한 가지만큼은 건졌으니 말이다. 아이러니하게도 그건 일종의 우정이었다. 사람도 아니었고, 가짜에 불과했고, 지저분했지만.

　몇 달 전 나폴리에 갔을 때 우연한 계기로 시작된 일이었다. 한밤중이었다. 그는 막 대학을 졸업한 풋내기 의사가 사는 집에 무작정 찾아갔다. 닌누추와 함께 국경을 넘었던 시절에 알게 된 지인이었다. "피오트르!" 의사 선생은 그 시절 그의 이름을 부르며 반갑게 맞아주었다. 나중에 알게 된 사실이지만, 다비데는 그날 도움이 절실히 필요한 상황이었다. 그의 얼굴은 당장 자살할 사람 같았다. 아몬드 같은 두 눈은 움푹 들어가 있었고, 처절하고 수줍은 눈빛 속에 정체 모를 암흑이 깃들어 있었다. 그의 얼굴 아니, 온몸의 근육들이 부들부들 떨리고 있었다. 자신의 힘으로 다스릴 수 없는 무시무시한 기운, 그 고통을 어떻게 물리쳐야 할지 전혀 모르는 듯했다. 한밤중에 무장 강도처럼 의사 선생 집에 들이닥친 그는 집주인에게 인사 한마디 없이 뭐든 괜찮으니 지금, 당장, 약이 필요하다고 말했다. 뭐든 좋으니 아주 센 걸로,

즉시 효과가 나타나는 걸로. 안 그랬다가는 정말이지 미쳐버릴 것만 같았다. 도저히 참을 수 없었다. 며칠 전부터 한숨도 못 잔 상태였다. 어딜 가든 이글이글 타오르는 불길만 보였다. 생각을 멈출, 차갑게 식혀줄 약이 필요했다, 제발. 자신의 힘으로 멈출 수 없는 생각들, 그 모든 생각들을 떨쳐내고 싶었다. 삶을 떨쳐내고 싶었다, 제발. 그가 울부짖으며 소파 위에 몸을 던졌다. 무릎 사이에 고개를 처박고 손마디가 부서져라, 미친 듯이 주먹으로 벽을 치기 시작했다. 그는 흐느끼고 있었다. 가슴 한복판에서 흘러나온, 깊은 곳에서 흘러나와 온몸을 떨게 만드는 흐느낌이었다. 숨이 끊어질 것 같은 힘겨운 흐느낌이었다.

의사 선생이 살던 아파트는 그가 학생 때부터 지내왔던 곳이었다. 이름만 아파트지 수용소나 다름없었다. 벽에는 주간지에서 도려낸 코믹한 삽화들이 여기저기 나붙어 있었다. 그가 짐승처럼 울부짖으며 벽에 붙은 종이들을 갈기갈기 찢기 시작했다. 파르티잔 전사였던 그를 존경해 마지않았던 의사 선생은 무슨 수를 써서라도 그를 진정시켜 주고 싶었다. 집안에 상비약은 없었지만, 가방 속에는 마침 실습에 사용했던 필로폰이 들어있었다. 얼른 주사를 놓았다. 그러자 그가 안정을 되찾는 아니, 포기하는 게 보였다. 한참을 굶주렸다가 엄마 젖을 쪽쪽 빠는 아기 같았다. 온몸에 긴장이 풀린 그가 북부 사투리로 되뇌었다. "좋다야... 좋다야... 시원하다야..." 그가 의사 선생을 향해 감사의 미소를 지어 보였다. 슬픔의 안개로 뒤덮인 그의 두 눈이 슬슬 감기고 있었다. "미안합니다, 정말 미안합니다." 그가 거듭 말했다. 의사 선생은 그를 옆방으로 데려가 침대에 누였다. 그곳에서 그는 거의 10시간 동안이나 깊은 잠에 빠져들었다. 그리고 아침이 되자 널썽한 모습으로 눈을 떴다. 세수하고, 머리를 빗고, 면도까지 했다. 그가 처방에 대해 질문하자, 의사 선생은 모르핀을 함유한 필로폰이라는 약물이라고 찬찬히 설명해 주었다. "모르핀이라니.... 그건 마약이잖아!" 피오트르가 걱정스러운 투로 말했다. 그러더니 미간을 잔뜩 찌푸리며 내뱉었다. "그건 똥이잖아." "맞아." 의사 선생이 전문가다운 말투로 대답했다. "일상적인 사용은 절대 권하지 않지. 하지만, 예외적인 경우라면 권할 수도 있어." 피오트르가 비겁한 행동을 저지른 소년처럼 서글픈 표정을 지었다. 손마디가 새까매진 주먹을 맞부딪치며 중얼거렸다. "내 몸속에 그런 걸 집어넣었다고 아무한테도 말하면 안 돼." 그는 집주인에게 고맙다는 인사조차 없이 그곳을 떠났다.

다비데는 어린 시절부터 마취제와 약물을 혐오했다. 세그레 가족들 사이에 전해져 내려오는 종조모에 대한 기억 때문이었다. 자손들은 그녀를 '틸다나'라고 불렀다. 병원에서 숨을 거둔 그녀의 사인은 습관적인 클로랄 약물 남용이었다. 50세의 나이에 독신이었다. 다비데는 가족 앨범에서 그녀의 옛날 사진을 본 적이 있었다. 쇠잔한 얼굴, 비쩍 마른 몸에 머리카락이 거의 없었다. 몇 가닥 안 남은 머리카락을 곱게 빗고, 진주가 박힌 검은 머리띠를 하고, 몸에 꼭 맞는 줄무늬 재킷을 입고, 어깨에 모피 숄을 두른 모습이었다. 어린 다비데의 눈에 비친 늙은 그녀의 모습, 웃음기 없는 입술, 메마른 콧등, 구슬프게 튀어나온 두 눈동자는 추함의 극치이자 부르주아 계급의 음산함을 상징하는 이미지로 새겨졌다. 그때부터 그는 약물이란 말을 들을 때마다 자연스럽게 틸다나 숙모를 떠올렸다. 타락하고 억눌린 부르주아의 악취미, 지루한 일상을 벗어나 돌파구를 찾으려는 몸부림. 그에 비하면 포도주는 훨씬 자연스러운, 활기차고 서민적인 탈출구였다. 약물은 늙은 숙모 같은 사람들이나 찾는 타락으로 이끄는 비현실적인 대체제였다.

나폴리에서, 본인의 의지와 상관없이 처음으로 약물을 맛본 이후부터 그는 늘 수치심에 시달렸다. 그 뒤로도 자발적으로 약물을 찾을 때마다 굴욕과 혼돈에 빠져들었다. 수치심 때문에 어떻게든 약물을 끊어보려고 안간힘을 썼지만, 도저히 유혹에서 벗어날 수 없었다. 어떤 날에는 주체할 수 없을 정도로 기운이 샘솟는가 하면, 다른 날에는 무슨 수로도 해결할 수 없는 고통에 빠져들었다. 자신의 힘으로 어쩔 수 없는, 도저히 견딜 수 없는 끔찍한 고통이었다. 벼랑 끝에 내몰리고 감옥에 갇힌 그에게 약물은 언약과도 같았다. 자신을 날아오르게 해 줄 위대한 몸부림!

그 당시 다비데는 한때 자신이 지나친 부귀라며 정죄했던 유산으로 먹고살고 있었다. 마지막으로 만토바에 들렀을 때였다. 그는 가깝게 지내지도 않았던, 살아남은 삼촌에게 자신이 받을 유산 대부분을 넘겨주었다. 자신의 몫으로는 어린 시절 가족들과 함께 살았던 방 다섯 개짜리 집 한 채만 남겼다. 그리고 그 집이 팔리면 주겠다는 조건으로 삼촌에게 매달 얼마씩 받아서 생활하고 있었다. 비참한 액수였지만, 그가 생활하기에는 모자라지 않았다. 애인이 있는 것도 아니었다. 어쩌다 한밤중에 일하러 나온 여자들과 돈을 치르고 하는 행위가 다였다. 폐허라든지 다리 밑에서, 상대방의 얼굴조차 쳐다보지 않고. 그럴 때마다 여자들의 얼굴에서 지금까지 자신을 스쳐 간 여자들의 얼굴이 보였다. 만토바의 G라는 여자를 비롯한 다른 여자들. 그런 자신이 어찌나 추잡했던지 상대방 여자와 눈길조차 마주치고 싶지 않았다. 그렇게 급한 볼일을 해결하고 나면 치욕스러운 행동을 저질렀다는 분노가 밀려왔다. 모험에 대한 대가로 상대방에게 있는 돈을 발발 떨어주었다. 마치 돈이면 다라는, 아무 생각 없는 미국인처럼. 하지만 현실의 그는 담뱃값조차 없는 빈털터리였다.

드물지만 이따금 술을 마시기도 했다. 음식은 간혹 생각날 때만 영양분을 섭취했다. 접시도, 포크도 없이 되는대로 입 안에 쑤셔 넣었다. 그밖에 월세 정도가 그의 생활비였다. 한 가지 더라면, 최근 들어 새롭게 발견한 약물을 사는 정도였다. 당시만 해도 이탈리아에서 특정한 약물의 복용은 매우 드문 경우였기에 싼값에 쉽사리 약물을 구할 수 있었다. 그렇게 몇 주가 지나자, 그는 자신이 지독한 불명예라고 치부했던 약물 중독자가 되지 않을까 걱정스럽기 시작했다. 새로운 방법으로 효과를 발휘할 대체제를 찾아보기로 했다. 약국에서 쉽게 살 수 있는 일종의 최면제였다. 본래는 수면제였던 그 약을 밤낮을 가리지 않고 힘들 때마다 꿀꺽 삼켰다. 혼수상태에 빠져 하루가 흘러갔다. 마치 깜빡 잠들었다가 눈을 뜬 기분이었다. 시간의 개념이 무의미해졌다. 불멸하는 시간의 무게에 질질 끌려 지상의 끄트머리까지 다다른 듯한, 엄청나게 무거운 돌덩어리를 끌고 돌아다니는 듯한 기분이었다. 겨우 짊어졌다 싶으면 어느새 또다시 미끄러졌다. 외출하기, 집에 돌아오기, 테베레강 다리들을 어슬렁대기, 극장과 선술집을 기웃거리기, 책을 뒤적이기, 무엇이든 해 보려고 했지만, 몸이 따르지 않았다.

그런 나날들을 보내며 너무나도 간절했던 건 나폴리에서 처음 접했던 그 약이었다. 그토록 완벽한 위안을 주는 약은 없었다. 그때는, 마치 누군가 손으로 머리를 쓰다듬어 주는 듯한, 그런 느낌이었다. '괜찮아, 괜찮아.' 무게를 덜어주고, 기억을 없애주고, 심지어 고독 속에서 시시콜콜한 계시가 떠오르기까지 했다. '아무것도 아니야, 다 지나갈 거야, 앞으로 좋은 친구들을 만나게 될 거야, 너무 조급해하지 마.

내일은 만날 수 있을 거야... ' 이런저런 핑계로 온갖 다른 약들을 섭렵했지만, 결국 그만한 게 없었다. 마치 바람둥이가 돌고 돌아 첫사랑한테 되돌아가는 꼴이었다. 그야말로 하루살이 인생이나 다를 바 없었다. 화학 약물의 위로는 계단을 오를 때만 켜졌다가 이내 꺼져버리는, 작은 여관의 불빛이나 마찬가지였다. 그마저도 계단 중간에서 꺼지기도 했다. 그럴 때마다 그는 바보처럼 어둠 속에서 더듬거려야만 했다.

　그와 마주쳤던 날, 벨라와 우세페는 정확한 시간에 집에 도착해 점심을 먹고 여느 때처럼 다시 밖으로 나왔다. 로마 특유의 여름 같은 5월 날씨였다. 온 동네가 화창한 기운으로 그득했다. 아니, 도시 전체가 그랬다. 창문, 발코니, 베란다 할 것 없이 온통 깃발이 휘날리는 듯했다. 둘은 날씨가 좋을 때마다 으레 그랬듯 오스티엔세 대로변으로 발걸음을 돌렸다. 그쪽으로 계속 가다 보면 최근에 발견한 장소, 나무들의 커튼이 드리워진 물가가 나올 것이었다. 하지만 그날따라 벨라는 중간에 수브리코 다리 쪽으로 방향을 틀었다. 우세페는 그녀가 다비데와의 약속을 떠올리며 냄새를 따라가고 있음을 눈치챘다. 사실 그날 다비데가 또 보자고 했던 말은 빨리 집에 가려는 핑계에 불과했다. 안녕과 같은 의미였다. 우세페는 그 말의 속뜻을 눈치챘지만, 벨라가 하도 세게 끌어당기는 바람에 숨을 헐떡이며 불확실한 약속 장소에 끌려갈 수밖에 없었다. 우세페는 다비데가 어디 사는지 정확히 몰랐지만, 벨라는 전에 닌누추와 함께 왔던 적이 있었다. 당시 기억을 떠올리듯 그녀의 발걸음이 한층 빨라졌다. 다비데는 전부터 병적일 정도로 사람들과의 접촉을 꺼했나. 동물들과 어린애들도 예외는 아니었다. 하지만 자신도 모르는 사이에 몸에서 사내애, 고양이, 개들이 좋아하는 향취가 풍길 수도 있었다. 그와 관계를 맺었던 아가씨들은 털북숭이 가슴팍에서 풀 냄새가 난다고도 했다.

포르타 포르테세에 가까워지자 벨라는 고개를 치켜들고 가벨리 교도소의 창문을 바라보며 멍멍 짖었다. 자신의 첫 번째 안토니오가 갇혀 있는 포조레알레 교도소가 떠올라서였다. 성문 앞에서 꼬리와 귀를 내리고 잠시 머뭇거리더니 오른편으로 향했다. 왼편에 있는 개 수용소에서 살려달라는 비명이 들렸기 때문이었다. 우세페에게는 알리지 않는 편이 나을 것 같았다. 선술집 안에서 언제나처럼 시끌벅적한 라디오 소리가 흘러나왔다. 허술한 판잣집들 사이마다 쓰레기 더미들이 쌓여있었다. 그 시간에 밖에 나와 돌아다니는 사람은 매우 드물었다. 쓰레기 더미에 코를 처박고 먼지를 흩날리며 먹이를 찾는 개들만 보였다. 벨라는 약속이 있었음에도, 잠시 걸음을 멈추고 늘 하던 대로 그들과 격식을 갖춘 인사를 나눴다. 어떤 개는 다리가 너무 짧은 게 꼭 난쟁이 원숭이 같았다. 또 다른 개는 덩치가 소만큼이나 컸다. 덩치가 곰 같은 벨라는 한눈에 자기 핏줄을 알아보고 특유의 살가운 인사를 나눴다. 그중 탄탄하고 날렵한 몸에 귀를 꼿꼿이 세운 개 한 마리만 벨라에게 적대심을 드러냈다. 둘 다 이빨을 드러내고 금방이라도 물어뜯을 기색이었다. "벨라! 벨라아아아!" 걱정스러웠던 우세페가 소리쳤다. 아이의 목소리가 들리자, 어느 판잣집 안에서 주인의 목소리가 들렸다. "늑대! 늑대!" 주인이 부르는 소리를 들은 개가 집에 들어가 다행히 싸움을 피할 수 있었다. 어느새 벨라는 늑대라는 개와 다른 개들은 잊어버리고 신바람이 나서 지층의 작은 문을 향해 돌진하고 있었다. 도착하자마자 자기 집인 듯 발로 문을 마구 긁어댔다.

"들어와!" 집안에서 다비데의 목소리가 들렸다. 그의 목소리가 맞긴 했지만, 어쩐지 이상했다. 평소와 달리 환영하는 투였다. 심지어 기뻐하는 기색이었다. "문이 잠겼는데!" 우세페가 약간 불안해하며 말했다. 다비데는 누구인지 묻지도 않고 침대에서 몸을 일으켜 문 쪽으로 갔다. 문을 열어주기 전에 침대 밑에 깔린 러그 위에 잠시 멈춰 섰다. 깨진 약병과 피 묻은 솜이 굴러다니고 있었다. "누구야? 아하, 너로구나!" 그가 밝고 또랑또랑한 소리로 말했다. 마치 우세페의 방문이 지극히 자연스러운 일이라는 투였다. "거 참 이상하지, 안 그래도 방금 널 생각했는데!" 그러더니 퀴즈 정답을 맞힌 아이처럼 환한 표정으로 덧붙였다. "그땐 몰랐는데, 그리고 보니 죽 널 생각했던 거였네." 그리고 다시 침대에 가서 드러누웠다. 지금까지 내내 그렇게 있었던 것 같았다. 스트라이프 매트 위에 꼬질꼬질한 베개가 놓여 있었다. 발치에 역시나 꼬질꼬질한 침대보가 돌돌 말려 있었다. 이불은 소파 옆에 내팽개쳐져 있었고 그 위에 벗어놓은 바지와 신문들이 놓여 있었다. 윗도리는 바닥 저쪽에 가 있었다. "벨라도 왔어!" 우세페가 중대한 사실을 공표하듯 말했다. 아이는 집안에 들어와서도 목줄을 놓지 않고 있었다. 벨라는 꼬리를 흔들며 기쁨을 감추지 못했지만, 되도록 감정을 자제하면서 집주인의 눈치를 살폈다. 아무렇게나 뭉쳐진 이불이 아늑하게 보였는지 계속 꼬리를 흔들며 그쪽으로 가더니 요람처럼 파고들어 앉았다.

다비데의 몸은 고행자처럼 침대에 길게 뻗어 있었다. 얇은 속옷 하나만 달랑 걸친 몸이 끔찍할 정도로 앙상했다. 너무 야위어서 온몸의 뼈들을 분간할 수 있을 지경이었다. 그럼에도 눈빛은 어린애 같은 환희로 빛나고 있었다. 또래 아이와 마주친 듯한 기쁜 표정이었다.

"발소리만 듣고 넌 줄 알았어." 그가 단순한 문장으로 자연스럽게 말을 이었다. "작은 참새들... 작고 작은 참새들... 생각했지, 오고 있군, 누구지? 이름이 뭐더라, 아 맞다, 우세페! 누가 몰라? 널 생각한 게 오늘이 처음은 아냐, 진짜 많이, 생각하고 또 생각했어..."

우세페가 안심한 듯한 표정을 짓자 다비데가 희미한 미소를 지어 보였다.

"너랑 네 형은 말이지," 그가 돌아눕더니 한숨을 내쉬며 말했다.

"달라도 너무 달라. 형제 같지 않아. 그래도 같은 게 하나 있어. 행복, 약간 다른 행복이긴 해. 넌 살아있다는 그 자체를 행복해하지. 넌 모든... 모든 걸 행복해해. 넌 세상에서 가장 행복한 존재야. 언제나, 널 볼 때마다 늘, 너를, 뭐냐, 거기서 처음 본 날부터 그런 생각이 들었어. 일부러 네 눈을 피했어, 넌 너무 불쌍한 애였거든! 그때부터야, 알아? 그때부터 늘 널 생각했어..."

"나도야!!"

"...그래, 넌 그때 갓난쟁이였지, 지금도 그렇지만. 근데 말이야, 내 말에 너무 신경 쓰지 마. 오늘은 내가 커다란 축제를 벌이는 날이거든. 춤도 막 추고! 근데 너 나랑 마주치면 피해야 해. 특히 오늘처럼 내가 춤추는 날에는! 넌 너무 귀엽거든, 넌 이 세상과는 안 어울려. 왜 그런 말도 있잖아. 행복은 이 세상 것이 아니다."

그가 더러운 침대보를 다리 사이에 구겨 넣더니 춥고 부끄러운 아이의 표정을 지으며 가슴께로 끌어올렸다. 온종일 먹은 게 없었다. 머리에 난 까맣고 굵은 직모와 달리 가슴과 겨드랑이에 난 털은 북슬북슬했다. 마치 모피 같았다. 새카만 털이 아이처럼 비쩍 마른, 핏기 하나 없는 갈색 몸과 선명한 대조를 이뤘다. 그는 고개를 뒤로 젖히고 천장을 응시하고 있었다. 순수하고, 진지하고, 환상적인 명상에 빠진 사람 같았다. 수염이 마구 자라난 그의 얼굴은 오늘만큼은, 그가 피난민 수용소에 도착했던 날 밀레 가족 여자들이 몰래 꺼내보았던 학생증 속 사진 같은 분위기를 풍기고 있었다.

"난 말이지, 늘 행복을 사랑했어!" 그가 고백했다.

"소년 시절 어떤 날에는 너무 행복에 겨워서 양팔을 벌리고 뛰어다니면서 소리치고 싶었어. 너무 행복해, 너무 행복하다고, 근데 나만 이렇게 행복해도 되는 거야? 다른 사람한테도 나눠줘야 하는 거 아냐?"

우세페는 다비데의 또 다른 말이 마음에 걸려서 안절부절못하고 있었다.

"... 나도," 우세페가 조심스럽게 그의 말을 끊었다.

"나도 형을 안 잊어버렸어, 형이 우리랑 같이 거기 있었잖아, 거기서 우리랑 잠도 잤잖아! 선글라스 쓰고, 가방 들고..."

다비데가 눈빛으로 웃어 보였다.

"그럼, 우리 이제부터," 그가 우세페에게 말했다.

"친구 할까? 영원한 친구?"

" 엉! 엉! 엉엉엉!!!"

"네 머리 꼭대기에 삐죽 나온 머리카락은 여전하구나!"

다비데가 우세페를 보고 웃으며 말했다.

문이 닫힌 지층 집 창틈으로 오후의 햇살이 스며들어 서늘한 그림자를 자아냈다. 아무도 치우지 않은 집안은 잔뜩 어질러져 있었다. 빈 내셔널 담뱃갑과 꽁초들, 체리 씨앗들이 바닥 여기저기에 널려 있었다. 협탁으로 쓰는 의자 위에 빈 주사기 하나와 햄을 넣은 바게트 빵이 한 입만 베어 문 채 놓여 있었다. 가구들은 산티나가 살던 시절과 달라진

게 거의 없었다. 작은 테이블 위에 몇 권의 책이 놓여 있었고 인형만 다른 곳으로 옮겨졌다. 벽에 붙어 있던 성화 두 개는 신문지로 가려져 있었다. 우세페는 그 방이 밀레 가족들이 살던 곳과 비슷하다는 생각이 들었다. 무척 마음에 드는 곳이었다. 즐거운 눈빛으로 주위를 둘러보며, 조심스럽게 걸어 다니며 방안을 탐험하기도 했다.

"근데 너네들 어딜 그렇게 돌아다니는 거야, 로마를 다 싸돌아다니게?" 다비데가 한쪽 팔을 들어 올리며 물었다.

"우린 바다에도 가!" 벨라가 나서서 대답했다. 개의 언어를 모르는 다비데를 위해 우세페가 얼른 통역해 주었다.

"강이야! 이 강 말고 다른 강," 아이가 다급하게 말을 이었다.

"성 바울 성당보다도 멀어! 더 멀어! 아주 아주 더!" 그 시점에서 우세페는 다비데에게 나무 위에서 노래하는, 날개 달린 가수 이야기를 해 주고 싶어졌다. 농담이야... 농담... 하지만 이내 포기했다. "있잖아, 형, 혹시 요만큼 작은 동물 본 적 있어?" 아이가 동물 크기만큼 손을 벌렸다.

"꼬리가 없고 털은 갈색에 노란 점이 있고... 다리가 아주아주 짧아..."

"뭐랑 닮았는데?"

"쥐랑... 근데 꼬리가 없어... 참, 귀도 더 작아!" 우세페가 신바람이 나서 동물의 생김새에 대해 떠들어댔다.

"글쎄... 새끼 까치... 인도 돼지... 아님 햄스터 쥐..." 우세페는 동물에 대해 더 묻고 싶었지만, 다비데는 씁쓸한 미소를 지으며 또다시 자기 이야기를 늘어놓았다.

"내가 너처럼 아이였을 적에는, 탐험가가 되고 싶었어, 뭐든 다...

원하는 건 전부 다 될 수 있을 것 같았거든... 하지만 이젠," 그가 금방이라도 토할 것 같은 자세로 말했다.

"손가락 하나 까딱하기 싫어, 아무 데도 가기 싫어... 어쨌든 난 조만간 일을 할 거야! 아주 힘들게 몸을 쓰는 일, 저녁때 집에 오면 푹 잘 수 있게끔... 아무 생각 없이... 너도 생각을 많이 해?"

"나... 응, 나도 생각을 해."

"무슨 생각?"

순간 벨라가 멍멍 짖으며 우세페를 부추겼다. 우세페가 조용히 하라고 다리로 그녀를 툭툭 치며 다비데를 쳐다보았다. "난 시를 써!" 우세페가 부끄럽다는 듯 얼굴을 붉혔다.

"맞다! 너도 시인이지, 나도 들어서 알아!"

"누구한테서?" 우세페가 네가 말했냐는 듯 민망한 표정으로 벨라를 쳐다보았다. 니노가 의형제를 맺었다는 친구를 자랑하며 자신에게 했던 말이 떠올라서였다. 그 친구는 말이지, 시인이 될 거야, 챔피언이 될 거라고! 한마디를 하더라도 근본이 다르다니까!

"그럼, 너도 시를 쓴다는 거야?" 다비데가 우세페의 질문을 무시한 채 말을 이었다.

"아니이이잉... 쓰고 싶긴 한데... 난... 아니야..." 당황한 우세페가 어린애 같은 말투로 대답했다.

"누구한테 시를 들려주는데?"

"얘한테!" 우세페가 벨라를 가리키자, 그녀가 그렇다며 꼬리를 살살 흔들었다.

"나한테도 기억나는 거 하나만 들려줘."

"아니, 아니잉, 기억하는 건 아니고... 그냥 생각하고 잊어버려. 진짜 많아... 근데 아주 짧아! 근데 진짜 진짜 많아! 혼자 있을 때마다 생각해, 어떤 때는 혼자 안 있을 때도!"

"빨리 하나만 생각해 봐!"

"엉!" 우세페가 미간을 잔뜩 찌푸리며 생각에 잠겼다.

"근데 한 개는 너무 짧은데..." 우세페가 고개를 설레설레 저었다.

"그냥 많이 생각하고 말할게!"

우세페가 최대한 집중하려는 듯 눈을 꼭 감았다. 눈가에 주름이 잡힐 정도로 세게 감았다. 다시금 눈을 떴을 때 아이의 눈은 노래하는 새의 눈빛으로 변해있었다. 보이지 않는, 끊임없이 반짝이는 무언가를 쫓는 듯한. 아이가 다리를 흔들며 리듬에 맞춰 수줍은 목소리로 노래하기 시작했다.

'별들이 반짝이네 나무처럼 반짝이네'

'해가 쇠사슬이랑 반지처럼 땅을 치네'

'해는 아주 많은 깃털이야 천 개 만 개 깃털'

'하늘에 뜬 해는 건물의 계단 같아'

'계단 같은 달 꼭대기에서 벨라가 얼굴을 내미네'

'장미 같은 카나리아 둘이 새장에서 코 자네'

'별들이 제비처럼 인사하네 나무 위에서'

'강은 예쁜 머리카락 아주 아주 예쁜 머리카락'

'물고기들이 카나리아처럼 날아가네'

'잎사귀들이 날개처럼 날아가네'

'말이 깃발처럼'

'날아가네'

한줄 한줄이 한 편의 시였기에 아이는 행이 바뀔 때마다 짧게 숨을 돌렸다. 마지막 시가 끝나자 흔들던 다리를 멈추고 깊은 숨을 내쉬었다. 그리고 부끄럽다는 듯 청중들을 향해 달려갔다. 벨라가 살짝 점프하며 우세페를 반겨주었다. 우세페의 시들을 매우 진지한 태도로 듣고 있던 다비데가 확신에 차서 단언했다.

"네 시들은 전부 신에 대해서 이야기하고 있어!" 그가 고개를 한쪽으로 기울이고 자신의 평가에 관한 부연 설명을 하기 시작했다.

"네 시들은 말이지," 그가 사색에 잠겨 생각을 펼쳐나갔다.

"무엇무엇처럼에 초점이 맞춰져 있어... 무엇무엇처럼을 다 합친 게 신이야! 우릴 둘러싼 것들에 공통 분모가 있다는 건 유일하고 실제적인 신이 존재한다는 거야. 어딜 봐도 똑같은 지문이 새겨져 있잖아. 하나의 지점으로 향하는 긴 계단이랄까. 종교적 정신에서 보자면 우주란 건 멈춰져 있는 게 아니야. 거듭 확신하며 모두가 인정하는 진실의 정점에 도달하는 거지... 그 사실을 가장 잘 아는 건 성직자들이 아닌 무신론자들이야. 제도니, 형이상학이니, 그런 것들로는 증명할 수 없거든. 신, 그러니까 자연은... 그 자체만으로도 종교적인 정신이야." 그가 진지하게 결론을 내렸다. "지렁이든 지푸라기든 신의 증거가 아닌 사물은 없다!"

우세페는 믿음직스러운 자세로 소파에 앉아있었다. 맨발에 샌들을 신은 깡마른 다리가 공중에서 흔들거렸다. 벨라는 침대와 소파 사이에서 우세페와 다비데를 번갈아 쳐다보며 안락하게 앉아있었다. 다비데는 격앙된 목소리로 끊임없이 자신의 깨달음을 선포했다. 두 문맹인에게 지식을 전달하는 대단한 학자처럼, 남자에와 게 시이에 낀 유식한 학생처럼. 그 시점에서 아이가 그의 팔뚝에 주목했다. 핏줄이 심하게 튀어나온 한 지점에 피가 잔뜩 엉겨 붙어 있었다. 모기나 곤충한 테 물린 자국 같았다. 다비데는 약을 투여할 때마다 매번 같은 지점에 주사를 놓았다. 그렇게 해서라도 또다시 비겁한 짓을 하는 자신을 숨기고 싶다는 이상한 집착이었다. 약물이 선사한 모성의 위안에 도취한 상태였지만, 치욕의 흔적 따위에 신경 쓸 겨를이 없었다. 자신의 목소리가 빚어내는 음악에 도취한 눈동자가 해맑게 빛나고 있었다. 그림자가 투영된 맑고 깨끗한 물 같은 까만 눈동자였다.

"실은 나도 한때는," 그가 팔뚝으로 이마를 가리며 말했다.

"몇 년 전까지만 해도 시를 썼어. 죄다 정치적인 시들이었지. 사랑에 대한 시들도 몇 편 있긴 했지만. 그땐 애인도, 수염도 없었으니까. 매일 상상 속에서 대여섯이나 되는 새로운 여자들을 만났지, 모르는 여자들, 내가 사귀고 싶었던 여자들, 그녀들 중 누가 제일 예쁜지 가늠하기도 했어. 하지만 시는 사랑하는 여자만을 위해서 썼어. 실제가 아닌 내가 상상해 낸 여자, 그 누구와도 비교할 수 없을 만큼 아름다운 여자. 어떤 여자인지 상상하기조차 힘들었지만, 뭐 굳이 말하자면 처녀에 금발이면 더 좋고..."

"반면에 정치적인 시들은 확실한 대상이 있었어. 현재, 과거, 미래에 걸쳐서. 브루투스 1세와 2세, 차르, 카를 마르크스, 그들에게 바치는 시였어. 그중에서도 초창기에 썼던 시들이 가끔 생각나, 자꾸 생각나, 특히 오늘처럼 축제가 열리는 날에는... 학생 때나 쓰는 허접한 문장들... 그중 하나는 이런 거였어."

동지들에게
혁명이란, 동지들이여, 책에서 읽는 게 아니다

노예들이 시중드는 만찬 자리에 앉아있는 철학자들이여

타인들이 땀 흘리며 투쟁한 테이블을 둘러싼 선생들이여

모두가 공평하게 호흡하는 공기를 통해

위대한 혁명이 무엇인지 배우길

바다의 노랫소리, 태양이 반사된 우리의 영원한 핏방울!

갓난아이들이 온전한 빛을 투영하듯

동지들이여, 지상의 모든 인간이여!

혁명의 언어를 읽자

나와 너와 우리의 눈동자,

생각과 별들의 빛으로부터 탄생한 모두의 눈농자를 봉해!

가라사대

양심적이고 자유로운 존재, 인간!

"또" 시 낭송이 끝나자마자 우세페가 말했다. 다비데가 즐거운 듯 미소를 지어 보였다.

"이번에는, 사랑에 대한 시를 들려줄게. 10년 전쯤에 썼던 거야. 제목은!"

봄

너는 언젠가 열릴 아직 닫혀있는 봉오리

3월의 첫 햇살에

넣어주오, 내 사랑!

때가 되었다오! 나는 3월이야!

나는 4월이야!! 나는 5월이야!!!

오 풀밭의 조개, 바다의 프림로즈,

봄은 바로 당신

당신과 나의 것

"또!" 이번에도 우세페가 졸라댔다.

"또 뭐?" 다비데가 웃으며 대답했다.

"시는 여기까지야. 아마 오백 개 아니, 천 개는 더 썼을걸. 하지만 이제 머리가 텅 비었어." 말하던 도중에 뭔가가 떠오른 듯했다.

"어쩌면," 그가 미간을 찌푸리며 말했다.

"기억나는 게 하나 있긴 해. 마지막으로 썼던 거! 심지어 써 놓지도 않았어. 뭘 쓴 지가 너무 오래됐어. 이건 최근에 생각한 거야. 며칠 전에, 그날도 축제가 벌어졌거든, 오늘처럼 일요일이었던가 그래. 생각했다고 했지만, 아닐지도 몰라. 어디서 읽었을 수도 있어. 글씨나 그림 같은 데서... 실은 뜻도 모르겠어, 아니 아예 뜻이 없을지도 몰라. 제목은 빛나는 그림자야."

우세페는 얼른 시를 듣고 싶어서 다리를 세차게 흔들었다. 벨라는 귀를 살짝 세웠다. 다비데가 무대에서 첫 연기를 펼치는 배우처럼 또랑또랑한 목소리로 낭송을 시작했다.

빛나는 그림자

"어떻게 알 수 있죠?" 내가 물었다.

그러자 그들이 대답했다.

"빛나는 그늘의 표식을 지닌 사람들이 있어요.

간혹 그런 사람을 마주치기도 하죠.

그런 사람의 육신은 빛을 발하는 동시에 가둔답니다.

빛인 동시에 그늘인 셈이죠.

평범한 감각으로는 그가 누군지 알아볼 수 없어요.

정해진 원칙도 없어요.

어쩌면 욕망에 빗댈 수도 있겠죠.

때로 못생기고 고약하고 까칠한 아가씨가 예쁘다며

남자들이 득실거리기도 하잖아요.

오래전 부족들의 예시를 보세요.

남들과 다르게 태어난 아이들은 꿈으로부터 나왔다고 하잖아요.

하지만 그런 예시도 소용없어요.

그런 표식은 그저 보이고 그저 칭송하고

그저 깨닫게 되는 건지도 몰라요.

누군가는 고대하고 누군가는 스쳐 지나가고 누군가는 거절하고

누군가는 죽을 때가 되어서야 잊고 살았다는 걸 깨닫죠.

요단강의 표식 또한 사람들을 혼란스럽게 했어요.

세례요한이 한 사람에게 말했어요.

'세례를 베풀어 달라니요, 당신이 나에게 세례를 줘야 합니다."

빛나고 빛나고 빛나는

그림자 그림자 그림자

"또!" 우세페가 말했다.

"또라니!" 다비데는 이제 싫증이 난 듯했다.

"근데 너" 그가 그제야 궁금한 듯 우세페에게 물었다.

"이런 시들이 이해돼?"

"아니." 우세페가 솔직하게 대답했다.

"그런데도 시를 듣는 게 좋아?"

"응." 우세페가 짤막하게 외쳤다. 진심에서 우러나온 답변이었다. 다비데가 환상적이라는 듯 미소를 지었다.

"그럼 하나만 더 들려줄게. 그게 끝이야."

"가만, 다른 작가의 시인데, 뭐였더라. 네 시랑 비슷한 거, 뭐뭐처럼..."

"뭐뭐처럼!.. 뭐뭐처럼!.. 뭐뭐처럼!.."그가 영감에 빠진 사람처럼 중얼거렸다. 그리고 장난기 어린, 조금 지친 듯한 목소리로 말했다.

"뭐뭐처럼!.. 알았다! 신곡, 천국에 관해 이야기하는!"

우세페가 입을 헤 벌리고 그를 쳐다보았다. 거기서 그런 주제가 튀어나올 줄이야!

"... 순수한 햇살처럼
꽃으로 뒤덮인 풀밭에 가시덤불 같은 구름
그늘로 뒤덮이는 모습을 내 눈으로 보았노라
떨리는 광채를 내 눈으로 보았노라
저 위편에서 불타는 빛에 타오를지니
광채의 시작은 보지 못할지니..."

"또!" 우세페가 졸랐다.

"... 강가의 형상을 한 빛을 보았노라

214

두 강가 사이에서 흐르는 광채를

경이로운 봄의 그림을

거대한 강에서 불꽃이 튀는 장면을!"

"또..." 다비데는 이제 지친 기색이 역력했다.

"그만," 그가 딱 잘라 말했다.

"이제, 그만!... 근데 너" 그가 고개를 돌려 우세페를 쳐다보며 물었다.

"천국을 믿어?"

"...뭐라고... 누구?"

"천국!"

"...난... 누군지 모르는데..."

"나한테는 말이지," 다비데가 단언했다.

"천국이든 지옥이든 똑같아. 나는 신이 존재하지 않으면 좋겠어. 저편에 아무것도 없었으면 좋겠어. 그곳에 뭐가 있든 나한테는 고!통! 이야. 여기나 저기나 할 것 없이 나한테는 그저 고통이야. 나도 다른 사람들도... 그냥 다 사라져 버렸으면 좋겠어."

"왜 그래, 어디 아파?" 우세페가 걱정스러운 표정으로 물었다. 다비데의 얼굴은 몹시 창백했고 도끼눈을 치켜뜨고 있었다. 살날이 얼마 안 남은, 남은 힘을 다해 버티는 사람 같았다.

"아니, 아니야, 너무 졸려서 그래... 졸리면 다 그렇잖아!"

우세페가 소파에서 내려왔다. 다비데를 걱정하는 마음이 눈빛에 드러났다. 물에 흠뻑 젖은 듯한 까맣고 매끄러운 머리카락 몇 가닥이 삐죽했다.

"우리가 여기, 형이랑 같이 있는 게 싫어...?"

"응, 혼자 있는 게 나을 것 같아." 다비데가 다급하게 대답했다.

"다음에 또 보자!"

우세페가 일어나자, 벨라도 아이를 따라가려고 아니, 아이를 데려 가려고 네 발로 일어섰다. 잠시 침묵이 흘렀다. 다비데의 귀에 우세 페가 손잡이를 잡아당기는 소리와 현관문 자물통이 삐걱대는 소리가 들렸다. 잠결에 아이가 현관문을 살살 닫는 소리가 들렸다. 중얼거리 는 소리, 샌들을 질질 끄는 소리가 점점 멀어졌다. 다비데는 이내 잠 에 빠져들었다. 위층에서 라디오 소리가 들렸고 다른 집에서도 똑같 은 채널 소리가 들렸다. 누군가의 이름을 부르는 소리, 개들이 짖는 소리, 멀리서 지나가는 전차의 경적 소리... 다비데는 잠든 게 아니었 다. 혼합된 약물들이 자아낸 쇠약한 상태, 깨어있는 채로 자는 중이었 다. 자신의 지층 집안과 거리에 동시에 있는 듯한 꿈, 꿈인 듯도 생시 인 듯도 했다. 어딘지 모를 드넓은 거리였다. 눈부신 정오의 태양이 그의 눈을 멀게 만들어 한밤중에 헤매는 소경 같은 꼴이었다. 아니, 어쩌면, 그곳은, 역인지도 몰랐다. 출발하고 도착하는 열차들로 분주 했지만, 객차들은 전부 텅 비어있었다. 다비데는 그곳에서 다른 사람 들과 마찬가지로 누군가를 기다리고 있었다. 적어도 작별 인사는 해 야 할 텐데... 하지만 그는 부질없는 일임을 잘 알고 있었다. 객차 밖 으로 손수건을 흔드는 누군가의 모습이 얼핏 보였다. 순간 걷잡을 수 없는 회한이 밀려들었다. 서둘러 대답하려던 순간, 그건 손수건이 아 닌 피 묻은 걸레 조각이었다. 손수건 뒤에서 범인으로 보이는 누군가 가 비웃는 듯한 끔찍한 미소를 짓고 있었다. "꿈이야." 정신을 차리고 자신을 안심시켰다. 서둘러 깨어날 필요는 없었다. 어차피, 앞으로도,

아주 오랫동안 되풀이될 꿈이었다.

　다음 날에도 우세페와 벨라는 점심을 먹고 나서 똑같은 시간에 서둘러 다비데의 집에 찾아갔다. 마치 매일 만나자고 약속한 것처럼 말이다. 하지만 다비데는 오늘 집에 없었다. 벨라는 현관문을 긁어댔고 우세페는 두드렸지만, 아무런 대답도 없었다. 우세페는 혹시 다비데가 아파서 침대에 누워있을지도 모른다는 생각이 들었다. 벽의 튀어나온 부분을 짚고 낮은 창가까지 올라가 이름을 불러보았다. "바비데... 바비데!..." 창문이 열려 있는 걸 본 아이는 커튼을 젖히고 안을 들여다보았다. 집안은 어제와 똑같았다. 돌돌 말린 침대보, 아무렇게나 나뒹구는 꽁초, 다비데의 모습은 어디에도 보이지 않았다. 순간 마당 쪽에서 집주인이 다리를 절며 다가왔다. 우세페를 도둑이라 여긴 듯했다. 아이를 본 그녀가 안심하며 말했다.

　"여기서 뭐 해, 꼬맹아?" 그녀가 물었다.

　"...바... 다비데요!" 우세페가 상기된 얼굴로 대답했다.

　"다비데? 몇 시간 전에 나가는 걸 봤는데. 아직 안 들어왔을걸."

　"언제 와요?..."

　"내가 어떻게 알아? 제멋대로 들락날락하는 사람을, 내가 여기서 지키고 있는 것도 아닌데."

　벨라와 우세페는 혹시나 해서 집 주변을 한 바퀴 돌아보았다. 다비데가 집에 돌아오는 길에 마주치지 않을까 싶어서였다. 그러는 동안 다양한 종류의 개들이 나타나 벨라와 인사를 나눴다. 다행히 오늘 늑대의 모습은 보이지 않았다. 둘은 결국 포기하고 발길을 돌렸다. 이튿날에도 같은 시간에 벨라는 우세페의 마음을 돌리려는 듯 목줄을 오스티엔세 방향으로 잡아끌었다. 하지만 우세페는 반대편으로 잡아당기며 고집을 부렸다. "바비데!" 그녀가 알겠다는 듯 순순히 그의 집 쪽으로 발길을 돌렸다. 다비데는 오늘 집에 있었지만, 혼자가 아니었다. 현관문 가까이 다가가자, 집안에서 소곤거리는 말소리가 들렸다. 어쨌든 우세페는 문을 두드렸다.

"누구세요?" 잠시 침묵이 흐른 뒤에 다비데가 놀란 목소리로 물었다. "나야... 우세페!" 또다시 침묵.

"우리야... 우세페!... 벨라!"

"안녕..." 다비데의 목소리가 들렸다.

"오늘은 문을 열어줄 수 없어... 할 일이 있거든. 다음에 와."

"언제? 내일?"

"아니... 내일 말고... 다음에..."

"그럼, 언제?"

"내가 말해 줄게, 언제인지,,, 내가 너희 집으로 찾아 갈게... 알겠지? 그러니까 이제 여기 오면 안 돼, 내가 너희 집으로 갈게."

"우리 집으로 온다고?"

"그래... 그렇다고..."

갈라진 목소리가 힘에 부친 듯 툭툭 끊어졌다. 그럼에도 부드럽고 친절한 말투였다.

"주소 기억나?" 우세페가 당부하듯 덧붙였다.

"응, 기억나... 기억이 나."

다비데의 목소리가 들릴 때마다 현관 나무 문짝에 두 다리를 기대고 서 있던 벨라가 뛰어오르며 짖어댔다. 왜 문을 안 열어주냐며 항의하는 듯했다. 우세페도 몸을 꼼지락거리며 대화를 끝내기 싫은 눈치였다. 아직, 무언가, 할 말이 더 남아 있었다. 순간 번뜩이는 생각이 떠올랐다. 우세페가 마지막으로 다시 한번 문을 두드리며 말했다.

"... 바비데! 우리 집에 올 때 우리랑 같이 밥 먹을까? 우리 집에는 토마토랑... 빵이랑... 파스타랑... 토마토랑... 그리고... 그리고... 포도주도 있어!"

"...고마워. 한번 갈게. 고마워."

"언제 올 건데?... 내일?..."

"그래 내일... 아니면 다른 날... 고마워!"

"안 잊어버릴 거지?"

"응... 이제 가 봐... 어서."

"응, 가자, 벨라." 우세페가 보도니 가를 향해 달려갔다. 내일 점심 초대를 했다는 중대한 사실을 빨리 엄마에게 알려야 했다. 포도주도 사 놓아야 했다. 집에서는 닌누추 말고 포도주를 마시는 사람이 없었으므로 매우 예외적인 지출이었다. 하지만, 다음 날에도, 이어지는 날에도, 포도주는 특별한 손님을 기다리며 병째로 그대로 놓여 있었다. 우세페는 매번 손님 자리에 접시와 포크를 놓았지만, 손님은 끝내 나타나지 않았다. 벨라와 우세페는 혹시라도 다비데와 길이 엇갈린 건 아닌가 싶어서 점심을 먹고 나서도 집 주위를 맴돌았다. 대문 앞에서 기다리다가 보도니 가 주변을 살피며 돌아다녔다. 하지만 다비데 세그레는 나타나지 않았다. 우세페는 다비데가 찾아오지 말라고 했던 집에 가 보고 싶은 생각이 굴뚝 같았다. 하지만 벨라가 목줄을 잡아당기며 타일렀다. "약속이 없잖아!" 결국 둘은 마음을 접고 나무들의 커튼이 있는 장소를 향해 발길을 돌렸다. 그곳에 가는 건 어느새 둘만의 습관으로 자리 잡았다. 그날 그곳에서는 다비데 세그레 이후 두 번째로 기이한 만남이 그들을 기다리고 있었다.

요 며칠 새 포르투엔세 지역을 떠도느라 둘은 사흘째 그곳에 가지 못했다. 그리고 다시 찾아간 그곳은 이전과 달라져 있었다. 5월 말까지만 해도 그 장소는 우세페와 벨라만의 아지트였다. 하지만 이제 휴일이면 도심에서 가까운 풀밭과 강변에서 수영을 즐기는 사람들의 모습이 보였다. 다행히 갈대밭에 가려진 작은 숲은 처녀림처럼 여전히 숨겨진 장소였다. 우세페가 바다라고 믿었던 강가 위로 갈매기 한 마리가 날개를 펴고 날아갔다. 우세페는 그 새가 커다랗고 하얀 제비인 줄 알았다. 첫날 마주쳤던 참새인지 찌르레기인지 하는 새 외에도 비슷한 새들이 노래를 부르고 있었다. 벨라는 언제나처럼 발을 들고 새들을 쫓아냈다. 아마도 그 새들은 "죄다 농담이야"라는 노래를 모르는 게 분명했다. 하지만 우세페는 알고 있었다. 그 노래를 모르는 새들도 있긴 했지만, 어쨌든 그 명곡은 새들 사이에 널리 퍼져나갈 것이라고, 조만간 아니 이후에라도 분명 어떤 새가 다시 부르게 될 것이라고.

우세페는 그곳에서 첫날 느꼈던 즐거움들을 일일이 기억하지 못했다. 지극히 자연스러운 현상이었다. 아이에게 있어서 소규모의 영토는 여전히 놀라움의 연속이었다. 모든 색깔과 소리가 하나로 뭉쳐진 무지개처럼 환상적인 기억들, 부러진 나뭇가지들 사이로 흙먼지가 흩날리며 반짝이는 속삭임이 들려왔다. 이따금 도시에 있을 적에도 우세페에게 똑같은 현상이 벌어질 때가 있었다. 모든 소리와 형상이 한 덩어리가 되어 섬광 속에서 기묘하게 날아올랐다. 침묵의 울부짖음 속에서. 아이는 양손으로 얼굴을 가리고 미소를 지으며 온몸으로 아름다운 합창 소리를 들었다. 아이는 인지할 수 없었겠지만, 그 음악이 표현하는 바는 '탈출'이었을 것이다. 방식은 제각기 달랐지만, 아이는 늘 똑같은 감회에 젖어 들었다. 감정의 형태는 달랐지만, 어디서나 그런 일이 벌어졌다. 우세페는 지금 나무들의 커튼이 드리운 행복한 집안에 들어와 있었다. 하지만 그 집에서조차 아이는 혼자였다. 타고나길 누군가와 행복을 나누길 좋아하는 아이였지만, 나무들의 커튼을 아는 건 벨라뿐이었다. 엄마에게 그곳이 정확히 어딘지, 얼마나 환상적인 곳인지 이야기할 수 있다면 좋으련만, 엄마를 한 번만이라도 이곳에 데려올 수 있다면. 하지만 다리가 불편했던 이다가 거기까지 걸어가기란 쉬운 일이 아니었다. 자칫하면 뼈가 삐끗할 수도 있었다. 우세페는 순간 엄청난 생각을 해냈다. 나무들의 커튼 속으로 다비데 세그레를 데려온다면! 하지만 차마 말할 용기가 나지 않아 이내 포기하기로 했다. 그 외에 다른 사람들... 지구상의 다른 모든 사람은 자신의 편이 아니었다. 강가의 작은 언덕 위에서 함께 시간을 보낼 이는 벨라뿐이었다.

나무들이 울창한 숲 뒤로는 내리막이 있었고 그 뒤로 또 하나의 작은 언덕이 있었다. 언덕을 뒤덮은 무성한 관목들 사이로 드문드문 양귀비꽃들이 보였다. 우세페와 벨라에게는 친숙해진 장소였다. 벨라는 강물에서 수영하고 나와 그곳까지 가서 몸을 말리곤 했다. 날이 더워지면서 벨라는 매일 강물에 들어가 수영했고 우세페는 부러운 표정으로 그 모습을 바라보고만 있었다. 한번은 우세페가 아무 생각 없이 양말과 샌들을 벗어 던지고 벨라와 놀기 위해 물속에 뛰어들려고 했다. 그러자 그녀는 즉시 양치기 개의 습성을 드러내며 물 밖으로 뛰쳐나왔다. 허겁지겁 땅 위로 올라와 이빨로 우세페의 웃옷을 물고 뜯어말렸다. 강물 쪽을 쳐다보며 늑대가 나타난 것처럼 미친 듯이 짖어대기도 했다. "그랬다가는" 그녀가 우세페에게 간곡하게 당부했다. "나도 평생 목욕을 못 할 거야. 위생 상태가 엉망이 될 거라고. 내 이름이 왜 털보인지 너도 알지." 그 뒤로 우세페는 수영하고 싶다는 생각이 들어도 꾹 참아야 했다. 강가에서 햇빛을 받으며 벨라가 목욕을 마칠 때까지 기다렸다. 그녀는 우세페를 배려하는 마음에 최대한 빨리 목욕을 끝냈다.

　그날 오후, 둘은 언덕에서 괜찮은 오두막 한 채를 발견했다. 주위에는 아무도 없었지만, 누군가 사는 집이 분명했다. 호기심이 발동한 둘은 집안을 염탐하기로 작정했다. 집안에는 작은 매트리스가 놓여 있었는데, 말이 매트리스지 누더기 같은 판자 위에 군용 담요를 덮어 놓은 물건이었다. 매트리스 바로 옆에는 돌 위에 반쯤 타다 만 초가 놓여 있었다. 땅바닥에는 모험 만화가 실린 신문지들이 어지럽게 널려 있었다. 벽감 안에 앤초비가 두 통씩이나 있었고 심지어 심멘탈 고기 통조림까지 있었다. 식량 옆에는 금으로 추정되는 메달이 하나 있었는데 크기는 작은 빵만 했다. 글씨 두 줄이 새겨져 있었는데 한 줄은 중앙에, 또 한 줄은 메달 가장자리를 따라 둥그렇게 적혀 있었다. 메달은 투명 셀로판지에 잘 싸여 축축한 종이 뭉치로 덮여 있었다. 벽감 아래 바닥에 열린 상자 하나가 있었고 먹다 남은 음식이 들어 있었다. 집 바깥쪽 바위 위에 작은 속옷을 자갈 두 개로 눌러 말리고 있었다. 물건들을 신중하게 검토한 우세페는 하나도 빠짐없이 제 자리에 그대로 놓아두었다. 하지만 모험의 결말은 우세페가 생각했던 것과 달리 흘러갔다. 벨라를 데리고 밖으로 나가려던 순간, 잽싸게 뒤돌아간 그녀가 상자 안에 있던 음식 찌꺼기를 순식간에 먹어 치워 버렸기 때문이었다. 그리고 한 치의 죄책감도 없이 아무것도 모르는 우세페 곁으로 돌아왔다.

　판잣집에 거주하는 미지의 인물은 온종일 모습을 드러내지 않았다.

다음 날 다시 찾아가 보았지만, 집안에는 역시 아무도 없었다. 하지만 누군가 그사이 집에 들렀던 게 분명했다. 전날 못 봤던 물건들 여러 개가 눈에 띄었다. 태엽 식 주석 알람 시계, 반쯤 빈 물병과 코카콜라 빈 병 한 개. 언제나처럼 벨라가 목욕하는 동안 우세페는 나무들의 커튼 아래에서 머물렀다. 잠시 후에 벨라도 낮잠을 자려는지 나무 그늘 아래 편안하게 누웠다. 졸음이 오지 않았던 우세페는 나무를 타고 올라가 움푹 파인 홈 안에 쪼그리고 앉았다. 놀 새도, 시를 읊을 새도 없는 곳이었다. 나뭇가지 사이로 햇빛이 새어들고 있었다. 순식간에 새들이 몰려드나 싶더니 괴상한 모습의 수많은 다른 생물들이 눈에 띄었다. 형형색색의 빛깔을 지닌 생물들이 나무의 몸통과 잎사귀에서 꼼지락거리고 있었다. 쉴 새 없이 꿈틀거리는 미지의 생물들이 태양 빛 아래 무지개색으로 반짝거렸다. 동화 속에서나 볼 수 있는 기하학적인 생물들은 마치 아랍에서 온 방문객들 같았다. 그곳에서는 강물의 끝까지 눈에 들어왔다. 우세페는 나무 위에서 반 시간이나 머물렀다. 그러던 어느 순간, 물속에서 아주 작은 머리통 하나가 떠오르나 싶더니 두 팔이 삐죽 나왔다. 작은 소년 하나가 콜록거리며 물 밖으로 나왔다. 주위에 아무도 없다고 생각했던지 땅에 발을 내딛자마자 수영복을 벗어 던졌다. 그리고 알몸으로 비탈길을 달음질쳐 내려가 우세페의 시야에서 사라져 버렸다.

오두막에 사는 사람이 나타났다! 우세페가 나무 위에서 큰 소리로 벨라에게 알렸다. 하지만 한참 자고 있던 벨라는 왼쪽 귀만 살짝 세울 뿐 듣는 둥 마는 둥 했다. 우세페는 상황을 좀 더 살펴보기로 마음먹었다. 더 높은 나뭇가지 위로 올라가서 누군지 염탐하기로 했다. 하지만 높은 가지 위에서도 오두막은 보이지 않았다. 사람도 보이지 않았다. 오후의 빛을 가르며 휘휘 부는 바람 소리만 들렸다. 벨라가 귀를 쫑긋 세우더니 벌떡 일어났다. 낯선 냄새를 맡았다는 듯 꼬리를 세차게 흔들며 우렁차게 짖기 시작했다. 낯선 인물은 개 짖는 소리에 곧장 반응을 보였다. 눈 깜짝할 사이에 벨라 앞에 다가와 무시무시한 정글을 정탐하는 탐험가처럼 조심스러운 태도로 잠자코 서 있었다. 나무들의 커튼 아래 모습을 드러낸 볼품 없는 소년은 아까처럼 알몸이 아니었다. 그때까지 위에 있었던 우세페가 엄청난 일이 벌어졌음을 눈치채고 빛의 속도로 나무를 타고 내려왔다. 가까이서 소년을 보니 그의 생김새가 자신이 결코 잊지 못할, 꼬리 없는 작은 동물과 매우 흡사하다는 생각이 들었다. 빼빼 마른 팔다리는 몸에 비해 심하게 짧았다. 물론 키도 아주 작았다. 옆에서 바라본 얼굴은 툭 튀어나온 주둥이 같았다. 눈동자는 밝은 올리브색이었고 미간이 아주 넓었다. 작은 코는 매달려 있는 게 용하다 싶을 정도로 얼굴과 따로 놀았다. 직선형 입술은 있는 게 맞나 싶게 얇았지만, 웃을 때면 입이 귀까지 찢어졌다. 최근에 빡빡 민 머리에 솜털이 삐죽삐죽 돋아난 게 밤색 모피 같았다. 삐죽 튀어나온 작은 귀 주변에도 머리카락 몇 가닥이 삐져나와 있었다. 흰 티셔츠에 진회색 양말을 신고, 녹갈색 페인트가 묻은, 소매만 뚫린 카키색 넝마를 뒤집어쓴 우스꽝스러운 꼴이었다. 키로 보아서는 여덟 살, 많아 봤자 아홉 살 정도로 보였지만, 실제 나이는 열두 살이었다. 온갖 산전수전을 겪으며 살아온 소년은 자신이 벌써 그렇게 나이를 먹었다는 사실조차 모르고 있었다. 소년이 의심과 교만이 뒤엉킨 눈초리로 둘을 쳐다보았다. 그의 눈빛이 차차 동정심으로 변해가더니 벨라와 눈이 마주치자마자 흡족한 표정을 지어 보였다. 벨라를 쓰다듬으려는 듯 작은 동물의 다리 같은 손을 앞으로 죽 내밀었다.

"너희 말고 누가 또 있어?"

소년이 의심스러운 투로 물었다.

"아니이이이!... 아무도, 아무도 없어!"

"너희 둘뿐이야?"

"엉."

"너희 정체가 뭐야?"

"난 우세페, 쟤는 벨라."

"여기 뭐 하러 왔어?"

"...놀러..."

"오늘 처음 온 거야?"

"아니이이... 많이 왔지!... 진짜 많이!"

우세페가 털어놓았다. 질문이라기보다 거의 심문에 가까웠다. 미지의 인물이 우세페의 얼굴을 똑똑이 들여다보았다. 공범자 같은 눈빛이었지만, 권위적인 시선이었다.

"내가 신신당부하는데 이 세상 누구한테도 날 봤다고 얘기하면 안돼. 알아들었지? 이 세상 누구한테도!"

우세페가 알아들었다는 표시로 열심히 고개를 흔들었다. 피의 서약이라도 맺었다는 듯이 말이다. 미지의 인물이 바위 위에 앉더니 다분히 세속적인 태도로 바지 주머니에서 담배 한 개비를 꺼내 들고 말했다.

"난 쫓기는 몸이거든."

말투만 들어서는 이탈리아 아니, 유럽의 모든 경찰이 그를 뒤쫓고 있는 듯했다. 잠시 침묵이 이어졌다. 우세페의 심장이 세차게 뛰었디. 그를 쫓는 이들이 마르키온니 교수의 수많은 클론이라는 상상에 빠져

들었다. 뚱뚱하고, 눈이 침침하고, 수염을 휘날리는 늙은이들. 그 와
중에도 소년의 관심은 온통 벨라에게 쏠렸다. 그녀만 보면 꾹 다물었
던 입이 귀에 걸릴 정도로 환한 미소를 지었다. 눈가에는 주름이 자
글거렸지만, 눈동자만큼은 사랑에 빠진 사람처럼 반짝반짝 빛났다.

"너도 담배 한 대 줄까?" 소년이 벨라에게 묻자, 벨라가 얼른 다가
와 코를 벌름거렸다. 그가 담배 가치로 벨라의 코를 간질이며 장난을
쳤다. 벨라도 신나게 장난질을 즐겼다.

"벨라가 진짜 이름이야?"

"응, 이름이 벨라야."

"늙었어?"

"아니이이이..." 우세페가 대답했다. 그리고 우렁차게 덧붙였다.

"나보다도 어려!"

"넌 몇 살인데?"

우세페가 한 손을 들어 손가락을 전부 펴고 나이를 계산했다. 다른
손도 펴더니 이내 아니라는 듯이 접었다.

"다섯, 거의 여섯 살!" 그러자 상대방이 으스대며 말했다.

"난 거의 열세 살이야!" 긴장이 풀린 그가 덧붙였다.

"저 아래 지방에 있는 우리 집에서도 개를 키워. 이렇게 크진 않고
중간 정도에 얼굴이 까매. 귀는 뾰족하고. 참, 귀는 한 개 반밖에 없
어, 반 개는 아빠 개한테 먹혔거든."

"우리 삼촌 개야, 우리 엄마 동생, 사냥하러 다니거든."

소년은 잠시 주춤하다가 말을 맺었다."이름은 토토야."

거기까지 이야기하고 나서 그는 입을 꾹 다물었다. 말없이 담배 한
개비를 다 태우더니 모자란다는 듯 끝까지 쪽쪽 빨았다. 그리고 엄숙

한 장례식을 거행하듯 바위 위에 앉아 머리를 숙이고 남은 꽁초를 풀밭에 비벼 껐다. 벨라는 그의 곁에 앉아있었고, 우세페는 그를 쳐다보며 당당하게 서 있었다. 딱히 더 할 말이 없었던 둘은 서로를 멀뚱멀뚱 쳐다보기만 했다. 갑자기 벨라가 고개를 쳐들더니 짖지 않고 조용히 자리를 옮겼다. 머리 위편 높은 나뭇가지에서 새 한 마리가 노래하고 있었다. 잠시 노래를 멈추더니 다른 가지로 팔짝 뛰어올랐다. 그리고 머리를 흔들며 다시 노래하기 시작했다. 너무도 친숙한 그 노래였다. 순간 억누를 수 없는 기쁨이 우세페의 혈관을 타고 온몸에 퍼져나갔다. 노래를 알아들은 벨라도 입을 헤 벌리고 혓바닥을 축 늘어뜨리고 위를 쳐다보았다. 그녀는 노래가 서너 번 더 들릴 때까지 잠자코 위를 흘끔거렸다. 생각에 잠긴 건지 다른 데 정신이 팔린 건지 알 수 없었다. 새들이 팔랑거리며 날아올랐다. 우세페가 흡족해하며 깔깔 웃었다.

"있잖아" 마음이 한없이 벅차오른 우세페가 상대방에게 물었다.

"저 노래 뭔지 알아?"

"뭔 노래?"

"쟤가 방금 불렀던 노래!"

"쟤? 짭새?" 수배자가 작은 다리처럼 생긴 손을 뻗어 나뭇가지를 가리키며 물었다.

"응!" 우세페가 비밀을 누설하듯 숨을 크게 들이마시고 말했다.

"이런 말이야. 농담이야 농담이야 죄다 농담이야!"

"그런 말이라고 누가 그래?"

그의 질문에 뭐라 대답해야 할지 몰랐던 우세페는 열과 성의를 다해 정확한 음정으로 새의 노래를 불러줬다. 상대방이 어깨를 들썩이며 환한 미소를 지어 보였다.

"하여간에, 짭새들이란," 그러더니 이렇게 쏘아붙였다.

"네가 쟤들 말을 어떻게 알아들어?" 그가 진지한 표정으로 말했다.

"우리 마을에 포도주도 팔고 이발사도 하는 사람이 있는데 진짜 말하는 새를 키워, 딱 기독교인 말투라니까! 그 새는 나무 위에 사는 새가 아니야! 우리나라 새가 아니라 터키 새야. 부활절 잘 보내, 성탄절 축하해 같은 인사도 할 줄 알고, 욕도 하고, 웃기도 해. 걔는 앵무새야. 털이 진짜 화려해. 우리 동네 사람들이 부르는 노래도 배워서 따라 부른다니까!"

"무슨 노랜데?" 우세페가 물었다.

"이런 노래야.

　나는 왕이고 추기경이라네

　웃기도 하고, 말도 한다네

　여자랑 사랑할 때만

　입을 다물지!"

노랫소리를 들은 벨라가 축제라도 벌어진 듯 다리를 까닥거렸다. 반면에 우세페는 자기 앞에 있는 미지의 소년에 관해 곰곰이 생각하고 있었다.

"그 마을이 어딘데?"

"티리오로*."

그 이름을 입에 올리는 것만으로도 소년은 마음이 충만해진 듯했다. 무식한 동료에게 명성이 자자한 지명을 알려주는 듯한 태도였다.

---

* 　이탈리아 남부 칼리브리아 주 카탄자로의 소도시

"작년 이탈리아 자전거 투어 때 바르타리 선수가 지나간 데야, 이탈리아 자전거 투어 챔피언!... 나도 메달이 하나 있어, 쉘 주유소에서 훔쳤거든! 밀라노 근처에 있는 회사에서 만든 위대한 지노 바르타리 기념 메달!"

우세페는 벨라와 함께 정탐했던 판잣집에서 셀로판지에 싸여 있던 메달을 떠올리며 얼굴을 붉혔다. 누군가 몰래 자기 집에 들어왔다는 사실을 안다면 기분 나쁠 텐데... 하지만 소년은 우세페의 빳빳한 눈썹 아래 머쓱한 눈동자와 상기된 얼굴을 미처 눈치채지 못했다. 소년이 갑작스레 기침을 해댔다. 작은 몸을 사시나무처럼 떨 정도로 심한 기침이었다. 그가 힘겹게 숨을 돌리더니 으스대며 말했다.

"흡연자 기침이야!"

그리고 반바지 주머니 안에 들어있던 럭키 스트라이트 담뱃갑을 꺼내 우세페의 눈앞에 들이밀었다.

"미제야!" 그가 뽐내며 말했다.

"선물 받은 거야!"

"누구한테?"

"호모."

우세페는 그가 말하는 단어의 뜻이 뭔지 전혀 몰랐지만, 무식한 티를 내기 싫어서 더 이상 묻지 않기로 했다. 다음으로 소년은 호주머니에 들어있던 신문 쪼가리를 꺼내 들었다. 그리고 중대한 서류를 검열하듯 찬찬히 훑어보았다. 다음과 같은 제목의 짤막한 기사였다. 〈가벨리 소년범 셋 중 둘은 검거되고 한 명은 도주함〉 맨 마지막에 〈카탄자로 티리오로 출신 피에트로 쉬모〉라는 이름이 있었다. 희미한 기억을 되살리듯 한참 서류를 들여다보던 소년이 새카만 손톱으로 기사의

한 부분을 가리켰다. 〈쉬모 피에트로〉 하지만 글씨를 읽을 줄 몰랐던 우세페에게는 그 단어를 비롯한 기사 내용 전체가 판독 불가능한 암호였다. 소년이 뽐내듯 사실을 밝혔다.

"이게 내 이름이야. 내가 쉬모야!" 제대로 말하자면 피에트로 쉬모 였지만, 그는 이름보다 성씨로 불리길 더 좋아하는 것 같았다.

"이제 내 이름이 뭔지 알았지! 다시 한번 말하는데 아무도 알면 안 돼. 아무한테도 내 이름이 뭔지 말하면 안 돼, 여기서 날 봤다는 것도!"

우세페는 처음보다 더 세차게 고개를 흔들며 비밀을 지키겠다고 다 짐했다. 우세페의 반응이 믿음직스러웠던 쉬모는 소리 죽여 자신이 교도소에서 탈출했으며, 가족들 특히 형이 다시 자신을 잡아넣으려 한다고 털어놓았다. 하지만 그는 그 안에 갇혀서 지내고 싶은 마음이 털끝만큼도 없다고 했다. 그는 교도관들의 감시하에 잔니콜로 산책을 나왔던 길에 다른 두 명과 함께 도주했다. 세부 사항까지 염두에 둔 다분히 계획적인 도주였다. 그날 교도관 당번이었던 파타치 씨는 만성 장 질환을 앓고 있어서 종종 다른 교도관에게 임무를 맡기고 볼일을 봐야만 했다. 셋은 감시가 소홀해진 틈을 타 도망치는 데 성공했다. 그중 둘은 함께 도주했는데 첫 단추부터 그릇된 판단이었다. 둘이 함께 다니면 발각되기 쉬운 게 당연했다. 반면에 쉬모는 철저한 과학적인 판단에 따라 애초부터 둘과 헤어져 혼자서 갈 길을 갔다. 곧바로 소년원에서 입던 옷과 베레모를 벗어 던지고 말똥과 건초가 가득한 통 안에 들어가 어두워질 때까지 기다렸다. 교도소에서 나오던 길에 암시장에서 고가에 팔리는 초콜릿 장식품과 소중한 자전거 챔피언 메달을 신발 속에 감춰온 터였다. 그날 저녁 그는 트라스테베레 시장에서 초콜릿 장식품을 바지와 맞바꿨다. 그 위에 얼룩덜룩한 카키색 넝마를 구해서 걸치니 완벽하게 위장할 수 있었다. 함께 도주했던 둘은 현재 붙잡힌 상태였지만, 그는 살아서도, 죽어서도, 무슨 일이 있더라도 다시 붙잡혀 들어가지 않을 작정이었다.

우세페와 벨라는 쉬모의 이야기에 푹 빠져들었다. 중요한 순간이 나올 때마다 눈동자와 온몸을 부들부들 떨었다. 당사자였던 쉬모 또한 머리와 팔다리까지 총동원해 가며 이야기했기에 잠시 입을 다물고 한숨을 돌렸다. 끝으로 그는 청중들에게, 자신의 엄청난 비밀을, 최초로 공개하기로 결심했다. 과거 이야기를 했으니, 미래를 이야기할 차례였다. 그가 환한 표정으로 자랑스럽게 말했다. "난 사이클 선수가 될 거야."

잠시 무거운 침묵이 이어졌다. 비스듬히 드리운 나무들의 커튼 사이사이로 무지갯빛 태양이 고개를 디밀었다. 날개처럼 가벼운 햇살이 금빛 주황, 물빛 초록, 보라 등등 수많은 색으로 변화무쌍한 동그라미를 그리며 왱왱거렸다. 마치 아주 먼 곳에서 들려오는 수많은 목소리와 지저귀는 노랫소리 같았다. 그중에서도 귀뚜라미 만큼이나 작은 존재들, 흐르는 물 소리, 여인들의 목소리가 압도적이었다. 벅차오르는 기분에 사로잡힌 우세페가 깔깔 웃기 시작했다. 그 또한 쉬모의 비밀에 맞먹을 만한 엄청난 무언가를 폭로하고 싶어졌다. 하지만 무슨 말을 해야 할지 떠오르지 않았다. 우세페는 손가락으로 나무들의 커튼 쪽을 가리키며 그의 귀에다 대고 이렇게 속삭였다. "여긴 신이 있어."

쉬모가 무신론을 신봉하는 염세주의자처럼 얼굴을 찌푸렸다. 그리고 중대한 사실을 공표하듯 단언했다.

"신은 교회 안에만 있는 거야."

그는 약속 시간에 늦었다면서 그만 가 봐야 한다고 말했다.

"4시 상영이 벌써 시작됐을걸!"

한 치도 양보할 수 없는 중요한 계약을 앞둔 사업가 같은 말투였다. 오스티엔세 역에서 가르바텔라에 사는 친구를 만나기로 했는데, 그 친구가 자기한테 공짜 영화표를 주기로 했고, 둘이 같이 극장에 갈 거라고 했다.

"영화는," 그가 덧붙였다.

"별로 관심 없어. 벌써 두 번이나 봤거든. 그래도 첫 상영 시간에 늦으면 안 돼. 그 시간에 호모들이 많이 오거든. 영화가 끝나면 누군가 날 데리고 피자를 먹으러 갈 거야."

또다시 호모였다! 우세페가 모르는 그들은 유명하고 너그러운 사람들임이 분명했다. 하지만 어쨌든 이번에도 쉬모 앞에서 무식한 티를 내고 싶지 않아서 살짝 한숨만 쉬고 넘겼다. 우세페는 태어나서 한 번도 극장에 가 본 적이 없었다. 쉬모가 얼룩덜룩한 외투 안에 입은 흰 메리야스를 과시하며 자리에서 일어났다. 멋진 옷이었다. 너덜너덜한 바지와 딴판인, 파란 실로 자그마한 문양을 수놓은 깨끗한 새 옷이었다. 쉬모가 말하길 호주에서 건너온 물건이라고 했다. 그 또한 어떤 호모가 선물해 준 거라고 했다. 어떤 아니 또 다른 호모, 어쨌거나 다들 호모였다. 그들은 조만간 쉬모에게 여름용 흰 테니스화를 사 줄 거라고 했다. 손목시계랑 베개도! 우세페는 쉬모가 말한 그 미지의 인물들이 동화 속에 등장하는 고귀한 존재들이라 확신했다. 빗자루를 타고 다니는 마녀 할머니, 일곱 난쟁이, 카드에 나오는 왕 같은 이들 말이다.

쉬모는 시내에 가기 전에 잠깐 그 사람 집에 들러서 얼룩을 (그의 표현대로라면 그랬다) 제거해 줘야만 한다고 했다. 시내에서는 제대로 처리할 수 없는 일이라고. 재빨리 말을 늘어놓던 그가 잠시 한숨을 돌렸다. 그리고 비밀이란 듯 주위를 살피며 오늘은 시간이 없어서 안 되지만, 내일 이곳에 오면 자기가 사는 집을 보여주겠노라고 했다. 떠돌이가 살던 판잣집을 자기가 직접 고쳤는데 아주 완벽하다고, 강가에 숨겨진 장소라고. 그의 말을 들은 우세페는 메달 이야기가 나왔을 때처럼 순식간에 얼굴이 새빨개졌다. 쉬모가 의심의 눈초리로 아이를 쳐다보았다. 그러더니 잠시 입을 다물고 있다가 흥분해서 외쳤다.

"내 음식 찌꺼기를 먹어 치운 게 너지?"

우세페는 무슨 말인지 잠시 어리둥절했다. 음식 찌꺼기라니, 진짜 모르는 일이었다. 범인인 벨라도 무슨 말인지 모르긴 마찬가지였다. 인간의 사전에나 등장하는 그 단어는 그녀에게는 안 통했다. 그녀의 사전에는 음식 찌꺼기란 말 자체가 없었으니 말이다. 서둘러 손봐야 할 새끼 늑대들이나 마찬가지였다. 양치기 개의 커다란 머리는 자신의 정당한 행동을 기억해 내지 못했다. 그녀가 이해했던 바로는 쉬모가 무슨 이유에서인지 몰라도 우세페를 공격하려 한다는 것이었다. 다급해진 그녀가 쉬모에게 와락 달려들어 순수한 의도로 얼굴을 핥고 이쪽저쪽 귀를 살짝 깨물었다. 쉬모가 느끼기에 벨라의 행동은 자백이나 다름없었다. 어쨌든 둘은 서로 비겼다고 치기로 했다. 양치기 개의 자백을 받고 나니 용서하지 않을 수 없었다. 그가 처음으로 이빨을 드러내며 환하게 웃어 보였다. 아주아주 작고 성글고 새카만 이빨이었다. 우세페도 마음이 놓였는지 젖니를 다 드러내며 활짝 웃었다. 그러자 쉬모가 호기롭게 말했다.

"잘했어! 어차피 버릴 거였거든!" 그가 너그럽게 말을 이었다.

"난 지나가던 동물이 들어와서 먹어 치운 줄 알았지!"

그러더니 소리를 한껏 낮춰 덧붙였다.

"아니면 해적이거나!!"

그가 설명하길, 반대편 강가에 열여섯 살 먹은 아구스토인가 하는 대장이 이끄는 해적단이 있는데 그 유명한 사거리 꼽추와 라이벌이 라고 했다. 해적들이 배를 타고 강가 위아래를 오며 가며 뭐 하는지 알아? 도둑질! 오두막에 불 지르기! 동물들 죽이기! 사람들 공격하기! 올해는 아직 모습을 드러내지 않았지만, 작년 7, 8월만 해도 정말 굉장했노라고 했다. 수많은 사람을 강물에 던져넣고, 오두막에 불을 지르고, 농아를 괴롭히고, 암소랑 그 짓까지 했다나 뭐라나! 거기까지 이야기한 쉬모는 이제 진짜 가 봐야 한다고 했다. 우세페와 벨라에게 내일 오후에 자기가 사는 오두막 앞에서 만나자고 했다. 그러면서 다른 사람한테는 절대 알리면 안 된다고 재차 강조했다. 내일은 새 영화를 상영하는 첫날이니 놓치고 싶지 않다며, 절대 늦으면 안 된다고도 덧붙였다.

"내일 오면 우리 집 근처에 있는 매미 소굴을 보여줄게."

다음 날이 되자 셋은 정확한 시간에 다시 모였다. 벨라와 우세페는 가던 길에 전혀 예상치 못했던 누군가와 마주쳤다. 우연한 만남이 잦은 시절이었다. 오스티엔세 큰길가를 지나 저만치 성 바울 성당이 보이는 곳까지 다다랐을 때였다. 어디선가 우세페를 부르는 여자 목소리가 들렸다. 우세페! 우세페! 정류장에서 버스를 기다리는 사람들 틈에 젊은 여자가 아기를 안고 서 있었다. "우세페! 나 누군지 모르겠어?" 그녀가 우세페를 쳐다보며 미소를 지었다. 벨라가 친숙한 냄새라는 듯 코를 벌름거렸지만, 우세페는 그녀가 누군지 알 수 없었다. 반면에 아기의 얼굴은 어디서 많이 본 듯했다. 갓난아기였고, 귀걸이로 보아 여자애였다. 통통하고 발그스레한 뺨에 눈동자는 새카맣고 똘망똘망했다. 반지르르한 짙은 색 머리카락이 벌써 몇 센티나 자라나 있었다. 곱게 빗은 머리 꼭대기 한 줌이 고무줄로 묶여 있었다.

"나 모르겠어? 파트리치아! 기억 안 나?"

"..."

"뭐야, 기억 안 나? 진짜? 너랑 같이 오토바이도 탔잖아! 잊어버렸어?"

"...엉..."

"얘는, 벨라 맞지? 아닌가? 네가 벨라지? 넌 날 알아보는구나!"

파트리치아는 못 알아볼 정도로 살이 많이 쪘다. 얼굴은 매우 피곤해 보였다. 고무줄로 질끈 동여맨 검은 머리카락이 등 뒤에서 흩날렸다. 달랑거리던 귀걸이는 안 보였지만, 손목에 팔찌를 여러 개 하고 있어서 움직일 때마다 찰랑찰랑 소리가 났다. 아기가 소리에 맞춰 팔다리를 꼼지락거렸다. 아기는 가장자리에 레이스가 달린 흰 웃옷을 입고 있었다. 만화가 그려진 원색의 포대기 밖으로 손발을 내밀고 부지런히 꼼지락거리고 있었다. 발에는 진분홍색 끈으로 여민 하얀 손뜨개 신발을 신고 있었다. 귓불에는 손톱 크기만한 금귀걸이가 달려 있었다. 파트리치아가 미소 띤 얼굴로 우세페를 쳐다보며 고개를 설레설레 저었다.

"난 보자마자 넌 줄 알았는데, 우세페!" 그리고 이렇게 말했다.

"얘는 네 조카야!"

우세페가 어리둥절한 표정을 지었다.

"그래, 얘가 네 조카라고! 넌 얘 삼촌이고!"

파트리치아가 활짝 웃으며 말했다. 아기의 손목을 잡더니 인사하는 시늉을 해 보였다.

"니누차, 우세페한테 인사해 봐! 우세페 삼촌한테 안녕, 해 봐."

순간 아기는 웃음 대신 와락 울음을 터뜨렸다. 파트리치아가 아기의 손으로 눈물을 닦고 우세페의 얼굴을 쳐다보며 말했다.

"아, 정말이지 믿을 수 없어! 몇 달이 지난 지금도 사실이 아닌 것 같아! 그런 일이 벌어질 줄은 정말 몰랐어! 나랑 아기를 내버려 두고 혼자 가버릴 줄은 진짜 몰랐다고! 이건 아니지! 이건 진짜 아니지!"

그녀가 한 손으로 눈물을 닦으며 우세페를 보고 미소 지었다. 고개를 설레설레 저으며 엄마 같기도, 아이 같기도 한 목소리로 말했다.

"우세페, 내가 널 얼마나 예뻐했는데! 나보다 항상 널 더 좋아해서 질투하기도 했지만! 한번은 너한테 뭐라 그랬다고 날 때린 적도 있었다니까!"

"...버스 온다," 그녀가 가방 안에서 손수건을 꺼내 눈물을 닦으며 버스 쪽을 쳐다보았다.

"...가야겠다... 잘 지내, 우세페."

풍만한 엉덩이를 실룩거리며 걷는 그녀의 뒷모습이 보였다. 맨다리에 굽이 높은 신발을 신은 그녀가 버스에 올라탔다. 차장이 아기를 안은 그녀가 중심을 잃지 않도록 도와주었다. 버스 안에 사람이 많지 않은 시간이었다. 열린 창가에 앉은 그녀가 씁쓸한 표정으로 우세페를 돌아보며 버스가 멀어질 때까지 손을 흔들었다. 우세페도 주먹을 천천히 쥐었다 폈다 인사했다. 버스가 속력을 내며 멀어지자, 인도에 앉아있던 벨라가 일어나 혓바닥을 내밀고 미친 듯이 버스를 쫓아 달렸다. 파트리치아의 윤기 나는 검은 머리채가 우세페와 벨라의 시야에서 멀어져 갔다. 그녀는 이제 고개를 숙이고 갈색 웃옷 사이에서 꼼지락거리는 니누차를 바라보고 있었다.

약속 장소에 도착하니 쉬모가 오두막 문턱에서 기다리고 있었다. 우세페는 인사도 하기 전에 조카를 만났다는 얘기부터 꺼냈다. 내가 삼촌이래! 하지만 쉬모의 반응은 심드렁했다. 자신은 조카가 여러 명 있는데 그중 가장 나이 많은 조카는 14살이나 된다고 했다. 큰형의 아들딸들이라고.

"우리 엄만 말이지," 그가 말을 이었다.

"조카 겸 숙모도 있다니까!"

쉬모가 미간을 찌푸리고 손가락 열 개를 펴가며 복잡한 계산을 시작했다. 그의 할아버지 세라피노에게는 10명의 형제가 있었는데 게중에는 살아있는 사람도, 죽은 사람도 있었다. 그중 가장 어린 남동생은 미국으로 이민을 떠나서 홀아비가 되었다. 세라피노 할아버지에게는 딸 여섯과 아들 셋, 총 9명의 자식이 있었고 그중 딸 다섯과 아들 셋이 결혼해서 가정을 꾸렸다. 아니, 잘 따져보니 그보다 적었다. 딸 하나는 수녀가 되었고, 딸 하나는 어려서 죽었고, 다른 아들 하나도 죽었다. 결혼한 자식들은 전부 아들딸을 낳았는데, 누구는 넷, 누구는 일곱, 누구는 셋을 낳았다. 나이가 많든 적든 그들 모두가 쉬모 어머니의 조카들이었다. 그중 '크루치페라'라는 노처녀 여조카도 있었다. 시간이 흘러 노인이 다 된 미국인 홀아비가 고향으로 돌아와 작은 가게를 차렸다. 그의 이름은 이냐치오였다. 여긴 날씨는 화창한데 여자는 씨가 말랐군, 이라며 한탄하던 그는 이느 날 크루치페라와 그렇고 그런 사이가 되었다. 쉬모 어머니의 조카였던 그녀가 쉬모 어머니의 삼촌과 결혼했으니 이제 크루치페라는 조카 겸 숙모였다. 세라피노 할아버지의 처제가 된 그녀는 쉬모를 비롯한 다른 모든 손주에게 할머니라 불렸다.

"그분은 지금 어딨어?" 우세페가 물었다.

"누구? 우리 할아버지? 티리오로에 있지."

"뭐해?"

"발로 포도를 으깨고 있지."

우세페의 질문은 거기까지였다. 쉬모가 손님들에게 소중한 물건을 보여주고 싶어 했기 때문이었다. 그 유명한 자전거 투어 메달이었다. 쉬모는 벽감 안에 있던 메달을 침대 매트리스 깊숙이 감춰놓았다. 셀로판지 몇 겹을 더해 전보다 꽁꽁 싸매고 그 위에 은박지를 둘둘 감아놓았다. 내가 아는 바로는, 그 메달은 타이어 회사에서 광고용으로 제작한 기념품이었다. 메달 중앙에는 '산의 제왕 바르탈리' 등등의 문구가 있었고 둘레에는 '1946 이탈리아 투어'라는 글씨로 장식되어 있었다. 어쨌든 우세페에게는 글씨들 전부가 상형문자였다. 쉬모가 두 겹의 포장지를 풀어헤치자, 벨라가 반가운 마음에 노래를 불렀다. "이건 내가 아는 물건이잖아!" 우세페는 이번에도 얼굴을 붉혔다. 하지만 쉬모는 벨라의 노래에도, 우세페의 표정에도 전혀 관심이 없었다. 메달을 앞뒤로 돌려가며 손상된 부분이 없는지 자세히 관찰하고 있었다. 우세페에게 보여주면서도 그의 시선은 오로지 메달만 쳐다보고 있었다. 그리고 메달을 다시 꽁꽁 싸서 제 자리에 넣어두었다. 신문지와 누더기가 즐비한 매트리스 속에는 메달 외에도 다른 신기한 물건들이 숨겨져 있었다. 다음으로 쉬모는 작은 무지개색 빗을 꺼냈는데 미제 도깨비시장에서 파는 물건이었다. 길가에서 슬쩍한 영롱한 유리

버클과 자동차 와이퍼도 있었다. 태엽으로 작동하는 알람 시계도 보여주었는데, 실제 시간보다 빨리 가고 있었다. 쉬모의 시계는 태양이었으므로 어차피 상관없었다. 그는 가장 최근에 받은 물건이라며 건전지로 작동하는 손전등을 꺼냈다. 우세페가 파르티잔 기지에서 보았던 것과 비슷한 물건이었다. 쉬모 말로는 무려 200시간이나 가는 거라고 했다. 지금은 건전지가 없지만, 손전등을 선물해 준 사람이 조만간 건전지도 구해주기로 했다고.

"누가 선물했는데?" 우세페가 물었다.

"호모."

매미 소굴은 오두막에서 60미터 정도 떨어진 작은 언덕 근처에 아늑하고 비밀스러운 장소였다. 언덕 뒤편에 나무 한 그루가 있었는데 풍성한 가지에 비해 몸통이 유난히 짧았다. 가지 하나가 잘려 나간 모습이 보였는데 쉬모의 말로는 저기서 매미가 알을 낳는다고 했다. 나무뿌리가 보이는 땅을 가리키며 알에서 새끼들이 태어나는 곳이라고 했다. 바로 전날 매미 새끼 한 마리가 나와서 나무에 달라붙어 고치에서 벗어나려고 아등바등하는 걸 보았다고, 마침 바쁘게 시내에 나가던 참이라, 날아가려고 몸부림치던 새끼를 그냥 놔뒀다고 했다. 하지만 그곳에는 이제 쓰르라미도 고치도 없었다. 다른 동물한테 잡아먹혔거나, 바람에 실려 날아갔을지도, 벌써 나는 법을 터득한 매미가 자신이 태어난 나무나 근처 다른 나무에서 살고 있을지도 몰랐다. 수컷들이라면 조만간 울음소리가 들릴 것이다. 암컷들은 노래하지 않으니 말이다. 우세페는 매미의 노랫소리를 들은 적은 있었지만, 실제로 본 적은 한 번도 없었다. 어쨌든 둘은 다른 새끼들을 방해하지 않으려고 매미 소굴을 들쑤시지 않기로 했다. 쉬모의 말로는 자기가 본 새끼는 어쩌다 보니 일찍 나온 거였고, 곧이어 조용한 암컷과 노래하는 수컷 형제자매들이 쏟아져 나올 거라고 했다.

쉬모는 극장에 가기 전에 목욕을 하고 싶다고 했다. 다 함께 강가로 몰려갔다. 안타깝게도 우세페는 아직 수영하는 법을 몰랐다. 벨라와 쉬모가 물에 들어가 신나게 수영하는 동안 심드렁한 표정으로 물가에서 기다려야만 했다. 수영을 마치고 알몸으로 물 밖에 나온 쉬모가 자신은 진짜 사나이라며 우세페에게 보란 듯이 고추를 자랑했다. 아직 덜 자라긴 했지만, 영화관에서 키스 신을 보거나, 조카 겸 숙모인 크루치페라를 떠올릴 때면 살짝 부풀어 오르기도 했다. 우세페도 덩달아 쉬모 앞에서 고추를 꺼내 보였다. 그러자 그는 너도 진짜 사나이가 맞지만, 아직 덜 자랐노라고 했다. 우세페는 자신도 좀 더 크면 완벽한 목소리로 노래할 수 있으리란 생각을 했다. 마치 수컷 매미처럼 말이다.

쉬모의 몸매는 비리비리하고 볼품없었다. 그가 우세페에게 여기저기 생긴 흉터에 관해 설명해 주었다. 가장 최근에 생긴 다리 흉터는 소년원에 있을 때 교도관에게 몽둥이로 두들겨 맞은 것이었다. 그보다 오래된 어깨 근처 팔뚝에 흉터는 21살 난 큰형이 노새 마구로 때린 것이었다. 온 집안 식구들을 통틀어 가장 못 되고 악독한 그 형은 자신이 영원히 소년원에 갇혀 있길 바란다고 했다. 세 번째 흉터는 머리와 만나는 이마 윗부분에 있었는데 쉬모 자신이 낸 상처였다. 소년원에서 체벌로 독방에 갇혔을 때 벽과 문짝에 머리를 박아서 난 상처라고 했다. 그때를 회상하며 쉬모는 짐승처럼 끙끙댔다. 얼굴이 잔뜩 쪼그라들더니 이글거리는 눈으로 어딘가를 응시했다. 그러더니 갑자기 머리를 거꾸로 땅에 처박고 세차게 쿵쿵 박았다. 앞에 있던 우세페가 깜짝 놀라 쉬모를 쳐다보았지만, 그는 오히려 분이 풀린 듯했다. 쉬모가 미소 띤 얼굴로 말했다. "이까짓 건 아무것도 아니야!" 이내 속상한 일들을 잊어버린 그는 새 영화를 보고 피자를 먹으러 간다는 생각에 들떠있었다. 가봐야 할 시간이었다. 우세페는 아쉬운 마음으로 쉬모가 근사한 영화관 건물 앞에 도착해 비밀스러운 인물들과 만나는 장면을 상상해 보았다. 누군지 몰라도 온갖 선물을 뿌려대는 근사한 사람들임이 분명했다. 이름마저도 근사한 사람들. 우세페는 쉬모에게 자신의 무지를 드러내지 않으려 애쓰며 소심한 투로 몸을 비비 꼬며 말했다.

"나도 극장에 데려가면 안 될까? 호모들이랑 만나게?"

그리고 호주머니에서 단추가 달린 동전 지갑을 꺼냈다. 엄마가 아이스크림을 사 먹으라며 준 잔돈푼이 들어있었다. 하지만 쉬모는 고개를 내저으며 매몰차게 거절했다. 그리고 아버지 같은 눈빛으로 우세페를 쳐다보며 말했다. "안 돼. 넌 아직 너무 어려."

그리고 자신의 단호한 태도가 미안했든지 이렇게 덧붙였다.

"개는 극장에 못 들어가는 거 알잖아."

우세페의 실망한 표정을 잠시 바라보던 소년이 외쳤다.

"뛰어가야겠다!"

그리고 우세페를 위로하려는 듯 환한 표정으로 약속했다.

"오늘은 시간이 없지만, 다음번에 오면 수영하는 법을 가르쳐줄게."

"우린 내일도 또 올 수 있어!"

우세페가 신바람이 나서 대답했다.

"내일은 일요일이잖아. 첫 상영 시간이 3시야. 어쨌든 그전에 도착하면 물에 뜨는 법 정도는 가르쳐줄 수 있어."

벨라와 우세페는 강가에 서서 오두막을 향해 달려가는 그의 뒷모습을 바라보았다. 저만치에서 멈추지 않는 '흡연자의 기침' 소리가 들려왔다. 쉬모의 짧은 다리가 부들부들 떨리는 모습이 보였다. 우세페는 쉬모가 그렇게 가버린 게 무척이나 아쉬웠다. 벨라가 다정한 눈길로 우세페를 쳐다보았지만, 좀처럼 기분이 풀리지 않았다. 순간 다비데가 떠올랐다. 쉬모와 새로운 우정을 맺긴 했지만, 다비데를 잊은 건 아니었다. 저녁때까지 강가에 머물고 싶지 않았던 우세페는 벨라에게 조심스럽게 말했다. "브바비데..." 하지만 벨라는 고개를 세차게 흔들며 다비데와는 약속이 없다고, 무작정 찾아갔다가는 지난번처럼 쫓겨나게 될 거라고 했다.

쉬모가 떠나고 다비데와의 만남마저 무산되자 우세페는 한없이 외로운 기분이었다. 때마침 지나가던 구름이 태양을 가렸다. 우세페의 눈에 비친 구름이 태풍을 몰고 올 것처럼 거대했다. 순간 반대편 강가에서 나룻배 한 척이 모습을 드러내더니 소년들의 실루엣이 보였다. 우세페가 혼잣말로 중얼거렸다. "해적이다!" 그리고 얼른 몸을 일으켜 전투 대세를 취했다. 어떤 대가를 치르더라도 나무들의 커튼과 쉬모의 오두막을 지켜낼 작정이었다. 하지만 나룻배는 그대로 남쪽을 향해 가더니 시야에서 사라져 버렸다. 배가 지나간 자리에 강물만 출렁거렸다.

다시금 풀밭에 앉은 우세페의 심장이 세차게 뛰기 시작했다. 조금 전까지 느꼈던 슬픔에 더해 처음 느껴보는 예감 비슷한 감정이 밀려왔다. 어떤 감정인지 꼬집어 말할 수는 없었다. 폭력적으로 그를 덮치는 나쁜 증상을 무작정 견뎌야 할 때와 비슷한 기분이었다. 무언가가 자신에게 다가오고 있다는 사실이 희미하게 느껴졌다. 등 뒤에 눈코

입이 없는 가면이 있는 듯했다. 그 뒤로는 커다란 구멍이 입을 쫙 벌리고 있었다. 그런 일이 벌어질 때마다 우세페는 두려움으로 신경이 곤두섰다. 눈앞이 캄캄해지고, 어디로든 도망치려 해 보았지만, 두세 발짝 떼고 나면 어딘가에 쿵 하고 부닥쳤다. 어쨌든 그즈음에는 이미 의식을 잃은 상태였다. 처음에 느꼈던 감정조차 기억나지 않았다. 이후에 기억나는 건 미미한 실마리, 언제 어디서 들었는지 모를 지극히 단편적인 내용들뿐이었다. 아이의 음성을 울부짖음으로 바꾸어 놓은 그 무엇, 그게 무엇이었는지는 아무도 알 수 없었다.

강가 풀밭에 앉아있던 우세페의 심장은 여전히 쿵쾅거리고 있었다. 뭐랄까, 마치 과거에도 지금과 똑같은 순간을 겪었던 느낌이랄까. 언제였을까, 어쩌면 지난 생이었을까. 풀밭과 나무들의 커튼이 드리워진 작은 물가에 앉은 아이는 자신을 집어삼키려는 무시무시한 존재가 다가오길 기다리고 있었다. 우세페가 어찌할 바를 모르며 얼굴을 찡그렸다. "싫어! 싫어!" 그렇게 외치고 해적들이 나타났을 때처럼 자리를 박차고 일어났다. 하지만 무언가는 그를 놓아주지 않았다. 아무리 몸부림친들 어디로도 도망칠 수 없었다. 도망칠 만한 유일한 장소라고는 발밑에서 유유히 흐르는 강물뿐이었다. 우세페가 눈 깜짝할 사이에 강물에 뛰어들었다. 물결은 잔잔했지만, 강물은 키에 비해 턱없이 깊었다. 강가에서 절망적으로 짖는 소리가 들리는가 싶더니 벨라가 순식간에 아이의 곁에 다가왔다. 하늘과 지상의 상처 입은 가련한 짐승처럼 물살을 헤치며 앞으로 나아가 우세페에게 애타게 말했다. "붙잡아! 얼른 붙잡고 올라타!" 그녀가 아이를 태우고 육지를 향해 헤엄치기 시작했다. 늦지 않게 아이를 구했으니 다행이었다. 우세페는 흠뻑 젖은 몸으로 간신히 풀밭에 닿았다.

물에 젖어 추위에 벌벌 떠느라 위기의 순간은 그렇게 지나쳐 갔다. 이번만큼은 비명을 지르지도, 의식을 잃지도, 미친 듯이 몸부림치지도 않았다. 유일한 증상은 가늠할 수 없을 정도로 온몸을 부들부들 떠는 것이었다. 아이는 육지에 닿자마자 처절하게 외쳤다. "싫어! 싫어! 싫어!" 아이가 되풀이해 외치는 동안 벨라는 강아지에게 하듯 서둘러 우세페의 몸을 핥아주었다. 어느 순간 비명을 멈춘 우세페가 미친 듯이 웃기 시작했다. 그리고 벨라의 커다란 몸을 꼭 끌어안았다. 침대에서 엄마를 끌어안고 있는 기분이었다. 둘은 그 자리에서 스르르 잠이 들었다. 찬란한 태양 빛이 우세페와 벨라의 젖은 몸을 바짝 말려주었다.

위기가 지나가고 잠들 때마다 우세페가 꿈을 꾼 건 아니었다. 꿈을 꿨더라도 잠에서 깨고 나면 잊어버렸다. 하지만 이번에 아이는 오래도록 기억에 남는 꿈을 꿨다. 소름 끼치도록 생생한 기억이었다. 꿈속에서 우세페는 자신이 방금 잠든 장소에 있었다. 현실과 달리 강은 거대하고 둥근 호수였고 주위의 언덕들은 실제보다 훨씬 더 높았다. 눈이 내리고 있었다. 1945년 로마에 눈이 내린 적이 있었다. 정말이지 희귀한 사건이었다. 당시 우세페의 나이는 세 살이었는데 지금까지도 눈에 대한 희미한 기억이 남아 있었다. 그리고 바로 오늘, 그때 그 눈이 꿈속에 나타났다. 로마에 내렸던 눈은 믿을 수 없을 만큼 고요하고 청명하고 순백이었던 반면, 꿈속에서 본 눈은 폭설에 가까웠다. 태어나서 한 번도 보지 못했던 광경이었다. 하늘은 시커먼 색이었고 바람이 휘휘 소리를 내며 나무들과 언덕과 강가를 휩쓸었다. 세찬 눈발이 얼음으로 만들어진 탄알 같았다. 맞으면 바로 죽을 것처럼 날카로웠다. 언덕을 에워싼 나무들은 죄다 헐벗고 새까맸다. 마치 거죽을 벗겨놓은 사람의 몸 같았다. 죽은 나무들 같았다. 언덕에서 들리는 건 휘

몰아치는 돌풍 소리뿐, 목소리도, 사람도, 아무도 없었다.

꿈속에서 우세페는 다시금 물가가 아닌, 강인지 호수인지 모를 물속에 있었다. 물 주위를 에워싼 언덕들이 끝없이 펼쳐진 것 같았다. 무지갯빛을 머금은 물은 고요하고 환하고 따뜻했다. 태양이 어딘지 모를 수원지를 계속 데워주고 있는 듯했다. 우세페는 물속에서 작은 물고기처럼 자연스럽게 헤엄치고 있었다. 그의 주위에 작은 머리통들이 보였다. 다들 우세페처럼 따뜻한 호수 안에서 헤엄치고 있었다. 모르는 사람들이었지만, 어쩐지 낮이 익었다. 이편에는 꼬리가 없는 작은 동물을 닮은 쉬모의 조카들이, 저편에는 발그스레한 뺨에 까맣고 빛나는 눈을 지닌 통통한 아가씨들이 모여 있었다. 그녀들은 전부 쌍둥이들로 우세페가 만났던 조카 니누차의 자매들이었다.

활기찬 호수 위로 언덕마다 사방에서 눈보라가 휘몰아쳤다. 호수의 수면에 풍경이 드리워졌지만, 다행히 호수 안은 평온한 초여름 같았다. 나무들이 세차게 흔들리며 잎사귀들이 호수 위로 후드득 떨어졌다. 푸른 물 위에 초록빛 잎새들이 둥둥 떠다니는 모습이 마치 하늘 정원 안에 자리한 정자 같았다. 여름 바람이 살랑 불어와 호수 표면에 자잘한 물결을 만들며 속삭이는 소리가 들렸다. 호수는 진짜였지만, 호수 위에 풍경은 가짜였다. 그림자 연극 같은 현실이었다. 곤히 잠든 아이는 꿈을 꾸면서 연신 기쁨의 신음을 내뱉었다. 옆에서 자던 벨라도 이따금 잠꼬대하는 소리를 냈다. 오래전 자신의 에로틱한 오후 한때를 꿈꾸고 있는지도 몰랐다. 그냥 내버려 두었더라면 우세페는 그렇게 12시간도 더 잘 수 있었을 것이다. 3시간 정도 지난 뒤에 해가 뉘엿뉘엿해지자 벨라가 몸을 후드득 털며 일어나 우세페를 재촉했다.

"집에 갈 시간이야. 엄마가 저녁밥 해 놓고 기다리겠다."

집까지 가는 내내 우세페는 기분이 이상했다. 분명 벨라의 목줄을 잡고 걷고 있었지만 좀처럼 꿈에서 헤어날 수 없었다. 석양이 드리워진 나무들의 커튼 밑을 지나치자 마치 호수가 출렁이는 듯했다. 물 위에 반사된 형상들이 신나는 소리를 내며 한데 어우러졌다. 눈을 들어보니 나뭇가지들로 뒤덮인 지붕 사이로 호수 안에 있던 초록빛 정자가 보이는 듯했다. 꿈속에서 함께 헤엄쳤던 이들이 여전히 물 위로 고개를 내밀고 있었다. 토요일 저녁 시내의 소음마저 깊은 물 속에서 들려오는 사라진 누군가의 속삭임 같았다. 심연에서 우러난 소리들이 첫 별들의 반짝임과 뒤엉켰다. 저녁을 먹을 때까지도 우세페는 계속 꿈꾸는 듯한 기분이었다. 그리고 이튿날이 되자 점심때까지 늦잠을 잤다. 이다가 깨우는 소리도 못 들었다. 잠에서 깨어난 우세페는 그제야 현실의 감각을 되찾았다. 문득 벨라와 함께 쉬모의 오두막에 가기로 했던 약속이 떠올랐다.

둘은 4시가 다 되어서 오두막 앞에 도착했다. 쉬모와 약속했던 것보다 훨씬 늦은 시간이었다. 당연히 쉬모는 집에 없었다. 여름철 일요일이었던지라 아침부터 누군가 강가에서 수영한 흔적이 있었다. 페로니 맥주병 뚜껑과 바나나 껍질이 보였다. 주위를 살펴보았지만, 다행히 해적들의 흔적은 눈에 띄지 않았다. 오두막 안은 어제 그대로였다. 매트리스 위에 아직 축축한 쉬모의 팬티가 굴러다니고 있었다. 손전등은 어제와 마찬가지로 초 바로 옆에 놓여 있었다. 우세페는 초의 높이가 어제와 똑같다는 사실을 눈치채지 못했다. 다른 점이라면 알람시계가 멈춰져 있는 것이었다. 우세페는 쉬모가 급히 나가느라 태엽을 감지 않았다고 생각했다. 시계를 볼 줄 알았던 우세페는 바늘이 2시에 멈춰져 있는 걸 보았다. 우세페는 당연히 오후 2시인 줄 알았지만, 사실 시계는 새벽 2시에 이미 멈췄다. 우세페는 당시에도, 나중에도 그 사실을 몰랐다. 어제 헤어진 뒤로 쉬모는 오두막에 돌아오지 못하고 소년원에서 밤을 보냈다. 그의 지인 중 누군가가 경찰에 그를 신고했기 때문이었다. 쉬모는 어제 로마 시내에서 붙잡혔고, 도주에 대한 체벌로 독방에서 지내고 있을 것이었다.

우세페는 쉬모에게 무슨 일이 벌어졌는지 알 길이 없었다. 쉬모가 자신과 벨라를 기다리다 그냥 가버린 게 몹시 안타까웠다. 오늘은 일요일이니 첫 상영 시간에 늦으면 안 된다고 했었는데. 쉬모는 지금쯤 극장 안에 있을 것이고, 밤이 되기 전에 오두막으로 돌아올 것이다. 어쨌든 오늘은 그를 만날 수 없다고 생각하니 우세페는 몹시 우울해졌다. 주인이 없는 집 안에 들어가 있기가 뭐해서 오두막 입구에 걸터앉았다. 우세페의 기분을 눈치챈 벨라도 조용히 곁에 앉아서 이따금 지나가는 파리를 쫓느라 머리를 흔들었다. 어제의 사건을 떠올리며 오늘은 강물에서 목욕하는 일을 그만두기로 했다. 잠시라도 우세페를 강가에 혼자 두는 건 위험한 일이었다. 아니, 강물 근처에도 가지 않기로 했다. 물은 늑대나 마찬가지였다.

태양이 한여름처럼 이글거리는 날이었다. 다행히 둘은 오두막 지붕 아래 각진 그늘에 앉아있었다. 저만치 작은 언덕에 나무들이 보였다. 그중 한 나무에서 때 이른 수컷 매미의 울음소리가 들렸다. 아직 제대로 우는 법을 모르는 어린 매미가 분명했다. 정말이지 열심히 울어댔지만, 줄이 안 맞는 바이올린을 활로 긁는 소리 같았다. 매미 소리를 들은 우세페는 쉬모가 며칠 전 알에서 나오는 걸 보았다던 그 매미가 분명하다고 생각했다. 아직도 어제의 피로가 가시지 않았다. 오늘은 왠지 싸돌아다니거나 나무 위에 오르고 싶지 않았다. 그곳에 계속 머물고 싶지 않았지만, 딱히 어디로 가야 할지 몰랐다. 나무들의 커튼 아래도 마찬가지였다. 나뭇가지들이 드리워진 지붕을 바라보니 어제 꿨던 꿈이 희미하게 떠올랐지만, 자세히는 아니었다. 폭설도, 머리통들도, 물 위에 반사된 장면들도 기억나지 않았다. 우세페의 눈에 색깔들이 부드럽게 너울거리며 물 위에 드리워지는 듯한 장면이 보였다. 풍경이 요람처럼 흔들리며 속삭이듯 노래하고 있었다. 침대에 누워 자고 싶다는 생각이 들었던 반면, 모두가 깨어있는 시간에 혼자 잠드는 게 어쩐지 무섭기도 했다. 우세페가 피곤해하는 걸 눈치챈 벨라는 곁에 앉아서 아이에게 이야기를 들려주기로 했다. 그녀가 애수에 젖은 두 눈을 꿈꾸듯 깜빡이며 말문을 열었다.

"나도 한때는 새끼들이 있었어..."

우세페에게 처음 들려주는 이야기였다.

"숫자가 얼마나 되는지는 모르겠어, 난 세는 법을 모르거든. 젖 먹을 시간이 되면 한 마리도 빠짐없이 모여들었지. 진짜 많았고, 하나같이 다 예뻤어. 한 마리는 흑백 점박이였고, 한 마리는 몸통은 까맣고 한쪽 귀는 까만색, 한 쪽 귀는 하얀색이었어. 한 마리는 까만 몸통에 하얀 수염이 났지... 얘를 보면 얘가 제일 예쁘고, 쟤를 보면 쟤가 제일 예뻤어. 한 놈을 핥아주면 다른 놈이 와서 코를 들이밀었어. 정말이지 다들 예뻤어. 무한한 아름다움이랄까, 무한대라는 건 비교할 수 없다는 거니까."

"이름이 뭐였는데?"

"이름은 없었어."

"이름이 없었다고?"

"응."

"지금 어딨는데?"

"어디?... 글쎄, 걔들이 어딨는지 나도 늘 생각해. 찾아보려고도 했지만, 찾을 수 없었어. 보통은 어딜 갔다가 돌아오기 마련이잖아, 내 친구들만 봐도 그래." 벨라는 자기 친구들을 새끼들로 착각하고 있었다.

"하지만 내 새끼들은 돌아오지 않았어. 내가 얼마나 애타게 찾고 기다렸는데, 그래도 안 돌아왔어."

우세페는 아무 말도 하지 않았다.

"얘도 예쁘고, 쟤도 예쁘고!"

벨라가 꿈꾸는 듯한 눈빛으로 말했다.

"어쩌면 당연한 건지도 모르지. 다들 그런 건지도... 나폴리의 안토니오만 봐도 그렇잖아... 진짜 최고로 멋졌는데! 닌누추는 말할 것도 없고, 세상에서 제일 멋졌어!"

둘 사이에 닌누추의 이름이 등장한 건 그때가 처음이었다. 형의 이름을 듣자 우세페의 얼굴이 미세하게 떨렸다. 하지만 이내 미소를 지었다. 벨라는 개들의 소리로 이야기했기에 그녀가 짖는 소리는 소프라노의 멜로디처럼 허공에 울려 퍼졌다.

"그리고 너,"

그녀가 다시금 잘라 말했다.

"넌, 언제나, 세상에서, 제일 멋져. 진짜로."

"우리 엄마는?" 우세페가 물었다.

"이다! 그보다 더 예쁜 여잘 본 적 있어? 로마 전체가 다 아는 사실이야! 그녀야말로 무한대로 아름답지! 무한대로!"

우세페가 깔깔 웃었다. 정말이지 옳은 말이었다. 그러더니 살짝 걱정스러운 표정으로 물었다.

"그럼 쉬모는?"

"그걸 말이라고 해? 딱 보면 알잖아, 제일 멋지다는 거!"

"제일 멋지다고?"

"제일."

"그럼 다비데는?"

"세상에! 다비데야말로 엄청 멋지지. 말도 마. 최고야."

"무한대로?"

"무한대로."

우세페가 만족스럽게 웃었다. 미적인 주제에 있어서 만큼은 양치기 개와 아이의 의견이 완벽하게 일치했다. 거인이든 난쟁이든, 걸인이든 귀족이든, 늙은이든 젊은이든, 우세페에게는 아무런 차이도 없었다. 절름발이나, 꼽추나, 밑바닥 인생을 살거나, 지독하게 못생긴 사람일지라도 그에게는 7대 불가사의만큼이나 귀한 존재였다. 모두가 평등한 친구처럼 함께 웃기만을 바랄 뿐. 만일 우세페가 하늘을 창조할 수 있었다면 밀레 가족의 커다란 방과 비슷한 장소를 만들어 냈을 것이다. 하지만, 언젠가부터, 그 또한 나쁜 증상이라는 괴로움에 시달리고 있었다.

"가자." 우세페가 벨라에게 말했다.

일요일 오후의 거리는 사람들로 북적였다. 집들을 신축하는 커다란 공터 한구석에 놀이동산이 설치되어 있었다. 회전목마, 간이 상점들, 게임장, 사격장, 빠른 속도로 돌아가는 커다란 바퀴 모양 놀이기구까지 있었다. 우세페와 벨라는 놀이동산 울타리 밖에서 홀린 듯이 그 광경을 쳐다보았다. 우세페가 주체할 수 없다는 듯 웃음을 터뜨렸다. 하지만 아주 잠시뿐이었다. 처절한 기억이 되살아나자, 아이는 이내 웃음을 거뒀다. 나쁜 증상이 일어나는 밤에 꿨던 꿈이 생각나서였다. 전부 다 기억나진 않았지만, 높은 곳에 뚫린 까마득한 구렁텅이에 빠진다거나, 시작도 끝도 없이 빙글빙글 도는 무언가에 빨려드는 그런 꿈들이었다. 단추가 달린 동전 지갑에 든 잔돈을 쓰고 싶었던 우세페는 새빨갛고 샛노랗고 달콤한 먹거리들이 있는 간이 상점 앞으로 다가갔다. 하지만 이내 우울한 표정으로 저만치 뒷걸음을 쳤다. 마르모라 가에서 테스타초로 가던 길에 둘은 수레를 끌고 다니며 아이스크림을 파는 아저씨와 마주쳤다. 우세페가 호주머니에서 돈을 꺼내 아이스크림콘 두 개를 샀다. 하나는 자기 거, 하나는 벨라 거였다. 땅딸하고 푸근한 인상의 아저씨를 보고 용기를 내서 손목시계를 힐끗 쳐다보며 물었다.

"몇 시예요?"

"5시 반이란다." 아저씨가 대답했다.

집에 가기는 아직 이른 시간이었다. 다비데 세그레를 찾아가고 싶다는 마음이 굴뚝 같았다. "바,바비데!" 우세페가 뾰로통한 표정으로 벨라에게 말했다. 이번만큼은 절대 거절할 수 없는 간절한 말투였다. 벨라가 이내 수긍하며 수브리코 다리 쪽으로 방향을 틀었다. 순간 우세페는 기발한 생각을 떠올렸다. 이참에 며칠 전에 이다가 다비데에게 주려고 샀던 포도주를 갖다주는 게 좋을 것 같았다. 선물을 가져가면 다비데가 내쫓지 않을지도 몰랐다. 둘은 보도니 가 집으로 가는 지름길로 발길을 돌렸다. 카페와 선술집마다 하나같이 똑같은 라디오 방송이 흘러나오고 있었다. 축구 경기 승점을 알려주는 방송이었다. 마스트로 조르조 가 길목 선술집 앞에서 라디오 소리에 실려 누군가

"전쟁... 역사..."라고 외치는 소리가 들렸다. 예전에 안니타 마로코와 포도주를 사러 간 적이 있는 선술집이었다. 우세페가 흠칫 놀라며 선술집 문턱을 넘더니 다비데를 보고 큰 소리로 외쳤다. "와우!" 그리고 늘 하던 대로 한 손을 위로 들어 보이며 인사했다.

6.

선술집 테이블에 못사는 동네 사람들이 삼삼오오 모여 있었다. 대개 늙은이들로 편을 갈라 카드놀이를 하는 중이었다. 구경꾼들 여럿이 테이블 주위에 앉거나 서서 카드놀이를 지켜보고 있었다. 다비데는 카드놀이에 전혀 관심이 없는 듯했다. 약간 떨어진 작은 테이블에서 혼자 술잔을 홀짝거리고 있었다. 한 개는 비어있었고, 한 개는 반쯤 채워진 술잔 두 개가 놓여 있었다. 아무도 자신을 초대하지 않았지만, 다비데는 카드놀이가 벌어지는 테이블 옆으로 자리를 옮겼다. 그리고 포도주 반병을 주문해서 사람들에게 따라주고 자기도 마셨다. 취한 정도까지는 아니었지만, 한껏 흥이 오른 듯했다. 우세페와 벨라가 선술집에 들어서자, 얼굴을 쓰다듬며 환한 표정으로 살갑게 인사를 건넸다. "우세페!" 오랜만에 만난 친한 친구를 대하는 말투였다. 그리고 빈 의자를 가져와 우세페에게 앉으라고 권했다. 하지만 우세페가 자리에 앉자마자 본래의 딱딱하고 무뚝뚝한 표정으로 되돌아갔다.

다비데 외에는 우세페와 벨라를 챙기는 사람이 없었지만, 둘은 선술집 안에 발을 들였다는 사실만으로도 마음이 흐뭇했다. 오히려 사람들에게 방해가 되지 않을까 조심조심 행동했다. 벨라는 우세페와 다비데 사이 바닥에서 몸을 축 늘어뜨리고 앉아있었다. 기쁨을 참지 못해 꼬리를 살살 흔들긴 했지만, 최대한 움직임을 자제하는 모습이 마치 견공 조각상 같았다. 이따금 자랑스러운 눈빛으로 주위를 둘러보며 이렇게 말했다. "다들 봤지? 우리 셋이 다 모인 거!" 우세페는 커다란 눈망울을 굴리며 조용하고 차분하게 의자에 앉아있었다. 바닥에 닿지 않는 다리를 흔들지 않으려고 안간힘을 쓰고 있었다. 다비데가 곁에 있다는 사실만으로 마음이 든든했다. 선술집 안에는 우세페가 아는 동네 사람들도 몇몇 있었는데 게 중에는 콘솔라타의 남동생 클레멘테도 있었다.

그와 눈이 마주친 우세페가 수줍게 인사를 건넸지만, 그는 아이를 못 본 척했다. 다비데의 맞은편에서 어깨 너머로 카드놀이를 구경하고 있었다. 형편 없이 야윈 몸에 얼굴은 흙빛이었고, 움푹 파인 눈동자가 몹시 사나워 보였다. 구부정한 몸에 더운 날씨에도 두툼한 재킷을 걸치고, 머리에 작은 모자를 쓰고 있었다. 잘려 나간 손가락에는 필로메나가 떠준 검은 장갑 대신 낡은 밤색 가죽 장갑을 끼고 있었다. 하지만, 모두가, 여전히, 그를 검은 장갑이라고 불렀다. 그는 구제받을 길이 없는 상이용사인 동시에 실업자였다. 자신을 먹여 살렸던 누나를 사랑하긴 고사하고 증오했다. 그녀 또한 자신의 피붙이인 동생을 저주했다. 누나가 출근하지 않는 오늘 같은 휴일에는 집안에 같이 있는 게 싫어서 어떻게든 밖으로 나와 선술집에서 하루를 보냈다. 종종 한 손으로 포도주잔을 집어 들었지만, 이내 지렁이가 우글거린다는 듯한 역겨운 표정으로 물끄러미 술잔 속을 쳐다보다가 다시 내려놓았다. 사람들 틈에서도 그는 아무도 신경 쓰지 않았다. 바로 옆에서 무슨 일이 벌어져도 선혀 반응이 없었다. 카드놀이에도, 라디오 방송에도 일절 관심이 없었다. 이따금 다비데가 일장 연설을 늘어놓을 때만 귀를 곤두세우며 관심을 내비쳤다. 저세상 사람 같았던 그의 얼굴에 활기라든지 분노, 혐오의 감정이 엿보였다. 그는 선술집에 모인 이들 중 그나마 젊은 축에 속했다. 외모만 보면 도통 나이를 짐작할 수 없었지만 말이다. 그는 다비데보다 열 살 정도 많은 연배였다. 나머지는 전부 예순 줄에 접어든 이들이었다. 다비데가 장광설을 늘어놓으며 평화로운 카드놀이를 방해할 때마다, 소년의 이상한 소리에 혼자만 귀를 기울였다. 선술집에 모인 사람들은 모두 그가 누군지 알고 있었다. 적어도 안면은 있었다. 하지만 아무도 마로코 가족의 집에서 그랬던 것처럼 그를 영웅으로 치켜세우지 않았다. 신분이 달라졌다고나 할까, 그는 이제 몰락한 귀족 아니, 어딘지 모를 별에서 온 미지의 존재로 둔갑했다.

둘씩 짝을 지어 편을 먹고 카드놀이가 펼쳐지고 있었다. 다비데와 가까운 자리에 앉은 노름꾼은 일흔이나 먹었지만, 쌩쌩하고 날렵했다. 소매가 없는 러닝셔츠 밖으로 드러난 근육질의 구릿빛 팔뚝에 겨드랑이만 희었다. 머리카락은 풍성한 반백이었고 목덜미에 세례식 은메달이 달랑거리는 목걸이를 하고 있었다. 맞은편에는 그와 한편에서 카드를 치는 동료가 앉아있었다. 대머리에 얼굴이 넙적했고, 공장 노동자 작업복 차림이었다. 그들과 다른 편에서 카드를 치던 남자 둘은 말투로 보아 로마 사람이 아닌 듯했다. 그중 한 사람은 햇볕에 탄 검붉은 얼굴이 농사꾼 같은 생김새였고, 다른 한 사람은 우세페도 몇 번 마주친 적 있는, 가판대를 목에 걸고 다니며 밤, 건과일, 미제 호두 따위를 파는 남자였다. 벨라는 그가 선술집 창가에 벗어 놓은 물건이 가득 담긴 가판대를 아까부터 주시하고 있었다. 동그스름한 얼굴에 주름이 자글자글했고, 코와 귀가 아주 자그마했다. 카드를 치던 사람들이 다들 빨리 좀 하라며 그를 다그치고 있었다.

목걸이 노인 바로 옆 뒷자리에는 예순 살 정도 먹은 자그마한 체구의 구경꾼이 앉아있었다. 형편없이 낡은 정장 재킷 위로 작고 탄탄한 목이 솟아나 있었다. 새파란 눈에 핏발이 곤두섰지만, 눈알은 흐리멍덩했다. 그는 흥에 겨워 노름판이 돌아가는 상황을 구경하는 중이었다. 일요일인 오늘은 허드렛일을 하며 겨우 생계를 유지했던 그가 유일하게 쉬는 날이었다. 목걸이 노름꾼이 패를 낼 때마다 옆에서 탄성을 지르며 손뼉을 치기도 했다. 그처럼 관심 있게 노름판을 들여다보는 이들이 있었는가 하면, 졸다시피 하는 이들도 있었다. 선술집까지 나와서 여전히 일요일의 낮잠을 즐기는 듯했다. 어떤 이는 이따금 몸을 일으켜 라디오 가까이 가서 뉴스에 귀를 기울이고 다른 사람들에게 소식을 전했다. 중간중간에 지나가다 선술집 안에 들어오는 사람도 있었다. 그럴 때마다 누군가 일어나 자리를 비켜주었다. 그렇게 산만한 분위기에서도 다비데는 꿋꿋이 자신의 자리를 지키며 앉아있었다. 부글부글 끓어오르는 내면과 정반대로 두 다리는 천근만근이었다.

그 또한 일요일이 몹시 반갑다는 듯 몸을 씻고 말끔하게 면도까지 했다. 아무렇게나 자란 머리카락은 가르마를 타서 물을 발라 깔끔하게 넘겼다. 평소와 달리 무척이나 신경 쓴 모습이었다. 사색적인 분위기를 풍기는 눈빛을 한 그의 모습은 오래된 학생증 사진 속 어리고 미숙한 학생과 닮은 구석이 있었다. 비록 두 뺨은 그때보다 형편없이 야위고 창백했지만 말이다. 그는 구깃구깃했지만 새거나 다름없는 바지에 깨끗한 흰색 반소매 티셔츠를 입고 있었다. 계속 디비데를 주시하던 우세페는 그의 팔꿈치 부분 맨 팔뚝에 굲은 자국처럼 부어오른 상처를 눈치챘다. 어쩌다 그랬느냐고 묻고 싶었지만, 열변을 토하는 다비데의 말을 자를 용기가 나지 않아 그만두기로 했다.

다비데가 어떤 이유로, 어떤 주제로 열변을 토했는지는 사실 자신조차도 몰랐다. 그의 일장 연설은 주제가 있다기보다 전반적인 문제점에 대한 변명, 다른 이들을 위한 아닌, 무엇보다 그 자신에 대한 변명이었다. 어떤 면에서는 지극히 사적인 이야기에 불과했다. 정답이없는 문제들이었지만, 그는 특유의 말솜씨로 설득력 있게 이야기를이어 나갔다. 해결책이 아닌 문제점을 지적하고자 했다. 누군가 나더러 그날 오후 선술집에서 그가 했던 발언들을 요약하라고 한다면, 경주마들이 원형 경기장 트랙을 반복적으로 달리는 장면이 떠오른다고할 것이다. 어쨌든 낮고 굵게 울려 퍼지는 젊은이의 목소리에 귀를 기울이는 사람은 아무도 없었다. 그러니 그가 똑같은 말을 계속 반복할수밖에. 그는 주위 사람들을 비롯한 살아 숨 쉬는 것들을 죄다 맹렬하게 비난하면서도, 최근에 벌어졌던 전쟁과 수백만에 달하는 사망자들에 관해서는 직접적인 언급을 피했다. 그를 비롯한 사람들 모두가 가격을 흥정하는 장사꾼처럼, 그 일을 직접적으로 입에 올리길 꺼렸다.계속 말을 빙빙 돌리던 다비데는 결국 분노를 억누르지 못하고 고집스럽게 한 마디만 반복했다. "아무도... 아무도..." 그러자, 목걸이 노인이 카드 패에 잔뜩 집중하며 참다못해 한 마디 했다.

"말해보게나, 우리가 들어줄테니..." 그리고 테이블 위에 힘차게 카드를 내려놓으며 소리쳤다. "건다!"

유일하게 그의 말에 관심을 보였던 클레멘테가 다비데를 지긋이 바라보며 말했다.

"그래, 자네가 생각하는 철학이란 게 대체 뭔가?"

제법 넓은 편에 속했던 선술집에는 두 개의 문이 있었다. 안쪽에 난 문 옆으로 바가 있었고, 저만치 떨어진 곳에서 노름꾼들이 카드를 치고 있었다. 한 무리의 남자들이 축구 경기 승점을 놓칠세라 바에 있던 라디오 근처로 모여들었다. 앉아있는 이들과 달리 젊은이들이었다. 마실 거리를 주문하지도, 자리에 앉지도 않았다. 지나가던 길에 축구 경기 소식이 궁금해서 잠깐 들른 이들이었다. 대개가 라디오만 잠깐 듣고 이내 가던 길을 갔다. 오고 가는 사람들이 문가를 들락거리며 경기에 관해 떠드는 소리가 들렸다. 선술집 주인도 흔쾌히 그들의 대화에 끼어들었다. 저쪽에서는 노인들이 모여 테이블 하나를 다 차지하고 카드를 치고 있었다. 그들이 외치는 소리가 선술집 안에 쩌렁쩌렁 울려 퍼졌다. "비겼다!" "조져버려!" 카드 용어들과 다른 목소리들, 길가의 소음이 뒤섞인 선술집 내부는 정신없이 시끌벅적했다. 하지만 다비데는 그런 소리에 전혀 개의치 않았다. 오히려 갑작스레 찾아든 침묵 속에서 혼자만의 광기에 사로잡혔다. 그는 정확하고 예리하게 들려오는 양심의 소리에 귀를 기울이며 서서히 흥분 상태에 빠져들었다. 두뇌에 가해진 물리적인 자극에 따라 더듬더듬 앞으로 나아갔다. 길을 잃었지만, 행인에게 도움을 구할 배짱도 없는 소심한 애송이 같았다. 다행히 그는 지금 자신에게 벌어지는 현상을 무척이나 즐기고 있었다. 외부에서 들려오는 소음들마저 열불 나게 아우성치는 그의 내면으로 서서히 빨려들었다. 유일하고 극적인 모험처럼.

누가 보아도 오늘은 그가 경기를 펼치는 날이란 사실을 눈치챌 수 있었다. 하지만 여느 일요일들과는 좀 달랐다. 다비데는 집에 혼자 있는 게 싫었다. 외로움이 밀려들었다. 그렇게 그는 제 발로 거리에 나왔다. 흔치 않은 아니, 그런 적은 이번이 처음이었다. 사람들을 만나고, 그들의 목소리를 듣고 싶었다. 다른 이들의 호흡을 느끼고 싶었다. 실은 그의 선택이 아닌 그저 우연의 장난이었지만 말이다. 밖으로 나온 그는 예전에 가끔 들렀던 선술집에 가 보기로 했다. 적어도 그리 낯선 장소는 아니었다. 포도주를 마실 생각은 없었다. 경기 중에 술을 마시면 일종의 화학 반응이 일어나기 때문이었다. 그래도 손님으로서 예의를 지키고자 포도주를 시켜서 아주 조금 마시긴 했다. 푸대접을 받지 않으려면 그래야만 했다. 포도주를 한 모금 들이키니 댄스장에 발은 들여놓은 듯한 기분이었다. 춤을 추고 싶어서 안달 날 지경이었다. 하지만 다리가 너무 무거워서 춤은 고사하고 스텝조차 밟을 수 없었다. 여긴 댄스장이 아니잖아... 여긴, 그냥... 세상에.... 그래! 맞아! 아무 데도 아니라고 치자!

　무엇이 자신으로 하여금 사람들이 모여 있는 테이블 쪽으로 의자를 돌리게 했는지 그 자신도 알 수 없었다. 어쨌든 선술집 안에 빈 의자는 그것뿐이었다. 다비데는 훼방 놓기로 작정한 사람처럼 잽싸게 행동을 취했다. 어디서든, 누구 앞이든 그는 똑같이 행동했을 것이다. 재판장, 여인숙, 심지어 영국 왕실일지라도 그의 목표는 달라지지 않았을 것이다. 너무도 급작스러운, 도저히 주체할 수 없는 갈망, 멀쩡하게 광장을 거닐던 사람이 갑자기 옷을 홀딱 벗는 짓이나 마찬가지였다. 사람들 앞에서 예상치 못했던 중대 발표라도 해야 하는 걸까. 그는 잠시 혼란에 빠졌다. 하지만 입을 여는 순간, 자신이 바라는 건 오직 한 가지임을 깨달았다. 그건 바로 '이야기하기'였다. 자신은 끔찍하게 엉켜버린 매듭이었다. 풀면 풀수록 뒤엉키는, 아무도 풀 수 없는 매듭. 다른 이들과 대화를 나눠야만 비로소 그 매듭이 풀릴 것 같았다. 오늘이 가기 전에 반드시 해결해야 할 싸움, 미룰 수 없는 전투, 승리하기 전까지는 쉴 수 없었다. 갑작스레 닥친 면접이나 회의 같은 일이었다. 무엇보다 확실한 건 '다급한 소통'이 절실하다는 사실이었다.

주제로 말하자면 너무도 다양한 나머지 그 자신조차 갈피를 잡을 수 없었다. 그는 이야기하기에 자신의 모든 걸 쏟아부었지만, 다들 알다시피 정신이 온전치 못한 상태였다. 그럼에도 어찌나 해박하고 열정적이었던지 틈날 때마다 발언을 멈추고 가쁜 숨을 돌려야만 했다. '이야기하기', 그래, 하지만 대체 어디서부터, 언제부터 시작해야 하지? 그는 전쟁에서부터 말을 시작하기로 했다. 그에게 있어서는 북극성이나 떠돌이 행성 같은 길라잡이나 마찬가지였다. 하지만 목걸이 노인이 그에게 말해보라고 한 뒤에도 그는 계속 말을 빙빙 돌리고 있었다. 참다못한 검은 장갑이 중간에 끼어들었다. "전쟁은 끝났어."

잠시 후에 농사꾼 외모의 노름꾼이 말끝을 흐리며 내뱉었다.

"이젠, 평화를 생각해야지..." 그의 시선은 말하면서도 내내 노름판에 가 있었다. 가판대 장사꾼이 옆에서 그를 부추겼다. "어이, 돈 걸어!"

"그렇지, 전쟁은 끝났지!" 다비데가 이의를 제기하듯 그의 말을 곱씹었다. "평화의 시기라, 그렇지..." 그렇게 말하며 그는 시름을 내려놓은 사람처럼 웃어젖혔다. 그의 웃음소리에 놀란 벨라가 두 귀를 쫑긋 세웠다. 다비데의 표정이 순식간에 침울하게 변했다. 의자에 앉은 채 저항하듯 몸을 뒤흔들며 외쳤다. "그런데, 그 평화 말인데," 그가 노름에 온통 정신이 팔린 농사꾼을 향해 말을 이었다. "십만 번도 더 그랬을걸! 앞으로도 십만 번은 더 그럴걸! 전쟁은 절대 끝나지 않아! 평화는 암거래야, 그건... 그건 포르노야! 죽은 사람 얼굴에 대고 침 뱉는 짓이야! 죽은 사람들, 그 사람들은 대가도 치르지 않고, 땅에 파묻히면 그만이지, 사건 종결! 무명의 용사들은 누군가 왕관이라도 갖다 바치지..."

"죽은 자는 말이 없고, 산 자는 평화롭다." 자그마한 노인이 충혈된 눈을 깜빡거리며 말했다. 농담이 아닌, 다비데의 발언에 동의를 표하려는 의도였다.

"사건 종결!" 다비데가 더 이상 못 참겠다는 듯 몸을 비비 꼬며 외쳤다. 하지만 아직 분노하긴 일렀다. 그랬다가는 말을 끝내기도 전에 길을 잃고 말 것이었다. 자신의 힘과 열정을 죄다 끌어모은 다비데는 마침내 이성적인 또 하나의 자신으로 변신하는 데 성공했다. 앞으로의 행군은 슈퍼-자아 다비데가 지휘할 것이며, 본래의 다비데는 그에게 복종할 것이다. 상황, 전략, 목표는 불분명하지만, 슈퍼-자아 다비데란 인물은 그에 맞서 다양한 방식으로 자신의 발언을 이어 나갈 것이다. 때로 활활 타오르는 칼처럼, 때로 패러디를 동원해 가며... 어쨌든 먼저 역사 선생의 입을 빌려 이야기해 보기로 했다. 다비데가 미간을 찌푸리며 잔뜩 집중했다. 추락해 버린 자신의 인식을 학창 시절로 되돌리려는 시도였다. 앞으로 펼쳐질 전투에 대한 큰 그림을 그리려면 침착성, 정확성, 그리고 무엇보다 체계적인 순서가 필요했다. 그는 미리 순서를 정해놓고 그에 따라 움직이기로 마음먹었다. 법칙이란 게 늘 그렇듯 우선 기본적인 사항들부터 언급하는 게 나을 것이었다. 학창 시절 교단에 불려 나가 친구들 앞에서 발언할 때와 같은 심정이었다. 사려 깊은 언어로 정곡을 찌르는 그의 웅변은 마치 개론서를 낭독하는 것처럼 들렸다.

1. '파시즘'이란 단어는 최근에 만들어졌지만, 선사 시대부터 이미 쇠락하기 시작한 사회 시스템을 대변하는 것이다. 그러한 시스템은

인류학적인 관점에서 볼 때 절대적으로 미개하며 진화되지 못한 것이다. 동물학에 대한 약간의 상식만 있어도 누구나 알 수 있는 명백한 사실이다.

2. 그와 같은 시스템은 민족, 계급, 개인 등등 무방비 상태의 사람들에게 다양한 수단을 통해 폭력을 행사하는 압제를 전제로 한다.

3. 실제로 인류의 탄생에서부터, 전 세계적으로, 인류 역사의 전 과정에 걸쳐서 그 이외에 다른 시스템은 존재하지 않았다. 최근 들어 그러한 시스템은 치욕, 광란, 우매함으로 분출되며 파시즘 또는 나치즘이란 이름으로 명명되었다. 그야말로 몰락한 부르주아나 다름없다. 호칭이 다르다거나, 반대급부일지라도, 그러한 시스템은 언제, 어니서나 작동되고 있다. 인류 역사가 시작된 이래 언제나...

다비데는 문제를 제기하며 고개를 이리저리 돌려 사람들을 쳐다보았다. 마치 그 자리에 모인 사람들 모두에게 동의를 구하려는 듯했다. 그러나 가녀린 소리로 내뱉는 그의 주장은 어지럽고 시끌벅적한 분위기에 묻혀버렸다. 그럼에도 그는 의지를 굽히지 않고 다음 이야기를 이어 나갔다. 제법 긴 발언이었던지라 고심해 가며 순서대로 이야기해야만 했다.

"... 사실 역사란 건, 정도의 차이는 있을지 모르지만, 죄다 파시즘 이야기 같은 위선이야. 시저와 교황들의 로마, 훈족의 발자취, 아즈텍 왕국, 개척자들의 미국, 통일 이탈리아, 차르의 러시아와 소비에트... 늘 자유인과 노예들이 등장하지... 부자와 가난한 자들, 소비자와 판매자들, 높은 자와 낮은 자들, 상관과 부하들... 시스템은 절대 바뀌지 않아... 종교에서 말하는 고귀, 영광, 낭예, 영혼, 이후에 벌어질 일들... 그런 것들은 죄다 입에 발린 말이야, 죄다 가면이라고... 하지만 공업화의 시대가 도래하면서 그런 가면들은 더 이상 통하지 않게 되었지. 시스템이 기를 쓰고 날이면 날마다 무언가를 찍어내거든. 군중들의 살덩어리에 이거야말로 진짜라며 호칭과 신분을 새겨넣지. 그러니 군중을 다른 말로 덩어리(MASSA)라고 부르는 거야, 불분명한 물질... 그래, 그게 바로 우리야... 노동과 과로로 지탱되는 그 가여운 물질이 결국 전멸과 붕괴를 초래하고 말았어... 유대인 전멸 수용소처럼... 이제 지상은 새로운 명칭을 찾아냈어... 전멸의 산업, 그게 시스템의 진짜 이름이야! 공장마다, 학교마다, 정문에 크게 써 붙여놓아야 해. 교회, 국회, 사무실, 네온이 찬란한 빌딩들, 신문 일면에도... 그리고 책 표지에도... Quieren carne de hombres! 그들이 원하는 건 인간의 살점이다!!"

마지막 문장을 어디서 읽었더라? 떠오르지 않았다. 다비데는 그 문장을 입에 올린 게 실수였다는 생각에 살짝 후회스러웠다. 아무도 스페인어를 모를 텐데! 하긴 고대 그리스어, 산스크리트어로 그 문장을 읊었다고 해도 다를 바 없었을 것이다. 어차피 지나가던 개가 짖는 소리였을 것이다. 다비데는 신경 쓰지 않았지만, 그의 슈퍼-자아는 그런 상황이 몹시 거슬리는 듯했다. 그가 팔다리를 마구 움직이며 격렬한 웃음을 터뜨렸다. "아무도 못 믿겠다니!" 그가 목소리를 한껏 높이며 권위적인 투로 소리쳤다. "이건 전쟁이야... 세상의 혁명이라고!"

라디오에서 흘러나오던 뉴스가 끝났다. 듣고 있던 몇몇은 그 자리에서 축구 경기 결과를 두고 언쟁을 벌였고, 다른 몇몇은 서둘러 자리를 떴다. "그렇게 잘났으면 네가 혁명을 일으켜 보시든가!" 셔츠 단추를 풀어 헤친 한 청년이 테이블에서 이야기하던 다비데의 말에 끼어들었다. 그러자 다비데가 그를 쳐다보며 적대적인 투로 소리쳤다. "나도 안 믿었어!" 그가 청년의 말에 반박했다. "난 혁명 따위는 안 믿어! 진정한 혁명은 한 번도 없었어! 혁명에 대한 희망 따위는 없다고!..." 청년은 어깨를 한번 으쓱하더니 이내 축구 경기 결과를 두고 신나게 떠드는 이들 사이에 끼어들었다. "좋은 혁명이란 게 대체 뭔데?" 바 뒤에 서 있던 선술집 주인이 나른한 시선으로 다비데를 쳐다보며 물 었다. 하지만, 대답을 듣기도 전에 몸을 돌리고 선수들을 헐뜯는 이야 기에 동참했다. "내 생각에는, 심판이 잘못한 거야." 그가 부아가 치 민다는 듯 외쳤다.

라디오에서는 이제 음악이 흘러나오고 있었다. 선술집 주인이 축구 이야기에 방해된다는 듯 얼른 볼륨을 낮췄다. 그날 경기의 승점에 내 해 떠들던 이야기는 최근에 외국팀을 상대로 한 이탈리아의 승리까지 이어졌다. 선수들이 돌아가면서 입방아에 올랐다. 셔츠를 풀어 헤친 청년은 마촐라가 잘해서 그런 거라고 주장했다. 그러자 충혈된 눈의 자그마한 노인이 의자에서 벌떡 일어나 그의 말에 반박했다. "어쨌든 토리노가 이겼잖아," 그가 자랑스럽게 떠벌렸다. "마촐라는 무슨, 다 가베토 덕이지! 두 골이나 넣었잖나, 가베토가! 두 골이나!" 그가 젊은 이의 코 앞에 손가락 두 개를 들이대며 우겼다.

제목은 기억나지 않지만, 라디오에서는 당시 큰 인기를 끌었던 노 래가 흘러나오고 있었다. 그러자 젊은이 무리 중 하나가 제멋대로 볼 륨을 최대치로 높이고 리듬에 맞춰 엉덩이와 발을 움찔움찔하며 춤 추기 시작했다. 다른 청년 하나가 자기가 춤을 좀 출 줄 안다며 그에 게 다가가 정확한 동작을 알려주었다. 축구에 관해 이야기하던 젊은 이 중 몇몇이 새로운 주제 쪽으로 넘어왔다. 신술집 안에 음악 소리와 더불어 신나게 떠들어대는 젊은이들의 활기찬 소리가 울려 퍼졌다.

하지만 다비데는 그런 식으로 혼란이 펼쳐져도 여전히 요지부동이었다. 적어도 겉으로 보기에는 그랬다. 그는 하필이면 그날, 예상치 못하게 찾아온 비극적 다급함에 온통 정신이 팔려있었다. 자신을 둘러싼 모든 게 정체 모를, 어지럽고 불확실한 파편들처럼 산산이 부서져 내리는 기분이었다. 어쨌든 우선 선술집 주인의 질문에 대답해야겠다는 생각이 들었다. 다비데는 미간을 찌푸리며 방금까지 했던 조직적인 설교를 다시 시작했다. '어디까지 이야기했더라'를 시작으로 다시금 간증을 쏟아내기 시작했다. 그 유명한 시스템은 전 우주에 걸쳐서 영원토록 사기 행각을 벌일 것이다... 법규라는 건 사적이든 공적이든 늘 소유와 연관되어 있다... 법규에 의거한 인종주의... 법규에 의거한 끊임없는 생산과 소비... 전쟁, 공격, 침략, 다양한 전쟁을 통한 재생산의 창출... 그와 같은 쳇바퀴를 절대 멈출 수 없다... 그는 '혁명'이란 단어를 천문학적 뉘앙스에 빗대기도 했다. 만물은 중력을 중심으로 움직인다. 중력의 중심은 단 한 번도 달라진 적이 없었다. 권력. 언제나 유일했다. 권! 력!

그 시점에서 설교자는 아무도 자기 말에 귀를 기울이지 않는다는 사실을 깨달았다. 그의 일장 연설은 바람에 날리는 종이 나부랭이에 불과했다. 다비데는 잠시 입을 꾹 다물고 가만히 있었다. 어마어마한 꿈을 꾸는 어린아이 같았다. 그러더니 이내 이를 악물고 벌떡 일어나 악의에 찬 목소리로 외쳤다.

"난 유대인이야!"

갑자기 튀어나온 말에 카드를 치던 사람들이 한순간 동작을 멈추고 그를 힐끔 쳐다보았다. 클레멘테가 그를 쳐다보며 입술을 실룩거렸다.

"유대인이 뭐 그리 나쁜 건가?"

충혈된 눈의 자그마한 노인이 제자리에 앉으며 부드럽게 말했다.

"유대인들은,"

작업복 차림의 남자가 중대 발표라도 하듯 근엄하게 선언했다.

"똑같은 기독교인들이야. 유대인들도 똑같은 이탈리아인이라고."

"그런 말이 아니야," 다비데가 얼굴을 붉히며 반격했다. 그는 지극히 개인적인 정보를 함부로 누설했다는 사실에 가책을 느끼고 있었다. 한편으로 마침내 누군가 자신의 발언에 반응을 보였다는 사실이 반갑기도 했다.

"내가 누구든 그런 건 상관없어!" 그가 어디까지 했는지 너듬으며 말을 이었다. "인종, 계급, 시민권, 그런 건 다 뻥이야. 권력이 가짜로 만들어 낸 쇼에 불과하다고. 권력은 늘 수치스러운 기준점들을 필요로 하지. '저건 유대인, 저건 검둥이, 저건 노동자, 저건 노예... 이건 다른 얘기야... 적! 권력이, 자신이 적이란 사실을 위장하기 위해 만들어 낸 눈속임! 얼떨결에 온 세상에 퍼진 페스트처럼... 유대인, 검둥이, 백인, 전부 우연에 의해 태어난 거잖아... 그렇긴 하지만, 세상에 우연히 태어난 인간은 아무도 없어!"

다비데가 만족스럽다는 듯 미소를 지어 보였다. 시구나 다름없는 마지막 문장은 자신이 몇 년 전에 썼던 '온전한 양심'이란 글에서 인용한 것이었다. 자신과 동행하던 슈퍼-자아의 목소리를 빌려 말하니 제법 그럴듯하게 들렸다. 다비데가 썼던 글은 산문이었지만, 그 구절은 마치 노래 가사처럼 울려 퍼졌다. 자신이 쓴 시를 직접 낭송하는 시인처럼 소극적이고 빈어직인 말두었다.

"해조류부터 아메바에 이르기까지, 그 뒤로 모든 형태의 생명체들이 탄생하기까지, 셀 수없이 많은 세월이 흐르기까지, 자연은 오로지 단 하나의 유일한 목표를 향해 나아갔어. 인간이라는 존재! 그렇다면 인간 존재의 의미가 과연 뭘까, 그건 바로 양심이야. 그게 바로 창세기지. 양심이야말로 신의 기적이야. 신! 신은 그날 이렇게 말했지. '사람을 창조하노라!' 나중에는 이런 말도 했어. '나는 인간의 아들이다!' 그리고 쉬었지, 축제를 벌였지..."

"어쨌든 간에, 양심이야말로 모든 인간을 아우르는 유일한 핵심이야. 양심에 있어서 만큼은 개개인의 차이가 없어. 양심에 있어서 다름이란 존재치 않아. 그럼에도 현실적인 세상에서는 온갖 잣대를 들이대며 인간들을 분류하지. 희네, 검네, 붉네, 노랗네, 여자네, 남자네... 인간으로 태어났다는 건 지상에서 가장 진화된 존재로 성장했다는 의미야! 그게 바로 신의 섭리야, 인간이 지닌 유일하고도 고귀한 상징. 다른 상징이니 명예니 하는 것들은 광적인 페스트 같은 몹쓸 장난질이야. 더러운 뒷담화라고..."

"자네는 신을 믿나?" 클레멘테가 일그러진 입술로 다비데의 말을 끊었다. 그의 질문에 다비데를 업신여기는 듯한 말투가 묻어나왔다.

"믿는 자에게 축복이 있을지니!" 충혈된 눈의 자그마한 노인이 한숨을 내쉬며 말했다.

"지금 그걸 말이라고 하나? 그런 걸 설명해야 하나?"

다비데가 중얼거렸다.

"...신을 믿느냐고?... 질문부터가 틀린 것 같은데, 흔한 말장난이지. 다른 말장난들처럼."

"말장난이라니?"

"말장난! 신부들, 파시스트들이나 하는 말장난! 진화된 민족의 자유

국가에서 신에 대한 믿음을 논한다? 그들이 말하는 믿음이란 건 죄다 거짓부렁이야, 자기들 편의대로 꾸며대는 거지. 메달이나 화폐처럼. 어쨌든, 정 궁금하다면 말해 주지. 난 무신론자야."

"젠장, 믿지도 않으면서 뭘 안다고 신에 대해서 떠들어 대!"

카드를 치던 누군가 거슬린다는 듯 볼멘소리를 내뱉었다. 그와 한 편이었던 잡상인이 아리송하다는 듯 귀를 긁더니, 그에게 다음 패에 대한 조언을 구했다. 그러자 그가 확신에 차서 외쳤다. "흔들어!" 잡상인이 다급하게 테이블 위에 카드를 내던졌다.

"신을 믿는다... 믿을지 안 믿을지 고민해야 하는 게 과연 신일까? 나도 소년 시절에는 그런 식으로 생각하는 게 당연한 줄 알았어... 하지만 그건 신이 아니야!... 잠깐! 방금 생각났는데 어릴 적 친구 하나가 나한테 이런 질문을 한 적이 있었어. '넌 신이 존재한다는 사실을 믿어?' '믿어,' 잠시 생각한 뒤에 내가 이렇게 대답했지. '신이 존재한다는 사실만 믿어.' 그러자 그 친구는 바로 이런 말을 했어. '난 존재하는 모든 걸 믿어, 그러므로 나는 신을 믿어!' 그날 우린 서로 생각이 다르다고 결론을 내렸어. 하지만 시간이 지나 생각해 보니 그 친구와 난 결국 똑같은 얘길 했던 거였어..."

그의 설명은, 청중들에는 정답이 헷갈리는 퀴즈나 마찬가지였다. 행여 누군가 진심으로 귀를 기울였을지라도, 유대 신학의 학설 정도로 생각했으리라... 그의 말을 비웃기라도 하듯 검은 장갑이 쇠잔한 폐에서 우러나는, 일정한 강도로 울려 퍼지는 기침을 내뱉게 시작했다. 저쪽에서 "나 여기 있어, 다비데!"라며 자랑스럽게 그의 이름을 부르는 우세페의 가녀린 목소리가 들렸다. 이이는 다비데가 발언을 시작한 뒤로 벌써 서너 번이나 친구를 불렀다. 다비데를 방해할 생각은 추호도 없었다. 그저 "우리가 여기 있어!"라고 알리려는 것뿐이었다. 다비데는 언제나처럼 우세페가 부르는 소리에 아무런 반응도 없었다. 그가 갑자기 털썩 자리에 주저앉았다. 하지만 이내 정신을 가다듬었다. 그토록 꿈꿔왔던 여정에 집착을 보이며 다시금 뛰어들었다.

"이런 말이 있지. 신은 불멸이다, 왜냐, 모든 생명체에게 삶은 단한 번뿐이니까. 양심을 지닌 우리에게 결국 뭐가 남을까? 죽음! 너나 할 것 없이 죽음이 찾아오지. 빛이 싫다고, 눈을 감는다고 빛이 사라질까? 양심으로 똘똘 뭉치기, 그거야말로 죽음이란 결말을 상대로 승리하는 방법이야, 역사의 종말이자, 신의 탄생이지! 신이 인간을 창조했다는 건 평범한 동화에 지나지 않아, 왜냐, 그와 정반대로, 신은 인간에게서 태어났거든, 아니, 아직도 태어나길 기다리고 있거든, 아니, 어쩌면 영원히 태어나지 않을지도 모르거든. 우리가 진정한 혁명을 바라지 않는 한…"

"그럼, 자넨 혁명가가 되겠다는 건가?" 클레멘테가 다시금 심드렁하게 물었다. 먼저 대답이 시원치 않다는 투였다.

"그건," 다비데가 씁쓸하게 대답했다.

"또다시 장난질 같은 질문이군. 나폴레옹, 히틀러, 스탈린 같은 사람들은 그렇다고 대답할지도 모르지… 하지만 나는 아니야, 그렇게 궁금하다면 말해 주지. 난 무정부주의자야."

이제 그는 누군가와 싸우듯 이야기하고 있었다. 하지만, 검은 장갑과의 싸움은 아니었다. 그의 슈퍼-자아가 검은 장갑 못지않게 거친 목소리로 보이지 않는 누군가와 싸움을 펼치고 있었다.

"진짜 유일한 혁명은 무정부주의야! 무, 정, 부, 다시 말해서 그 어떤 권력도 없는 것, 그 어떤 형태도, 그 누구도, 그 무엇도! 누구든 혁명을 논하면서 권력을 입에 올린다면 그건 사기꾼이야! 가짜라고! 누구든 자신 또는 누군가를 위한 권력을 열망한다면, 그건 반동주의자야. 프롤레타리아, 부르주아... 부르주아와 권력은 절대 떼놓을 수 없어! 철저한 공생관계지! 권력이 있는 곳마다 어디든 부르주아가 판을 치지, 하수구에 들끓는 버러지들처럼..."

"그 사람들은 돈이 있잖아," 선술집 주인이 하품하며 오른 손가락으로 돈 세는 시늉을 해 보였다. "돈이면," 그가 라디오를 듣는 무리를 쳐다보며 해맑게 말했다. "성모마리아도 살 수 있지..."

"암, 하늘의 아버지도," 누군가 음흉한 목소리로 그의 말에 맞장구쳤다.

"화폐..." 다비데가 미소를 지었다. 그리고 어쭙잖은 공연을 펼치듯 호주머니에서 지폐 두 장을 꺼내 옆에 내팽개쳤다. 사람들이 잡으려고 팔을 뻗었지만, 지폐들은 종잇장처럼 저만치 날아가 벨라의 꼬리 근처에 떨어졌다. 우세페가 얼른 지폐들을 주워 모아 "여기 있어, 다비데"라고 말하며 그에게 건네주었다. 그리고 아직 따뜻한 의자로 돌아와 다시 바른 자세로 앉았다. 벨라가 먼 곳에 파견을 나갔다 돌아온 것처럼 아이를 반겨주었다. 다비데는 자신의 전 재산을 호주머니에 슬쩍 밀어 넣었다. 방금 보였던 충동적인 행동은 잊은 듯했다.

"화폐," 그가 외쳤다.

"화폐야말로 역사 최초의 거짓부렁이야!"

아무 생각 없이 말을 내뱉었던 상대방은 더 이상 그의 말을 듣지 않았다. 이빨이 번들거리는 날쌘 청년은 라디오에 귀를 갖다 대고 손바닥으로 귀를 막은 채 음악을 듣고 있었디.

"그거야말로 최초의 수법 중 하나지!" 다비데가 성난 목소리로 외쳤다.

"그치들이 화폐라는 수법을 써서 우리 인생을 사들였어! 화폐는 죄다 가짜야! 심지어 화폐는 먹을 수도 없는 거잖아? 그치들이 쓰레기를 위조해서 말도 안 되는 가격에 우리한테 판 거라고. 중량으로 판매합니다, 백만 원은 똥 1kg입니다..."

"백만 원만 있으면 진짜 좋겠다," 누군가 한숨을 내쉬며 말했다. 잡상인의 목소리였다. 십 원짜리 동전 같은 작고 쇠락한 그의 두 눈이 원대한 꿈을 꾸듯 크게 열렸다. 슈퍼마켓을 열면 건과일과 헤이즐넛 따위를 왕창 진열해 놓고 팔 수 있을 텐데... 상상에 빠져든 그는 잠시 자신이 카드놀이를 하고 있다는 사실을 잊었다. 그러자 한 편에서 카드를 치던 동료가 다비데를 째려보며 단칼에 그를 나무랐다.

"정신 차려!"

다비데는 잡상인의 반응에도 그다지 흡족해 보이지 않았다. 소년처럼 입가에 잔잔한 미소를 머금는가 싶더니 이내 단호한 표정으로 다들 똑바로 들으란 듯이 선포했다.

"무정부주의 공동체에서는 화폐가 존재하지 않아."

이어서 그는 무정부주의 공동체의 특징에 관해 설명하기 시작했다. 모두의 땅에서, 모두가 함께 일하고, 자연의 법칙에 따라 생산되는 모든 걸 함께 나눈다. 소득, 소유, 계급은 자연에 위배되는 것들이므로 배제한다. 노동은 휴식과 마찬가지로 우정에 기반한 축제의 장이다. 아무런 제약 없이, 자아가 이끄는 바에 따라 누구나 자유롭게 사랑할 수 있다. 그곳에서, 순수한 사랑의 결실로 태어난 자녀들은 모두의 자녀들로 대우받으며 모두가 함께 돌본다. 가족, 제도적인 사회의 시초이자, 위선적인 구속이며, 범죄의 온상인 가족은 그곳에 발을 들일 수 없다. 그곳에는 성씨가 없으며, 모두를 이름만으로 부른다. 호칭이나 학력 따위를 운운하는 건 말도 안 되는 짓거리다. 그곳에서는 충동적인 감정들을 있는 그대로 인정한다. 서로에게 호감을 느끼는 건 어디까지나 자연스러운 행동이다. 권력의 폭주가 정화시킨 인간 본연의 감정들이 자연스러운 소통의 방식으로 되돌아간다. 건강한 도취의 상태로! 그곳에서는 정점, 시야, 경청, 지성이야말로 일관된 진실을 향한 진일보라 여긴다.

공동체에 관해 설득력 있게 이야기하는 동안 그의 얼굴에는 미소가 떠나지 않았고 두 눈은 반짝반짝 빛났다. 마치 그가 말하는 무정부주의 공동체가 위도와 경도로 표시하는 지도상 어딘가에 실재한다는 듯이, 기차만 올라타면 바로 갈 수 있는 장소라는 듯이. 하지만 앉아서 카드를 치던 노인네들은 그의 환상적인 가설을 들으며 코웃음을 쳤다. 라디오에서 오케스트라가 연주하는 프로그램의 마지막 곡이 흘러나왔다. 박수가 절로 나올 만큼 웅장한 연주였지만, 다비데에게는 자신을 비웃는 소리처럼 들렸다. 음악 소리보다 심각하게 그를 비아냥거렸던 건 내면에서 들려오는 슈퍼-자아의 목소리였다.

"뭐야, 내 생각에는 순서가 뒤집힌 것 같은데,"

그가 다비데의 말을 꼬집으며 속삭였다.

"넌 예언자라도 된 것처럼 앞으로의 일을 이야기하지만, 네가 자랑스럽게 떠벌렸던 내용은 실은 아주 오래된, 케케묵은 이야기야. 우리가 에덴에서 쫓겨나는 바람에 여기까지 온 거 기억하지? 땅에서 생육하고 번성할지어다!"

"그러네," 다비데가 미소 띤 얼굴로 그의 말에 대꾸했다.

"그 이야기인즉슨 최초의 인간은 에덴의 순수함을 거부하고 마음의 소리를 따랐지. 그 선택을 역사에 적용할 수 있을지도 몰라. 이를 테면, 혁명과 꼭두각시 권력과의 싸움... 결국 꼭두각시가 이겼지만! 인간을 하위 동물보다 못한 꼴로 만들어 버렸지만! 그게 우리가 처한 현실이지만! 반면에 다른 종들은 적어도 우리 인간처럼 역행하지 않았어. 창조의 날로부터 달라진 게 없어. 에덴과 마찬가지로 자연 상태 그대로 머물렀어! 인류만이 유일하게 퇴보한 종이야! 인간들은 동물적이고 자연스러운 상태, 에덴에서 벗어나 역사라는 데 발을 들였지, 생물학과 역사를 돌이켜 봐... 이전에는, 절대로, 그 어떤 종의 생명체도, 자연을 거스르는 무시무시한 괴물을 만들어 낸 적이 없었어. 인간의 근대 사회가 탄생시킨 괴물들을..."

"그게 대체 뭔데?"

충혈된 눈의 자그마한 노인이 궁금하다는 듯 불쑥 끼어들었다. 다비데가 입을 질끈 다물더니 그의 질문에 일갈했다.

"부르주아!"

다비데의 표정이 날고기를 자근자근 씹는 사람처럼 일그러졌다. 작은 노인이 별거 아니란 듯 안심한 표정을 지어 보였다. 깜짝 놀랄 만한 대답을 기대했던 그는 실망한 기색이 역력했다.

다비데는 술술 흘러나오는 자신의 입담에 한껏 도취해 있었다. 그를 사로잡은 불가항력이 자신도 모르게 죽 늘어선 장애물들을 가뿐히 뛰어넘도록, 끝내주는 경주를 펼치도록 돕고 있었다. 계급의 적대성에 관한 문제 제기는 그가 사춘기 소년 시절부터 생각했던 것이었다. 그는 자신의 시에서 자신의 사고방식을 '이성적이며 사나이다운 결실'이란 문장으로 갈무리했다. 그리고, 그는 이제, 금기시해 왔던 냉랭한 적을 다시금 소환하고 있었다. 그 단어를 입에 올리는 것만으로도 속이 부글부글 끓어오르는 기분이었다. 슈퍼-자아가 나서서 그에게 절대 물러서면 안 된다고 명령을 내렸다.

"적어도, 예전의 부르주아 권력들은," 다비데가 얼굴을 찌푸리며 공격을 퍼붓기 시작했다. "망토를 걸치고, 가발을 쓰고, 왕좌, 제단, 말 위에서 자신들의 권력을 행사했지. 그런 유물들에 대한 향수도 있잖아. 그들은 자신들의 부끄러운 짓을 보상하기 위해서 (일정 부분에 있어서) 작품을 후원하거나, (일정 부분에 있어서) 재산을 환원하기도 했어. 물론 결국은 자기들이 잘 먹고 잘살려는 속셈이었지만... 어쨌든 전폭적인 부패로 치닫기 전에 어느 정도 공헌한 흔적은 있었어. 하지만 부르주아 권력이 여기까지 오는 동안 시정은 달라졌어. 곪아 터진 상처처럼 혐오스러운 존재! 부르주아가 달라붙는 곳마다 생명의 흔적을 없애 버리지, 아니, 심지어 생명이 없는 것들까지도, 퇴치할 수 없는 병균처럼 모든 걸 부패한 시체로 만들어 버리지. 그러면서도 부끄러운 줄 모르다니! 그래, 부끄러움이란 양심이 보내는 신호니까, 부르주아는 인간의 자랑인 양심을 도려내 버린 족속들이야. 자신들이 잘났다고 생각하지만, 실은 불구들이지. 가장 심각한 문제는 그들의 무식한 고집이야, 무슨 수로도 바꿀 수 없는..."

그가 비꼬는 투로 목소리를 한껏 높였다. 마치 장관이라도 된 듯한 기세였다. 피고인을 향해 판결을 선고하는 듯한 말투였다. 선술집 안에 그의 발언이 메아리치며 울려 퍼졌다. 부르고 또 부를 찬가 같았다. 혼자서, 또는 투쟁의 동지들과 더불어, 피가 끓어오를 때마다, 언제나, 언제까지나... 그날, 그 자리에서, 계급의 부당함을 호소하던 그는 지나치다 못해 억지스럽게 보일 지경이었다. 내면에서 흘러나온 정리되지 않은 열정이 질척거리며 그를 위협했다. 결국 그는 언제나

273

처럼 광적인 웃음을 터뜨릴 수밖에 없었다. 주먹처럼 후려치는 자신의 웃음소리를 들으며, 그는 복수의 의지에 불타서 온몸을 부들부들 떨었다. 겨우 그 정도 수준의 단어로 피의자를 정죄하다니, 어림도 없었다. 남용이라느니, 주지라느니... 다비데는 지나친 열정에 사로잡힌 나머지, 한층 극적인 대결을 펼치기 위한 새로운 단어들이 없을까 뒤적이기 시작했다. 그럴듯한 말을 찾아내는 데 실패한 그의 입에서 다분히 원색적이고, 외설적인 언어가 흘러나오기 시작했다. 군부대에서나 쓸 법한 말들, 그가 평소에 쓰던 어투와는 몹시 달랐다. 그런 말을 쓰는 자신이 부끄러운 한편, 드디어 폭력을 행사했다는 쾌감이 들기도 했다. 검은 사제가 되어 미사를 집행하는 듯한 기분이었다.

"아, 됐다고, 알았다고!" 아무 생각 없이 라디오를 듣던 이들 중 하나가 쏘아붙였다. "너한테 부르주아는 좆이란 거잖아!" 그러자, 다비데는 그의 욕설을 맞받아치며 미친 듯이 자기가 아는 욕설들을 남발하기 시작했다. 그 자리에 있던 청중들도 처음 듣는 기괴한 욕설들이 폭죽처럼 팡팡 터졌다. 심지어 우세페조차도 그런 욕설이라면 일가견이 있었다. 욕설의 달인들이었던 밀레 가족, 그리고 최근에는 마로코 일가와 어울렸으니 그럴 만도 했다.

하지만 다비데는 자신이 우주의 중심에 서 있다는 착각에 빠진 듯했다. 한 치도 물러설 기미를 보이지 않았다. 비틀거리며 자리에서 일어난 그의 이마에 땀방울이 송골송골 맺혔다. 그가 주먹을 불끈 쥐더니 이야기를 이어 나갔다. "모든 생명체를 아우르는 자연은," 그가 한층 가라앉은 목소리로 다시 입을 열었다.

"자유롭고 열린 존재로 태어났어, 그들이 자기 주머니에 집어넣으려고 다 망쳐놓은 거지. 다른 이들의 신성한 노동을 주식으로 바꿔치기하고, 땅과 농지를 상속하고, 인간 삶의 진실한 모든 가치, 예술, 사랑, 우정을 돈으로 사고파는, 주머니에 챙겨 넣을 물건으로 둔갑시켰지. 그들의 행위는 타인의 노동과 양심의 가치를 상대로 더러운 거래를 하며 폭리를 취하는 은행 같은 거야. 무기 생산 공장, 쓰레기들, 전쟁과 학살에 사용할 살인 도구들! 그들이 소위 재산이라 일컫는 그런 공장들을 열고, 빌어먹을 노예들을 고용해서 자신들의 이익을 위해 마구 부려먹지... 그들에게 진정한 가치는 없어, 전부 다 가짜야, 언제라도 대체할 수 있는... 그렇다면 그들과 다른 이들은? 다른 이들이 그들에게 대항할 수 있다고 믿어? 그들이 초래한 날조는 역사의 미래에도 오로지 물질만을 남길 거야. 그러니 결정적인 해결책이 있을 수 없지. 역사적으로 뛰어난 과학자, 수학자들이 했다는 계산도 다 틀려 먹었어. 권력은 잠복 균이나 마찬가지야. 혁명을 일으키겠다며 불끈 쥔 주먹 속에도 권력의 흔적이 깃들어 있지. 절대로 나쁜 권력이 아니라면서 들러붙지. 부르주아 또한 그런 징후를 띤 여느 계급에 불과했어. 잘못된 것들을 바로잡아 줄 것처럼 군림했지. 하지만, 그들이야말로 화산 폭발처럼 결정적으로 변질되어 버렸어. 결국 영원히 역사를 더럽힐 참상이 벌어지고야 말았지... 페스트보다 더한 전염병이 퍼진 거야... 부르주아들은 싹쓸이 수법을 쓰거든. 권력을 손에 쥐고 있는 한 지상 전체를 잘근잘근 씹어먹을 거야. 골수까지 썩어빠진 양심으로. 그러니, 슬픈 일이지만, 한 치의 희망도 없을 수밖에. 모든 혁명은 시작하기도 전에 이미 패배한 거야!"

　그는 내내 선 채로 독설을 내뱉었다. 성가시다는 듯 발로 의자를 뒤로 밀어내기도 했다. 경기를 펼치는 날마다 찾아드는 천근 만근한 피로에 비하면 무척 용맹스러운 태도였다. 그의 두뇌는 부글부글 끓어올랐지만, 근육은 가누기 힘들 정도로 버거워지고 있었다. 그의 거친 목소리 또한 점점 쉰 소리로 변해가고 있었다. 그런 자신의 목소리를 들으면 들을수록 긴급한 소통을 멈춰서는 안 된다는 확신이 들었다. 미리 녹음해 놓은 라디오 드라마처럼 자신의 대본을 읽어나갈 수밖에 없었다. 실은, 그건, 하나가 아닌 여러 개의 자신이었다. 반 양말을 신고, 스포티한 교복 재킷을 입고, 빨간 넥타이를 맨 고교생, 운동복 차림의 방랑하는 실업자, 작업복을 걸친 노동자 견습생, 그리고 캔버스 가방을 둘러맨 카를로 비발디, 덥수룩한 수염에 무기를 손에 든 피오트르, (1943년과 1944년 사이 겨울 숲속에서 지내는 동안 그는 시커멓게 수염을 길렀다) 그들 모두가 등장해 각자의 이상을 선포하고 있었다. 사방에서 그를 재촉하기도, 도망치기도 하면서, 마치 유령처럼... 마침내 그 고리를 끊겠다는 듯, 최후의 혁명을 기필코 이뤄내겠다는 듯, 다비데는 목소리를 한껏 높여 다시금 이야기에 뛰어들었다.

"적군의 가면을 벗겨야 해! 창피를 당해봐야 해! 그들의 끔찍한 잘못을 밝혀내야 해! 더 늦기 전에, 부질없는 짓이란 걸! 다른 이들이 하기 나름이야, 구원의 날! 그날이 오면 거짓된 가치들이 똥처럼 광장에 쏟아지리니, 내 말 알아듣겠냐고..."

선술집 안은 한층 더 시끌벅적해졌다. 라디오에서 소규모 오케스트라가 당시 유행하던 곡을 연주하고 있었다. 그 노래를 좋아하는 사람들이 주인에게 양해를 구하고 볼륨을 최대치로 높인 참이었다. 연주와 노래가 번갈아 나오는 곡으로, 연주가 잠시 멈추면, 똑같은 리듬으로 툭툭 끊어지는 노래 가사가 들렸다. 당-당-당, 둥-둥-둥. 어찌나 우스운지 라디오를 듣던 젊은이들이 가사를 흉내 내며 폭소를 터뜨렸다. 다비데의 얼굴에 그늘이 드리웠다. 드디어 열변을 멈추려는 걸까, 그가 뒤로 밀어둔 의자를 자기 앞으로 끌고 왔다. 의자에 앉으려다 말고 주위 사람들을 쳐다보며 난데없이 한 마디를 던졌다. 주먹으로 테이블을 내려치는 시늉을 하며, 자아비판을 하는 사람 같은 표정으로 외쳤다.

"난 부르주아 태생이야!"

"그럼 난," 목걸이 노인이 다비데를 쳐다보지도 않고, 껄껄 웃으며 대꾸했다.

"난 시장 짐꾼으로 태어난 거네."

"부르주아라고 다 재수 없는 건 아니야," 충혈된 눈의 자그마한 노인이 분위기를 바꾸려는 듯 결론을 내렸다.

"나쁜 부르주아도 있고, 좋은 부르주아도 있고, 다 그렇고 그런 거지... 다 다른 거라고."

그는 말하는 와중에도 잔뜩 집중하며 카드에서 눈길을 떼지 않았다.

"덮어써!"

옆자리에 있던 목걸이 노인이 빤하다는 듯 단칼에 외쳤다. 승리를 확신한 그는 벌써 테이블 한가운데 놓인 카드 위에 큼지막한 손을 올려놓고 있었다.

"끝장."

충혈된 눈의 노인이 재킷 속으로 움츠러들었다. 점수를 내기도 전에 목걸이 노인 편이 이긴 게 확실했다. 승리자는 다음 판을 돌리기 위해 카드를 모아 패를 뒤섞고 있었다.

자신의 무게를 지탱하기 어려웠던 나비데는 용서를 구하는 듯한 눈빛으로, 희미한 미소를 지으며 의자에 앉아있었다. 테이블을 내려치려는 행동이 그가 마지막으로 내뿜은 독기였다. 조금 전까지만 해도 오만했던 그의 눈빛이 이제 잠잠해졌다. 그와 대조적인 또 다른 눈빛이 깃들었다. 아마도 그의 내면에는 늑대와 더불어 사슴이, 사막과 집과 숲속의 어떤 생물들이 살고 있을 터였다. 현재 그의 모습은 일요일 밤에 잠을 안 자고 또래들과 어울려도 된다는 허락을 받아낸 어린 소년 같았다. 뼛속까지 쑤신다는 듯 구부정한 자세로 앉아있었지만, 그렇다고 말하고자 하는 의지가 사라진 건 아니었다. 오늘이야말로 오래전부터 이어진 침묵의 주술이 풀린 날이었다. 무슨 수를 써서라도 그 기회를 놓치지 말아야 했다. 문득 어린 시절에 동화에서 읽었던, 왕자와 공주 이야기가 떠올랐다.

그들은 7시간 동안이나 대화를 나눴지만, 그들이 하고 싶었던 이야기의 7분의 1도 말하지 못했답니다.

저쪽 테이블에서는 또다시 카드 패가 돌아가고 있었다. 카드들이 이리 날리고, 저리 날리며 노름판에서 쓰는 말들이 오갔다. "나한테 걸라고" "내가 3점 줄게" "비겼다" "죽여버려" "돈 걸어" 등등. 선술집 주인은 라디오에서 흘러나오는 노래들에 심취해 영혼이 빠져나간 사람 같은 표정을 짓고 있었다. 어떤 노래인지 기억나지 않지만, 당시 유행하던 또 다른 노래가 한 곡 흘러나왔다. 그때까지 남아 있던 몇몇 젊은이들이 라디오에 맞춰 노래를 흥얼거렸다. 바깥에서, 다른 집들이 틀어놓은 라디오 소리가 바람을 타고 흘러들어왔다. 하지만 다비데는 주위의 소음에도 개의치 않고 아직 말할 기운이 남아 있음에, 혼자만의 기쁨에 젖어 있었다. 애정 어린 눈빛으로 주위를 돌아보며 내면에서 우러나오는 질문에 귀를 기울였다. 슈퍼-자아는 진작에 그를 떠났지만 상관없었다. 몸을 가눌 수 없을 정도로 나약했지만, 그는 또

다시 자신의 완고함을 파고들었다.

"나는," 그가 아주 낮은 목소리로 읊조리기 시작했다. "부르주아 가정에서 태어났어... 아버지는 엔지니어였고, 건설 회사에서 일하셨지... 두둑한 월급을 받으면서... 정상적인 시절에는, 우리가 살던 집 말고, 시골에 별장도 한 채 있었어. 소작농이 관리하는 농장이 딸린, 세를 놓은 아파트 두 채, 자동차, 얼마인지 모르지만 은행에 주식도..."

재정 상태를 죽 나열하고 나서 그는 힘겨운 노동을 끝낸 사람처럼 잠시 숨을 돌렸다. 다시금 입을 열면서 어릴 적부터, 자기 가족을 보면서, 부르주아의 병폐가 뭔지 똑똑이 알게 되었노라고 했다. 그러한 감정이 점차 커지면서, 소년이 되어서는 부모들의 쇼를 혐오하게 되었노라고. "도저히 못 봐줬어!" 한순간, 단호한 외침을 내뱉은 그는 조금 전처럼 또다시 웅얼거리기 시작했다. 가족에 관한 시시콜콜한 주절거림, 마치 테이블의 나무를 상대로 부질없는 수다를 떠는 사람 같았다. 예를 들어, 그의 아버지는 상대가 상사냐, 동료냐, 노동자냐에 따라 여러 단계에 걸쳐서 행동 방식이 달라졌다. 아니, 목소리 자체를 변조했다. 그의 아버지와 어머니는 그들이 기분 나빠하리라는 생각은 한 치도 없이, 자신들이 고용한 사람들을 하위 종족으로 취급했다. 그러니 언제나 우위를 점령한 자신들에게 복종하는 건 당연했다. 그들이 '자선'이라 칭하며 이따금 베푸는 호의 또는 동냥마저 근본적으로는 모욕과 다를 바 없었다. 그들은 아주 사소한 사교 활동에도 '의무'라는 말을 갖다 붙였다. 오찬 또는 지루한 방문에도 재킷을 차려입고 자신들을 과시했다. 멍청한 행사... 그들이 나누는 대화의 소재는 늘 한결같았다. 자신들의 도시와 친지들을 헐뜯고, 자식들이 좋은 직업을 갖고 성공하길 바라고, 뭐가 필요하다거나 뭘 잘 샀다는 둥, 값어치가 올라가 수익이 났다는 둥, 사들이기와 쇼핑... 종종 그보다 높은 수준의 주제들, 베토벤의 교향곡 9번, 트리스탄과 이졸데, 시스티나 성당 등이 입에 오르면 그야말로 최고의 특별함이란 듯, 그런 것들이야말로 자신들의 계급만이 지닌 고귀한 특권이란 듯 대화를 나눴다. 자동차, 의상, 집안의 가구들 또한 그들에게는 쓰임새 있는 물건이 아닌, 사회적 계급을 드러내 주는 깃발이었다.

다비데는 자신과 아버지가 처음으로 충돌했던 사건을 아직도 잊지 못했다. "열 살인가, 열한 살 때였을 거야... 아버지가 자동차로 날 데려다주고 있었어. 아침 일찍이었으니 아마 학교에 가던 중이었을 거야. 아버지가 도로 한가운데서 급브레이크를 밟았어. 어떤 사람이 다가와 차를 막아섰거든. 그 사람 얼굴에 악의는 전혀 없었어. 오히려 미안해하는 표정이었지. 알고 보니 그는 바로 전날 공사장에서 아버지에게 해고당한 노동자였어. 이유가 뭐였는지는 지금까지도 모르겠어... 아주 늙지는 않은, 대략 마흔 정도 되어 보이는 남자였어. 눈썹에 간간이 흰 털이 돋아 있었고, 키는 크지 않았지만, 힘이 아주 세 보여서 실제보다 훨씬 커 보였어. 왜 얼굴이 크고, 눈코입이 또렷한, 그 지역에 많이 보이는 동안 상 있잖아. 왁스를 먹인 재킷을 입고 동남아 풍 베레모를 썼는데 여기저기 석고가 묻은 걸 보니 미장이였던 가봐. 입을 열 때마다 허연 입김이 새어 나왔어. 그땐 한 겨울이었거든... 그는 그 자리에서, 미소를 지으며, 자기 상황이 곤란하다고 말했어. 심지어 아버지에게 감사하다는 말까지 했어. 하지만 아버지는 그가 말하도록 내버려 두지 않았어. 전염병에 걸린 사람을 대하듯 소리쳤지. '어딜 감히! 입 다물어! 저리 비켜! 꺼져! 당장 꺼지라고!' 내 눈에 비친 그 남자는 꼭 해야 할 말이 있는 듯했어. 내면에서 피가 솟구치며 내 가슴을 마구 두드리기 시작했어, 억누를 수 없는 충동, 제발 그 남자가 아버지에게 주먹을 날리길 아니, 칼을 빼 들고 달려들길! 하지만 그는 조용히 길가 한편으로 물러났어. 심지어 한 손으로 베레모를 살짝 들고 아버지에게 인사까지 했어. 아버지는 미친 듯이 화가 나서 그를 칠 듯이 액셀을 밟아댔어. '어딜 얼씬거려! 쓰레기 같은 인간!' 아버지는 끊임없이 욕설을 퍼부었어. 그 장면을 목격한 나는, 분노가, 턱과 목을 뚫고, 살가죽 밖으로 터져 나올 것만 같았어. 그를 바라보며 얼굴을 붉혔어. 내 아버지의 천박함... 하지만 여전히 길가에 서 있던 그 남자는 천박함이라고는 없었지. 순간 아버지의 란치아 자동차 안에 앉아있던 내 모습이 형틀을 쓴 죄인 같았어. 치졸함. 그 순간, 난 우리의 현실이 무엇인지 정확히 깨달았어, 우리 같은 부르주아들, 우리야말로 세상의 쓰레기였어. 길가에 서 있던 그 남자가 귀족이었다고. 설사 귀족이 아닐지라도, 진정한 품위를 지닌 누군가는 정당한 대우를 받는 게 마땅하잖아. 그 남자는 자기와 한 또래였던 아버지에게 비굴하게 사정하면서까지 자신의 노고를 무언가와 바꾸려고 했어. 무언가와... 시야에서 그 남자의 모습이 사라짐과 동시에, 난, 마치 헤비급 챔피언이 된 듯한 기분이었어. 나의 아버지를 상대로 저 고귀한 남자의 복수를 대신하리라... 그날 하루 동안 아버지, 어머니, 여동생, 혐오스러운 인간들과 한마디도 섞지 않았어. 그때부터, 내가 알기로는, 그때부터였어... 이전과 같은 시선으로 그들을 바라볼 수 없었어. 렌즈를, 정확한 도수의 렌즈를 끼고 보는 느낌이랄까..."

"그래서, 가족들은 지금 어딨는데?" 그 시점에서 **충혈**된 눈의 노인이 관심을 보였다. 하지만 다비데는 그의 질문에 대답하지 않았다.

공허한 시선으로 그를 바라보기만 했다. 그리고 다시금 규탄의 염주를 굴리기 시작했다. 그의 가족에게는 오로지 타락한 위선밖에 없었다. 그들의 행동, 그들이 쓰는 단어들, 그들의 생각조차도. 그들의 일상적인 선택은, 아주 사소한 것일지라도, 속물근성을 기반으로 미리 정해져 있었다. 윤리적으로도 심각한 우월 의식에 빠져 있었다. 단지 백작이라는 이유만으로 누군가를 집에 초대한다거나, 수준이 낮다는 이유로 특정한 카페에 발을 들이지 않는, 그런 식이었다. 내가 아는 예절로 따지자면, 그들의 비일관적인 행동은 조롱당해 마땅한 웃음거리였다. 그의 아버지가 말하는 정의라는 개념에 따르면, 공사판에서 일하던 노동자가 동판 쪼가리 하나라도 손을 댔다가는 바로 도둑놈이었다. 반면에 누군가 아버지에게 그가 소유한 그 유명한 주식들이 노동자들의 핏값이라고 말한다면, 말도 안 되는 소리라고 했을 것이다. 만일 무장 강도가 집안에 들어와 사람을 죽이고 물건을 훔친다면, 아버지와 어머니는 당연히 그들을 종신형에 처해야 할 끔찍한 범죄자라고 할 것이다. 하지만 무장 강도가 파시즘이란 이름을 내걸고 에티오피아 영토에서 똑같은 행동을 취하자, 그들은 앞장서서 편을 들어주었다. 그들은 자신들의 안락함을 보장해 주는 시스템에 관해서는 한 치도 의심하려 하지 않았다. 그들은 정치에 관심을 보이기에는 지나치게 태만했고, 정부는 그런 그들의 습성을 이용해 책임을 회피했다. 그들은 소경이었고, 소경을 이끄는 건 소경이었음에도, 그런 사실을 전혀 몰랐다. 그들은 늘 자신들이 정당하다고 여겼다. 선하고 온전한 믿음의 소유자라고! 아무도 그들의 엄청난 실수를 지적하지 않았다. 모두가 그의 아버지를 신사라며 칭송했다. 그의 어머니는 흠결을 찾을 수 없는 귀부인, 그의 여동생은 잘 키운 딸이었다. 그렇다, 그녀는 부모 두 사람이 정해놓은 원칙을 그대로 따르며 성장했고, 부모의 행동을 자연스럽게 모방했다. 누가 봐도 그 부모에 그 자식이라고 할 만했다. 부모의 유전자를 그대로 물려받은 딸... 그녀를 통해 모든 게 이어져 나갔다. 아직 애벌레에 불과했음에도 그녀는 부모의 정의와 명령 체계를 그대로 답습하고 있었다. 누군가 자신의 시중을 드는 건 지극히 당연한 일이었다. 신발 끈을 묶는 일까지도! 나이 어린 그녀의 시중을 드는 하녀는 무려 반세기 전부터 집안에서 일해왔던 증조모 벌의 노파였다. 부모에게 쇼윈도에 진열된 고가의 스코틀랜드 망토를 사 달라고 하는 것도 당연했다. 옷장 안에는 새 코트가 몇 벌씩이나 걸려있었지만, 그 코트는 신상이고, 학교 친구들이 입었다는 이유만으로! 어떤 친구들은 코트는 고사하고, 따뜻한 신발 한 켤레도 없었지만, 그런 건 아무래도 상관도 없었다. 그들은 다른 별에 사는 아이들이란 듯...

"동생이 예쁘게 생겼지?" 목걸이 노인이 다비데의 말을 끊었다.

"...그래..." 다비데가 잠시 말을 멈췄다가 대답했다.

"예쁘장하긴 하지..." 뾰루퉁하게 대답하는 그의 목소리에 의도치 않게 부성애가 묻어났다. 그때까지 완고했던 그의 태도가 살짝 누그러졌다. 눈동자는 여전히 증기를 내뿜고 있었지만, 애써 자신의 감정을 감추려는 듯했다. 마치 어디론가 흘러가는 구름 같은 자신의 마음을 붙잡으려는 젊은이 같았다. "...하지만, 멍청해..."

그가 사람들 앞에서 노래하길 부끄러워하는 열다섯 소년 같은 말투로 덧붙였다. 그리고 기분 나쁜 사람처럼 우스꽝스러운 투로 말을 이어갔다.

"누가 무슨 이야길 꾸며 내든, 걔는 다 믿어. 누군가 이른 아침에 '세상에, 뭔 일이래! 네 코가 이만큼 늘어났어!!' 라고 하면 겁에 질려서 거울 앞으로 달려가. 그리고 진짜 멍청한 이야기에도 잘 웃어. 심각한 비밀이란 듯 귀에다 대고 속닥거리는 척만 해도, 울랄라, 빰빠라밤, 아무 뜻도 없는 말 한마디에도, 진짜 미친 듯이 웃음을 터뜨려... 그런 가 하면 아무것도 아닌 걸 갖고 울기도 해. 집에서 누군가 '다비데가 어렸을 때,'라며 이야기를 시작했어. '프랑스 서커스가 지나갔는데 말 이지, 걔는 매일 밤 공연을 보러 가자고 졸라댔어. 매일 밤, 똑같은 공 연을 말이야.' '그럼, 난?' 그녀가 물었어. '난 아니야?' '넌 그때 세상 에 없었어.' 말을 꺼낸 사람이 설명했지. '넌 아직 안 태어났어.' 그러 자 그녀가 펑펑 울기 시작했어. 그따위 이야기에 말이야! 진주를 심으 면 목걸이가 난다고 믿는 애였어, 마차가 나귀를 낳았다고도. 자기 말 이 틀렸다는 친구들을 멍청하다고 했어. 맨날 인형을 껴안고 그르렁 거리는 고양이처럼 쓰다듬고, 강아지처럼 머리털을 예쁘게 묶어주기 도 했어. 그러면 좋아할 거라면서... 하지만 커다란 개는 진짜 무서워 했어... 벼락만큼이나...”

그가 여동생 이야기를 입에 올리자, 선술집 안에 있던 사람들도 환 영하는 분위기였다. 우세페도 깔깔 웃었지만, 한편으로 다비데가 여 동생을 자랑스러워한다는 게 느껴졌다. 지금까지 다비데가 거론했던 주제들은 우세페가 이해할 수 없는 난해한 것들이었다. 드디어 자기 수준에 딱 맞는 주제가 등장하자, 아이는 신이 나서 반응을 보였다. 하지만, 때마침 선술집 앞을 지나가던 소방차의 사이렌 소리에 가려 친구의 마지막 말까지는 듣지 못했다.

“... 자기가 좋아하는 선물을 받으면, 그날 저녁에 침대까지 들고 가... 학교에서 좋은 성적을 받으면 성적표를 옆에 끼고 자고... 잘 때는 절대 방 불을 끄지 말라고 해... 말썽꾸러기... 잘 자라고 인사한다는 핑계로 이거 해 달라, 저거 해 달라... 말썽꾸러기..."

"그래서 네 여동생은 지금 어딨는데?" 충혈된 눈의 노인이 또다시 관심을 보였다. 이번에는 다비데가 그의 질문에 답했다. 모욕을 당한 사람처럼 몸을 잔뜩 움츠리며, 눈을 동그랗게 뜨더니, 비장한 미소를 지어 보이며 대답했다. "무더기 속에 있어."

작은 노인은 다비데의 대답을 이해할 수 없다는 표정을 지었다.

"아버지와 어머니도," 다비데가 이상하리만치 기계적인 억양으로 말을 이었다. 마치 헐렁하게 늘어진 카세트테이프에서 나오는 소리 같았다. "그리고... 다른 사람들도, 전부 다 무더기 속에 있어. 무더기! 무더기 속에!"

그의 눈동자에 다시금 사슴의 눈빛이 깃들었다. 하지만 이번에는 끔찍한 공포에 시달리는 짐승의 눈빛이었다. 사방이 꽉 막힌, 어디가 어딘지 모를, 어디로 달려가야 할지 모를 황무지... 이건 분명 실수야... 추적... 총구들... 주위에 돌아다니는 사나운 짐승을 찾으려는 걸 거야... 난 그런 짐승이 아니야... 난 동물이 아니야.. 식인귀가 아니라고... 거기까지 이야기한 그가 갑자기 말을 끊었다. 초점을 잃은 그의 두 눈이 얼음장처럼 차갑게 변했다. 그리고 주위 사람들을 쳐다보며 차갑게 웃기 시작했다. "아무도 'ZYKON B'* 란 말을 들어본 적 없지?" 그게 뭔지 아무도 몰랐지만, 다비데의 말투에 모두가 무시무시한 무언가일 거라고 짐작했다.

"아아, 바비데!" 그 시점에서 우세페가 또다시 목소리를 냈다. 하지

---

*   유대인 학살에 사용된 인체에 급속히 퍼지는 독약

만 이번에는 보이지 않는 무언가에 등을 찔린 듯한 날카로운 목소리였다. 다비데는 아이에게 대꾸하고 싶지 않았다. 아니, 아이의 목소리가 들리지 않았다. 그는 경직된 얼굴로 어딘가를 주시하고 있었다. 텅 빈 백색의 무아지경, 마치 자신이 학살을 저질렀다고 자백하지 않기로 굳게 다짐하는 사람 같았다. 순간, 그의 얼굴은 한순간에 늙어버렸다. 감출 만하면 드러나곤 했던, 얼마 남지 않은 그의 남성성마저 노쇠함에 짓눌려 메마르고, 쇠퇴해 버렸다.

"최근 몇 년 동안," 그가 어두운 목소리로 빈정거리듯 말했다.

"모든 역사는 점점 추잡해지고 있어. 역사, 그래, 사실 시작부터가 추잡했지, 하지만 근래 들어 벌어진 추잡함은 전례가 없는 것이었어. 추문, 그래, 역사를 그렇게 부르기로 하지, 누군가는 추문이 필요악이라고 여기겠지만, 결국 원인을 제공한 사람마저 찜찜해지지. 책임 소지를 정확하게 규명하고, 누가 유죄인지 밝혀내는 게 옳아. 그러므로 우린 다음과 같은 결론에 다다르게 되지. 역사라는 결정적인 추문 앞에서 증인들에게는 두 가지 선택권이 있어. 영원히, 영원히, 공범이 되든가, 아니면 올바른 선택을 하든가, 어쩌면 끔찍하고 추잡한 공연을 통해 순수한 사랑을 배울 수도 있을 테니, 그리고 마침내 그들은 선택했어, 공범이 되기로!"

그가 현장에서 범죄를 적발한 영웅처럼 허공을 쳐다보며 결론을 내렸다. "그렇다고 해서," 그리고 경멸조로 웃으며 냉혹하게 말했다. "당신이 나사로를 불태울 수 있을 것 같아? 당신, 바로 당신 자신이 병균을 퍼뜨리고 다니는 전염 병잔데?" 다비데가 언급한 '당신'이란 자신이 죄인이라 낙인찍은 누군가였지 그 자리에 있던 누군가를 지칭하는 건 아니었다. 하지만 게 중에는 찔리는 마음에 어깨를 움츠리는 사람도 있었다. 경기를 펼치는 날이면 자주 발생하는 증상 때문에, 그는 주제를 넘나들며 말을 질질 끌고 있었다. 특히 맨 마지막에, 장황한 이론을 2분에 걸쳐서 요약해 낸 총명함에는 스스로 감탄할 정도였다. 하지만 이제 그의 목소리는 점점 작아지고 있었다. 결국 알아듣지도 못할 정도로 미미한 소리만 들렸다. 그럼에도 그는 자신이 선술집에 모인 군중을 상대로 소리 높여 이야기하고 있는 듯한 착각에 빠져 있었다. 군중이긴 했지만, 집중하지 않는 군중, 심지어 그를 이상한 사람 취급하는 군중이었다. 어떤 이들은 카드를 쳤고, 어떤 이들은 음악을 들었다. 저만치에 앉아있던 노인이 그의 말을 듣고 종종 고개를 끄덕였지만, 아무 의미도 없는, 사동반사적인 행동이었다. 나비네의 말을 경청하려는 의도는 털끝만큼도 없었다. "더 이상 무슨 말을 할 수 있겠어?" 결국 다비데는 심드렁하게 자신에게 물었다.

그는 청중들이 외면하는 자신의 연설이 결국 실패했다는 사실을 받아들일 수밖에 없었다. 그러자, 별안간 과거에 꿨던, 최악의 꿈이 떠올랐다. '피오트르'라는 이름으로 카스텔리에서 파르티잔으로 활동했던 당시에 꿈이었다. 보급품이 부족했던 최후의 시기였다. 그는 오두막 앞에서 야간 보초를 서고 있었다. 그날 밤에는 이상하게 졸음이 밀려왔다. 앞뒤로 걸으며 졸음을 이겨내려고 무진장 애썼다. 멈춰서도, 앉아서도 안 되었다. 그럼에도, 어느 순간, 그는 말처럼 벽에 몸을 기댄 채 꾸벅꾸벅 졸고 있었다. 그가 잠든 건 아주 짧은 시간이었지만, 꿈을 꾸기에는 충분했다. 꿈의 내용은 다음과 같았다. 그는 흰 벽으로 둘러싸인 밀실 안에 있었다. 너비는 사람 하나가 겨우 들어갈 정도였지만, 천장은 끝이 안 보일 정도로 높았다. 그는 눈을 들어 위면을 바라보며 무언가를 기다리고 있었다. 잠시 후에 높디높은 천장에서 미지의 존재가 내려오기로 되어 있었다. 그에게 마지막 계시를 주기 위함이었다. 그가 아는 바에 따르면 아주 짧은 문장이었다. 우주의 모든 진실이 응축된, 인간을 탐구로부터 자유롭게 해 줄 결정적인 해결책인 담긴 한 문장. 잠시 후에 그가, 계시를 기다리는 자의 언저리까지 내려왔다. 새하얀 튜닉을 걸치고, 턱수염을 길게 기른 초인 같은 모습이었다. 예루살렘 또는 아테네의 지혜로운 스승 같은 장엄한 모습의 그가 꿈꾸는 자 앞에서, 허공에 서서, 엄숙한 목소리로 이렇게 말했다. "뜨거운 수프는 신발 밑창을 넣고 끓여도 맛있는 법이니라!" 그리고 홀연히 사라져 버렸다.

왜 하필 그 순간에 그 꿈이 떠올랐던 걸까. 다비데는 곰곰이 따져보기 시작했다. 어쩌면, 그건, 나는 중대한 발언을 했다고 여겼지만, 입을 열었던 바로 그 순간부터, 말도 안 되는 헛소리만 지껄였던 건지도 몰라, 아무런 논리도, 연관성도 없는... 그런 생각을 하니 잠시 정신이 아득해졌다. 하지만, 다시금 정신을 차리고 오늘 안에, 반드시 자신의 임무를 끝마쳐야 한다는 사실을 상기했다. 전설 속 실타래처럼 끝까지 실을 감아야만 했다. 하지만, 대체, 어디로 가기 위해서? 정말이지 어디로 가야 할지 종잡을 수 없었다. 누군가를 구하기 위해서? 아니면 무언가라도... 하지만, 대체 누굴 구한단 말인가? 선술집의 손님들? 물건? 증명서? 반지? 편지? 그것도 아니라면, 그렇다면, 단지 분풀이하기 위해... 정죄하기 위해... 그는 알 수 없었다. 그가 아는 거라고는 오늘이 바로 그날이란 사실뿐이었다. 그러니 반드시 다리를 건너야만 했다. 머지않아 통행이 금지될 다리를.

그는 잠시 숨을 고르고 마지막 장애물을 뛰어넘기로 결심했다. "그러니까, 내가 하고 싶었던 말은," 그의 목소리가 조금 전보다 살짝 높아졌다. 다른 사람은 몰라도 자신만큼은 그렇다고 느꼈다. "그는 인간이었기에 시장 장사치들을 내쫓으며 이렇게 말할 수 있었어. 이 땅은 온전한 양심의 성전이다, 너희들이 그걸 도둑놈 소굴로 둔갑시켰다!" 벽에 새겨진 문구를 낭독하듯 그는 또박또박 그 문장을 읊었다. 마침 재등장한 그의 슈퍼-자아가 그 문장을 명확하게 통역했다. "그래, 우스운 얘기지," 그가 상심한 투로 단언했다. "누군가 그랬어. 저자를 죽여버리자, 그 또한 자신의 순서가 돌아오자, 벗어날 방법이 없었지... 사형... 그래, 명확한 사실이야." 이제 그의 근육은 피로에 지치다 못해, 입술마저 부들부들 떨리고 있었다. 그는 있는 힘을 다해 또박또박 말하려 애썼지만, 듣는 이들은 무슨 말인지 전혀 이해할 수 없었다. "사실이야," 그가 자신에게 말하듯 다시 입을 열었다. "난 최악의 공무원이야. 사람들에게 먹히려면 정당이나 조직에 대해 떠벌려야 하는데, 난 그런 게 진짜 지긋지긋하거든. 사람들의 마음을 사로잡고, 웃길 줄도 알아야 하는데..." 그 시점에서 그는 재미난 무언가가 떠올랐다는 듯 지레 웃음을 터뜨렸다.

"어떤 책인지는 모르겠는데," 그가 또다시 이야기를 시작했다. "정신병원을 방문했던 작가의 일화를 읽은 적이 있어. 어떤 환자가 그에게 다가와 다른 환자를 가리키며 말했지. 저 사람 미쳤어요, 자기가 단추인 줄 안다니까요, 내 말이 백번 옳아요, 만일 저 사람이 진짜 단추라면 누구보다 내가 먼저 알 거라고요, 왜냐고요? 내가 단춧구멍이거든요!"

하지만 다비데의 우스갯소리도 사람들의 관심을 끌어모으지 못했나. 아니, 내가 알기로는, 그의 말소리는 사람들의 귀에 와 닿시조차 않았다. 유일하게 웃음보가 터진 사람은 우세페였다. 아이는 선술집

안에서 다비데의 말에 내내 귀를 기울여준 유일한 사람이었다. 그의 일장 연설을 거의 이해할 수 없었지만 중요치 않았다. 우세페가 듣기에 다비데의 말씀은 매우 중대한, 신탁과도 같은 이야기들이었다. 아이는 선술집 안에 들어왔을 때부터 친구가 왠지 이상하다고 느끼고 있었다. 질병에 버금가는 슬픔 또는 불안. "어서 여기서 나가자, 다비데, 응?"이라고 말하고 싶었지만, 차마 용기가 나지 않았다.

마침 또 한 명의 지인이 선술집 안에 들어왔다. 마로코 가족의 친구였던 신문팔이 노인이었다. 다비데를 알아보았지만, 인사를 건네지 않고 있다가 그와 눈이 마주치자, 간단한 손짓으로 인사를 대신했다. 예전처럼 거창한 인사는 아니었다. 몇 달 전에 혈전증을 앓았던 노인은 몸이 마비되어 오랜 기간 병원 신세를 져야만 했다. 지팡이를 짚고 비틀거리며 걸어들어온 그의 얼굴은 기력이 없고, 통통 부어 있었다. 죽음에 대한 공포가 깃든 얼굴이었다. 더 이상 신문을 팔 수도, 포도주를 마실 수도 없었다. 병원에서 나온 그는 며느리의 집으로 거처를 옮겼다. 지층에 자리 잡은, 어린 손주들이 바글바글한 작고 시끄러운 곳이었다. 어느새 그는 아이들을 저주스러운 존재라 여기게 되었다. 저쪽 테이블에서 그를 알아본 우세페가 반갑게 손을 흔들었지만, 모른 척하는 게 당연했다. 다비데 또한 마로코 가족의 집에서 만난 이후로 그를 본 적이 없었다. 둘은 그저 형식적인 인사만을 나눴다. 아직할 말이 남아 있었던 다비데로서는 그와 안부를 나누느라 자신의 구구절절한 변론을 멈출 생각이 추호도 없었다.

그는 이야기하다 말고 답변을 간구하듯 이 사람 저 사람을 힐끗힐끗 쳐다보기도 했다. 다비데의 행동에 그나마 최소한의 반응을 보인 사람은 검은 장갑, 클레멘테 외에는 없었다. 시간이 지날수록 다비데를 곁눈질로 쳐다보며, 권태롭고, 적의로 가득 찬, 비꼬는 듯한 혼잣말을 내뱉었다. 마치 다비데가 자기한테 들으라고 저런 말을 한다고 느끼는 듯했다. 우스갯소리를 하느라 자리에서 잠시 몸을 일으켰던 다비데가 다시 의자 위에 털썩 주저앉았다. 금방이라도 정신을 잃고 기절할 것만 같았다. 그럼에도 그는 지독한 몽유병에 걸린 사람처럼 질질 끌며 이야기의 끈을 놓지 않았다. 그의 목소리는 점점 탁하고 작아졌지만, 그 와중에도 격렬한 토론처럼 소리치고 싶다는 욕망에 사로잡혔다. 그럴 때면 입에서, 자신도 모르는 사이에, 깜짝 놀랄 만한 고함이 튀어나왔다. 무슨 수를 써서라도, 손에서 피가 줄줄 나더라도 가느다란 그 끈을 놓치지 않으리라.

"난," 그가 땀을 뻘뻘 흘리며 중얼거렸다. "살인자야! 물론 전쟁터에서 아무 생각 없이 사람을 죽이는 이들도 있지, 사냥하러 나간 것처럼. 하지만 난 달랐어. 매번 사람을 죽일 때마다... 어느 날에는 독일 사람을 죽였더랬지. 정말이지 증오스럽고 끔찍했어! 겨우 숨이 붙어 있었던 그를, 내가 발길질로 끝장냈어. 군홧발로, 죽을 때까지, 그의 얼굴을 짓이겨 버렸어. 순간, 마치 나 자신이 그가 된 기분이었어. SS를 학살하는 또 다른 SS... 그럼에도 난 그의 얼굴을 짓밟길 멈추지 않았어..."

반대편 테이블에 앉아서 다비데의 이야기를 듣고 있던 검은 장갑의 심장이 세차게 방망이질 치기 시작했다. 수많은 이들에게 손가락질당하는 기분, 고해성사실에서 내뱉은 말이 새어나가는 바람에 복도에 있던 이들 모두가 엿듣는 듯한 기분이었다. 환영에 사로잡힌 다비데가 목소리를 힘껏 높이며 마지막 문장을 외쳤다. "우린 모두가," 변명에 가까운, 절망스러운 그의 목소리가 울려 퍼졌다. "내면에 SS를 감추고 있어! 부르주아! 자본주의자! 아니, 어쩌면 성직자까지도! 그리고... 또... 지저분한 나부랭이들을 주렁주렁 매단 총사령관! 우리 모두가! 부르주아, 프롤레타리아 그리고... 무정부주의자, 공산주의자! 너나 할 것 없이, 전부 다... 그러니 우리의 투쟁이 늘 반쪽짜리에 그칠 수밖에... 애매모호하고... 변명이나 둘러대는... 가짜 혁명... 진짜 혁명을 일으키려거든, 먼저 우리 자신부터 뜯어고쳐야 해! '우리로 하여금 유혹에 빠지지 말게 하옵시며'라는 말인즉슨, 우리 안에 사는 파시스트를 없애주소서!"

다비데가 몸을 돌려 검은 장갑 쪽을 쳐다보았다. 마치 그에게서 무조건적인 관용 아니, 최소한의 수긍을 기대하는 눈치였다. 하지만 검은 장갑은 낡은 코트의 옷깃을 여미며 다시금 기침을 내뱉고 있었다. 연설 따위에는 아무런 관심도 없다는 듯이, 적어도 다비데의 눈에는 그렇게 보였다. 검은 장갑은 짐짓 아무렇지도 않은 척했지만, 사실 그의 눈동자 속에는 엑스레이 사진처럼 확실한, 다음과 같은 답변이 드러나 있었다. "그렇게 고상한 도덕은 너나 가져. 네 안에 총사령관이 있든 누가 있든 그건 내가 알 바 아니야. 그따위가 뭔 상관인데? 나, 나로 말할 것 같으면, 보시다시피, 내 안에 누가 있는지 네가 알기나 해? 영원히 제대한 구 러시아 파병 부대 졸병, 무직인데다 숨쉬기조차 힘겨운." 다비데가 벌 받는 소년처럼 얼굴을 붉혔다. 순간 목걸이 노인이 카드에서 눈을 떼며 한마디 했다.

"그래서, 결론적으로," 그가 다비데에게 물었다. "넌 그리스도인이야?"

"...나?... 어떤 그리스도? 갈릴리 태생에 십자가에 못박힌?..."

"... 사망하고 땅에 묻히고 사흘이 지나서..." 목걸이 노인이 선한 노래를 부르는 투로 읊어대자, 주위 사람들 모두가 선량한 웃음을 터뜨렸다.

"그 사람, 그 사람이야말로 진짜 그리스도지, 그대가 말하는 그 사람이 틀림없어." 다비데가 얼굴을 붉히며 덧붙였다. 심지어 목걸이 노인을 향해 '그대'라는 어색한 존칭을 사용하기까지 했다. 하지만 상대방은 또다시 카드 패를 향해 눈길을 돌렸다. 다비데가 어른 말에 대꾸하는 아이처럼 말을 이어 나갔다.

"여기서 한 가지 알아둬야 할 게 있어," 다분히 거슬린다는 말투였다. "역사가 제단, 대성당, 왕좌에 갖다 붙인 동명의 유령과 '그 사람'을 혼동해서는 안 돼... 온갖 이름들을 죄다 갖다 붙였지... 순교자들... 도둑들... 그 이름들 속에 늘 똑같은 우상이 숨겨져 있었어. 권력의 꼭두각시! 그리스도는 유령이 아니야, 실제로 살아 움직이는 존재지... 그런 그리스도만이 역사적으로 진정한 그리스도야, 한 인간, 무정부주의자! 그는 절대로, 무슨 일이 있어도, 온전한 양심을 거스르지 않았어! 그러므로 반론의 여지가 없어, 그는 오로지 하늘만을 추구했어! 오로지 신에 대해서만 이야기했다고! 신은 하나의 단어로 묘사할 수 있는 게 아니야! 그냥 그 자체일 뿐이지!!"

선술집 안에 또 다른 부류의 사람들이 들락거리고 있었다. 해 질 무렵이 되자, 영화관에 가거나 외출했던 사람들이 아낙네들이 저녁을 준비하는 집으로 돌아가고 있었다. 그 시각 라디오에서 흘러나왔던 노래가 무엇인지 나는 정확하게 기억한다. 전쟁이 끝난 직후에 나온 노래로, 닌누추를 통해 알게 된 노래였다. 앙탈을 부리는 노랫말이 아직도 내 귀에 선하다.

춤을 안 췄다고라

말도 안 되는 거짓부렁일랑 하지 마소
여기서 저기서 냄새가 풍기는데
무조건 무조건이라고라

다비데가 노랫소리에 맞춰 손과 무릎을 살짝 흔들었다. 아무 뜻도 없는 그저 지친 몸짓이었다. 그 또한 어디선가 그 노래를 들어보았던 것도 같았다. 다시금 자세를 바로잡은 그가 다음 경기의 트랙에서 달릴 채비를 갖췄다. "그리스도라는 호칭은," 그가 목소리를 쥐어짜며 주위 사람들을 둘러보며 말했다.

"누군가의 성 또는 이름이 아니야. 사람들이 신의 말씀이나 온전한 양심을 전달하고자 할 때 일반적으로 언급하는 지위지. 그들이 칭하는 그리스도는, 문서상으로는, 나사렛의 예수를 말하지. 하지만, 시간이 흐르면서 그리스도는 여러 가지 다른 이름으로 나타났어. 남자, 여자, 사실 그에게는 성별이 아무 상관도 없거든. 백인, 흑인, 그는 되는대로 피부색을 바꿀 수 있거든. 동서양과 기후의 차이를 막론한, 바벨의 모든 언어에 능통한 그가 말하고자 하는 건 단 한 가지야! 그 한 마디를 통해 우린 그가 그리스도라는 사실을 알 수 있지, 영원불변한, 유일한 그리스도! 그는 말했고, 또 말했고, 지금도 말하고 있지, 입으로, 글로, 산 위에서, 감방에서... 정신병원에서... 열차에서... 그리스도에게 있어서 장소는 상관없어, 역사적 시간도, 학살의 기술도... 그래. 추문이 필요한 사람들 때문에, 그는 끔찍한 죽임을 당해야만 했지. 사람들은 '그리스도들'을 죽이는 일에 수단과 방법을 가리지 않거든. 그들에게 극심한 모욕을 퍼붓고, 그리고 나서는 통곡하는 시늉을 하지. 그리스도를 비롯한 혁명가들에게 대대로 이어져 내려온 일이야. 모두가 공범이라고! 그의 육신을 기리고 통곡하면서, 그의 말 따위는 개소리로 여기지!"

따분하다는 듯 말을 잇던 다비데는 숨을 헐떡이며, 남은 경주에 자신의 모든 육체적 기량을 쏟아부으려는 듯했다. 장기전이었고, 경기장은 형편없었고, 마약 때문에 세포가 망가진 상태였다. 그가 더 이상 인형극을 하기 싫다는 듯 의자 위에 주저앉았다. "그러니, 이제," 그가 말과 기침을 번갈아 하며 말했다. "설사 돌아온다 해도, 그는 아무 말도 하지 않을 거야, 왜냐, 자신이 할 말을 목청껏 외쳤지만, 바람에 실려 사라져 버렸거든. 그가 유대인의 모습으로 나타났을 때, 민중들은 그가 진짜 말하는 신이란 사실을 믿지 않았어. 제복을 차려입지 않은, 가난하고 구질구질한 사람이었으니까. 만일 그가 다시 돌아온다면, 그때보다 한층 더 초라한 모습을 하고 있을 거야. 문둥병자, 형편없는 몰골의 걸인, 농아, 철없는 아이. 늙은 창녀의 모습 속에 자신을 감추고 있을지도 몰라. '나 찾아 봐아라' 그러면서! 만일 네가 늙은 창녀랑 그 짓을 했다면, 밖에 나와서 하늘을 우러러보며 이렇게 말해야 할지도 몰라. '아, 그리스도시여, 당신을 눈이 빠지게 기다렸습니다!' 그러면 창녀의 탈을 쓴 그가 이렇게 대답할 거야. **'나는 너희들을 '절대' 떠나지 않았단다. 날마다 나를 모른 체 하는 건 너희들이야, 날 보고도 그냥 지나쳐 버리지. 마치 내가 땅속에서 썩어가는 시체라도 되는 것처럼. 나는 하루에도, 수없이, 너희들 곁을 지나친단다, 너희들 모두의 모습을 하고, 우주 구석구석을 나만의 신호로 채우지만, 너희들은 깨닫지 못한 채 또 다른 속된 신호를 애타게 기다리고 있지...'"**

이야기에 따르면, 시골길을 걷던 그리스도가 (여기서 그가 어떤 그리스도인지는 중요지 않나) 배가 고파서 무화과나무 열매를 따 먹으려 했다. 하지만, 제철이 아니었던지라 나무에는 열매가 없었다. 그렇

295

다고 나뭇잎을 따 먹을 수도 없는 노릇이었다. 그러자, 그리스도가 그 나무를 향해 저주의 말을 했다. 영원히 열매를 맺지 못할 거라는... 그 이야기가 시사하는 바는 명확하다. 스쳐 지나가는 그리스도를 알아본 사람만이 제철 나무처럼 살아갈 거란 얘기다. 시간이며 계절을 핑계 삼아 그를 거부하는 이들은 결국 저주받게 될 것이다. 반론의 여지가 없다. 뒤로 미룰 구실이 없다. 그리스도는 별에서 내려오거나, 과거 또는 미래의 어딘가에서 튀어나오는 게 아니다. 지금, 이 순간, 우리 안에 있다. 전혀 새로울 게 없는 이런 사실에도 사람들은 전혀 개의치 않는다. 우리 각자의 내면에 그리스도가 있다는 사실에. 그러니 누가 온전한 혁명 따위를 바라겠는가? 아무짝에도 쓸모없는, 무용한 것에 불과하다. 모두 안에 그리스도가 있다는 사실만 깨달아도 좋으련만, 나와 너와 모든 이들의 마음속에 있다는 사실을... 거듭 말하기 민망할 정도로 단순한 사실 아닌가. 아는 것만으로도 충분하련만...모든 나무가 순식간에 혁명적인 열매를 맺으련만... 다 함께 의견을 나누고, 배고픔도, 부귀도, 영화도, 권력도, 다름도 사라지련만... 우리가 아는 과거의 모든 역사는 엽기적인 수용소, 악취에 찌든 병실, 쓰레기들의 집합소였다. 그런 곳에서 우린 수 세기에 걸쳐 더러운 손톱으로 쓰레기를 들쑤시고 헤집으며 살지 않았던가... 그러니 아직도 그런 질문들을 던지는 게 아닌가... **당신은 혁명주의자입니까? 신을 믿습니까?** 마치 누군가에게 태어났느냐고 묻는 것처럼! 당신은 혁명주의자입니까? 신을 믿습니까? 혁명주의자냐... 믿느냐..

다비데가 빈정거리며 두 가지 질문을 몇 차례 반복했다. 혀가 다 풀린 사람 같았다. 어느새 그는 모놀로그를 하고 있었다. 목소리가 점점 작아져서 아주 가까이 있던 사람들조차 그의 말을 알아듣기 힘들었다. 잔뜩 뿔이 난 다비데의 모습은 당장이라도 누군가를 협박하거나 죄를 뒤집어씌우려는 듯했다. 클레멘테와 마찬가지로, 그 역시 토할 것 같은 표정으로, 한 방울도 입에 대지 않고 포도주잔 속을 응시하고 있었다. "한 가지만 짚고 넘어가도록 하지." 다비데가 웅얼거렸다. "그 독일군 말인데, 교차로에 있던, 카스텔리에서, 내가 그를 학살했어, 맞아, 내가 SS였어. 그럼, 그는? 숨이 넘어가던 그는? 그는 SS도, 군인도, 아무것도 아니었어, 무기도 없었거든! 그의 눈이 나를 쳐다보며 이렇게 말하고 있었어. 내가 왜 여기 있는 거지? 나한테 무슨 짓을 하는 거지? 무엇 때문에? 갓난아기처럼 밝디밝은 그의 두 눈은 죽지 않고 계속 살아 있었어. 난, 나는 SS였지만, 그는 아이로 되돌아가고 있었어..."

때마침 등장한 슈퍼-자아가 다비데의 귀에 대고 속삭였다. "아이보다 꼬맹이란 말이 낫지," 순간 다비데가 미소를 지었다.

"그래! 꼬맹이가 낫겠다." 슈퍼-자아의 말에 그가 얼른 수긍했다. 내가 알기로는, 그 순간이야말로, 다비데와 슈퍼-자아가 펼친 경기의 마지막 골이었다. 슈퍼-자아가 승리의 깃발을 휘날리며 영원히 모습을 감추자, 다비데는 이내 의기소침해졌다.

"하지만, 아이였다고!" 다비데가 그의 등 뒤에 대고 외쳤다. 이제 다비데는 진이 빠질 대로 빠진 교만한 소년의 표정을 하고 있었다. 그럼에도 끝까지 고집을 굽히려 하지 않았다. 경기 전술은 바닥났고, 더이상 승부수가 없었는데도, 뭐랄까, 그는 너덜너덜한 종이 갑옷을 걸친 기사 같았다. "누군가를 죽인다는 건 결국 한 아이를 죽이는 거야!" 그가 가쁜 숨으로 손을 비틀며 밀했다. "지금," 그리고 의아한 표정으로 자기 앞에 놓인 포도주잔 속을 들여다보았다. "내 눈에, 무더기 속에 던져진 그가 보여. 무더기 속에!" 그가 놀랍다는 표정을 지으며 반복해 말했다. "늙은이들, 젖먹이들이 있던 바로 그 무더기 속에... 모두가 함께... 독일인들, 이탈리아인들, 무신론자들, 유대인들, 부르주아들, 프롤레타리아들... 다 똑같이, 다 발가벗고, 아무도 다르지 않아... 갓 태어난 아기처럼 한 점의 부끄러움도 없이... 난 말이지," 그가 깊은 한숨을 내쉬더니 말을 이었다. "더 이상 세상을 어떻게 나눠야 할지 모르겠어, 백인과 흑인, 파시스트와 공산주의자, 부자와 가난한 자, 독일인과 미국인... 그런 건 죄다 포르노야... 포르노... 지나치게 오래 이어진, 지저분하기 짝이 없는... 그만!... 난... 이제 지긋지긋하다고..."

검은 장갑 클레멘테마저도 다비데 세그레의 말에 귀를 기울이지 않았다. 그 시간이면 늘 그를 찾아드는 취한 듯한 기분에 빠져든 듯했다. 하지만, 다비데는 여전히 혼자서 떠들어대고 있었다. 뭉개진 목소리로 주절거리며, 말꼬리를 늘리고, 아무런 연관도 없는 주제들을 넘나들며. 그의 말에 따르면, 갈릴레이가 등장하기 이전 사람들은 태양이 지구의 주위를 돈다고 믿었다. 그런 다음에는 지구와 태양이 동시에 회전한다든지, 동시에 정지해 있다든지 하는 학설이 등장했다. 그는 또한 자신이 저주받은 나무라는 말을 반복하기도 했다. 자신이 바로 그리스도를 욕보이고 죽인 사람이라고, 가족들이 죽은 것도 다 자기 때문이라고, 자기가 그들을 존중하지 않았기 때문이라고, 자신은 환상에 빠진 철딱서니 없는 애송이였노라고, 여자 친구가 그런 결말에 다다른 것도 다 자기 책임이라고, 가짜 정치꾼들을 따라다니지 말고 사랑에 집중했어야 했다고. 절친이 그렇게 죽은 데에는 분명 자기 잘못도 있다고, 그 친구는 고아에다, 부성애가 필요한 소년이었다고, 자기가 아버지 역할을 해 주었어야만 했다고. 늙은 창녀가 그렇게 죽은 것도 다 자기 잘못이라고, 순전히 자기 잘못이라고, 그 여자는 순수한 마음을 지닌 어린애였다고, 평범한 사랑을 위해 태어났노라고... 죽은 사람들 전부가 다 자기 책임이라고... 실은 자신이 부르주아였다고... 실은 자신이 창녀였다고... 자신이 개새끼였다고... 그 모든 끔찍한 일의 기원은 자신이었다고... 그 시간 선술집 안에는 다비데 외에 다른 손님들도 있었지만, 그는 숨도 쉬지 않고 말도 안 되는 소리를 늘어놓았다. 테이블마다 놓여 있던 포도주병들이 텅텅 비어있었다. 휴일이면 늘 벌어지는 일이었다. 늙은이들이 주절대는 의미 없는 말들, 시시콜콜한 자랑질이 들려왔다. 콜록거리며 기침하는 소리, 퉤 하고 침 뱉는 소리. 라디오에서 바티칸을 연결해 교황의 메시지가 나오는가 싶더니, 어느새 오후 스포츠 뉴스가 흘러나오고 있었다. 젊은이들이 떼지어 또다시 라디오 앞으로 모여들었다. 경기 결과를 들어서 이미 알고 있던 선술집 주인은 하품을 늘어지게 하며 테이블을 치우는 부인에게 잔소리를 늘어놓았다. 그들 사이에서 다비데는 여느 주정뱅이들과 다름없어 보였다. 하지만, 그 자신은 정신이 말짱하다고 느꼈다. 말짱할 뿐만 아니라 머릿속에서 온갖 것들이 반짝거리는 기분이었다. 그가 갑자기 한층 밝은 목소리로 미소 지으며 말했다.

"어디서 읽은 건지 모르겠지만, 죽은 사람들이 쌓여있는 수용소에서 생존자와 마주친 사람 이야기가 있어. 무더기 안에서 여자아이 하나가 나왔다지. '넌 왜 죽은 사람들 사이에 있니?'라고 물었더니 아이가 이렇게 대답했대. '산 사람들 사이에서 사는 법을 잊어버려서요."

"실제로 있었던 일이라고!" 다비데가 있는 힘을 다해 진지하게 외쳤다. 그리고 진짜라는 듯 숨을 헐떡이며 팔로 테이블을 내려쳤다. 헐떡임인지 웃음인지 아리송했다.

"이제 그만 좀 하시지, 어디 한번 해 보겠다는 거야, 뭐야." 목걸이 노인이 아버지처럼 다비데의 어깨를 툭툭 치며 말했다. 그러자, 우세페가 다비데 곁에 다가가 조심스럽게 웃옷을 잡아끌었다.

"가자, 바비데... 가자, 어서 가자..."

다비데가 다시 의자에 앉아 작은 소리로 계속 웅얼거리자, 우세페는 앉아있던 의자에서 미끄러지듯 내려와 바닥에 있던 벨라 옆으로 갔다. 차마 위대한 친구가 하는 말을 중간에 끊을 수 없었다. 그랬다가는 친구가 화낼 게 분명했다. 하지만 친구에게 위기가 닥쳤다는 불안감은 커져만 갔다. 그가 끊임없이 '신'이란 단어를 입에 올리는 것만 보아도 알 수 있었다. 우세페는 그 말이 들릴 때마다 덜컥 겁이 났다. 그 유명한 신이란 존재가 갑자기 나타나 다비데와 몸싸움을 벌이면 어쩌나 싶었다. 선술집 안에 모여 있던 이들 중 우세페만이 다비데가 만취했다는 사실을 전혀 모르고 있었다. 아이는 다비데의 증세가 술 때문이 아닌, 아프거나, 음식을 못 먹었기 때문이라 여기고 있었다. 다비데랑 같이 보도니 가 집에 가서 저녁을 먹으면 좋을 텐데... 하지만 그가 거절할지도 모른다는 생각에 포기하고 벨라와 놀이나 하기로 했다. 둘이 소리 죽여 손과 다리를 꼼지락거리며 장난치다가 벨라가 아이의 귀를 핥으며 간질이자, 참다못한 우세페가 키득키득 웃어댔다. 아이의 웃음소리가 들리자, 순간 선술집 분위기가 싸늘해졌다.

"가자! 가자! 바비데! 어서 가자고!"

우세페가 겁먹은 얼굴로 몸을 바들바들 떨며 애원했다. 그 와중에도 아이는 알 수 없는 힘에 이끌려 사람들의 공격에 맞서 다비데를 지키겠노라 다짐하고 있었다. "저 꼬맹이 말이 맞아." 목걸이 노인이 다비데에게 훈계조로 말했다.

"이만 집에 가 봐, 그럼, 좀 나아질 거야."

다비데가 몸을 일으켰다. 울지도, 그렇다고 웃지도 않았다. 불투명한 유리알 같은 눈동자로 어딘가를 응시하고 있었다. 밖으로 나가는가 싶더니 갑자기 방향을 틀어 간이 변소 쪽으로 갔다. 친구가 쓰러지지 않을까 걱정했던 우세페의 눈동자가 줄곧 그의 움직임을 따라갔다. 아이는 다비데를 쳐다보느라 선술집 문 앞에 안티타 모로코가 나타난 것도 몰랐다. 그녀 또한 어른들 틈바구니에 있던 작은 아이를 못 보기는 마찬가지였다. 먼발치에서 선술집 주인 아내를 본 그녀는 특유의 서글픈 미소를 지으며 작고 검은 머리가 부럽다는 듯 수그려 인사하고는, 선술집 안이 붐비는 모습에 그냥 가 버렸다. "저 여잔," 클레멘테가 빈정거리며 말했다. "아직도 자기 신랑이 러시아에서 돌아오길 기다리고 있다지..." 그가 성에서 하룻밤 묵는 손님들에게나 들려줄 법한 귀신 이야기라며 그녀를 비웃었다. 신문팔이 노인만 그의 말에 대꾸하듯 알아들을 수 없는 말을 중얼거렸다.

간이 변소에 다녀온 다비데는 마치 다른 사람이 된 듯한 모습이었다. 좋게 말하자면, 그의 흥분 상태가 한 단계 상승한 것이었다. 그의 티셔츠가 작은 핏자국으로 얼룩졌다는 사실을 눈치챈 사람은 우세페뿐이었다. 아무것도 몰랐던 아이는 전에 보았던 팔뚝의 상처가 도져서 피가 난다고 생각했다. 나 또한, 다비데가 잠시 자리를 비운 사이에 어떤 종류의 약물을 투여했는지 정확히 모른다. 내가 아는 건 그가 지난 몇 달 동안 애용했던 한 가지 약물 외에 다른 성분들을 섞어서 사용했다는 것이고, 반대되는 약물들이 혼합되어 호흡곤란 반응을 일으킬 정도로 환각 상태에 빠졌다는 것이다. 특히 요 몇 주에 걸쳐서 그는 그 약물들을 자신의 주된 영양분으로 삼고 있었다. 초여름의 무더위가 그의 타고난 혈기와 생명력을 자극하고 에너지를 발생시켜 극단적인 형태의 고통으로 그를 몰아넣었는지도 모른다. 제자리로 돌아온 그는 자신이 처한 끔찍한 현실조차 인식하지 못했다. 자신을 둘러싼 모든 게 마치 꿈결처럼, 흐릿한 베일에 가려진 것처럼 느껴졌다. 꼭 필요한 경우에 당황하지 않도록, 집에서 나오는 길에 몇 가지 약물을 챙겨 들고 온 참이었다. 그 시절만 해도 약물이란 건 극히 드물었고, 못 사는 동네에서는 더더욱 그랬다.

그가 쿵쿵 발소리를 내며 선술집 안을 돌아다녔다. 서커스장에서 채찍질 당하며 움직이는 동물 같았다. 안색은 죽은 사람처럼 창백했다. 무엇보다 이상했던 건 그의 눈동자였다. 그의 두 눈은 자신을 옥죄던 타락의 소굴에서 빠져나왔다는 듯 다시금 피어오르고 있었다. 독일군에게 붙잡히고, 탈출해서, 마침내 피에트랄라타 피난민 수용소에 도착했던 그날처럼, 막상 자신은 그 시절을 기억하지 못했지만 말이다. 라디오와 테이블 사이를 오락가락하며 그는 보란 듯이 자신을 과시했다. 지극히 내성적인 소년이 자신의 숨겨진 본성을 드러내며 갑작스레 돌변한 듯한 꼴이었다. 하지만 인위적으로 도취 상태에 빠진 그의 신체가 영양실조로 뼈만 앙상하다는 사실은 누가 보아도 알수 있었다. 우세페의 입장에서는 친구가 다시금 활기를 되찾은 게 싫지만은 않았다. 라디오 가까이 다가간 그가 춤추는 시늉을 하며 몸을 꼼지락거렸다. 라디오에서는 음악 프로그램이 끝나고 진지한 토론이 흘러나오고 있었다. 공적인 논의 또는 성직자들의 대화였을 것이다. 그 소리를 듣고 무언가에 흠칫 놀란 사람처럼, 그의 입에서 무정부주의 찬가가 흘러나오기 시작했다.

혁명은 이루어질 것이다

검은 깃발은 펄럭일 것이다...

우세페는 친구의 공연을 보며 참다못해 웃음을 터뜨렸지만, 어쩐지 웃으면 안 될 것 같은 분위기였다. 테이블 사이를 돌아다니던 그는 앉아 있던 사람들을 '동지'라 부르며 어깨를 부닥쳤다. 반공산주의자였던 점원 복장의 남자는 다비데의 행동을 대놓고 못마땅해했다. 카드치던 사람들도 어느새 판을 걷고 집으로 돌아갈 준비를 하고 있었다. 목걸이 노인은 진작 자리를 떴고, 가판대 장사치도 주섬주섬 물건을 챙기고 있었다. 하지만 다비데는 고집스럽게 그들 모두를 붙들어 두려고 했다. 대단한 갑부라도 되는 듯 장사치의 좌판에 있던 사탕이며 헤이즐넛 따위를 전부 사더니 급기야 모두에게 포도주를 대접하겠노라고 했다. 먼저 자기 잔을 채우더니 클레멘테의 얼굴에 들이대며 군대식으로 건배했다. "빌어먹을 신을 위해 건배!" 포도주를 한 모금 마신 그가 토악질이 난다는 듯 바로 뱉어냈다. 비틀비틀 걸으며, 사람들과 마구 몸을 부닥치며, 그는 쉬지 않고 선술집 안을 돌아다녔다. 마치 풍랑에 흔들리는 갑판 위를 걷는 뱃사람 같았다. 높고 낮은 목소리로 다른 사람들의 뒷담화를 늘어놓듯 지극히 사적인 이야기를 털어놓기도 했다. 자기가 매춘부들의 대단한 고객이라는 둥 하여간 그런 이야기들이었다. 사실 6월 첫 주 들어 그는 몇 번이나 다리 밑 매춘부들을 찾아갔었다. 그녀들을 집까지 데려와 폭군처럼 그녀들의 몸 위에 올라탔다. 그런가 하면 자신이 공장에 위장 취업했을 때 얼마나 놀림감이 되었는지도 이야기했다. 매일 구토하는 바람에 결국 공장을 그만두게 되었노라고... 그리고, 모두에게, 중대한 비밀을 털어놓듯 소리 죽여 말했다. 자신이 바로 살인자라고, 자신이 바로 수탈자라고,

자신이 바로 파시스트라고... 시체, 미인 대회, 뉘른베르그, 교황, 베티 그레이블*, 지네스트라 성문**, 냉전과 열전, 연회, 폭탄 등등... 온갖 것들이 죄다 뒤섞인 그의 수다는 비극적이고, 코믹하고, 천박한 환영 같았다. 그는 이야기하는 내내 웃음을 멈추지 않았기에 주제를 막론하고 코미디의 한 장면 같았다. 수없이 다양한 주제들이 오가는 사이사이에 우세페가 참지 못하고 터뜨리는 해맑은 웃음소리가 들렸다. 아이는 그의 말을 한마디도 못 알아들었지만, 친구가 펼치는 쇼를 보며 신바람이 났다. 벨라는 두말할 것도 없었다. 카니발 축제라도 벌어진 듯 마구잡이로 펄쩍펄쩍 뛰어다니며 꼬리를 흔들어 댔다. 축제는 마침내 정점에 다다랐다. 할머니가 불러 주었다던 노래의 한 소절을 음치처럼 읊조리던 다비데가 다 함께 부르자며 사람들을 부추겼다.

아무개 군 아무개 양
난 거덜났다오...

하지만 사람들은 전혀 반응이 없었다. 다비데의 어수룩한 코미디가 처음에는 재미났지만, 슬슬 지루해진 터였다. 그들은 그저 술에 취한 청중이었다. 더도 덜도 아니었다. 붐비던 선술집 안이 차츰 한산해지고 있었다. 클레멘테도 집으로 돌아갔다. 홀로, 혼자서, 손가락이 절단된 몸을 이끌고, 계절에 안 맞는 코트를 걸치고, 한기가 느껴지는 온몸을 덜덜 떨면서. 다비데도 한마디 인사도 없이 선술집 밖으로 나왔다. 우세페와 벨라가 그를 뒤따라갔다.

---

* 1916~1973 미국 여배우
** 시칠리아에서 1947년에 발생한 총기 사건으로 11명의 사망자와 27명이 부상자가 나온 장소

밤보다 낮이 더 긴 나날들이었다. 해가 지기도 전에 길가 창문에서 마지막 라디오 뉴스가 흘러나오고 있었다.

...내무부 장관의 지시에 따라 경찰은 공장 내에서 모임 또는 조직을 일체 불허한다고 밝혔습니다...
...무장한 붉은 군대가 신장을 향해 전진하고 있습니다...
...그리스 정부에서 대대적인 소탕 작전을 펼치기로 결의했습니다...
...미국 대의원회에서...
...펠라 장관은 정부가... 임시 예산이 부족... 간접세...

"누가 먼저 다리까지 가는지 경주할까?" 수블리시오 다리에 다다르자 다비데의 제안으로 대결이 벌어졌다. 승자는 벨라였다. 다비데는 숨을 헐떡이며 무거운 다리를 질질 끌고 두 번째로 도착했다. 우세페는 달리기만큼은 자신 있었지만, 너무 작아서 저만치 뒤쳐졌다. 먼저 도착한 벨라는 2등과 3등 구분 없이 둘 다 반갑게 맞아주었다. 달리기 시합이 어찌나 신났던지 우세페는 입을 헤 벌리고 미친 듯이 웃으며 내달렸다. 다비데는 숨이 차서 한 손으로 가슴팍을 부여잡고 있었다. 그 또한 아무 생각 없이 웃고 있었다. 장난삼아 시작한 경주였지만, 그러려고 했던 건 아니었지만, 그 또한 벨라를 의식하며 전속력으로 내달렸다. 마치 어린아이가 지상의 모든 현실을 잊고 경주에 집중하듯. 가슴이 터질 듯한 기분으로 잠시 아무 생각 없이 거친 숨을 내뱉었다. 그는 내내 웃고 있었지만, 기쁨이 아닌, 가슴이 찢어지는 웃음이었다. 종종 웃음을 멈추고 신경질적으로 콜록거리기도 했다.
"우리 가위바위보 할까?" 그가 우세페에게 말했다.

"엉엉엉!"

가위바위보가 뭔지 모르는 우세페에게 다비데가 게임의 규칙을 대충 설명해 주었다. 하지만 막상 게임이 시작되자 우세페는 작은 손을 요리조리 놀리며 편법을 쓰기 시작했다. 이를테면 보자기를 내놓고 가위라고 우기는 식이었다. 가위바위보 놀이가 어찌나 재밌었던지 아이는 쌀알 같은 스무 개의 젖니를 전부 드러내며 깔깔 웃었다. 그런 우세페를 바라보며 다비데도 웃었다. 우세페와 벨라가 선술집 입구에 등장했을 때처럼 환한 표정이었다. 다비데가 우세페의 손을 꼭 잡더니 성인의 조각상처럼 정성껏 입을 맞췄다. 우세페도 다비데에게 입맞춤하려고 했지만, 그가 움직이는 바람에 입이 아닌 코에다 대고 뽀뽀했다. 벨라를 포함한 셋이 동시에 커다란 웃음을 터뜨렸다. 어느새 진지한 모습으로 되돌아간 다비데가 우세페를 바라보며 씁쓸한 투로 말했다. "넌, 너는 너무 귀여워. 가끔은 네가 있다는 사실만으로도 행복해. 널 보면 모든 게... 그냥 믿겨 져. 모든 게! 넌 이 세상 사람이기에는 너무 귀여워."

우세페는 다비데의 칭찬에도 기분이 썩 좋지 않았다. 그의 기분이 돌변했다는 걸 눈치챘기 때문이었다. 그의 얼굴에서 웃음기가 가시고 다시금 어두워졌다. "우리 이제 뭐하고 놀까?" 아이가 그를 부추겼다.

"이제 그만." "...안 돼... 또!" 우세페가 속상해하며 우겼다. 하지만 다비데는 그럴 마음이 전혀 없었다.

"여기서," 그가 딱 잘라 말했다. "헤어지자. 난 이쪽, 너희는 저쪽."

우세페가 온몸을 비비 꼬았다. "왜앵," 그리고 용기를 내어 다비데에게 제안했다.

"우리 집에 가서 같이 저녁 먹을까? 엄마가 저녁 때 미트볼 한댔어... 그리고... 또... 포도주도 있어!"

"아니, 아니야, 다음에 갈게. 오늘을 배가 안 고파."

"그럼, 어디 갈 건데? 자러 가?"

"응, 자러 가." 다비데가 힘없이 풀린 다리를 질질 끌고 집을 향해 걷기 시작했다. 눈동자가 이루 말할 수 없이 불투명했다.

"우리가 집 앞까지 데려다줄게." 우세페의 제안에 벨라는 의아하다는 표정을 지었지만, 거절하지는 않았다. 다비데는 지칠 대로 지칠 나머지 아이가 하자는 대로 놔둘 수밖에 없었다. 다비데를 바래다주기로 결심한 두 방랑객은 아무리 서둘러도 저녁 먹을 시간에 늦을 게 뻔했다. 결국 둘 사이에 논생이 벌어셨고 벨라는 구슬픈 소리로 짖으며 우세페에게 항의했다. 저녁 시간에 늦는 거야 뭐 그렇다고 쳐, 벨라는 다비데를 저녁 식사에 초대하겠다는 고집을 버리지 않았다. 우리 집에 가면 고기랑 채소랑 저녁때는 수프까지 있다면서. 사실 그건 전날 먹다 남은 스파게티에 치즈와 물과 토마토 자투리와 남아도는 것들을 죄다 집어넣고 끓인 수프였다. 결국 우세페는 엄한 눈초리로 벨라를 째려보며 제발 그만 좀 하라고 저지했다. 다비데를 초대하는 근사한 자리에 개가 먹는 꿀꿀이죽을 대접하다니, 말이나 되는 소리냐면서.

다비데는 그 자리에서 그대로 뻗어버릴 것만 같았다. 집까지는 너무도 멀었다. 500미터 남짓한 거리였지만, 도저히 도달할 수 없는, 머나먼 목적지를 향해 가고 있는 것 같았다. 문득 자신도 어렸을 때 해가 지기 전에 집에 들어가기 싫어했다는 기억이 떠올랐다. 그리고 보니 방금 다리 위에서 경주하자고 한 것도 어릴 적에나 하던 행동이었다. 하지만 이제 그의 곁에는 아무도 없었다. 시시각각 다가오는 위협을 부정해보았자 소용없는 짓이었다. 길가에 죽 늘어선 판잣집마다 선술집처럼 라디오 소리가 흘러나오고 있었다. 라디오에서는 이제 도시 이름과 일련의 숫자들을 호명하고 있었다. 아마도 복권 당첨 방송일 것이다. 아이들을 거느리고 집 앞에 나와 남편을 기다리는 여자들도 있었다. 그중 몇몇이 벨라를 보고 반갑게 인사했다. 도중에 몇몇 개들과도 마주쳤다. 그중 한 마리는 전에도 마주친 적 있었던 작은 원숭이 같은 개였고, 처음 보는 개 한 마리는 여러 동물이 합쳐진 듯한 생김새였지만, 살가운 성격이었다. 이번에도 늑대개는 주인과 산책하러 나가서 마주칠 일이 없었다. 우세페가 다행이라며 가슴을 쓸어내렸다. 벨라는 주위에서 풍기는 저녁 식사를 준비하는 냄새에 코를 킁킁거리며 두 마리 개에게 다가가 서둘러 인사를 나눴다. 먼지가 풀풀 날리는 흙길에 서 있던 우세페가 목줄을 잡아당기자, 이내 아이 곁으로 돌아왔다.

다비데는 지칠 대로 지친 몸을 이끌고 자신을 엄습해 오는 내적인 불안에 맞서고 있었다. 독극물을 복용하거나 금식했을 때 나타나는 증상이었다. 한 발짝 내디딜 때마다 땅이 밑으로 푹 꺼지는 기분이었다. 그는 이성과 꿈의 변방을 오가며 끔찍한 상태에 빠져들고 있었다. 판잣집들을 지나치던 그가 두 눈을 질끈 감았다. 주위가 온통 새카맸다. 잠시 후 같은 장소에서 눈을 뜨고 질문했다. "여기가 어디지?" 바보 같은 노래의 후렴구가 머리에 맴돌며 그를 어지럽혔다. 고교생 시절 자신이 썼던 사랑에 관한 시구였다. "널 사랑했어, 내 행복아!" 어지러운 시구들이 영화 제목과 뒤섞이는가 싶더니 마구잡이로 떠오른 문장들이 더해졌다. 그는 이제 바람 빠진 풍선 같은, 진공상태에 접어들었다. 마지노선, 길다, 가격 하락, 사막의 뜨거운 바람, 파시스트 민병대의 행진... 갑자기 그의 발걸음이 기계적으로 빨라지기 시작했다. 혐오스러운 자신의 작은 방에 들어가 얼른 처박히고 싶다는 생각뿐이었다. 우세페가 고개를 들고 다비데를 쳐다보며 잰걸음으로 그를 뒤쫓아갔다.

"왜 그렇게 빨리 걸어? 졸려?"

"아파서 그래." 다비데가 웃으며 대답했다. 어느새 집 앞에 다다른 그가 닫힌 문에 등짝을 기대고 앉아 미친 듯이 호주머니를 뒤적이며 열쇠를 찾기 시작했다.

"아파서 그래..." 우세페는 생각에 잠겨 중얼거렸지만, 아무것도 묻지 않았다. 순간 아이는 자신도 아프다고, 우린 동료라고 말하고 싶은 걸 꾹 참았다. 다비데가 자신의 나쁜 증상을 알고 나면, 다른 사람들처럼 피하지 않을까 하는 걱정 때문이었다. 대신 엉뚱한 질문을 던졌다.

"팔은 왜 그래?"

"모기한테 물렸어."

다비데가 바지 주머니에서 어렵사리 열쇠를 꺼내 들었다. 하지만 무거운 몸을 주체하지 못하고 자기 집 문 앞에 걸인처럼 드러누웠다. 억지로 몸을 일으키려던 그가 닫힌 문을 주먹으로 쾅쾅 두드렸다. 그러더니 마치 집 안에 누가 있는 것처럼 목소리를 쫙 깔고 말했다. "누구세요?" 그리고 이내 본래 목소리로 대답했다. 나! 나라니, 누구? 다비데 세그레. 그러는 넌 누군데? 나라고!! 세그레 다비데, 그 안에서 뭐 하는 거야? 자고 있어.. 처음 본 장난에 우세페가 웃음을 터뜨렸다. 집안에 진짜 누가 있나 싶어 마음을 졸이며 다비데를 도와 문을 열었다. 작은 방에는 아무도 없었다. 작은 창문도 닫혀있었다. 환기를 안 해서인지 오래된 환자의 병상에서 날법한 극심한 악취가 풍겼다. 방안은 전보다 훨씬 더 난장판이었다. 누군가에게 습격당한 듯한 꼴이었다. 다비데가 잔뜩 어질러진 침대에 걸터앉으며 우세페에게 말했다. "이제, 잘 자란 인사를 할 시간이야."

"아직 낮인데…" 문가에 서서 방안을 유심히 쳐다보던 우세페가 벨라의 목줄을 당기며 말했다. 벨라는 문 앞에 앉아 참을성 있게 아이를 기다리고 있었다. 이따금 목줄을 잡아끌며 이렇게 말하기도 했다. "너무 늦었어. 이만 집에 가야 해." 그럴 때마다 우세페는 아직 아니라는 듯 목줄을 자기 쪽으로 잡아당겼다. 저녁도 안 먹고 몸까지 아픈 다비데를 혼자 두고 가기가 영 꺼림칙했다. 하지만 딱히 할 말이 떠오르지 않아 안절부절못하고 있었다.

그러는 동안 다비데는 옷도 안 벗고 신발까지 신은 채 침대 위에 길게 드러누웠다. 귀에서 쿵쾅쿵쾅 으르렁으르렁 소리가 났지만, 싫지 않았다. 오히려 동화를 들려주는 목소리처럼 자신을 달래주는 기분이었다. 오늘 밤엔 한숨도 못 잘 거라는, 무시무시한 밤이 될 거라는 차가운 예감이 밀려왔다. 얼마 전부터 그의 신체에 예측할 수 없는 화학 반응이 일어나고 있었다. 약이고 뭐고 소용없었다. 오만해진 신경들이 벌이는 일종의 게임이랄까. 수면제를 복용해 보았지만, 진정은 고사하고 오히려 한층 더 흥분 상태에 빠져들었다. 오늘 저녁, 그는 알쏭달쏭한 그 게임이 너무도 두려웠다. 심판 역할을 맡고 싶지 않았다. 그는 아이와 개가 문 앞에 있다는 사실조차 잊고 있었다. 어디선가 풋풋하고 다정한 기운이 퍼져 나와 둘이 아직 거기 있다는 사실을 일깨워 주었다.

"여기서 뭣들 해?" 그가 고개를 살짝 들고, 시선은 돌리지 않은 채 아이와 개를 향해 소리쳤다. "아니, 뭐, 이제 갈 거야." 우세페가 내키지 않는다는 듯이 말했다. "아직 밤도 아닌데…"

"밤이 새하얀 나라들은," 다비데가 들쑥날쑥한 목소리로 다시 말문을 열었다. "어떤 계절에는 늘 낮이야. 다른 계절에는 늘 밤이고. 그때그때 달라. 모양과 색깔들이 넘쳐 나. 위선과 경선! 어떤 위선 상에는 아주아주 커다란, 눈으로 된 집과 탑과 궁전들이 있는데 물결이 밀려오면 녹아버려. 또 다른 곳은 시멘트, 유리, 대리석으로 된 대성당과 모스크와 탑들과... 숲은 또 얼마나 많은지! 우천, 성운 아니, 구름... 반쯤 물에 잠겨 둥둥 떠다니는 뿌리들... 학교 다닐 때 지리를 참 좋아했어. 미래로 가는 여정을 보는 것 같았거든. 미래가 찾아온 지금 종종 나 자신에게 물어. 이상하다, 왜 그 미래가 아니지? 내가, 나를, 걷는 상상을 해. 지상의 모든 나라와 길들, 죄다 개떡 같아. 내 방보다 더 심해. 어딜 가든 더럽고 추한 방들뿐이야, 늘 밤이거나 늘 낮이야, 그냥 지나쳐 버릴..."

우세페가 그의 말을 들으며 소리죽여 뭐라 중얼거렸다. 다비데의 발언에 대한 아이의 진정한 대답은, 한 문장으로 표현한다면, 본인의 생각은 그와 정 반대란 것이었다. 아이는 친구 다비데만 곁에 있다면, 이 세상 어디라도, 다 쓰러져 가는 오두막이라도 굉장한 곳이기 때문이었다.

"이 방은 추하지 않아..." 우세페가 변명조로 중얼거렸다.

"그렇다마다, 아주 끝내주지!" 다비데가 웃음을 지어 보였다. "종종 여기서 계시를 보기도 해... 아니, 계시라고 하긴 좀 그렇지! 너무 고귀하잖아! 그냥 변형, 과장... 예를 들면, 너 있잖아," 그가 몸을 살짝 돌려 우세페를 쳐다보았다. "지금 널 망원경으로 보고 있는 것 같아. 넌 너무너무 커서 그 문을 통과할 수 없어. 이제 네가 작아진다, 아주아주, 쌍안경을 반대로 보는 것처럼. 방 전체에 아주아주 작은 파란 눈들이 콕콕 박혀있어."

"이제 어떻게 보여?" 우세페가 조심스럽게 앞으로 한걸음 나서며 물었다. 다비데가 웃음을 터뜨렸다. "작게 보여. 아주아주 작게…"

우세페는 문득 의사 선생님이 했던 말이 떠올랐다.

"난," 아이가 고백했다. "잘 안 크는데."

"됐어, 이제 인사하자. 잘 자." 웃으며 말한 다비데가 다시 덧붙였다. "내가 이야기 하나 해 줄까?"

때마침 여동생의 어린 시절 기억이 떠오른 참이었다. 여느 아이들처럼 그의 여동생도 저녁때 잠자길 싫어했다. 문틈으로 새어 나오는 오빠 방의 불빛을 보고서 (그는 늘 밤늦게까지 책을 읽곤 했다) 손잡이를 살금살금 돌렸다. 그리고 문가에 서서 잠이 안 온다며 이야기나 동화를 들려달라고 했다. 다비데는 어릴 때부터 가족을 통틀어 상상력이 가장 풍부한 아이였다. 이다음에 크면 작가가 되리라고 결심한 터였다. 아직 글을 읽을 줄 몰랐던 어린 여동생은 오빠를 조를 수밖에 없었다. 그는 저녁 시간에 자기 방에 침입하는 여동생이 반갑지 않았지만, 하도 떼를 쓰는 통에 어쩔 수 없었다. 여동생을 빨리 돌려보내기 위해서 노랫말처럼 이야기를 지어내곤 했다. "옛날 옛적에 배추가 있었는데…" "옛날 옛적에 찌그러진 냄비가 있었는데…" "옛날 옛적에 탬버린이 있었는데…" 그리고, 그 즉시, 저절로, 생각지도 못했던 이야기가 술술 나오기 시작했다. 이야기들은 그의 의도와 상관없이 치명적인 결말로 끝났다. 여동생은 우연히 탄생해 완벽한 결론까지 다다른 그의 이야기를 무척 좋아했다. 그러니 하나만으로는 어림도 없었다. 어떤 날에는 그만 좀 하라는 오빠에게 이렇게 소리치며 대들기도 했다. "옛날 옛적에 닭똥이 있었답니다!!" 그러면, 그는 곧

이어 그 암탉이 황금알을 낳았다며 이야기를 엮어 나갔다. 하지만 황금알들은 그만 깨져버렸고, 어리석은 사람이 큰돈을 벌려는 심산으로 암탉의 목을 비틀어 죽여버렸다. 그러자 암탉의 몸에서 황금 아기들이 쏟아져 나왔는데, 실은 암탉과 수탉이 저주에 걸리는 바람에 변신한 왕자들이었다. 알고 보니 그 암탉과 수탉은 인도의 귀족들이었고, 어딘지 모를 나라의 왕이었던 적의 저주에 걸린 것이었다. 보시다시피 다비데 어린이가 만들어 낸 이야기는 그리 특출난 건 아니었다. 하지만 어쨌든 도입, 전개, 결말의 구조를 갖춘, 철저한 규칙에 입각한 이야기였다.

그날 또한 마찬가지였다. 다비데는 우세페에게 무슨 이야기를 들려줘야 할지 감이 오지 않았다. 그저 입에서 나오는 대로 무작정 이야기를 시작했다. "옛날 옛적에 SS가 있었단다..." 도입부가 정해지자, 이야기는 저절로 만들어졌다. 이번에도 역시나 대단한 이야기는 아니었지만, 자신만의 진정성 있는 이야기였다. 동화와 비유 사이를 오가던 이야기가 내면적인 논리에 따라 이어지는가 싶더니 의미심장한 결말에 다다랐다.

"...옛날 옛적에 SS가 있었어. 어느 날 새벽 그는 범죄의 대가를 치르기 위해 교수형에 처해 지게 되었어. 감옥에서 교수대까지는 오십 보 남짓한 거리였어. 교수대를 향해 가던 중에 그는 우연히 마당 담벼락에 난 구멍을 보았어. 바람에 실려 온 씨앗이 그곳에서 싹을 틔우고 꽃을 피웠던 거야. 물 한 방울 없이, 공기와 회벽만 있는 데서 자라난 거였어. 보랏빛 꽃잎 네 장과 시들시들한 잎사귀 두 개뿐인 초라한 꽃이었지만, 새벽빛 아래 SS의 눈에 비친 그 꽃 한 송이는 우주의 모든 아름다움을 대변하는 존재처럼 보였어. 그는 생각했지. '다시 돌아갈 수만 있다면, 시간을 되돌릴 수만 있다면, 저 작은 꽃 한 송이를 찬미하는 데 인생을 바칠 텐데.' 그러자, 마치, 또 하나의 자신이 생겨난 듯한 기분이었어. 내면에서 아니, 머나먼 어딘가에서, 밝고 명확한 목소리가 자신에게 외쳤어. '진실을 말해 주지. 네가 죽기 직전에 했던 그 생각 덕분에 넌 지옥행을 면할 거야.' 그는 시간이 많이 흘렀다고 생각했지만, 아주 짧은 순간에 벌어진 일이었어. 담벼락에 핀 그 꽃은 경비원에게 붙들려 걸어가던 SS 바로 옆에 있었지. 그가 한 발짝을 떼더니 말했어. '아니!' 그리고 분노한 표정으로 뒤돌아보며 외쳤어. '그따위 눈속임에 속을 줄 알아!' 양손이 붙들린 상태였던 그는 입으로 꽃을 물어뜯더니 땅바닥에 내팽개치고 발로 짓밟아 버렸어. 그리고 위에다 침을 뱉었지. 그게 이야기의 끝이야."

"하지만 지옥은 읎당께!" 이야기가 끝나자마자 우세페가 잘라 말했다. 아이가 로마 사투리로 표현했던 '읎당께'를 표준말로 하면 존재하지 않는다는 뜻이었다. 다비데가 재미있다는 듯 눈을 깜빡거렸다. 형편없이 말라비틀어진 그의 몸이 재미를 느끼며 움찔거렸다.

"존재하지 않는다고, 지옥이?" 그가 아이에게 되물었다. 우세페는 소리 내어 대답하는 대신 이번에는 시칠리아 사람 흉내를 냈다. 턱을 앞으로 죽 내밀고 입술을 실룩거리는, 닌누추 형한테 배운 행동이었다. 더 거슬러 올라가면 메시나가 고향이었던 닌누추의 아버지 알피오가 하던 행동이었다.

"왜 없는 것 같아?"

"왜냐면..." 우세페가 뭐라 대답해야 할지 난감해하자, 벨라가 옆에서 작은 소리로 짖으며 우세페를 부추겼다. 그러자 드디어 아이의 입에서 대답이 흘러나왔다.

"왜냐하면, 사람들은 날아가니까..."

우세페가 의심스러운 이야기를 할 때처럼 점점 말끝을 흐렸다. 그래도 '왜'라는 초성만큼은 확실하게 발음했다. "말들도," 아이가 재빨리 덧붙였다. "날아가니까... 개들... 고양이들... 매미들,,, 그러니까 사람들도!"

"근데 너 SS가 뭔지는 알아?"

우세페는 오래전부터 그게 뭔지 알고 있었다. 밀레 가족들과 지냈던 시절부터 말이다. 아이는 확실히 안다는 걸 증명하기 위해 카룰리나 또는 대가족 중 누군가의 말을 빌려 대답했다.

"독일 경찰 *끄나풀!*"

"대단한데!" 다비데가 웃으며 말했다. "자, 이제 잘들 자. 난 자야 하니까 다들 가 봐..." 그의 눈꺼풀이 점점 무거워지고 있었다. 기어드는 목소리는 마치 모깃소리 같았다.

"잘 자..." 우세페가 다정하게 대답했다. 하지만 이내 흥분하며 되물었다.

"언제 또 만나?"

"조만간..."

"언제?!"

"조만간, 빨리..."

"내일?"

"내일 응 그래."

"내일 우리가 올게, 다른 날처럼 점심 먹고 여기서 또 만나!"

"응..."

"꼭꼭 약속했어! 약속!"

"...으응..."

"포도주도 갖고 올게!" 우세페가 몸을 돌려 문을 나서며 말했다. 하지만 순간 벨라의 목줄을 잠깐 놓치는 바람에 급히 뒷걸음쳐야만 했다. 얼떨결에 방 안에 들어간 아이는 형을 대하는 당연한 예절이란 듯, 성스러운 의식이란 듯 다비데에게 다가가 뽀뽀했다. 이번에는 코가 아닌 한쪽 귀 근처였다. 밀려드는 졸음을 참을 수 없었던 다비데는 아이의 입맞춤이 진짜인지 아닌지조차 헛갈렸다. 모든 게 그저 꿈결 같았다. 그는 두 방문객이 조심스럽게 문을 닫는 작은 소리도 못 들었다. 밖에 나와보니 어느새 어스름한 저녁이었다. 귀가 시간에 늦은 둘은 집으로 가는 발걸음을 재촉했다. 집으로 가는 동안 우세페는 내일의 약속을 되새겨 보았다. 다비데와의 약속과 또 다른 친구 쉬모와의 약속도 잊지 말아야 했다. 벨라와 계획을 잘 짜서 아침에는 강가에 가서 쉬모를 만나고, 점심을 먹고 나서 다비데를 찾아갈 작정이었다. 내일은 다른 날보다 일찍 일어나리라 마음먹었다. 우세페는 한 치의 의심도 없이 신나는 내일 하루를 계획하느라 자그마한 머리를 굴리고 있었다. 벨라와 함께 포르타 포르테세 광장에 접어들자, 저만치 소년원 건물이 보였다. 벨라와 우세페 둘 다 쉬모가 그 안에 갇혀 있다는 사실을 까맣게 모르고 있었다. 그쪽을 바라보자마자 벨라는 양쪽 귀를 축 늘어뜨리고 끙끙대며 다리 쪽으로 목줄을 잡아끌었다.

7.

그날 밤, 잠은 다비데를 배신했다. 황혼 무렵만 해도 금방 잠들 것 같았지만, 실상은 달랐다. 그는 우세페가 방에서 나간 시점에 이미 자

316

고 있었다. 우세페가 목격했던 그대로 옷을 입고 신발도 신은 채 침대에서 아침까지 죽 잠을 잤다. 그러나 진짜로 자는 건 아니었다. 불면보다 병적이고 소모적인 끔찍한 수면이었다. 비몽사몽 상태였던 그의 육체는 겨울잠을 자는 동물처럼 축 늘어졌다. 두뇌는 최면에 걸린 사람처럼 전날보다 훨씬 더 무기력해졌다. 움찔하기만 해도 누군가 바로 채찍을 휘두를 것 같았다. 비로소 내면의 밑바닥으로 가라앉나 싶더니 어느 순간 밤의 이미지들이 모습을 드러냈다. 사방에서 불빛이 번뜩이며 댕그랑댕그랑 소리가 울려 퍼졌다. 마약을 시작하고 나서부터 졸음이 밀려올 때마다 우스꽝스러운 소극장에 와 있는 기분이었다. 마약 효과의 일종인지 다시는 볼 수 없을 줄 알았던 형상들이 그를 우롱하며 하나둘씩 무대에 등장했다. 그가 안녕을 고했던 닌누추도 멀쩡한 모습으로 나타났다. 적어도 환상 속에서는 그랬다. 저세상 사람들이 나타나 그에게 무언가를 폭로하려 했고, 특별한 은혜를 베풀려 했고, 무언가를 설명하려 했다. 반면에 가짜가 뻔한 어리석은 형상들이 나타나 그를 귀찮게 하기도 했다. 하지만, 오늘 밤에는, 그런 종류의 조작이 가구나 그림자 같은 단순한 왜곡에 그치지 않았다. 그 정도는 불을 끄고 쫓아버리면 그만이었다. 어두운 방 안을 떠돌던 비누 거품 같은 색깔들은 잠과 함께 사라져 버리곤 했다.

이른 저녁부터 그의 두뇌에 장착된 기계 장치가 오늘만큼은, 밝든지 어둡든지 간에, 결코 작동을 멈추려 하지 않았다. 캄캄한 어둠 속에서, 정확한 의도에 의해, 미친 듯이 그를 독촉했다. 기나긴 밤을 보내는 동안 벌어진 일련의 장난질이 어찌나 고약했던지 그는 죽기 직전까지 고문당하는 기분이었다 예를 들면 이런 것이었다. 전등을 끄자마자 허공에서 추상적이고 기하학적인 일차원 형태들이 등장했다.

육면체, 삼각형, 사각형들이 무한대로 증식하며, 어질어질한 색깔들이 마구 뒤섞이며, 난장판이 벌어졌다. 불을 켜 보면 이번에는 방 안에서 말도 안 되는 일들이 벌어지고 있었다. 바닥은 온통 빵 부스러기로 뒤덮여 있었고 벽은 빵을 구울 때처럼 잔뜩 부풀어 올랐다. 방안이 온통 파이들로 뒤덮이며 이쪽저쪽 크레페들이 터지기도 했다. 하지만 진짜 이상한 건 이제부터였다. 수도승들을 유혹한다는 여자 악마들이 경박한 몸짓을 하며 위에서부터 마구 쏟아져 내렸다. 그에게는 아무런 감흥도 없는 몸짓이었지만, 끔찍한 장면임은 분명했다. 지상 최후의 날에나 벌어질 법한 일들이었다.

아무한테도 도움을 청할 수 없었던 다비데는 얼빠진 상태로 앞을 보지 않으려고 양손을 눈에 갖다 댔다. 그리고 이렇게 웅얼거렸다. "신이시여 신이시여" 그러자 거룩한 심장, 거룩한 제사장을 묘사하는 석판화 안에 있던 신이 모습을 드러냈다. 그는 산티나를 배려하는 마음으로 침대 위편에 붙어 있던 성화를 떼지 않고 신문지로 가려 놓았다. 그의 애절한 부름을 들었는지 두 장의 성화 속에서 두 명의 성인이 튀어나왔다. 그야말로 신이었다. 그중 한 인물은 금발에, 붉은 뺨에, 멍청하게 생긴 청년이었고, 다른 인물은 제도와 권위와 권력으로 한껏 치장한 맹해 보이는 노인네였다. "만일 당신들이 진짜 성인이라면," 다비데가 그들을 쳐다보며 호소했다. "위대한 성직자의 옷을 안 입었을 거야, 지팡이도 안 들었을 테고..."

그 시점에서 그는 그날 밤 동안에만 적어도 스무 번째로 잠이 든다. 그리고 꿈을 꾼다. 하지만 언제나처럼 꿈속에서도 정신이 말짱하다. 그는 자신이 자기 방 침대에 누워있다는 사실을 잘 알고 있다. 학창 시절의 꿈이 기억난다. 역사, 지리, 예술 책에서 배웠던 환상적인 도시로 발걸음을 옮긴다. 꿈속에서 도시들의 명칭은 불분명하다. 알쏭달쏭한 수수께끼 같다. 노동, 동지애, 시, 모두가 평등한 사회... 그는 그런 사회가 어떤 모습인지 읽기와 사색을 통해 잘 알고 있다. 유명한 건축물들이 즐비하다는 그곳에서 걷고 또 걷는다. 지평선 저 끝까지 보이는 거라고는 다닥다닥 붙은, 지저분하고 거대한 건물들뿐이다. 완공되지 않은 건물마다 마구 뒤엉킨 전깃줄처럼 지그재그 금이가 있다. 엉터리 건물들 사이로 그물처럼 뻗은 도로 위에 온갖 부서진 것들과 돌들이 널려 있다.

파충류의 골격 같은, 문이 없는 객차들이 무한대로 연결되어 있다. 그는 왕을 찾기 위해 대로변으로 발길을 돌린다. 귀를 찌르는 사이렌 소리, 건물과 객차들이 내뿜는 시커먼 연기 탓에 방향을 구분하기가 쉽지 않다. 자세히 들여다보니 도시의 건물들은 죄다 공장 또는 매춘굴이다. 길가에서 바라본 실내는 불빛들로 휘황찬란하다. 하지만 어디든 공연은 흑백이다. 저쪽에서 흰색 유니폼을 입은 사람들이 사슬에 묶여 줄을 서 있다. 묵직한 체인을 용접한 사슬에 묶인 그들의 손에서 피가 줄줄 흐른다. 또 다른 곳에서는 반라의 여자들이 다리에 피를 질질 흘리며 괴기스러운 동작을 취하고 있다. "고객들은 피를 보여줘야 흥분하는 법이지." 누군가 웃으며 설명한다.

그는 왕을 바로 알아본다. 그리고 보니 그는 왕이 누구인지 이미 알고 있다. 다비데가 저주받은 나무 같은 왕 앞에 선다. 그는 공식적인 복장으로 댄스홀에 있을법한 시멘트 단상 위에 서서 연신 웃고 있다. 다비데는 그에게 묻고 싶은 게 아주 많다. "당신이 이뤘다는 혁명이 뭐죠? 왜 노동을 훼손시켰죠? 왜 추악함을 선택했죠?" 기타 등등. 하지만 갑자기 반 양말을 신은 어린 학생처럼 수줍어져서 질문이 입 밖으로 튀어나오지 않는다. 단지 "왜?..."라는 한 마디만 외칠 뿐이다. "왜?"라는 그의 질문에 왕이 웃으며 답한다. "아름다움이 뭔지 아나? 천국을 믿게 하려는 술수야. 우린 태어난 것부터가 죄악이라네. 그러니 더 이상 그런 술수에 속지 말게. 그 사실을 인식하는 순간 진정한 인간이 되는 거야." 그가 다비데를 쳐다보며 신경질적인 웃음을 터뜨렸다. "날 좀 보게," 그가 다비데에게 말했다. "읍스, 읍스, 내 어눌한 춤 좀 봐주게 나." 왕은 점점 납작해지더니 이내 사라져 버렸다.

다비데는 이제 현실에서처럼 어른이다. 긴 바지에 얇은 티셔츠를 입고 근사한 건축물들에 둘러싸여 있다. 발밑에 싱그러운 풀밭이 펼쳐져 있다. 풀밭 중앙에 잎사귀와 열매들이 그득한 나무 한 그루가 이슬을 머금고 서 있는 모습이 보인다. 가까이에서 물소리와 새들의 지저귐이 들려온다. "그래," 다비데가 혼잣말한다. "나머지는 다 꿈이라 치자. 이것만 진짜라고." 사실임을 증명하기 위해 신발을 벗어 나무 아래 내려놓는다. 잠에서 깨어났을 때 신발이 한 짝이라도 벗겨져 있다면 진짜인 게 분명하다. 순간 소년 소녀들이 해맑고 친근한 목소리로 입을 모아 그를 부르는 소리가 들린다. 다비데! 다비데! 흠칫 놀란 그가 잠에서 깨어난다. 목소리들은 실제가 아니었다. 현실에서는, 아무도, 그를 부르지 않았다. 방안에 불이 켜져 있었고 그는 조금 전처럼 어질러진 침대에 있었다. 신발 두 짝을 다 신고... 한밤중이란 건 알았지만, 정확한 시간은 알 수 없었다. 저녁에 시계를 맞추는 걸 깜빡했다. 꿈속에서 겪었던 길고 험난한 모험이 오래 지속되었다고 느꼈지만, 실제로 그가 잠들었던 건 불과 몇 분에 불과했다.

영원히 끝나지 않을 것만 같은 밤은 그렇게 시작되었다. 추상적인 것들도, 확실한 것들도, 더 이상 아무것도 보이지 않았다. 그의 감각은 아무런 느낌 없이 숨죽이고 있었지만, 그의 두뇌만큼은 복잡하게 사고하며, 열띤 토론을 벌이며 쉴 새 없이 일하고 있었다. 잠든 상태였는지 아닌지도 확실치 않았다. 아니, 어쩌면, 두 상태를 넘나들었을지도 모른다. 고귀한 철학과 우주에 관련된 문제들을 해명하다가도 어느 순간, 장을 얼마어치나 봤는지, 속옷에는 어떤 종류가 있는지 생각했고, 날짜와 거리 등을 계산하기도 했다. 도시의 왕에게 제대로 답변하지 못했던 게 후회스러웠다. 늦었지만, 그가 하려던 대답은 다음과 같았다. **"거짓말하지 마, 진실은 정반대야. 모든 존재의 가장 깊은 곳에 깃든 신은 아름다움이란 수단을 통해 비밀을 드러내게끔 되어 있어. 아름다움이야말로 수줍게 드러난 신의 모습이야."**

그와 같은 원칙을 증명해 내기 위해, 그는 휘발유 같은 고 도수 알코올이 주입된 사람처럼 전력을 다해 두뇌를 가동했다. 그는 이제 지성에 기반한 인간의 고귀함에 대해 질문을 던지고 있었다. 언젠가 한 번 친구 닌누추에게 폭력의 종류와 다양성에 관해 했던 말이 떠올랐다. '인간을 상대로 한 가장 끔찍한 폭력은 지성의 몰락이다.'에서 시작된 이야기가 가지를 치더니 지성과 본질, 더 나아가 신과 자연까지 다다랐다. 오늘 밤 다비데의 두뇌는 헤겔과 마르크스와 견주어도 손색이 없을 정도였다. 그 시점에서 어디서 튀어나왔는지 모를 바쿠닌이 다비데의 두뇌에 추가되었다. 그 또한 원자 폭탄을 능가하는 지성이었다. 그러던 중 닌누추와의 토론이 다시 시작되었다. 토론의 주제는 다양한 종류의 기관총, 권총, 구경, 발사 거리에 관한 사항들이었다. 다비데가 닌누추에게 너무 빨리 세상을 떠나서 안타깝다고 말했다. 그러자 그는 '그게 뭐 어떠시,'라며 다비네에게 대꾸했다. 'fast 파스트, 빨리 가든지, slow 슬로우, 천천히 가든지 둘 중 하나야. 근데

난 슬로우는 딱 질색이거든.'

　미국 사람, 스페인 사람, 포르투갈 사람, 쿠바 흑인들과 춤판을 벌이다가... 혼혈과 성별에 대해 두서없이 수다를 떨다가... 온갖 주제들이 다비데의 두뇌 속에서 얼기설기 뒤엉켰다. 마치 회로가 고장 난 기계 장치 같았다. 바퀴가 슬슬 굴러가는가 하면, 비눗방울처럼 툭툭 터지기도 했다. 뭐가 뭔지 모를 온갖 멍청한 일들에 휩싸인 그는 악소문에 휘말린 듯 수치스러움을 느꼈다. 문득 어디선가 읽었던 문장이 떠올랐다. 미래의 과학자들은 인간의 두뇌를 신체에서 분리해 영구적으로 보존할 수도 있을 것이다...

　쉴 틈 없이 제멋대로 활동을 이어가던 사고의 덩어리가 어느 순간 반응을 멈췄다. 빛나는 기억들이 떠오르려나 싶었지만, 부서지고 버려진 잔재에 지나지 않았다. 밝은 기억일수록 오히려 더 고통스러웠다. 결국 다른 기억들과 뒤엉켜 으스러져 버렸다. 가장 끔찍한 고통은 그럴 때마다 느껴지는 수치심이었다. 문득 토리노의 한 연구실에서 여자 아기의 생명을 보존하고 있다는 이야기가 떠올랐다. 생식기가 달린 몸통 아랫부분을 제외한 모든 장기와 세포를 배아 상태로 보존 중이라는... 가장 끔찍한 '수치심'이란 단어가 자꾸만 떠올랐다. 그가 군화로 얼굴을 짓이겼던 독일 청년의 울음소리, 밤낮을 가리지 않고 그를 괴롭혔던 소리, 애절하고, 여성적인 목소리, 온몸의 장기들이 물질로 분해되며 토해내는 울부짖음. 인간을 상대로 한 가장 끔찍한 폭력은 지성의 몰락이다...

　그의 두뇌에 한 줄기 빛이 비친다. G가 나타났다. 머리를 박박 밀고, 작업복 단추를 허벅지까지 다 풀어 헤치고, 다리를 쫙 벌리고 바닥에 누워있다. 그리고, 또 다른 장면, 덜컹거리며 지나가는 수레, 구역질이 날 만큼 창백한, 석고로 만들어진 팔과 다리들, 그리고 목걸이를 한 노인이 등장한다. 모세처럼 머리에 뿔이 달린 그가 카드를 내던지며 말한다. '여기서는 달리 방법이 없다네, 젊은이. 그러니 양심을 거스를 수밖에.' 또다시 닌누추 동지가 모습을 드러낸다. 깔깔 웃으며 사방으로 총알을 발사한다. 잠시 후에 전혀 예상치 못했던 틸다나 숙모가 나타나더니 얼굴이 점점 뒤틀리면서 클레멘테로 변해간다…

자고 싶어! 제발 자고 싶다고! 다비데가 말한다. 진정한 휴식을 선사하는 순수한 수면은 불가능하다. 누군가 그를 잠들지 못하게 하는 특별법을 제정한 것만 같다. 광고판 문구가 섬광처럼 그를 스치고 지나간다. -고카콜라- 신선한 휴식, 깃털처럼 가벼운 잠, 천사처럼 잠들 거예요. 어느새 그는 자신이 아는 모든 신성한 존재들을 불러 모으는 중이다. 그리스도, 브라만, 붓다, 비호감이었던 여호와까지. 묵직한 문장과 단어들이 연달아 튀어나오는 바람에 그는 적잖이 당황한다. 더 이상 생각하고 싶지 않아! 자고 싶어! 저주받은 나무, 굿나잇, 주사기, 요강, 소등 명령, 혈관, 입, 그중에서도 가장 빈번하게 튀어나오는 건 '신의 섭리'라는 단어였다.

다비데의 두뇌가 떠올렸던 헛소리들을 주르륵 늘어놓는다면 모르긴 해도 지구를 4분의 1바퀴는 돌았을 것이다. 마지막으로 그는 도저히 헤어날 수 없는 꿈들 속으로 다시금 추락했다. 의식의 첫 번째 관문을 넘나드는 꿈들이 끈끈이처럼 그에게 찰싹 달라붙었다. 절대 놓아주려 하지 않았다. 꿈속에서 그는 저주받은 나무가 된다. 다비데는 진정한 혁명을 배신한 정도의 인물이 아니다. 그는 살인과 강간을 일삼는 폭력적인 기질이 소유자다. 그의 침대에 병자처럼 깡마른 소녀가 있다. 젖꼭지가 막 돌출되기 시작한 그녀가 백발을 길게 늘어뜨리고 있다. 어린애처럼 가늘고 새하얀 다리, 하층민처럼 무지막지한 발, 풍만한 엉덩이, 그가 그녀를 겁탈한다. 그녀에게 돈을 치르려던 그는 수중에 쓸모없는 잔돈푼만 있음을 깨닫는다. 아마도 모로코 동전들인 것 같다. 그녀가 개의치 않고 미소 지으며 말한다. '이건 못 쓰는 돈이잖아...' 그러자 그가 그녀에게 둘러댄다. 아니, 이건 시장에서 고가에 거래되는 희귀한 동전이야. 그리고 그녀의 몸에 동전들을 내던진다. 동전들이 요란한 기관총 소리를 내며 우수수 떨어진다.

비현실적인 총소리가 그를 잠에서 깨운다. 밖은 이미 동이 텄다. 그는 피가 맺힐 정도로 몇 차례나 자위행위를 한다. 그 행위가 제발 자신을 도와 잠들 수 있게 해 주기만을 바란다. 진이 다 빠질 때까지 그런 짓을 해 보지만, 그는 멀쩡하다. 끔찍한 모멸감에 사로잡힌다. 그의 두뇌에서 '신의 섭리'라는 말이 시곗바늘처럼 째깍거린다. 의미를 파악해 볼 필요가 있다. 그가 생각하기에 그 말은 증거로서 드러나는, 일종의 성스러운 심판이란 뜻이다. 자신에 대한 신의 섭리가 무엇인지 짐작해 본다. 알코올을 포함한 모든 종류의 약물을 멀리하라, 이성이라는 끔찍한 특권을 받아들여라, 직업을 막론하고 무슨 일이든 하라, 직공, 일용직 노동자, 작가, 탐험가... 그의 살덩어리 속에 들어 있는 물질적이고 지식적인 경험들이 하나로 귀결된다. 그래, 결국 신이었어. 또다시 땅 위를 걷는 자기 모습이 보인다. 닌누추 동지도, G도 없다. 가족들도, 친구들도, 아무도 없다. 카리브에서부터 시베리아, 인도, 아메리카까지, 그날 밤 첫 번째 꿈에서 보았던 풍경들이 이어진다. 피로 얼룩진 쇠사슬들. 혁명이 무엇인지 알려주려고 하자 사람들이 대놓고 그를 비웃는다. '여기서는 달리 방법이 없다네, 그러니 양심을 거스를 수밖에.'

바로 오늘, 그는 자신에 대한 신의 마지막 섭리를 이루기로 결심한다. 오늘 일을 내일로 미루지 말지니! 몸을 일으켜 비틀거리며 여분의 약물들을 보관한 여행 가방 쪽으로 간다. 빨갛고 검은 수면제 캡슐들은 그를 배신한 지 오래다. 기껏해야 기절 수준의 짧은 수면에 입 냄새만 진동했다. 주사기로 혈관에 투여하는 분말, 고체 상태의 흥분제들, 그가 선술집 간이 변소로 달려가 투여했던 바로 그 약물이었다. 모로코 사람한테 산 키프와 특수한 파이프, 그걸 사면서 샘플로 받은, 그 지역에서 자란다는 양귀비는 짙은 호박색에 크기는 호두알만 했다. 그 외에 다른 것들도 있었다. 최근 들어 그는 자신을 실험실의 생쥐처럼 다루고 있있다. 그가 실실 웃으며 여행 가방 위로 몸을 숙였다. 구차한 변명이었지만, 자신의 비겁한 육체야말로 신의 심판을 받아 마땅한 대상이었다. 여행 가방 속에는 그가 비교적 최근에 쓴 시들이 담긴, 만토바 집에서 들고 온 작은 노트도 한 권 들어있었다. 노트를 펴들고 읽어보려 하니 눈앞에서 글씨들이 너울거리며 문장들이 비비 꼬인다. 늘어지고 겹치며 그의 두뇌 속에서 산산조각 난다. 무슨 뜻인지 종잡을 수 없다. "그래," 그가 중얼거린다. "지성의 몰락이로군. 난 이미 돌아버린 건지도 몰라, 착란 상태... 이해, 그렇지! 이해를 해야지! 인간에게 끝까지 남는 건, 이해, 혁명으로 가는 지름길, 이해." 다비데가 자랑스럽게 말한다. 그러더니 침대 옆 의자에 주저앉는다. 이제부터 자신이 가장 좋아하는 약물을 보관하는 무기고를 열어볼 작정이다. 자신의 진정한 친구, 나폴리에서 편안하고 환상적인 밤을 보내게 해 주었던 바로 그 약물, 누가 더 오래 버틸지 경기가 시작될 것이다. 약물 즉, 그녀는 홀딱 벗고 그 지리에 있었지만, 그는 손가락 하나 건드리지 않을 작정이다. 그녀를 곁눈질하는 것만으로도 억누를 수 없는 욕구가 차오른다. 엄마 젖을 앞에 둔 강아지 같다. 하지만 그래서는 안 된다. 이건 어디까지나 '거룩한 심판'이다.

의자에 앉아 부들부들 떨리는 손으로 채비를 갖춘다. 약물, 솜, 성냥, 주사기, 팔에 묶을 고무줄. 그럼에도 그는 손대지 않는다. 경기가 시작된다. "그렇지, 시를 쓰자, 다시 시를 쓰자, 시를 써서 인쇄하고, 출판하자. 이제 출판도 자유니까, 아쉽게도 부르주아들만의 자유지만... 이제 유대인도 다른 사람들처럼 온전한 시민이니까..." 순간 밖에 나가서 뭘 좀 먹어야겠다는 생각이 든다. 생각만으로도 위장에서 구토가 솟구쳐 목구멍까지 차오른다. 다시 침대에 눕는다. 침대 위에 벌레들이 바글바글한 기분이다. 방안은 어지럽고 지저분했지만, 벌레는 없었다. 하지만 그는 방안에 엄청난 양의 DDT를 뿌려야겠다고 생각한다. 전쟁 막바지에 연합군이 들여온 치명적인 그 살충제를 구해다 뿌려야겠다고.

감각과 두뇌가 계속 그에게 장난을 거는 바람에 그는 잠시도 쉬지 못한다. 해가 중천에 뜬 아주 무더운 날이다. 온몸이 땀범벅이다. 다닥다닥 붙어서 기어다니는 징그러운 벌레들을 상상하니 소름이 쫙 끼친다. 순식간에 온몸이 차갑게 얼어붙는다. 미친 듯이 작동했던 그의 두뇌가 차츰 속도를 늦춘다. 그는 의식의 문턱을 넘나든다. 의구심과 고통을 느낀다. 하품하며 저항하는 사이 또 다른 새날이 세상을 침범한다. 작은 방안에는 아직 전등불이 켜져 있다. 더러운 창문의 유리를 통해 한낮의 빛이 스며든다. 그가 커튼을 내린다. 알량한 빛, 지금이 한낮이라는 사실이 절망스럽다. 상점들이 전부 문을 닫은, 거리에 인적이 드문 밤이 그립다. 어떤 밤일지라도.

아침마다 밖에서 들려오는 사람들의 목소리가 무명의 적처럼 방안에 침투한다. 소리가 그의 관자놀이를 두드린다. "엄마, 엄마..." 그가 엄마를 부르기 시작한다. 그러나 마-마라는 음절만 들린다. 운명은 그를 짓밟아버렸다. 그토록 끔찍하게 그를 찢어발겨 버렸다. 그 어떤 신탁도, 징조도 개소리에 불과했다. 다시 태어나는 건 불가능했다. 작은 방안은 이내 울부짖는 소리로 가득하다. 끔찍하게 짓밟힌 어린 시절들, 요람에서부터 약탈당한 아기들, 어머니가 다비데 자신에게 그랬듯이. 고아 신세가 된 그는 환상에서나마 편안히 잠들 수 있도록 누군가 자신에게 자장가를 불러주길 바란다. 섬망 속에서 헤매던 중 십여 년 전 어느 날이 생생히 떠오른다.

열세 살 다비데는 또래에 비해 키가 컸다. 나이는 어렸지만, 남자다운 옷을 입을 정도로 성장했다. 아들이 매우 자랑스러웠던 어머니는 그 기회를 놓칠세라 사심에 찬 선물을 사 들고 왔다. 넥타이였다. 상류층 젊은이들이 드나드는 만토바의 고급 상점에서 어머니가 직접 고른 물건이었다. 당시만 해도 다비데는 넥타이나 부르주아에 대해 거부감이 없었다. 심지어 자신이 직접 고른 넥타이를 자랑스럽게 매고 다니기도 했다. 하지만 어머니가 고른 그 넥타이는 그의 취향과 전혀 달랐다. 넥타이를 힐끗 쳐다보고 퉁명스럽게 말했다. "누구 갖다주던가! 엄마 맘대로 해!" 어머니가 눈썹을 바들바들 떨며 어색하게 웃었다. 그리고 아무 말 없이 넥타이를 도로 가져갔다. 그뿐이었다. 하필이면, 도대체, 왜, 오늘, 기억의 협곡을 거슬러 그 시답잖은 넥타이가 떠올랐는지, 그는 알 수 없었다. 그가 단박에 그 넥타이를 알아본다. 하늘색 바탕에 자잘한 무늬가 들어간 캐시미어 넥타이가 지구를 온통 휘저으며 파시스트와 나치의 십자 사이에서 나부낀다. 지구 곳곳에서 우후죽순으로 생겨난 날카로운 선들이 한 지점으로 모여든다. 어머니를 죽인 건 바로 나였다. 수없이 많은 선, 그중 하나는 그 불운의 넥타이로부터 나온 것이었다. 도대체 끝은 어딜까? 시공간 속으로 사라지는 걸까? 10시간을 내리 잘 수만 있다면, 그럴 수만 있다면, 악몽들, 사악하게 나부끼는 그 깃발을 떨쳐버릴 수 있을 텐데, 새 아침을 맞이할 수 있을 텐데.

그러나, 이제, 잠은 어떤 형태로든 그를 찾아오지 않는다. 한낮의 태양과 떠드는 사람들의 소리를 탓하며 그가 저주를 퍼붓는다. 방안에서 양쪽 귀를 틀어막고 힘 빠진 주먹으로 침대를 내리친다. 세상 모든 군중이 파시스트요, 그의 어머니를 죽인 자들이다. 자신 또한 그들 중 하나다. 마침내 자신이 누구인지 파악한 다비데는 모두를 증오한다. 한 번도 느껴보지 못했던 형태의 저주다. 그의 내면에는 늘 타인을 동정하는 마음이 있었다. 수줍은 성격 탓에 표현이 서툴렀을 뿐이다. 그러나, 오늘만큼은, 그의 마음속에서, 모두를 향한 복수심이 끓어오른다. 밖에서 들리는 목소리들이 죄다 파시스트요, 적들이다. 그들이 그를 벙커 안에 가뒀다. 문을 박차고 집 밖으로 뛰쳐나가 그들을 모조리 트럭에 쓸어 담고 싶다. 하지만, 모든 게 섬망이란 사실을, 그는 안다. 밖에서 들리는 목소리와 욕지거리의 주인공은 공놀이하는 소년들, 발을 질질 끌며 걸어 다니는 집 주인, 덧창을 내리고 쓰레기를 버리는 사람들 소리일 뿐... 알고 싶지 않다는 듯, 누구와도 소통하고 싶지 않다는 듯, 그는 창가에도, 문가에도 다가가지 않는다. 그래, 가능한 수단이 딱 하나 있긴 하지... 저기 저 의자 위에... 딱 한 번, 이번만, 딱 한 번만... 다비데가 눈을 돌려 그쪽을 바라본다. 그리고 이내 비겁한 짓이란 듯 시선을 돌린다. 하지만 소년이 자신을 향한 신의 섭리를 거부하기란 쉽지 않다.

그렇게, 새로운 해가 뜨고, 지구는 4분의 1바퀴 자전한다. 월요일 오후 2시, 다비데의 상태는 매우 위독해졌다. 우세페와의 약속은 까맣게 잊은 지 오래였다. 아니, 내일 보자고 말할 때부터 그는 이미 제정신이 아니었다. 어쩌면 작고 새파란 눈동자가 방안에서, 밤새도록, 그를 지켜보고 있었는지도 모른다. 그러나 보이지 않을 만큼 작은 눈동자였다.

우세페와 벨라에게 그 월요일은 이른 아침부터 매우 분주한 하루였다. 어제 짜 놓았던 계획대로 둘은 평소보다 일찍 일어났다. 그리고 쉬모를 만날 생가으로 곧장 강가에 있다. 우세페는 내심 다비데를 그곳에 초대해 자신들만의 비밀의 아지트를 보여주고 싶었다. 물론 절대 발설하면 안 된다고 다비데의 입단속부터 철저히 해야겠지만. 오두막 안에 들어가 보니 어제와 달라진 게 없었다. 알람 시계는 여전히 2시에 맞춰져 있었다. 팬티도 침대 위에 그대로 놓여 있었다. 어쩌면 쉬모는 그늘막 어딘가에서 알몸으로 수영하고 있는지도 몰랐다. 어쨌든 그가 어제도, 그제도, 집에 들어오지 않았다는 사실은 확실했다. 그럼에도 우세페는 그가 누구한테 잡혀갔다고 생각하고 싶지 않았다. 멋들어진 극장이나 끝내주는 피자 가게에 가서 저녁을 보내고 또 다른 비밀의 장소에서 밤을 보낸다고 믿고 싶었다. 오늘 밤 아니, 늦어도 내일 밤에는 오두막으로 돌아오리라.

벨라 또한 같은 생각이었다. 킁킁대며 주변을 돌아다니다가 포기했다는 듯 땅바닥에 주저앉아 우세페에게 말했다. "소용없어. 이 근처에는 없어." 그녀는 오늘도 우세페를 혼자 두지 않으려고 목욕을 포기했다. 숨이 턱턱 막히는 날씨 탓인지 풀밭은 군데군데 누르스름해지기 시작했다. 다행히 나무들의 커튼 아래에 있으면 선선한 봄날 같았다. 새들이 쉴 새 없이 오갔지만, 더위에 지쳐 졸음이 밀려왔던 벨라는 관심을 보이지 않았다. 늦은 오전이었다. 나무 위에서 새들이 지저귀기 시작했다. 어제 그 매미가 다른 주자들을 거느리고 작은 콘서트를 열고 있었다. 곧이어 장대한 콘서트가 펼쳐질 것이다. 그곳에서 2시간 정도 기다리던 둘은 쉬모와의 만남을 포기하고 내일 다시 찾아오기로 마음먹었다. 정오를 알리는 뎅그렁뎅그렁 종소리에 둘은 점심을 먹기 위해 집으로 향했다. 바람 한 점 없는 강물이 고요하게 펼쳐져 있었다. 어디선가 아주 작은 목소리들이 들려 왔다. 학교가 개학한 월요일이어서 인파는 찾아볼 수 없었다. 간간이 아주 어린 애들만 눈에 띄었다.

점심을 먹고 2시쯤 되자, 이다는 언제나처럼 낮잠을 자려고 침대에 누웠다. 우세페는 다비데와 했던 약속을 지키기 위해 또다시 벨라와 집을 나섰다. 이번에는 그 유명한 커다란 포도주병도 챙겨서 나왔는데, 너무 무거워서 중간중간 바닥에 내려놓아야만 했다. 다비데를 만나러 가던 길에 아이는 이다가 챙겨준 용돈으로, 친구가 포도주와 먹을 간식을 사고 싶었다. 내 기억이 맞는다면 '못생겨도 맛있어'라는 이름으로 지금까지 판매되는 진갈색을 띤 큼지막한 비스킷이었다. 가게 주인이 종이로 꼼꼼하게 싸주었지만, 안타깝게도 싸구려 비스킷은 중간에 다 부서져서 길바닥에 가루가 질질 떨어졌다. 결국 못생긴데다 부서진 비스킷이 되고 말았다. "괜찮아, 맛있으면 됐지." 벨라가 실망한 우세페를 위로하며 말했다.

하지를 하루 앞둔 날이었다. 어제까지만 해도 온순했던 여름이 오늘은 흠뻑 무르익었다. 하루 중 가장 무더운 시간이었다. 다들 쿨쿨 낮잠을 자는지 거리는 텅 비어있었다. 창문마다 덧창이 내려져 있었고 라디오도 잠잠했다. 다비데가 사는 판잣집들이 밀집한 동네는 사람들이 전부 떠난 아프리카의 어느 마을 같았다. 봄풀들이 드문드문 돋아나 있었고, 햇빛에 달궈진 자갈과 쓰레기들 사이로 흙먼지가 풀풀 날렸다. 쓰레기 더미에서 달짝지근한 부패의 내음이 올라왔다. 멀리서 '늑대'가 포효하며 울부짖는 소리가 들려왔다. 그늘진 판잣집 울타리에 개를 묶어놓고 개 주인은 출타 중인 듯했다.

우세페는 온몸이 땀으로 흠뻑 젖었다. 포도주병도 너무 무거웠다. 그럼에도 신바람이 나서 다비데가 사는 집 쪽으로 벨라의 목줄을 잡아당겼다. 도착하자마자 문을 두드렸다. 안에서 다비데가 소리쳤다. "누구야?" 겁날 정도로 거칠고 위협적인 목소리였다. "우리야!" 우세페가 기다렸다는 듯 대답했다. 하지만 이번에는 아무런 대답도 들리지 않았다. 고열에 시달리는 듯한 신음만 들렸다. 들릴락 말락 한 아주 작은 소리였다.

"나야! 우세페! 우세페랑 벨라!" 대답이 없었다. 우세페가 용기 내어 문을 살살 두드렸다.

"바비데...? 자는 거야? 우리 왔어... 약속했잖아..."

"누구? 누구야? 누구냐니까?"

"우리야, 바비데... 포도주도 가져왔어..."

이번에는 집안에서 혼란스러운 외침이 들리더니 고통스러운 기침으로 이어졌다. 다비데가 많이 아픈가 봐... 포도주병을 땅에 내려놓은 우세페가 창가 쪽으로 몸을 돌렸다. 벨라가 고개를 숙이고 헐떡이며 아이를 따라갔다.

"바비데!... 바비데!... 나 좀 봐봐!! 바비데!..."

방안에서 누군가 몸을 움직일 때마다 물건들이 부서지는 소리가 들렸다. 창문은 활짝 열려 있었다. 격자 철창 안으로 보이는 사람의 모습은 다비데가 아닌 것 같았다. 사납고, 앙상했고, 머리카락이 온통 눈을 뒤덮었고, 뺨은 창백한 납빛이었다. 분노 때문인지 눈동자에 초점이 없었다. 그가 유리알 같은 눈동자로 우세페를 힐끗 쳐다보았다. 그리고 생판 모르는 사람이라는 듯, 본래의 그가 아닌 무시무시한 소리로 고함을 질렀다. "저 개새끼 데리고 빨리 꺼져버려, 못생긴 멍청이 같으니!"

우세페의 귀에 들린 말은 그게 다였다. 창문이 닫혔다. 순간 땅이 진동했다. 확실히 그랬다. 우주의 중심이 무너지는 세찬 지진이 일어난 느낌이었다. '못생겨도 맛있어'가 아이의 주먹에서 떨어져 부서져 내리며 시커먼 먼지바람에 휩싸였다. 쓰레기, 부서진 울타리, 벽들 사이로 끊임없이 울부짖는 늑대의 소리가 들려왔다.

순간 아이는 뒤도 돌아보지 않고 집을 향해 질주했다. "조심해!" 전속력으로 내달리는 아이에게 벨라가 목줄을 끌어당기며 간곡히 부탁했다. "그렇게 건너면 안 돼! 전차 안 보여? 트럭이 지나가잖아!! 조심해! 기둥이 있잖아! 그러다가 벽에 부딪히겠어!" 계단 꼭대기 현관에 다다랐을 때 아이의 몸은 머리부터 발끝까지 땀에 절어있었다. 소용돌이를 뚫고 빠져나온 아이 같았다. 초인종에 손이 닿지 않았던 아이가 기어드는 소리로 엄마를 불렀다. "마... 마..." 애절하게 울부짖는 소리였다. 벨라가 큰 소리로 짖으며 아이를 도왔다. 깜짝 놀란 이다가 현관으로 달려 나오자마자, 우세페가 엄마 품을 파고들며 웅얼거렸다. "마... 마..." 자초지종은 설명하지 않았다. 엄마가 놀라서 다그쳤지만, 대답하지 않았다. 엄마의 품에 안겨 아무것도 쳐다보려 하지 않앉다. 끔찍한 무언가를 목격한 아이처럼 두 눈을 부릅뜨고 있었다. 아이를 쓰다듬고 달래며 이다 또한 아무것도 묻지 않았다.

그날 오후 내내 아이는 엄마의 치맛자락을 붙들고 있었다. 엄마의 꽁무니만 졸졸 따라다녔다. 길가와 정원에서 왁자지껄한 소리가 들렸지만, 눈길도 주지 않았다. 시간이 흐른 뒤에 이다는 아이에게 왜 그리 놀란 거냐고 부드럽게 물었다. 그러자 마침내 입을 연 아이는 알아듣지 못할 이야기만 늘어놓았다. "커 커" 그러면서 트럭인지 뭔지가 치었다는 둥, "불이 나" 그러면서 물이라는 둥. "커, 캄캄해" 그리고 마침내 치밀어오르는 분노를 참지 못하겠다는 듯 외쳤다. "엄마는 알잖이, 엄마는 일잖아!" 엄마를 향해 수먹을 쥐어 보이며 아이가 와락 울음을 터뜨렸다. 5시 정도 되니 아이의 심술도 조금 잦아들었다. 우세페는 부엌에 앉아있던 벨라 곁에서 몸을 잔뜩 웅크리고 있었다. 벨라가 혀를 내밀어 귀와 목덜미를 핥으며 간지럼을 태우자, 아이가 까르르 웃는 소리가 들렸다. 하지만 웃음소리도 이다의 근심을 덜어주지 못했다. 화창한 저녁에 벨라와 돌아다니다 집에 온 아이는 강가 숲이라든지, 친구들이라든지, 이다가 이미 알고 있는 이야기들을 조잘거리곤 했다. 오늘 저녁 아이는 도통 말이 없었다. 이상해지거나 멍청해진 것 같았다. 이따금 도움을 청하는 듯한, 수치심을 없애달라는 듯한 눈빛으로 이다와 벨라를 힐끗힐끗 쳐다보기만 했다. 이다는 아무것도 먹고 싶지 않다는 아이에게 우유에 적신 비스킷을 억지로 먹여보려고 했다. 그러자 아이는 불같이 화를 내며 비스킷이 들어있는 컵을 식탁에서 밀어 떨어뜨렸다.

어둠과 함께 연대야가 찾아왔다. 한밤중에 우세페가 활동을 개시했다. 방안에서 들리는 소리에 잠이 깬 이다는 희미한 불빛 아래 아이가 걸어 다니는 모습을 보았다. 아이는 무언가에 홀린 듯 공포에 질린 표정으로 벽을 향해 다가가고 있었다. 작은 소리만 듣고도 벌떡 일어난 벨라가 순식간에 현관으로 질주했다. 아이와 마주친 그녀가 미친 듯이 아이의 맨다리를 핥아주기 시작했다. 발작이 일어날 때마다 늘 벌어지는 일이었다. 하지만, 오늘은 아이의 발작이 유독 오래 지속되었다. 우세페의 얼굴에 하늘빛 미소가 깃들 때까지 한참을 기다려야만 했다. 이후에 이어진 수면 또한 평소보다 훨씬 길었다. 우세페는 그날 월요일 밤부터 다음 날 낮과 밤이 되도록, 그러니까 수요일 아침까지 죽 잠에 빠져 있었다. 아이가 그렇게 자는 동안 포르투엔세에서는 다비데가 자신에게 주어진 운명을 실현하고 있었다.

우세페가 창문 너머로 들여다보았던 그 순간, 다비데는 이미 최후의 담판을 벌이던 중이었다. 그가 그토록 망설였던 '경기'는 마지막 단계에 접어들고 있었다. 그날 저녁에 그의 집 앞을 지나가던 누군가 방안에서 새어 나오는 웅얼거림을 들었지만, 무시하고 지나쳤다. 까칠한 성격의 청년이 혼자 사는 집이었지만, 방안에서 늘 목소리며 욕지거리며 웃음소리까지 들리곤 했으니까. 사람들은 아침이 되고 나서야 의심하기 시작했다. 방안에 여전히 전등이 켜져 있었고, 이름을 불러도 대답하지 않았다. 닫힌 문 바로 옆에 커다란 포도주병 하나가 어제 그대로 놓여 있었다. 동네 악동 하나가 슬쩍하려다가, 다비데가 워낙 무서운 아저씨로 통했던지라 그만둔 터였다. 시간이 지나고 주인아주머니의 아들이 쇠막대기를 들고 왔다. 어렵지 않게 창문을 부수고 집안을 들여다보았다. 커튼을 젖혀보니 침대에서 잠든 다비데의 모습이 보였다. 베개를 꼭 끌어안고 방어하는 듯한 자세로 반쯤 돌아누워 있었다. 그런 자세가 그를 더욱 가냘프게, 축소 모형 정도로 보이게 만들었다. 얼굴은 보이지 않았다. 이름을 불러도 대답하지 않자 결국 문을 부수기로 했다. 발견 당시 그는 미미하게 숨이 붙어 있는 상태였다. 그의 몸을 붙잡고 일으키자마자 부드럽고 얕은 숨을 내뱉으며 그대로 숨이 끊겨졌다.

그가 죽음에 이른 원인은 약물 과다가 명백했다. 그럼에도, 그가 진짜 죽고 싶어서 주사를 놓았는지는 불분명했다. 청년은 그저 두려웠고, 추웠다. 잠이 그런 자신을 치유해 주길 간절히 바랐다. 동면에 접어든 고슴도치, 어머니의 자궁에 둥지를 튼 태아처럼... 아니, 어쩌면 잠들고 싶었던 마음만큼이나 또다시 일어나고 싶은 마음 또한 간절했을지도 모른다. 하지만 눈을 뜨는 건 운명에 맡길 수밖에 없었다. 닿을 수 없을 만큼 지구에서 멀어진, 세기의 빛을 발하며 순환하는 별들이 그러하듯이... 내 생각은 그렇다. 다비데는 삶을 너무도 사랑했기에, 하루하루를 허투루 흘려보낸다는 사실을 견딜 수 없었을 것이다. 이유가 무엇이든 간에 그는 자신이 벌인 행동에 대한 설명을 한 마디도 남기지 않았다.

8.

다비데의 결말에 대해서는 우세페도, 이다도, 벨라도 결국 알지 못했다. 월요일 밤부터 시작된 긴 잠에서 깨어난 우세페는 전에도 그랬던 것처럼 다비데의 이름을 더 이상 입에 올리지 않았다. 아니, 어쩌면 벨라에게는 한 번 정도 언급했을지도 모르겠다. 이다 또한 아이의 침묵을 존중히는 뜻에서 이유를 캐묻지 잃았다. 위내한 다비데를 위해 준비해 놓았던 포도주병이 창고에서 사라졌다는 걸 알면서도 모른 척했다.

　무더위가 물러간 수요일부터 일요일까지는 하늘이 구름으로 뒤덮였다. 금방이라도 비가 쏟아질 것 같은 날씨가 이어졌다. 우세페는 바깥에 나가고 싶은 마음이 전혀 없는 듯했다. 마지막 발작을 겪은 뒤로 아이의 후유증은 이전과 몹시 달랐다. 안개와도 같은 옅은 베일이 눈동자를 뒤덮었다. 시공간 개념을 혼동하기도 했다. 내일을 어제라고 하는가 하면, 그 반대로 말하기도 했다. 거대한 늪을 헤매거나 물 위를 걷는 사람처럼 공허한 눈으로 방안을 돌아다녔다. 어쩌면 이다가 최근 들어 몰래 먹였던 루미날 안정제의 약효 때문일 수도 있었다. 온순하고 고분고분했던 우세페가 분노하는 일이 잦아지자, 내심 걱정스러웠던 이다는 몇 달 전부터 디저트와 달콤한 음료에 몰래 약을 타서 아이에게 먹였다. 그럴 때마다 어린 아들에게 몹쓸 짓을 한다는 기분이 들었다. 아이를 집안에 가두고 열쇠를 돌려야 했던 그때처럼 말이다. 벨라와 밖에 나가서 돌아다니고 나서부터 우세페는 매일 저녁 편안하게 잠이 들었고 아침이 되면 씩씩하게 눈을 떴다. 아이가 나아졌다고 판단한 그녀는 그때부터 아이에게 먹이던 약을 끊은 참이었다.

　아이를 또다시 병원에 데려가는 건 생각만 해도 끔찍했다. 하지만 선택의 여지가 없었다. 목요일에 우세페가 움직일 정도가 되자 아이를 데리고 여의사를 찾아갔다. 의사는 이다가 마르키오니 교수의 처방을 제대로 따르지 않았다며 그녀를 질책했다. 그리고 지난번만 해도 가만히 있지 못하고 계속 꼼지락대던 우세페가 오늘은 혼수상태에 빠진 사람처럼 움직이지도 않고, 질문에도 건성으로 대답한다는 걸 눈치챘다. 그녀는 이다에게 루미날 안정제를 규칙적으로 먹이고 무기력증과 우울증을 예방하는 차원에서 용량을 줄이라고 충고했다. 다시 한번 EEG 검사를 받는 게 좋을 것 같다고도 했다. 의사 선생님 입에서 그 음절들이 튀어나오자마자, 어머니와 아이 둘 다 동시에 치를 떨었다. 그녀가 환자와 보호자를 번갈아 쳐다보며 고개를 설레설레 저었다. "하긴," 그리고 회의적으로 말했다. "EEG란 게 반론의 여지가 있긴 하죠, 어떤 면에서는 아무것도 설명하지 못하니까요." 그녀는 그 어떤 과학 기술도 우세페의 나쁜 증상에 도움이 안 된다는 사실을 잘 알고 있었다. 치료 운운하며 섣불리 충고하는 자신이 어머니와 아이에게 사기를 치고 있다는 기분까지 들었다. 무엇보다 불안했던 건 말로 표현할 수 없는 아이의 오묘한 눈빛이었다.

아이의 하얀 피부가 햇볕에 그을린 모습을 본 그녀는 아이랑 바다에 갔었느냐고 물었다. 그러자 이다가 상기된 얼굴로, 실은 올여름에 아이와 바다에 갈 계획이라고 대답했다. 이다는 다가오는 7, 8월 중에 아이를 데리고 바다나 시골에 가려고 얼마 전부터 돈을 모으는 중이었다. 의사 선생님은 바다보다는 되도록 시골이나 언덕 같은 곳이 나을 거라고 했다. 아이의 상태로 볼 때 바다에 데려가면 지나치게 흥분할 수도 있을 거라고. 휴가에 관해 이야기하던 의사 선생님도 어느새 어머니처럼 혈색이 돌았다. 우세페의 증상은 유치가 빠지고 영구치가 돋아나면서 발생하는 것일 가능성도 있다고, 그 시기만 지나면 아이가 정상으로 되돌아올 수도 있다고, 기타 등등... 여전히 까칠한 말투였지만, 이다는 한층 가벼워진 마음으로 희망에 부풀어 진료실 밖으로 나왔다. 엘리베이터를 타고 내려오면서 그녀는 드디어 우세페에게 자신이 준비한 깜짝 선물을 알려주기로 했다. 하지만 어머니의 말을 듣고도 우세페는 고개를 갸우뚱했다. 그렇게 근사한 휴양시는 아주 특별한 사람들만 가는 비현실적인 장소라고 생각했기 때문이었다.

아이가 아무 말 없이 엄마를 빤히 쳐다보았다. 엄마의 말을 듣고도 아무런 감흥이 없었다. 이다는 자기 손을 꼭 붙든 아이의 작은 손이 살짝 떨림을 느꼈다. 그걸로 충분했다.

그러는 동안 여의사는 창가에서 병원 정문을 빠져나가는 둘의 모습을 바라보고 있었다. 금방이라도 쓰러질 듯 비틀비틀 걷는 작은 여자는 나이보다 스무 살은 더 되어 보였고, 왜소한 아이는 그녀와 반대로 여섯 살이었지만 네 살배기처럼 보였다. 순간 끔찍한 생각이 그녀의 머리를 스쳤다. "불쌍한 사람들... 살 날이 얼마 남지 않았어..." 그러나 둘 중 한 사람에 대해서는 그녀의 생각이 빗나갔다.

토요일이 되자, 우리의 의사 선생님은 이다로부터 전화 한 통을 받았다. 수화기 너머 그녀의 노쇠하고 소심한 목소리가 들렸다. 어머니는 폐를 끼칠까 머뭇거리며 늘 복용했던 약의 용량을 줄여보았지만, 아이를 진정시키기는 고사하고 도리어 흥분시킨다고 했다. 약을 먹은 아이는 불안해하기 시작했고 아주 작은 소리에도 눈을 뜨며 밤새 잠을 설쳤다. 이다의 귀에 의심스럽고 거슬린다는 듯한 여의사의 목소리가 들렸다. 그녀는 지금보다 더, 최소한으로 복용량을 줄여보라고 건성으로 충고했다. 자세한 사항은 월요일에 알려주겠다면서 이다의 말을 중간에 끊었다. 자신과 함께 교수님을 찾아가 의견을 들어보자고도 덧붙였다. 교수님이 가능한 대로 자기가 직접 이다와 아이를 병원에 데려가 주겠다고... 하지만 아무리 빨라도 몇 주는 걸릴 거라고... 그녀의 제안에 이다는 정말이지 감사한 마음이었다. 노처녀 의사 선생님과 함께 간다면 그토록 두려웠던 교수의 눈빛이 조금이나마 누그러질 수 있을지도 몰랐다. 어쨌든 되도록 빠른 진료가 필요하다는 여의사의 말을 듣고, 이다는 전화 통화 대신 그녀를 직접 만나서 이야기하고 싶다는 마음이 간절했다. 윗단추가 느슨하게 풀린 의사 가운을 입고, 아무렇게나 헝클어진 숱 많은 곱슬머리에, 커다랗고 또랑또랑한 눈망울을 지닌 그녀의 모습이 떠올랐다. 커다란 눈을 부라리며 이번에는 또 어떤 애매모호한 처방을 내릴지... 이다는 감히 물어볼 용기가 나지 않았다. 이다를 동정했던 여의사 또한 거기까지 이야기하고 입을 다물었다. 순간 이다는 흥미롭게도 그녀에게서 자신의 어머니 노라와 암코양이 로셀라의 모습을 떠올렸다. 노처녀 의사가 자신의 어머니나 할머니인 것처럼 부둥켜안고 호소하고 싶었다. "도와주세요! 난 혼사예요!" 하지만 그저 이렇게 중얼거릴 뿐이었다. "감사합니다... 감사합니다..." "괜찮아요! 그럼 그렇게 하기로 한 거죠!" 여의사가 다급하게 전화를 끊었다. 재빠른 소통은 그렇게 끝났다. 사실 여의사는 그날, 목요일에 보았던 우세페의 눈빛을 어떻게 설명해야 할지 도무지 알 수 없었다. 머나먼 타국의 언어를 판독하는 기분이랄까. 저만치 멀어져 버린, 돌이킬 수 없는 무언가였다. 아이의 두 눈은, 모두에게, '안녕'이란 말을 전하고 있었다.

누군가는 이 시점에서 우세페의 마지막 남은 생애에 관해 이야기하는 게 무슨 의미가 있냐고 반문할 수도 있다. 결말이 뻔한, 고작 이틀밖에 남지 않은 이야기인데 말이다. 그럼에도 나는 거기에 의미를 부여하고 싶다. 모든 인생은 언젠가 끝나기 마련이고, 우세페 같은 꼬맹이의, 시시한 열정들로 가득 찬 이틀 동안의 삶 또한 몇 년 동안의 삶만큼이나 가치가 있다고 믿기 때문이다. 그러므로, 다른 이들의 세계로 되돌아가기 전에, 내가 그 꼬맹이와 좀 더 함께하도록 허락해 주었으면 한다.

학기가 끝나고 수업은 없었지만, 선생님들은 학교에 출근해서 잡다한 업무들을 처리해야 했다. 능력 부족으로 언제 학교에서 잘릴지 모른다는 걱정을 달고 살았던 이다는 매일 아침 정시에 출근했다. 그전에 일찍 문을 여는 가게에 들러서 장을 보았다. 학기 중일 때보다 일찍 집에 올 수 있어서 그나마 다행이었다. 우세페가 일어나고 얼마 되지 않은 시간이었다. 어쩌다 귀가 시간이 늦어지면 "여보세요? 누구세요?"라는 아이의 목소리를 확인하기 위해 사무실로 달려가 전화를 걸었다.

요 며칠 새 그녀는 날씨가 나쁘기만을, 날씨가 왜 이리 나쁘냐며 우세페가 투덜거리기만을 간절히 바랐다. 아이의 상태로 보아서는 현관문을 밖에서 잠그고 학교에 가는 게 맞았지만, 차마 말을 꺼낼 용기가 없었다. 그건 그야말로 형벌이었다. 며칠 동안 엄마도, 아들도 그 주제를 입에 올리지 않았다. 우세페는 문밖에 나가는 것 자체를 무서워하는 눈치였다. 여의사의 진료실에 다녀왔던 날에도 덜덜 떨며 내내 엄마 곁에 달라붙어 있었다. 벨라만 하루에 세 번씩 집 밖에 나갔다. 길가에 볼일을 보기 위해서였다. 그럴 때마다 우세페는 걱정스러운 눈빛으로 부엌 창가에 달라붙어 있었다. 다행히 아이의 기다림은 길지 않았다. 노련한 양치기 개는 서둘러 볼일만 보고, 오다가다 마주치는 온갖 유혹을 뿌리치고 곧장 집으로 돌아왔다. 저만치 마당에서 그녀의 모습이 보이자마자, 아이는 현관문으로 달려갔다. 그리고 중대한 파견을 나갔다 돌아온 누군가를 맞아주는 듯한 표정으로 그녀를 바라보았다.

이다가 복용 약의 용량을 줄인 금요일부터 아이의 자그마한 몸에 활기가 돌기 시작했다. 혈색도 좋아졌다. 바로 전날까지 아이를 괴롭혔던 몽롱함도 줄어드는 듯했다. 아이의 이목구비와 피부에 이전과는 다른 일종의 예민함이 깃들었다. 아이를 에워싸고 작지만, 특이한 공기층이 형성된 것 같았다. 아이의 윤곽선과 피부색은 점점 흐려졌고, 목소리는 전에 비해 연약하지만 날카로워졌다. 종종 환상에 빠져든 사람처럼 환한 미소를 지어 보이기도 했다. 기나긴 투병 끝에 회복 중인 사람 같았다. 평소보다 더 많이 쓰다듬어달라고 했고 새끼 고양이처럼 늘 이다 옆에 찰싹 달라붙어 있었다. 사랑에 빠져 연인의 꽁무니만 졸졸 따라다니는 사람처럼. 엄마의 손을 붙잡고 자기 얼굴에 갖다 대거나, 엄마 옷에 입을 맞추며 속삭이기도 했다. "엄마, 나 좋아하지?" 그럴 때마다 이다는 조만간 떠날 여행 이야기를 꺼냈다. 동료 선생님으로부터 '비코'라는 곳에서 며칠 머물다 오면 좋을 거란 말을 들은 참이었다. 로마에서 그리 멀지 않은, 아름다운 숲으로 둘러싸인 공기 좋은 곳이라고 했다. 호수 근처에 저렴한 숙소가 있고 말 사육장도 있다고. "벨라도 같이 가는 거지?" 우세페가 걱정스럽게 말했다. "물론이지!" 이다가 안심하라는 듯 대답했다. "우리 셋이 다 같이 가는 거야, 사냥꾼들이 타는 버스로!" 아이의 얼굴이 환하게 밝아졌다. 하지만, 최근 들어 나타나기 시작한 시간을 헷갈리는 증상 때문인지, 아이는 비코가 과거에 갔던 곳이라고 착각하기 시작했다. "우리가 비코에 갔을 때," 아이가 신나게 떠들어 댔다. "벨라가 양들이랑 장난치고, 바닷가에 가서 말들이랑 뛰어다니고 그랬었잖아!" 비코는 바닷가가 아니라고 아무리 설명해도 소용없었다. 아이는 바다가 아닌 '휴양지'가 있다는 사실을 꿈에도 몰랐다. "설마 *거기* 늑대들은 없겠지!" 단호하게 말한 아이가 한바탕 웃었다. 아이의 해맑은 표정에서 어느새 과

341

거가 되어버린 듯한 전설의 향기가 풍겼다. 과거인지 미래인지 종잡을 수 없는 '비코'는 일곱 개의 대양과 산맥을 건너고도 다다를 수 없는 목적지가 되리라는.

아이가 또 어떤 추억들은 떠올렸을까, 확실치 않다. 다비데와 쉬모에게 닥쳤던 일들처럼, 어둠이 지배하는 불길한 감정이 아이를 지배하고 있었다. 일요일 아침이었다. 6월의 마지막 일요일에 아이는 종이와 연필을 꺼내 그림을 그렸다. 눈을 그리고 싶다면서 색연필을 죽 늘어놓더니 색깔이 모자란다며 짜증을 부렸다. "눈 왔던 거 기억 나?" 이다가 아이에게 말했다. "다 하얀색이었잖아..." "눈은," 그러자 아이가 나무라듯 말했다. "색깔이 아주 많아! 아주 아주 아주 아주.." 아이가 노래하듯 리듬을 타며 반복했다. 눈 그리기 다음으로 아이는 다양하게 움직이는 것들을 그리기 시작했다. 그리기에 집중한 아이의 얼굴에 백만 가지 표정이 스쳐 지나갔다. 미소 짓고, 웅얼거리고, 으르렁대고, 혀를 깨물기도 했다. 아이의 그림은 부엌에 그대로 놓여 있었다. 알아볼 수 없는 형체들이 엉망진창 뒤엉킨 그림이었다.

정오를 알리는 종소리가 울렸다. 우세페는 갑자기 흥분한 듯했다. 그림을 내팽개치고 엄마에게 달려갔다. 엄마를 붙잡고 불안한 기색으로 물었다. "...오늘이 일요일이야?" "응, 일요일이야." 이다가 아이에게 대답했다. 아이가 일요일이란 걸 안다니 안심이었다. "봐봐, 엄마가 학교에 안 갔잖아, 점심 때 비녜 만들어 줄 거야." "그래도 난 밖에 안 나갈 거야, 안 나갈 거야, 알았지, 엄마!" 아이가 놀란 듯이 외쳤다. "그래," 이다가 아이를 달랬다. "엄마랑 집에 있자, 그러니 안심해..."

점심을 먹고 나니 요 며칠 잔뜩 찌푸렸던 하늘이 활짝 개었다. 이다는 언제나처럼 침대에 누워 낮잠에 빠졌다. 잠시 후 현관 쪽에서 발소리가 들렸다. "누구야?" 그녀가 비몽사몽 중에 물었다. "벨라야," 우세페가 대답했다. "나가고 싶대." 늘 볼일을 보러 나가는 시간이었다. 현관 앞에서 벨라가 어서 자길 내보내 달라고 재촉했다. 며칠 전부터 그녀는 같은 시간에 나가서 볼일을 보고 돌아왔다. 우세페가 의아한 표정을 지었다. 벨라를 따라 나갈지, 집에서 기다릴지 망설이는 듯했다. 이다는 한 치의 의심도 없이 깊은 잠에 빠져 있었다. 현관문 앞에 서 있던 우세페는 벨라가 나간 뒤에도 여전히 문을 닫지 않고 고개를 갸웃거렸다. 무언가를 두고 나온 듯한, 무언가를 기다리는 듯한 사람 같았다. 무언가에 이끌린 듯 꿈결처럼 스르르 복도로 나간 아이가 등 뒤로 문을 닫았다. 아이의 손에 벨라의 목줄이 들려 있었다. 현관 고리에 걸려있던 목줄을 무의식적으로 들고나온 것이었다.

구름을 몰아낸 산뜻하고 푸른 바람이 망아지처럼 질주하며 복도 계단까지 밀려들었다. 바람을 들이마시자, 우세페의 심장이 세차게 뛰기 시작했다. 엄마 말을 어겼기 때문이 아니었다. 삶에 대한 환희였다. 밀려드는 공기 속에서 잠자던 기억들이 되살아나는 듯했다. 하지만, 이내, 바람을 거스르는 깃발처럼 정반대로 나부끼기 시작했다. 오늘이 일요일이라는 건 알았다. 하지만 어떤 일요일인지 불투명했다. 얼마 전, 여드레 전 일요일과 헷갈렸다. 햇빛이 찬란한 오후, 벨라를 데리고 나무들의 커튼이 있는 곳에 놀러 가는 날이었다. 아이는 알아들을 수 없는 말을 주절대며 벨라가 앞서간 계단을 따라 내려갔다. 그렇게 우세페는 생애의 마지막 모험을 향해 떠났다. (실제로는 다음 날이 아이의 마지막 날이지만, 내 입으로, 차마, 그 사건의 시초를 언급하기조차 버거울 뿐이다)

할머니 수위가 팔을 괴고, 고개를 숙이고, 드르렁드르렁 코를 골며 낮잠을 자고 있었다. 정문에서 벨라와 마주친 우세페는 지극히 자연스럽게 벨라의 목에 줄을 걸었다. 벨라는 종종 강아지처럼 굴 때가 있었는데 오늘이 바로 그런 날이었다. 그녀의 지능은 시간만 파악할 뿐 날짜까지 이해하는 건 무리였다. 우세페를 보자마자 살판이 났다는 듯 춤을 춰 댔다. 나무들의 커튼이 드리워진 그곳으로 돌아갈 시간이었다. 오늘이 아니라 어제 아니, 어쩌면 그제인지도 몰랐다. 벨라 또한 쉬모가 그곳에서 자신들을 기다리고 있다는 생각에 몸달았다. 그녀의 순진한 무지 한편에서 위대한 지혜가 꿈틀거리기도 했다. 우세페를 그곳에 데려가선 안 된다는 희미한 예감... 하지만, 둘이 생각하기에 그날은 6월의 마지막 일요일이자, 다른 모든 일요일이기도 했다. 크고 작은 길을 지날 때마다 불어오는 선선한 바람에 구름이 이리저리 흩어졌다. 바람이 지나칠 때마다 굳게 닫혔던 문들이 활짝 열리며 하늘 저편까지 길을 터주는 것 같았다. 구름은 하늘을 감추기도, 사뿐사뿐 움직이며 찬란한 하늘을 드러내기도 했다. 양달이 퍼져나가 구름을 빛의 동굴에 가두는가 하면, 파도처럼 밀려드는 구름에 다시금 자리를 내어주기도 했다. 구름과 태양이 번갈아 빛나는 소리가 우세페의 귓가에 생생했다. 햇살이 엄청나게 부푸는가 싶더니 수많은 조각이 되어 부서져 내렸다. 또다시 뭉친 덩어리들이 이리저리 옮겨 다니며 어두운 터널, 깃발로 장식된 방, 촛불이 타오르는 작고 환한 방, 파란 창문들이 나타났다 사라졌다.

언제나처럼 길가에 인적이 드문 시간이었다. 도로 위를 달리는 자동차도, 더위에 지쳐 걸어 다니는 행인도 적었다. 그 시간에 집 밖을 돌아다니는 어린아이는 약에 취해 기운이 없고 몽롱한 우세페 밖에 없었다. 복용량을 최소한으로 줄였음에도 아이는 취한 듯한 흥분 상태였다. 술을 진탕 마신 사람처럼 기분이 잔뜩 들떠 있었다. 무엇보다 심한 갈증을 느꼈다. 부러진 나뭇가지가 물 위를 둥둥 떠다니는 것 같았다. 길을 걷는 동안 무수한 기억들이 아이의 마음을 스쳐 지나가는 듯도 했지만, 실제로는 지극히 일부분이었다. 자연이 나서서 우연이 아닌, 정확한 순리대로, 아이가 가야 할 방향을 친절하게 지시해 주었다. 지난주 내내 아이는 어두운 그늘에 휩싸여 있었다. 다비데에 관한 기억, 늦을세라 그를 만나러 달려갔던 기억, 마지막으로 그를 만났던 기억. 그런 기억들이 떠오르자 그 자리에 주저앉아 펑펑 울고 싶어졌다. 하지만 또다시 자연이 나서서 얼른 아이의 상처를 보듬어 주었다. 벨라와 걷는 동안 아이는 몇 차례나 바비네와 약속이 있다고 되풀이했다. 하지만 벨라 또한 자연의 지시에 따라 우세페를 막아섰다. "아니! 아니! 그치하고는 약속이 없어!" 아이가 의심스러운 표정으로 고집스럽게 반박했다. "맞아, 맞아! 진짜 몰라? 약속했잖아!" 그러자 벨라가 몸을 뒤흔들며 큰 소리로 말했다. "쉬모한테 갈 시간이야! 우린 쉬모한테 간다고!" 어린애를 다루듯 우세페를 어르기도 했다. "저기 좀 봐라, 고양이가 날아가고 있네!" 안 먹겠다는 아이를 달래가며 밥 한 숟가락을 더 떠먹이는 엄마 같았다.

그렇게 둘은 강가에 다다랐다. 지평선 가장자리로 구름이 몰려들었다. 맑고 웅장한 하늘을 에워싸고 길게 이어진 산 같았다. 며칠 전에 내렸던 비가 마르지 않아 땅이 축축했다. 강물이 무섭게 불어나 있었다. 아무도 보이지 않았다. 우세페는 물을 보자마자 언덕 쪽으로 발길을 돌렸다. 하지만 도중에 수영을 가르쳐주겠다던 쉬모의 약속이 떠올랐다. 일요일 첫 영화 상영 시간은 오후 3시라던 말도 생각났다. 쉬모를 만나기에는 이미 늦은 것 같았다. 옆에 있던 벨라도 3시가 훨씬 지났다고 맞장구쳤다. 오두막으로 가면서도 우세페는 친구를 만날 수 없으리란 걸 짐작하고 있었다. 오두막에 도착해 안을 들여다보니 쉬모가 집을 비운 사이에 누군가 들어왔던 게 분명했다. 물건을 훔치느라 온통 들쑤신 바람에 집안은 엉망진창이었다. "해적이다!" 우세페가 잔뜩 흥분하며 외쳤다. 매트리스 위에 있던 물건들, 옷가지들, 베개가 바닥에 널브러져 있었다. 알람 시계와 손전등도 사라졌다. 반면에 타다만 양초는 돌 위에 그대로 있었다. 다행히 매트리스 안에 감춘 보물들은 그대로였다. 자전거 경주 메달은 포장은 벗겨졌지만, 상태는 멀쩡했다. 번쩍번쩍한 버클과 무지개색 빗도 그대로 있었다. 우세페는 머리를 요리조리 굴리며 친구의 소중한 재산 목록을 떠올려 보았다. 그리고 보니 이상하게도 자동차 와이퍼만 없었다. 참, 심멘탈고기 통조림들도 없어졌다. 하지만 그건 쉬모가 집에 들렀다가 먹어 치운 것일 수도 있었다. 탐정 기질을 발휘해 코를 킁킁대며 집안을 탐색하던 벨라는 해적들의 침입이 아니라는 결론을 내렸다. 냄새로 짐작하건대 범인은 여럿이 아닌 한 사람이었다. 아마도 비를 피하려고 우연히 오두막 안에 발을 들였을 것이다. 비에 젖은 고약한 냄새가 진동하는 걸 보면 틀림없었다. 그녀가 후각을 동원해 알아낸 또 다른 악취는 양들과 노인네 냄새였다. 결론적으로 늙은 양치기가 분명했다. 그러니 빗 따위는 건드리지 않았을 것이다.

　그녀의 설명을 듣고 우세페도 마음을 놓으며 미소를 지었다. 양치기 늙은이라면 그다지 위험한 축은 아니었다. 하긴 그 유명한 해적 집단은 그따위 자잘한 도둑질에 만족할 치들이 아니었다. 그들이 저지른 끔찍한 짓들에 비하면 말이다. 우세페는 쉬모가 줄줄이 읊어댔던 그들의 범죄 행각을 빠짐없이 기억하고 있었다. 아이는 바닥에 팽개쳐진 친구의 물건들을 하나하나 제자리에 되돌려놓았다. 자전거 경주 메달은 입김을 불어가며 티셔츠로 문질러 최대한 광을 내고 두 겹으로 돌돌 말아서 싸 놓았다. 작업복과 다른 물건들도 매트리스 밑에 집어넣었다. 게 중에는 채 마르지 않아 축축하고 쭈글쭈글한 팬티도 있었다. 순간 아이의 머리에 의심이 스쳐 지나갔다. 왠지 씁쓸한 기분이었다. 오두막에는 이제 아무도 살지 않아, 쉬모는 이제 여기서 안 자... 아이의 생각을 눈치챈 벨라가 매트리스로 다가와 코를 킁킁거렸다. 그리고 수사 반장처럼 진지하게 결론을 내렸다. "쉬모가 조금 전에 다녀갔다는 냄새가 나! 3시간도 안 됐어! 정오가 넘도록 이 침대에서 늦잠을 잤어!" 하지만, 유감스럽게도, 사실은 그와 달랐다. 이번만큼은 벨라의 후각이 그녀를 속였다. 제아무리 뛰어난 탐정이라도 헛짚을 때가 있기 마련이다. 우세페가 의심의 눈초리로 쳐다보자, 그녀는 자기 말이 옳다고, 틀림없다고 우겼다. 하지만, 이번에도, 역시나, 그녀의 주장이 틀렸다고만은 볼 수 없다. 동물들이란, 하나 같이, 선택받은, 신적이며 천재적인 영감을 지닌 존재들일지니... 어쨌든 그녀의 결론은 우세페를 안심시키기에 충분했다. 벨라가 지키고 있는 오늘만큼은 그 누구도 쉬모의 재산에 손대지 못할 것이다.

집 안을 정리하고 나서 둘은 나무들의 커튼 아래로 갔다. 그 사이에 하늘이 활짝 개었다. 우세페는 늘 오르던 나무 꼭대기까지 한달음에 기어올랐다. 익숙한 새들의 노래가 속삭임처럼 들려왔다. "농담이야 농담 죄다 농담이야..." 하지만 뭔가 이상했다. 소리만 들릴 뿐 새들은 보이지 않았다. 노랫소리 또한 귓가에 대고 부는 휘파람처럼 아주 작게 들렸다. 마치 우세페 혼자만 들으라는 것처럼. 풀밭과 나무 밑동을 내려다보던 우세페가 위편을 빤히 쳐다보았다. 아래편에는 풀냄새를 맑는 벨라가, 위편에는 소리 없이 날아가는 한 무리의 제비들이 보였다. 전에도 가끔 그랬던 것처럼, 무언가를 응시하던 아이의 눈에 땅이 하늘에 반사되는 모습이 보이기 시작했다. 지난 토요일 꿈에 나왔던 그 장면이었지만, 현실은 꿈과 반대였다. 아이는 그 꿈을 전혀 기억하지 못했지만, 현실에서나, 꿈에서나 놀라운 장면이긴 마찬가지였다.

내가 생각하기에는, 아이가 일요일에 다비데한테 들었던, 생소한 과학적 원리가 현실로 드러난 게 아닌가 싶기도 하다. "폭우가 쏟아지는 숲, 흐린 아니, 흐릿한, 반쯤 물에 잠긴..." 하늘에 반사된 땅은 근사한 수중 식물들의 군락 같았다. 저만치 떨어진 나뭇가지에서 야생 동물들이 헤엄치거나 깡충깡충 뛰어다니고 있었다. 먼발치에서 보이는 동물들은 너무 작아서 물고기들 같았다. 유리장 안에 들어있는 미니어처럼 작은 새들 같았다. 아이의 눈이 차츰 동물들의 모습에 익숙해졌다. 우세페는 그들이 (비록 꿈을 기억하진 못했지만) 꿈속에 나타났던 니누차를 비롯한 쉬모의 수많은 조카임을 알아보았다. 목소리는 전혀 들리지 않았다. 너무 멀리 떨어져 있어서 그런 것이리라. 그들 모두가 동양의 무언극처럼 몸짓으로 이야기하고 있었다. 그들의 몸짓을 보며 아이는 무슨 말인지 대충 짐작할 수 있었다. "농담이야 농담 죄다 농담이야..." 어쨌든 그 비슷한 말이었다. 우세페는 공연을 바라보며 포도주를 한잔 걸친 사람처럼 기분이 좋아졌다. 하지만, 그들은 이내 눈앞에서 사라져 버렸다. 아이가 다음과 같은 시를 읊었다.

해는 커다란 나무
둥지들이 아주 아주 많아
수매미, 바다 같은 소리를 내지

'고양이'란 단어가 들리자, 벨라가 귀를 쫑긋 세우고 장난치듯 멍멍 짖었다. 시는 그렇게 끝났다. 내가 아는 바로는, 그게 우세페의 마지막 시였다. 일반적으로 그런 멋진 장면과 매혹적인 현상을 목격한 사람은 정신이 들기까지 시간이 걸리기 마련이다. 비현실적인 시각과 청각과 감각들이 정상으로 돌아오기까지는 당연히 시간이 필요하다. 하지만, 돌연, 강가에서 요란하고 시끌벅적한 목소리가 들리며, 곧이어 거대한 무리가 강가에 커다란 배를 대고 내리는 모습이 보였다. "해적이다!" 아이가 순식간에 나무를 타고 내려오며 외쳤다. 긴급 상황이 벌어졌음을 직감한 벨라는 벌써 오두막을 향해 내달리고 있었다. 둘은 요새로 삼을만한 작은 둔덕 아래 다다라 걸음을 멈췄다. 그곳에 몸을 숨기고 적들의 동태를 살피기로 했다. 적들의 침략에 놀란 벨라는 몸을 잔뜩 낮추고 위협적인 자세를 취하고 있었다. 우세페가 그녀에게 조용히 하라고 눈짓했다. 쉬모의 증언에 따르면 그 해적들은 동물들을 보이는 족족 죽이노라고 했기 때문이었다. 만일 저들이 그 유명한 강의 해적이라면 충분히 그러고도 남을 것이었다. 갈대밭 사이에 배를 댄 남자애들 일고여덟 명이 조르르 배에서 내렸다. (하지만 실제로는 노 두 개로 젓는 허접한 뗏목이었다) 아이들은 얼핏 열네 살 정도 되어 보였다. 심지어 제일 어린 두어 명은 초등학교 저학년이었다. 그들 중 '아구스토'라는 해적 두목처럼 보이는 아이는 없었다. 서로를 부르는 중에도 그런 이름은 없었다. 하나같이 비쩍 마른 그들 중에 그나마 대장을 꼽으라면 반항적인 표정을 한 '라프'라는 아이였다. 하지만 라프도 아이들을 혼내기는 고사하고 챙기느라 바빴다. 진짜 악당은 아무도 없었다. 사실 그 아이들은 일요일에 장난삼아 뱃놀이를 나온 초보 뱃사공들이었다. 엄마가 혼내는 척만 해도 와락 울음을 터뜨리는 마음 약한 아이들이었다.

하지만 우세페와 벨라의 눈에 비친 그들의 정체성은 한결같이 확실했다. 그 유명한 해적들, 살인자, 지배자, 쉬모의 적들! 벨라는 경계 태세를 갖추며 귀를 반쯤 세우고 꼬리를 등판까지 꼿꼿이 세웠다. 순식간에 머나먼 조상들의 시대로 되돌아간 듯했다. 거대한 초원 가장자리에 어둠이 깃들고 늑대들의 무리가 나타났던 그 시절로. 태양이 이글거리는 한낮이었다. 그들은 배에서 내리자마자 옷을 홀딱 벗더니 물속으로 뛰어들었다. 그들이 신나게 떠들며 물장구치는 소리가 우세페와 벨라가 몸을 숨긴 아래편 요새까지 들려왔다. "가만히 있어!" 우세페가 벨라에게 계속 반복했다. 겁을 집어먹은 아이는 몸을 덜덜 떨었지만, 그 와중에도 과격한 혁명가처럼 꼿꼿한 자세로 공격의 순간에 대비하고 있었다.

4시 반쯤에 드디어 공격이 벌어졌다. 작은 골짜기와 수풀을 침범하며 시커먼 연기가 피어오르기 시작했다. 해적들의 목소리가 점점 가까워지고 있었다. "어이, 피에트로! 어이, 마리우초!" 그들이 둔덕 위에서 서로의 이름을 불렀다. "비켜! 저리 비키라고! 제기랄! 라프! 라아프!!" 아이는 그들의 의도를 종잡을 수 없었다. 이렇게 멀리 수영하러 나온 게 처음이었던 아이들은 주변을 돌아다니며 탐험을 즐기고 있었다. 순간 우세페의 눈에 요새 가까이 다가오는 그들의 거대한 형상이 보였다. "여기 가만히 있어!" 우세페가 움직이려는 벨라를 막아서며 말했다. 그리고 쉬모가 오두막 문을 고정하는 데 썼던 돌멩이들을 한 움큼 주워 모았다. "싫어! 싫어!" 돌을 집어 들면서 아이는 성난 얼굴로 웅얼거렸다. 그러더니 둔덕 꼭대기까지 한달음에 올라가 정면을 쳐다보며 소리쳤다. "저리 가! 저리 가!" 아이는 그들의 억양 아니, 동네에서 진작에 배웠던 말투로 한껏 소리 높여 외쳐댔다. "나쁜 놈들! 씹새끼들! 좆 먹어!!"

자그마한 아이가 시뻘건 얼굴을 하고 내지르는 욕지거리는 위협은 고사하고 우스꽝스러울 따름이었다. 부싯돌을 들고 무장 부대와 싸우겠다고 덤비는 꼴이었다. 그들 또한 아이의 고함을 장난으로 받아들이는 눈치였다. 제일 어린 남자애만 킬킬거리며 한마디 했다. 우세페와 동갑인 아이였다. "쟤 왜 저래?" 또 다른 또래 남자애가 친구를 붙잡고 키득키득 웃었다. 순간 풀밭 중앙에서 라프가 양팔을 벌리고 아이들을 막아섰다. "다들! 개 조심해!" 우세페 곁에서 잠자코 있던 벨라가 모습을 드러냈다. 무시무시한 괴물을 본 악당들이 슬슬 뒷걸음질을 치기 시작했다. 쩍 벌린 입안에 날카로운 괴수의 이빨이 보였고, 커다란 두 눈은 이글이글 타오르는 유리알 같았다. 잔뜩 긴장한 세모난 귀는 이마까지 닿을 만큼 커다랬고, 어금니를 꽉 다문 모습이 짖을 때보다 더 무시무시했다. 요새 꼭대기에 서 있던 우세페를 향해 벨라의 어마어마한 거구가 뛰어올랐다. 가슴, 엉덩이, 발뒤꿈치까지 온몸의 근육을 잔뜩 부풀리며 금방이라도 공격할 태세였다. "저러다 진짜 물겠는데, 조심해, 진짜 사나워!!" 아이들이 서로 이야기하는 소리가 들렸다. 한 아이가 땅바닥에서 돌멩이를 집어 들더니 벨라를 향해 한 발짝 앞으로 나왔다. 우세페가 보기에는 그랬다. 우세페의 얼굴이 잔뜩 일그러졌다. "싫어! 싫어!" 아이는 울부짖으며 손에 쥐고 있던 돌멩이들을 적들에게 내던졌다. 하지만 아무도 맞추지 못했다. 내가 알기로는 그렇다.

그 뒤에 벌어진 일련의 사건들에 대해 묘사하기란 정말이지 쉽지 않다. 아주 짧은 순간, 아니, 어쩌면 불과 몇 초 사이에 벌어진 일일 수도 있다. 벨라가 앞으로 달려 나가자, 우세페가 그녀를 지키려고 뒤따라갔을 것이다. 아이를 둘러싼 해적들이 본때를 보여주려고 몇 대 쥐어박았을 것이다. 아이가 이상야릇한 표정을 짓자, 그들 중 누군가가 이렇게 말했을 것이다. "내버려 둬! 모자란 아이잖아!" 하지만 그 와중에 작은 악당들은 의도치 않은 사고를 치고야 말았다. 어쩌면 그건 사고가 아닌 자연의 섭리였다. 무리에 둘러싸인 아이는 모자란 사람처럼 턱을 죽 내밀고 눈을 부릅뜨고 있었다. 다행히 개는 조금 진정한 듯했다. 모두에게 애원하듯 아이에게로 달려갔다. 새끼를 돌보는 어미 양처럼 와자지껄한 아이들을 조용히 시키고 부드럽게 멍멍 짖었다. 순간, 아이의 목구멍에서 외마디 비명이 새어 나왔다. 뒤로 넘어지더니 둔덕 아래로 데굴데굴 굴렀다. 눈 깜짝할 사이에 벌어진 일이었다. 누굴 심하게 괴롭혀 본 적이 없었던 아이들의 표정이 멍해졌다. 그야말로 재앙이었다. 넋 나간 표정으로 서로를 쳐다볼 뿐 감히 내려가서 살펴볼 용기가 나지 않았다. 둔덕 밑에서 무시무시한 비명이 들려왔다. 라프와 다른 아이들이 다가가 보니 아이는 발작을 멈추고 죽은 듯이 가만히 누워 있었다. 개가 아이의 주위를 맴돌며 작은 소리로 이름을 부르고 있었다. 아이의 입에서 한 줄기 피가 흘러나왔다. 자신들이 아이를 죽인 게 틀림없었다.

　"가자!" 라프가 다른 아이들을 향해 몸을 돌리며 말했다. "얼른 여길 벗어나야 해! 서둘러! 멍청하게 굴지 말고, 얼른!" 강가 쪽으로 가는 아이들의 발소리, 서로에게 책임을 떠넘기는 소리가 들렸다. "내가 뭘 했다고? 때린 건 너잖아... 모른 척 하자... 아무한테도 말하면 안 돼..." 나룻배에 올라탄 아이들이 노 젓는 소리가 들렸다. 우세페가 언제나처럼 천사 같은 미소를 지으며 눈을 떴을 때는 벨라만 곁에 있었다. 아이의 얼굴이 조금씩 변해가며 몸을 꼼지락거렸다. 의사들의 말을 빌리자면 생사의 갈림길이었다. 고개를 든 아이가 의심스러운 눈빛으로 주위를 둘러보았다.

"아무도 없어!" 벨라가 기다렸다는 듯이 말했다. "다들 갔어..."

"갔구나..." 우세페가 안심한 듯한 표정으로 속삭였다. 그러더니 아내 표정을 바꾸고 깊은 한숨을 내쉬었다. 벨라를 외면하듯 두 눈을 꼭 감더니 억지스러운 미소를 띠고 말했다.

"나.. 나는... 쓰러졌어!... 그치?"

벨라는 대답 대신 얼른 아이의 몸을 핥아주었다. 아이가 개를 밀치더니 아무도 보기 싫다는 듯 팔짱을 끼고 얼굴을 파묻었다.

"그러니까, 이제," 아이가 훌쩍거리며 웅얼거렸다. "나를 봤어... 걔네들도... 이제, 다 알아, 내가 어떤 아이인지..." 아이가 끔찍하다는 듯 몸을 부르르 떨었다. 아랫도리가 축축했다. 발작이 심한 경우에 늘 나타나는 증상이었다. 해적들이 거기까지 알아채지 않았을까 심히 걱정스러웠다. 졸음을 이기지 못한 아이의 두 눈이 슬슬 감기고 있었다. 위기가 지나가면 늘 찾아드는 졸음이었다. 부채질처럼 서늘한 서풍이 불어왔다. 하늘이 반사된 그늘이 오두막 근처까지 드리운 화창한 오후였다. 꼬마 해적들의 노 젓는 소리가 강물을 휘휘 가르며, 마치 아무 일도 없었다는 듯이 멀어져가고 있었다. 벨라가 방금 벌어졌던 사건을 복수하듯 큰 소리로 짖어댔다. 우세페는 언제나처럼 혼미한 자장가 소리를 들으며 잠에 빠져들었다. 점점 묵직해지는 눈꺼풀 사이로 파랑과 보라색이 가물거렸다. 어쩌면 깃발을 나부끼며 달리는 전설의 나팔수를 보았는지도 모른다.

개들의 무지함은 다분히 비합리적인 생각을 도출해 내기도 한다. 양치기 개의 사고 체계는 자신이 그날 겪었던 일련의 사건에 대해 다음과 같은 결론을 내렸다. 싸움에서 패한 늑대들은 오두막 습격을 포기하고 후퇴했으며 전투는 우세페와 벨라의 엄청난 승리로 끝남 이상 무. 컹컹 짖으며 그와 같은 정보를 바람에 실어 보낸 벨라는 마음이 무척 뿌듯했다. 그리고 이내 우세페 곁에서 잠이 들었다. 그녀의 선천적인 알람 시계가 울렸을 때는 태양이 서쪽으로 뉘엿뉘엿할 무렵이었다. 우세페는 반쯤 다문 입술 사이로 규칙적인 숨을 내뱉으며 한밤중처럼 쿨쿨 자고 있었다. 얼굴색은 창백했지만 뺨에는 살짝 분홍빛이 감돌았다. "일어나! 갈 시간이야!" 벨라가 부르는 소리에 우세페는 눈을 살짝 뜨더니 졸려서 못 견디겠다는 듯 다시 눈을 감았다. 벨라는 아이를 간질이고, 다리로 아이를 툭툭 치고, 이빨로 티셔츠를 물어뜯기도 했다. 하지만 아이는 만사가 귀찮다는 듯 두어 번 몸을 비틀며 미친 사람처럼 고함을 질렀다. "싫어! 싫어!" 그리고 다시 잠에 빠져들었다. 아주 잠시 아이 곁에 앉아있던 벨라가 네 다리로 꼿꼿하게 일어섰다. 딜레마였다. 무슨 일이 있어도 우세페 곁을 지켜야 한다는 생각과, 여느 저녁처럼 이다가 기다리는 집으로 돌아가야 한다는 생각 사이에서 헷갈리기 시작했다. 바로 그 시각, 이다는 보도니 가 집에서, 아주 긴 낮잠에서 깨어난 참이었다.

오늘 그녀의 낮잠은 평소와 달리 매우 독특했다. 낮잠을 그렇게 오래 잔 것부터가 이상했다. 아마도 최근 들어 부족했던 잠을 채우고자 그랬으리라. 정말이지 깊은 잠이었다. 푹 자고 맑은 정신으로 깨어난 소녀의 잠 같았다. 일어나기 바로 직전에 꾸었던 짧은 꿈만 빼면.

그녀는 드넓은 부둣가 철창문 앞에서 어린아이와 함께 서 있었다. 아무도 타지 않은 거대한 배 한 척이 출발 준비를 서두르고 있었다. 배 뒤편으로 맑고 푸르른, 고요한 아침의 대양이 펼쳐져 있었다. 교도관처럼 제복을 입은 경비원이 권위적인 표정으로 철창문을 지키고 있었다. 그녀와 함께 있던 아이는 우세페일 수도, 아닐 수도 있었다. 어쨌든 우세페와 비슷해 보이는 아이였다. 그녀가 아이의 손을 꼭 붙잡고 불안한 표정으로 철창문 너머를 바라보았다. 누더기 차림의 두 사람을 본 경비원이 표가 없는 사람은 배에 탈 수 없다고 말했다. 아이가 꼬질꼬질한 손으로 호주머니를 뒤지더니 자그마한 금붙이를 꺼내 들었다. 무엇인지는 불분명했다. 작은 열쇠, 종지, 조개일 수도 있었다. 어쨌든 진짜 금이었다. 아이의 손바닥을 힐끔 쳐다본 경비원이 바로 철창문을 열어주었다. 아이와 그녀는 행복해하며 배에 올랐다.

이다의 꿈은 거기서 끝났다. 눈을 떠 보니 평소와 달리 집안에 정적이 흐르고 있었다. 집안이 텅 비어있었다. 정체 모를 불안이 엄습했다. 아래층 현관까지 한달음에 계단을 내려갔다. 옷을 입고 자는 습관이 몸에 밴지라, 집에서 늘 입는 기름때로 찌든 낡은 원피스를 걸치고 있었다. 겨드랑이에 땀내가 진동했고, 머리는 산발이었다. 실내화를 그대로 신고 나오는 바람에 걸음걸이는 최악이었다. 나오면서 열쇠가 든 핸드백을 주머니에 쑤셔 넣은 게 그나마 다행이었다. 수위에게 물으니 지나가는 사람을 아무도 못 봤다고 했다. 맞아, 오늘은 일요일이지, 그러니 온종일 경비실에만 틀어박혀 있을 리가 없지... 그녀가 말을 끝내기도 전에 이다는 정신 나간 여자처럼 큰 소리로 우세페를 부르며 길가 쪽으로 몸을 돌렸다. 마주치는 사람마다 붙잡고 개랑 같이 돌아다니는 어린애를 못 봤느냐고 캐물었다. 우세페가 또다시 발작을 일으켜, 로마 어딘가에서, 정신을 잃고 쓰러져 있을지도 모를 노릇이었다. 사람들이 보는 앞에서 그랬을지도, 상처를 입었을지도. 언젠가부터 이다는 자신의 온 신경과 이성을 거기에만 집중하고 있었다. 우세페가 갑자기 쓰러지면 어쩌지! 매일 아침 새장 문을 열고 아이를 내보낼 때마다 '나쁜 증상'과 맞서 부질없이 싸우는 기분이었다. 아이가 행복한 여름 나들이를 즐기는 동안만이라도 제발 건드리지 말았으면, 작은 사나이의 자존심을 구기지 말았으면... 하지만 오늘, 이다의 극적인 두려움은 현실이 되고 말았다. 그녀가 정신 없이 자는 동안 나쁜 증상이 우세페를 덮친 게 분명했다.

어느새 동네를 벗어난 그녀는 본능적으로 그 유명한 강가의 숲으로 향했다. 우세페가 늘 자랑하던 장소였다. 아이의 열띤 설명에 따르면, 마르모라타 가에서 오스티엔세 대로를 지나, 바실리카 광장까지 가서... 누군가에게 쫓기듯 무작정 내달렸다. 있는 기운 없는 기운을 죄다 끌어모아 마르모타 거리를 달렸다. 자신을 쳐다보며 수군대는 사람들도 눈에 들어오지 않았다. 그렇게 절반 정도 달렸을 때였다. 거리 끝에서 미친 듯이 사납게 짖는 소리가 들렸다. 딜레마에 시달리던 벨라는 결국 집으로 돌아가 이다를 데려오기로 마음먹었다. 보도니 가에 가까워질수록 자기 몸이 두 개였으면 좋겠다는 생각이 간절했다. 둔덕에서 깊이 잠든 어린 우세페를 그렇게 두고 오다니. 그 순간, 길가에서 이다를 만났다는 사실이 믿기지 않았다.

둘 사이에 설명은 필요 없었다. 이다가 땅에 질질 끌리는 벨라의 목줄을 잡아 들었다. 우세페가 있는 곳까지 그녀가 자신을 인도해 줄 것이다. 서둘러 달리는 벨라를 따라 실내화를 질질 끌며 따라가기가 힘에 부쳤다. 개가 그녀를 질질 끌고 가는 꼴이었다. 그렇게 둘은 땅이 울퉁불퉁한 강가에 다다랐다. 이다가 목줄을 내려놓자, 개가 속도를 늦추며 잠시 멈춰 섰다. 거기까지 온 것만으로도 다행이었다. 슬퍼할 겨를도 없었다. 이다의 얼굴은 온통 새빨갰다. 힘에 부칠 정도로 달리느라 걱정도 누그러졌다. 어쨌든 여유 부릴 시간이 없었다. 슬리퍼가 아닌 스키를 신은 것처럼 그녀는 또다시 벨라의 뒤를 따라 내달렸다. 발길이 닿는 곳곳마다 아이가 그곳에서 보냈을 순간들이 형형색색의 불빛처럼 반짝였다. 아이의 웃음소리, 아이가 조잘대는 소리, 여기서 자유를 누릴 수 있게 해 줘서 고맙다고 엄마에게 속삭이는 소리.

"잠시 후에 무슨 일을 마주칠까?" 돌연 튀어나온 질문이 그녀의 신경을 날카롭게 후벼팠다. 순간 다리에 힘이 빠진 그녀를 향해 개가 힘차게 짖어댔다. "여기 있어!" 정말이지 쓰러지기 일보 직전이었다. 잠시 시야에서 사라진 개가 둔덕 아래서 그녀를 부르고 있었다. 개선장군 같은 우렁찬 외침이었다. 둔덕 밑으로 내려간 이다는 심장이 다시금 활짝 피어나는 기분이었다. 문이 활짝 열린 오두막 앞에서 아이가 두 발로 서서 미소 짓고 있었다. 벨라가 자리를 비운 사이에 눈을 뜬 것이었다. 혼자 버려졌다고 느꼈는지 미소 사이로 걱정이 엿보였다. 침략자들의 공격에 대비하고자 갈대 한 줄기를 손에 쥐고 있었다. 이다가 이제 괜찮다고 아무리 타일러도 내려놓지 않겠다고 고집을 부렸다. 아이는 여전히 현실과 꿈 사이를 오가고 있었다. 그리고 잠시 후에 해적들의 습격에서 벗어나 현실로 되돌아왔다. 오두막 주위를 조심스럽게 살펴본 아이는 모든 게 그대로임을 확인하고 기쁨의 미소를 지어 보였다. 화재도, 파괴도 없었다. 언제나처럼 영화관과 피자집을 돌아다니다 집에 돌아온 쉬모는 오늘 저녁 자신의 작은 침대가 무사하다는 사실에 안심할 것이다. 늙은 대머리 양치기의 도둑질 정도는 베일에 싸인 너그러운 '호모'들이 다시 메꿔줄 터였다.

우세페는 열불을 내며 엄마에게 혼란스러운 말을 내뱉었다. 이다는 그중 한 마디만 이해할 수 있었다. "아무한테도 말하면 안 돼, 알았지, 엄마!" 노을빛 아래 아이의 두 뺨은 발그스레했고 눈동자는 투명하게 빛났다. 이제 집에 가자는 엄마의 말에 아이가 고집을 부리기 시작했다. "오늘은 여기서 자자!" 엄마에게 애교까지 부리며 졸라댔다. 이다가 좋은 말로 달래고 어르자, 그제야 알겠노라고 했다. 피로와 졸음에 지칠 대로 지친 아이는 서 있기조차 힘든 상태였다. 이다 또한 혼자서 못 걷겠다며 조르는 아이를 집까지 안고 갈 기운이 없었다. 나오는 길에 핸드백을 챙긴 게 다행이었다. 둘은 산 파올로까지 걸어가서 전차를 타기로 했다. 벨라가 흔쾌히 아이를 자기 등에 태워주었다. 그렇게 셋은 나란히 걷기 시작했다. 조랑말을 타듯 벨라의 등에 편안하게 올라탄 우세페가 이다의 옆구리에 머리를 기댔다. 엄마가 떨어질세라 얼른 아이를 팔로 감싸 안았다. 나무들의 그늘을 벗어나자마자 우세페는 고개를 까딱이며 잠에 빠져들었다. 그때까지 손에 쥐고 있던 갈대 줄기가 스르르 땅에 떨어졌다.

황혼이 깃든 나무들의 커튼 위에서 새들의 모임이 열리고 있었다. 저녁이 다가온다며, 그만 집에 오라며 새끼들을 부르는 아빠 새들의 콘서트였다. 그 시간에 늘 집에 가 있던 우세페는 처음 듣는 웅장한 연주였다. 쿨쿨 잠든 아이가 얼마나 들었는지 모르겠지만, 그럼에도 새들의 연주를 즐긴 건 틀림없었다. 재미있다는 듯 내내 입가에 미소를 띠고 있었으니까. 그날따라 연주가 우스꽝스럽긴 했다. 합창 단원 중 누구는 휘휘 휘파람을 불었고, 누구는 짹짹 지저귀었고, 누구는 꺼이꺼이 울었고, 누구는 부리만 죽 내밀고 있었다. 똑같은 노래를 서로 다른 소리로 불렀던지라 나중에는 지저귐이 아닌 닭 우는 소리처럼 들렸다. 찌르레기들만 부릴 수 있는 특별한 재주였다. 벨라와 이다와 우세페는 경쾌한 저녁 콘서트를 감상하며 숲을 빠져나왔다. 흔들리는 풀 소리와 흐르는 물소리도 그들의 초저녁 여정에 동행해 주었다.

산 파올로에 도착한 이다와 우세페는 사람들의 도움을 받아 겨우 전차를 탔다. 벨라는 힘을 다해 전차를 뒤따라 달렸다. 만원 전차 안에서 누군가 자리를 양보해 주었다. 무릎 위에 누워 있는 우세페의 몸이 아주아주 작아진 것 같았다. 갓난 우세페를 데리고 처음 전차를 탔던 그날이 떠올랐다. 산 조반니에서 조산원 에스겔의 도움을 받아 출산한 뒤 집으로 돌아오던 길이었다. 산 조반니, 산 로렌초, 부자들이 사는 베네토 거리, 어디든 마찬가지였다. 어디나 무섭지 않은 곳이 없었다. 세상은 늘 이두차 라문도를 짓누르는 곳이었다. 아버지가 '푸른 아이다'라고 노래했던 그 시절부터. 산 파올로에서 테스타치오까지는 그리 멀지 않았다. 벨라는 전차가 정류장에 멈춰 설 때마다 코가 닿을 정도로 창가에 뛰어오르며 이다를 안심시켰다. 그 모습을 본 승객들이 웃음을 터뜨렸다. 전차와 벨라의 경주는 벨라의 승리로 끝났다. 정류장에 먼저 도착해서 자랑스러운 표정으로 이다와 우세페를 기다리고 있었다. 이제 1층에서 꼭대기 층 집까지 올라가야만 했다. 다행히 경비실 안에서 저녁을 먹던 수위 아주머니가 엘리베이터 문을 열쇠로 열어주었다. 셋은 강가에서처럼 나란히 엘리베이터를 탔다. 곤히 잠든 우세페는 앞머리를 이마에 늘어뜨리고 들릴 듯 말 듯 신음을 내뱉고 있었다. 라디오 뉴스가 끝난 시간이었다. 열린 창문으로 정원 쪽에서 음악 방송 소리가 들려왔다.

낮잠을 너무 오래 자서 그런지, 이다는 도통 잠을 이룰 수 없었다. 이튿날과 그다음 날에도 학교에 나가야만 했다. 그리고 나면 진짜 방학이었다. 어쨌든 당장 내일 아침에 여의사에게 연락해 마르키온니 교수와 진료 약속을 잡는 게 나을 것 같았다. 이다도, 우세페도 진저리를 쳤던 그 진료를 또다시 받아야 한다니, 생각만 해도 끔찍했다. 병원 복도에 서 있는 자신과 우세페의 모습을 떠올리기만 해도 고문을 당하는 기분이었다. 다음으로, 뒤집힌 쌍안경처럼, 비코에서 지낼 푸르른 휴가가 눈앞에 그려졌다. 그러더니, 또다시, 우세페와 자신이 손을 꼭 잡고 지하 EEG 검사실 안에서 우왕좌왕하는 모습이... 그녀는 알 수 없는 내일에 대해 그만 생각하기로 했다. 중요한 건 오늘이었다. 고요하고 부드러운 오늘 밤이 끝나지 않길 간절히 바랄 뿐이었다. 여전히 잠자는 우세페는 건강하고 편안해 보였다. 조금 떨어진 바닥에서 개가 쿨쿨 자고 있었다. 그럼에도 이다는 잠이 오지 않았다. 초저녁부터 죽 소미에르 침대에 앉아 팔로 머리를 괴고 새근새근 자는 우세페를 지켜보고 있었다. 달은 보이지 않았지만, 별빛이 스며들어 잠든 아이의 모습을 비춰주었다. 아이는 반듯이 누운 자세로, 주먹을 뺨 가까이 갖다 대고, 입을 반쯤 벌리고 있었다. 푸르스름한 금빛 그늘 속 아이의 몸은 인형만큼이나 작아진 듯했다. 마치 갓난아기 시절로 되돌아간 것 같았다. 문득 마스트로 조르조 가에 살던 시절이 떠올랐다. 쫄쫄 굶었던 그 시절처럼 이불 밑에 아이가 있는지 의심스러웠다. 그럼에도 이다는 오늘 밤 아이가 방 안에 있다는 사실만으로도 다행이라 여겼다. 귓가에 들려오는 아이의 심장 박동 소리가 영원하리라 믿었다.

자정이 지나자, 라디오 소리가 잠잠해졌다. 차들이 지나다니는 소리도 들리지 않았다. 차고로 돌아가는 전차 소리, 인도에서 술주정하는 목소리만 들렸다. 시간을 거슬러 올라간 듯한 기분이었다. 밤하늘을 수놓은 고요하고 빽빽한 별들의 그물 사이로 목소리들이 교차했다. 오래전 여름밤, 우세페가 나쁜 증상을 겪기 이전, 닌나리에두가 저 자리에서 자던 그날 밤 같았다. 아직 캄캄했지만, 이웃이 테라스에 풀어 키우는 수탉의 때 이른 울음소리가 들렸다. 닭 우는 소리를 들은 벨라가 잠결에 짖는 시늉을 했다. 늑대나 해적 꿈을 꾸는 걸까? 새벽빛이 비치자마자, 벨라가 자리에서 벌떡 일어났다. 급히 현관문 쪽으로 가더니 침략자가 못 들어오게 막으려는 듯 문 앞에 엎드렸다. 그 모습을 보며 이다도 천천히 몸을 일으켰다. 자유의 성모 마리아 성당에서 하루의 시작을 알리는 종소리가 들려오고 있었다. 아침부터 후끈한, 바람 한 점 없이 맑은 날이었다. 이다가 나갈 준비를 끝마친 8시에도 우세페는 깊이 잠들어 있었다. 덧창으로 스며든 부드러운 햇살에 아이의 뺨이 따뜻했다. 건강한 혈색을 되찾은 것 같았다. 호흡도 안정된 듯했다. 하지만 눈동자는 어두운 베일로 덮여 있었다. 이다가 땀에 젖은 아이의 앞머리를 쓸어주며 나지막하게 속삭였다. "우세페..." 아이가 눈을 깜빡였다. 새파란 눈동자 속 가느다란 선 하나가 떨리고 있었다. "응 엄마..."

"나갔다가 빨리 올 거야.. 집에서 기다려야 해, 움직이면 안 돼... 금방 올게."

"엉..."

우세페는 눈을 감더니 이내 다시 잠들었다. 이다는 까치발로 집을 나섰다. 벨라가 현관까지 따라 나와 조용히 그녀를 배웅해 주었다. 문밖에서 열쇠를 잠그려던 이다가 멈칫했다. 개가 보는 앞에서 우세폐를 부끄럽게 만들고 싶지 않았다. 오늘만큼은 열쇠를 잠그지 않고 둘을 믿어보기로 했다. "집에서 기다려. 밖에 나가면 안 돼. 빨리 올게." 아래층에 내려가서 수위 아주머니에게 다시 한번 당부했다. 11시 정도까지 자신이 돌아오지 않거든 위층에 올라가서 아이를 살펴봐 달라고.

11시보다 한 시간쯤 이른, 그러니까 9시 반 정도에 이다는 참을 수 없으리만큼 이상한 증상을 겪었다. 다른 교사들과 함께 교장실에 모여 회의하던 중이었다. 그런 증상이 처음은 아니었기에, 어떻게든 참아보려고, 회의에 집중해 보려고 노력했다. 하지만 뜻대로 되지 않았다. 하계 노동 계약 조건, 가족 관계 증명서, 수상 내역, 학생 인권 등등... 어느 순간 그 모든 게 자신과 관련 없는 헛소리처럼 느껴졌다. 주위의 말소리와 단어들, 그것들이 죄다 거꾸로 뒤집힌 세상에서 들리는 소리 같았다. 기억 저편에서 들려오는 목소리들이 또 다른 기억들과 마구 뒤엉켰다. 바깥은 태양이 작열했고, 도시는 끔찍하게 침략당했으며, 사람들은 문을 향해 달려가며 소리치고 있었다. "민방위 훈련 시간이다!" 낮인지 밤인지 더 이상 구분할 수 없었다. 온몸에 전율이 흘렀다. 꿈틀거리며 기어 나온 괴기스러운 손가락들이 그녀를 할퀴고 잡아 뜯는 바람에 숨이 막힐 지경이었다. 혼자만의 세계에 발을 들인 그녀의 귓가에 울부짖는 소리가 들려오기 시작했다. 절규의 정체가 무엇인지 알 수 없었다. 안개가 차츰 걷히더니 눈앞에 현실이 드러났다. 책상 중앙 좌석에 교장을 중심으로 둘러앉은 선생님들이 보였다. 모든 게 정상이었다. 아무도 눈치채지 못한 것 같았다. 천만다행이었다. 이다는 얼굴만 창백해진 상태였다.

잠시 후에, 또다시, 그와 같은 증상이 나타났다. 설 틈을 주지 않고 목을 조여오는 손톱 그리고 부재, 절규, 아마도 그건 자신이 내뱉는 절규 같았다. 자기 목구멍에서 새어 나오는 흐느낌 같았다, 온몸이 갈기갈기 찢어지는 기분이었다. 혼미한 과거의 파편들이 이리저리 떠다녔다. 볼쉬 가에 살 때 그녀의 몸 위에서 절정에 다다른 젊은 독일 병사, 시골에서 조부모와 함께 있는 어린 그녀, 그들 뒤에서 양의 멱을 따며 축제를 벌이는 사람들. 그러더니, 한순간에, 모든 게 안개 속으로 사라져 버렸다. 그런 증상이 15분마다 한 번씩, 두 차례나 더 반복되었다. 어느 순간, 이다가 몸을 일으켰다. 이만 집에 가 봐야 한다며 웅얼거렸다. 집에 전화를 걸기 위해 아무도 없는 사무실로 달려갔다.

보도니 가의 작은 목소리가 전화를 늦게 받는 건 오늘뿐이 아니었다. 아예 전화를 받지 않을 때도 있었다. 하지만 오늘만큼은 달랐다. 수화기 너머 멈추지 않는 전화벨 소리가 선전포고처럼 들렸다. 냅다 집을 향해 달음박질쳤다. 정신이 나가서 수화기를 제대로 내려놓는 것도 잊어버렸다. 아래층을 향해 계단을 내려가는 동안 또다시 이상한 증상이 나타났다. 절규하는 소리가, 이번에는, 메아리처럼 들렸다. 곧이어 마주칠 상황을 예고하는 메아리처럼. 계단을 반 정도 내려간 그녀의 시야에 안개가 드리웠다. 그러나 이내 걷혔다. 학교 수위가 그녀에게 뭐라 뭐라 외쳤다. 이른 아침에 먹을거리를 산 장바구니를 수위 실에 맡긴 참이었다. 하지만 움직이는 입술만 보일 뿐 목소리는 들리지 않았다. 손을 들어 수위에게 인사했다. 영원히 안녕을 고하는 손짓 같았다. 보도니 가 수위 아주머니한테도 똑같은 손짓을 했다. 생각보다 일찍 귀가한 그녀를 보며 수위 아주머니가 다행스러운 미소를 지어 보였다. 학교에서 집까지 가는 내내 이나의 귀는 오직 하나의 소리로 가득 차 있었다. 게토에서 들었던 소음이었다. 그 무시무시한 소리가, 또다시 들려오고 있었다. 저 아래 어딘가에서 누군가를 부르는 듯한, 규칙적인 리듬의 장송곡, 깊은 구렁텅이에서 기어 나오는 듯한, 비참하고 고통스러운 저녁의 송가. 너무도 끔찍했다. 마당 안에 들어서자 비로소 아침의 소리가, 창문마다 새어 나오는 라디오 소리가 그녀를 사로잡았다. 그녀는 우세페가 갇혀 있는, 엄마를 기다리며 서 있는 부엌 창문을 올려다보지 않으려 고개를 돌렸다. 다른 날처럼, 오늘도, 창문에서, 다정한 모습이 보이기만을 간절히 바랐다. 창문에 아무도 없을 거란 예감을 애써 떨치려 했다.

계단을 오르던 도중 꼭대기 층에서 쉬지 않고 울리는 전화벨 소리가 들렸다. 몇 분 전 학교 사무실에서 수화기를 내려놓지 않고 나왔기 때문이었다. 마지막 층까지 다 오르자, 거짓말처럼 소리가 멈췄다. 현관문 안에서 우는 소리가 새어 나왔다. 여자아이의 흐느낌 같았다. 벨라였다. 계단을 오르는 이다의 발소리를 듣고서도 꼼짝하지 않았다. 이다의 눈앞에 거대하고 끔찍한 형상이 훅하고 다가왔다. 바래고 눅눅한 벽에 있던 얼룩이었다. 처음 이사 왔을 때부터 죽 그 자리에 있던 얼룩이었다. 그 끔찍한 얼룩이 그 자리에 있었다는 사실을 이다는 오늘에서야 알았다.

어두운 현관에 우세페가 드러누워 있었다. 쓰러질 때마다 그랬던 것처럼 양팔을 활짝 벌리고 있었다. 옷을 입고, 샌들까지 신고 있었다. 버클을 채우지 않은 샌들이 아이의 발에서 저만치 벗겨져 있었다. 맑은 날 아침 벨라를 데리고 자신들만의 숲에 가려던 걸까? 여전히 따뜻한 아이의 몸이 차츰 굳어가고 있었다. 이다는 진실이 무엇인지 알고 싶지 않았다. 손쓸 수 없는 현실 앞에서, 조금 전에 느꼈던 예감을 거부하며 뒷걸음쳤다. 아니, 아니야, 그냥 쓰러진 거야. 진실은 그랬다. 이다가 집을 비운 사이 나쁜 증상을 겪은 우세페는 현관에서 쓰러지고, 또 쓰러지길 반복했다. 아이를 팔에 안고, 침대에 눕히고, 몸을 숙여 아이의 얼굴을 들여다보았다. 언제나처럼 특별한 미소를 띠고 눈을 뜨기만을 바랐다. 벨라와 눈이 마주치자, 그녀는 깨달았다. 동물들만 보일 수 있는 애조와 연민, 애도와 슬픔의 눈빛으로 엄마 개는 이다에게 이렇게 말하고 있었다. "소용없어, 불쌍한 여자 같으니, 이젠 희망이 없어."

미친 듯이 소리치며 울부짖고 싶었지만, 억눌러야만 했다. "소리 지르면, 바깥에 들릴 거야, 그러면, 아이를 뺏어갈 거야..." 이다가 엄마 개에게 다가가 속삭였다. "쉬이... 조용히 해, 사람들이 못 듣게..." 복줄을 붙잡고 개를 현관에 데려다 놓고 혼자 작은 방 안에 들어갔다. 가구, 벽, 아무 데다 대고, 닥치는 대로, 시퍼렇게 멍이 들 때까지 몸을 부딪쳤다. 어느 순간에 이르면 인간은 지금까지 자신이 살아왔던 인생을 빛의 속도로 재생한다는 말이 있다. 바로 지금, 꽉 막히고 우둔한 작은 여자가 방 안을 휘저으며, 그녀의 두뇌에서 한 인간의 이야기, 즉 역사가 펼쳐지고 있다. 나선형으로 돌며 끝없이 연결되는 살인 행위. 그리고, 마침내, 오늘, 마지막으로 벌어진 살인의 대상은 장난기 가득한 어린아이 우세페였다. 지구의 모든 역사, 모든 국가가 그에 동의했다. 우세페 라문도라는 어린아이의 비극에.

그녀가 소미에르 침대 가까이 의자를 끌어당겨 앉았다. 어느새 다가온 벨라도 아이를 쳐다보고 있었다. 시간이 흐를수록 눈두덩이가 푹 꺼지면서 아이의 눈동자가 얼굴 속으로 파묻혔다. 헝클어진 머리 한가운데 삐죽 튀어나온, 어떤 경우에도 꼿꼿한 머리카락만 그대로였다. 이다의 입에서 동물의 울음을 닮은, 낮고 구슬픈 흐느낌이 흘

러나왔다. 더 이상 인간이란 종족에 속하길 거부하고 싶었다. 어디선
가 들려오는 환청에 그녀가 화들짝 놀랐다. 탁 탁 탁, 지난 가을, 닌누
추가 세상을 떠난 뒤에, 부츠를 신고 온 집안을 돌아다녔던 우세페의
발소리였다. 창백해진 그녀가 아무 말 없이 주위를 둘러보았다. 바로
그 순간, 기적이 임했다. 그녀의 얼굴에, 그녀가 그토록 보고 싶었던,
우세페의 미소가 드러났다. 정말이지 아이를 쏙 빼닮은 미소였다. 고
요하고 순수한 미소, 어린 시절 발작을 겪고 나서 보였던 미소. 하지
만 오늘 그녀의 미소는 발작 때문이 아니었다. 오늘에 이르기까지 어
떻게든 버텨보려 몸부림쳤던, 소심하고 모자란 그녀의 두뇌가 드디어
그녀를 놓아주었기 때문이었다.

　이튿날 신문 사건 면에 다음과 같은 기사가 실렸다. '테스타초 지역
에서 벌어진 안타까운 드라마, 아들의 주검을 지키던 어머니 결국 미
치다.' 기사는 이렇게 끝났다. '그 과정에서 짐승을 죽이지 않을 수 없
었다.' 마지막은 다들 눈치챘다시피 벨라와 관련된 것이었다. 벨라는
법적인 절차에 따라 보도니 가 집안에 들어오려던 사람들과 맞서 피
를 보도록 사납게 저항했다. 이다와 우세페를 집 밖으로 끌어내리려는
사람은 누구도 용납하지 않았다. 거세한 동물은 사납지 않다고들 하
지만, 벨라는 일반적인 동물들의 경우와 달랐다. 바로 전날 해적들을
상대로 한 싸움과 비교할 수 없을 만큼 커다란 전투였다. 그녀는, 혼
자서, 여러 명의 적군을 위협하는 쾌거를 이뤘다. 심지어 몇몇은 무장
한 상태였지만, 아무도 그녀와 맞붙으려 하지 않았다. 그렇게 그녀는
어느 날 우세페와 집에 돌아오면서 했던 약속을 지켰다. "아무도 우릴
갈라놓지 못할 거야, 이 세상 그 누구도."

　개가 총알을 맞고 쓰러지던 순간, 이두차가 머리를 살짝 흔들었다.

아마도, 그건, 그 여자가 살아있는 동안, 마지막으로 보인 반응이었다. 그녀 앞에는 아직도 9년이란 삶이 남아 있었다. 그날 실려 갔던 병원에서 생의 마지막 날까지 머문 그녀는 1956년 12월 11일에 사망했다. 폐와 연관된 고열 합병증이었다. 나이는 53세였다.

　내가 전해 들은 바에 따르면, 9년이 넘도록 병원에 있는 동안, 첫날부터 마지막 날까지, 그녀는 한 가지 행동만을 고수했다. 오래전 6월의 그날 보도니가 현관문을 부수고 들어온 사람들이 목격했던 행동이었다. 양손을 가지런히 모으고 앉은 자세. 때로 장난치듯 온몸을 비비 꼬기도 했다. 믿을 수 없다는 듯 초점 없는 눈동자를 부릅뜨기도 했다. 누군가 말을 걸면 감사하다는 듯 차분한 표정으로 온화한 미소를 짓기도 했다. 하지만 대답을 기대하는 건 무리였다. 듣기만 할 뿐 언어도, 단어도 이해하지 못했다. 꿈을 꾸듯 알 수 없는 말들을 중얼거리기도 했다. 하지만 소통은 불가능했다. 텅 빈 병실 안에서 조용히 미소 짓는, 노쇠하고 가녀린 그녀를 떠올려 본다. 다른 이들에게 9년이라 함은 짧지 않은 세월이지만, 그녀에게는 달리 흘러갔을 수도 있다. 착시 거울에 맺힌 형상을 보았을지도, 9년이란 세월이 눈 깜짝할 사이였을지도, 전설 속 작은 판다처럼 시간이 멈춘 나무 꼭대기에서 살았을지도 모른다. 그녀는 우세페, 그리고 두 번째 엄마였던 양치기 개와 더불어 생을 마감했다. 1947년 6월의 어느 월요일을 마지막으로 가련한 이두차 라문도의 이야기는 끝났다.

19**....

아기가 죽었어요,
내 아기가 죽었어요.
이 땅의 그 누구도 슬퍼하지 않아요.
뜨거운 네가 차갑게 얼어붙은 곳

미구엘 에르난데스 *(1910~1942) 스페인 시인

..... 1948-1949-1950-1951

이탈리아 남부에서 농민과 일용직 노동자들, 그들의 모임을 상대로 지주들의 조직적인 범죄가 계속된다. 2년간 36명의 조합장이 살해된다. 로마에서 톨리아티 암살 시도가 일어난다. 그리스에서 폭력적인 군법이 활개를 치며 전사 152명이 재판을 받는다. 뉴델리에서 마하트마 간디가 극우주의자에게 암살당한다. 팔레스타인에서 유대인들이 공화국을 설립해 아랍 연합과 맞선다. 아랍 민족들이 이스라엘 영토에서 도망친다. 이전 국가 정부가 들어선 남아프리카 공화국 정치권에서 '깜둥이들'을 상대로 인종 분리법을 선포한다. 권력 국가들의 진영에 냉전의 기류가 흐른다. 독일 수도를 점령한 연합군의 군수 물자를 차단하기 위해 SS가 여전히 서베를린으로 가는 길을 막고 있다. 연합군 측에서는 항로를 통한 물자 보급로를 검토하고 있다. 소련이 심도 있는 활동을 개시한다. 빠른 속도로 무력화를 진행하는 동시에 지하에서 비밀리에 핵무장을 시도한다. 탄도 미사일 기술이 완벽한 단계에 접어든다.

중국에서 내전이 시작된 지 20여 년 만에 붉은 군대가 결정적으로 승리한다. 마오쩌둥을 비롯한 공산주의자들은 베이징에 남고, 국가주의자 수장들은 포르모사로 몸을 피한다. 이탈리아를 포함한 서방 권력 국가들이 대서양 군사 조약(NATO)에 서명한다. 소련이 첫 핵무기를 실험한다. 미국과의 핵 비밀 협정 붕괴 이후 새로운 단계의 무력화를 급속도로 추진 중이다. 최고의 권력 국가들이 앞다투어 과학, 공업 등등 갖은 수단을 동원해 (핵무기 완성을 주된 목표로 한) 폭탄 제조 자본을 늘리는 데 전념한다. 그들의 경쟁은 균형과 억제 또는 테러 방지라는 호칭을 얻는다. 가장 큰 권력을 장악한 두 국가, 미국과 소련이 노동과 자본의 상당 부분을 무기 사업에 투자한다. 가난한 국가에서는 일 년에 4천만 명이 기아로 인해 목숨을 잃는다.

한국에서 사회주의자들이 권력을 차지한 북한, 미국이 지지하는 남한 사이에 전쟁이 일어난다. 트루먼이 국가 비상사태를 선포한다. 베트남에서 프랑스인들과 지압 장군이 이끄는 베트남 파르티잔 사이에 충돌이 계속된다. 베트남의 일반 시민들도 전투에 말려든다. 미국의 핵무기 전술이 한 단계 상승한다.

.....1952-1953-1954-1955

한국 전쟁이 일어난 평양에서 6천여 명의 시민들이 목숨을 잃는다. 프랑스와 미국이 인도차이나반도의 공산화를 막기 위해 협력하기로 한다. 미 중부 쿠바섬에서 미국의 지지를 받는 바티스타의 독재가 시작된다. 소련에서 폭력적인 반유대주의 캠페인이 벌어져 수많은 유대인 그중 지식인들이 주로 처형당한다. 폭주하는 스탈린 정권하에 소련 국민 전체가 처형과 형벌의 공포에 시달리고 있다. 영국이 원자 폭탄을, 미국이 수소 폭탄(H 폭탄)을 폭파하는 실험을 한다.

미국에서 한국 전쟁 원자 폭탄 사용 논의가 거론된다. 소련에서 스탈린 장군이 사망한다. 이집트에서 영국인과 이집트인들이 수에즈 운하 이권을 두고 대립한다. 한국 전쟁이 끝난다. 조건은 휴전 협정과 영토 분할이다. 양측의 희생자 수는 약 3백만이다. 소련에서 스탈린 정권 간부들에게 사형을 선고한다. 소련이 최초로 H 폭탄을 실험한다.

프랑스인들이 베트남에서 철수한다. 미국의 지지로 과테말라에 독재 권력이 들어선다. 5천 명의 국민과 지도자를 살해하고 농지를 수탈한다. 미국이 최종 단계 H 폭탄 생산에 돌입한다. 15 메가 톤, 5천만 톤으로, 히로시마에 투하했던 폭탄의 750배에 달하는 에너지를 보유한 폭탄이다. 튀니지와 알제리에서 프랑스 제국에 항거하는 봉기가 일어난다. 알제리가 국가 비상사태에 돌입한다. 소련이 현재 독일 연합 서독과 민주 독일 동독, 두 개의 공화국으로 나뉜 독일을 상대로 전쟁 종료를 선포한다. 베를린 문제가 미결로 남는다. 물리적으로는 서독 내이지만, 상반된 정치적 입장을 지닌 두 나라에 걸쳐 있기 때문이다. 베를린 사람들이 동독 또는 서독으로 이주한다. 독일 연합 군대가 공식적인 탄생을 알린다. 서방 국가들이 맺은 NATO 선언에 대항하는 동방 국가들이 바르샤바 군사 조약에 서명한다. 미국이 최초의 수중 핵폭탄을 실험한다. 소련이 최초로 핵폭탄을 비행기에 실어 발사한다.

.....1956-1957-1958-1959-1960-1961

알제리에서 프랑스 군을 상대로 전투가 벌어진다. 러시아에서 스탈린 사망 이후 20회차 정당 의회가 열린다. 크루쇼프가 스탈린 정권의 끔찍한 폭정을 고발하며 반 스탈린주의가 시작된다. 소련군이 헝가리 민중 폭동을 진압한다. 수에즈에 위기가 닥친다. 항거하는 이집트인들이 세계 각국에서 이주한 유대인들이 거주하는 이스라엘로 가는 수원을 차단한다. 이스라엘이 이집트를 공격해 승리한다. 영국 프랑스 연합군이 운하 점령을 시도하며 이집트 영토에 폭탄을 퍼붓는다. 소련이 이집트 편에 서자 프랑스 영국군이 후퇴한다. 쿠바에서 피델 카스트로를 선두로 조직된 게릴라군이 바티스타의 독재에 맞선다.

인도차이나에서 마침내 프랑스인들이 물러난다. 북부 베트남 수장 호치민을 따르는 공산 파르티잔이 미국의 보호를 받으며 남부 베트남을 지배하는 독재 정권에 맞서 해방 투쟁을 시작한다. 영국이 첫 H 폭탄을 실험한다. 미국과 러시아가 핵무기를 싣고 지구상 어디든 도달할 수 있는 대륙간 탄도 미사일을 생산한다.

베를린 문제에 관해 강대국들은 아무런 협약도 하지 않는다. 쿠비에서 피델 카스트로의 혁명이 영광스러운 승리를 거두고 독재자 바티스타가 도망친다. 공산 권력 국가들 (소비에트 연방과 중공) 간에 정치적 사상적인 차이점이 드러나기 시작한다. 중국과 인도 접경지에서 분쟁이 발생한다. 벨기에령 콩고에서 파트리스 루뭄바가 이끄는 독립운동이 시작된다. 벨기에가 콩고를 포기한다. 나라 전체에서 전투가 벌어지며 혼란이 야기된다.

이탈리아에 최근 들어선 네오 파시스트 성향의 정부가 위세를 떨친다. 경찰을 동원해 데모하는 사람들을 진압하는 과정에서 전국적으로 사망자와 사상자가 속출한다. 정부가 사퇴한다. 프랑스가 최초로 핵폭탄을 실험한다. 중국과 소비에트 연방의 공산주의가 차이를 드러내며 대립한다. 독일에서 생존 국가 및 핵무기 생산과 관련된 정부 기밀 재판이 열린다. 콩고는 여전히 혼란스럽다. 루뭄바가 암살당한다. 알제리에서 잔혹한 프랑스 제국주의자들에 맞선 독립 투쟁이 이어진다. 쿠바에서 카스트로에 반대하는 자들이 포르치 만에 상륙해 수도를 폭격한다. 공격은 실패로 돌아간다. 중국 사절단이 모스크바를 방문해 소련 정당 의회에 항의를 표하고 돌아온다. 소련 산하 동베를린에서 서베를린과의 경계선을 따라 벽을 건설하기 시작한다. 동서 베를린 사이에 교류가 끊어진다. 동베를린과 서베를린을 오가는 일이 금지된다. 동쪽에서 서쪽으로 가는 관문도 폐지된다. 시도하는 자는 현장에서 즉시 총살형이다.

베트남에서 독재에 반대하는 항거가 이어진다. 정부의 탄압에도 굴하지 않는다. 마을에 숨어든 파르티잔이 농민들과 협동해 요새를 만드는 식이다. 선진국들이 대규모 공업 시설을 바탕으로 개발 경쟁을 벌인다. 가난한 자들의 몫을 포함해 전 세계에 걸쳐 어마어마한 양의 에너지를 빨아들인다. 기계가 사람의 일 자리를 대신한다. 공장 노동에 종사하는 대가로 생필품을 구매하는 행동이 인간 공동체의 본질적인 방식으로 자리 잡는다. 무기와 동시에 과도한 자본과 소비가 확산하며 소비주의가 시장의 수요를 잠식한다. 플라스

틱과 같은 생소하고 인공적인 물질들이 자연과 땅과 바다의 주기를 변화시킨다. 공업이란 이름의 암 덩어리가 공기와 물과 인체를 오염시키며 사람들이 사는 시내까지 침투해 짓밟고 포위한다. 그와 같은 부자연스러움에 물든 인간은 공장 안에서 사슬에 묶여 노동할 수밖에 없는 형벌을 받는다. 공업 부문에서 권력을 쥔 자들이 대중을 상대로 신문, 잡지, 라디오, TV 등등에 광고를 남발한다. 기계화된 대량 생산 시스템을 발전시켜 점점 더 높은 수익을 끌어낸다. 일명 '문화'라는 그럴싸한 이름으로 퍼져나가는 선전물은 실제로는 인간의 창의성을 좀 먹고, 개개인의 진정한 본질을 차단하고, 집단 감염 현상을 일으키는, 아무짝에도 쓸모없는 타락에 불과하다. 폭력, 정신 질환, 마약과 다를 바 없다. 소득과 소비에 대한 과도한 집착으로 인해 이탈리아를 비롯한 세계 여러 나라에 일시적인 경제 붐 시기가 도래한다. 미국과 소련은 여전히 경쟁적으로 경제화와 공업화를 추진하고 있다. 소련이 정치적 견해의 차이를 이유로 178개의 프로젝트를 취소하고 중국 기술자들을 자국으로 돌려보낸다. 그럼에도 핵무기 실험은 계속된다. 억 톤 단위 에너지에 달하는 수퍼 폭탄 발사를 준비 중이다, 히로시마에 투하된 것보다 5천 배 강한 폭탄이다. 최근 통계에 따르면 전 세계에서 무기 제조에 드는 비용은 하루에 3억 3천만 달러에 달한다.

.....1962-1963-1964-1965-1966-1967

알제리에서 독립군이 승리한다. 아일랜드에서 카톨릭교도와 개신교도가 충돌한다. 소련이 쿠바에 미사일 기지를 설치하자 미국 측에서 소련에 대항해 함대를 파견한다. 쿠바가 위험에 처한다. 소련 측에서 미국의 기지를 제거한다. "Pacem in Terris 땅 위에 평화를" 교황 조반니 23세가 신포한다. 교황 조반니 23세가 세상을 떠난다. 베트남에서 정부의 거센 압박에도 파르티잔의 항거가 이어진다. 독재에 반대하는 일부 승려들이 산 채로 몸을 불태우는 분신을 택한다. 알제리와 모로코에서 국지전이 벌어진다. 미국 대통령 존 케네디가 달라스에서 암살당한다. 중국 공산당과 소비에트 공산당의 결별이 가시화된다. 미국이 지원하는 베트남 군부가 북부 베트남에 폭격을 퍼붓는다. 중국이 최초의 핵무기 실험에 착수한다. 미국이 베트남을 상대로 세 가지 '싹쓸이' 전술을 사용한 공격에 돌입한다. 싹 죽이기. 싹 태우기, 싹 없애기. 최신 과학이 탄생시킨 escalation 에스컬레이션, 증강 탄도 미사일은 한 발만으로도 수백 발의 효과를 낳는다. 풀, 잎사귀, 식물들을 모조리 파괴하고 식물군과 자연을 완전히 말살한다. 알제리에서 군부가 패배한다. 인도차이나에서 군부가 패배하며 공산주의가 불법으로 밀려난다. 수백만에 달하는 공산주의자들이 처형된다. 미국과 소련에서 비밀리에 핵실험이 계속된다. 동서양의 권력을 쟁취한 자들은 공업화에 여념이 없다. 제3세계에서는 기아로 목숨을 잃는다. 미국의 에스컬레이션, 증강이 점점 상승세를 탄다. 미국의 발표에 따르면 6개월간 베트남에서 비행기로 투하한 폭탄의 숫자는 3천 6백 21개에 달한다. 그리스에서 군인들이 권력을 장악하고 법을 집행한다. 시민들을 잡아들이고 추방한다...

...그리고 역사는 계속된다....

옮긴이의 말

친애하는 엘사 모란테 선생님께

안녕하세요. 당신의 작품 〈라 스토리아〉 번역 작업이 거의 막바지에 다다랐습니다. '거의'라고 했지만, 마무리까지 앞으로 몇 달은 더 기다려야 하지 않을까 싶네요. 일 년이 훌쩍 넘도록 붙들고 있던 작업이 드디어 끝나간다고 생각하니 기분이 묘합니다. 〈라 스토리아〉를 놓아주기 전에 옮긴이의 말을 빌미로 당신께 편지를 드리고 싶은 마음에 펜을 들게 되었습니다.

턱없이 부족한 제가 〈라 스토리아〉를 번역해 보겠다고 달려들게 된 계기는 1장에 나오는 '산 로렌초'라는 동네 이름 때문이었습니다. 20대의 대부분을 로마에서 보냈던 저에게는 너무도 친숙한 장소이지요. '산 로렌초'라는 글자를 보자마자 그 동네의 풍경이 그림처럼 눈앞에 펼쳐졌습니다. 로마 사피엔차 대학교, 서민 주택가, 전차 정거장, 티부르티나 기차역, 저렴한 상점들이 늘어선 티부르티나 대로변, 성벽으로 둘러싸인 베라노 공동묘지, 크고 작은 식료품점, 허름하지만 싸고 맛있는 피자집, 동네 카페와 젤라토 가게들. 그 모든 풍경이 주마등처럼 스쳐 지나가며, 오래전 그 동네에서 무슨 일이 벌어졌는지 파헤쳐 보고 싶다는 마음이 들었습니다. 이유치고는 시시하지요.

〈라 스토리아〉는 무솔리니의 파시즘, 히틀러의 나치즘이 이탈리아를 뒤흔들던 2차 세계대전을 배경으로 하고 있습니다. 소설의 수인공 '이다 라문도'는 유대인 어머니를 둔 초등학교 교사로 당신의 어머니 또한 그녀처럼 유대인이자 교사였다지요. 전쟁 당시 30대 초반이었던 당신 또한 로마에 살며 온몸으로 풍파를 겪었고, 파시스트의 위협을 피해 남부까지 몸을 피하기도 했습니다. 물론 소설 속 등장인물들은 허구이지만, 역사적인 사건들은 실제로 벌어졌던 일들이란 사실이 새삼스럽습니다. 당신이 '빌마'라 칭했던, 로마의 게토를 돌아다니며 유대인들에게 긴급함을 호소했던 떠돌이 여인 또한 실존 인물이었음이 밝혀졌습니다. 〈라 스토리아〉는 2차 세계 대전 이후 30여 년이 흐른 1974년에 출간되었습니다. 잊고 살았던 아니, 잊고 싶었던 수치스러운 기억을 끄집어내는 것도 모자라, 건드리고, 들쑤시고, 후벼파고, 도려내는 듯한 내용이 담겨 있었지요. 이탈리아 전체가 당신의 이야기에 열광했고, 〈라 스토리아〉는 날개 돋친 듯이 팔려나가 무려 100만 부에 달하는 판매량을 기록했습니다.

어쩌면 당신 또한 아주 작은 불씨 때문에 그처럼 방대한 소설을 쓰기 시작했을지도 모르겠습니다. 아무 일도 없었다는 듯 일상을 살아가기에 급급한 사람들, 끔찍했던 과거가 그대로 묻힐 거라는 두려움, 누군가는 기록으로 남겨야 한다는 절박함 때문에 펜을 들지 않고는 못 배겼을지도 모릅니다. 고백하건대 저 또한 무지한 이들 중 하나였습니다. 로마에 살던 시절 호젓한 산책을 즐겼던 게토에서 그토록 무시무시한 일이 벌어졌다는 사실을 당신의 소설을 읽고 나서야 새삼 깨닫게 되었으니까요. 다시금 그곳에 간다면 예전과는 다른 기분을 느끼게 될 테지요. 세상에는 절대 잊어서는 안 되는 아니, 잊지 않으려 몸부림쳐야 하는 일들이 있기 마련이지요. 그럼에도 우리는 그 모든 걸 뭉뚱그려 '역사'라는 한 단어 속에 가두는 오류를 범하곤 합니다. 당신의 말마따나 대문자 S로 시작하는 역사, La Storia라는 한마디 속에는 크고 작은 사람들과 동물들의 수많은 이야기가, 세세한 단면들이 감춰져 있는데 말입니다.

당신이 지병으로 세상을 떠난 지 수십 년이 흐른 지금, 세상은 참 많이도 변했습니다. 어딜 가나 스마트폰을 손에서 놓지 않는 사람들을 보며, 당신이 어떤 까칠한 독설을 내뱉을지 궁금해집니다. 아니, 인류는 이제 AI라 불리는 인공 지능으로도 모자라 인간의 지능과 유사한 AGI를 개발하는 단계에 다다랐습니다. 〈라 스토리아〉에 등장하는 첨단 미사일, 핵무기는 인류의 보편적인 언어가 되어버린 지 오래입니다. 반면에 달라지지 않은 것도 있습니다. 세계 곳곳에서 여전히 전쟁이 한창이고, 강대국들은 온갖 수단과 방법을 농원해 자신들이 거머쥔 이익을 지키느라 여념이 없습니다. 한편에서는 아이들이 굶주림으로 죽어가고, 다른 한편에서는 남아도는 음식을 어떻게 처치할지 고민입니다.

대한민국에서도 작년, 2024년 12월 3일에 대통령이 계엄령을 선포하여 헬기와 장갑차가 출동하고 무장한 군인들이 국회에 들이닥치는 광경을 온 국민이, 한밤중에, 실시간으로 목격하는 기괴한 일이 벌어졌습니다. 그와 비슷한 시기인 12월 10일에는 한강 작가가 노벨 문학상을 수상하였습니다. 국가 권력이 자행하는 폭력을 주제로 한 〈소년이 온다〉 〈작별하지 않는다〉와 같은 작품을 쓴 그녀는 수상 강연 자리에서 '죽은 자가 산 자를 구한다'라는 뜻깊은 말을 남겼습니다. 〈라 스토리아〉에 등장하는 죽은 자들 ―그리고 보니 대부분 죽은 자들로 군요― 또한 여전히 어딘가에서 산 자들을 구하고 있으리라 믿습니다.

'역사란 일만 년 동안 시속된 거짓말이다.' 당신이 〈라 스토리아〉의 표지에 부제로 넣고자 했던 문장을 떠올려 봅니다. 출판사 측의 만류로 결국 불발되었지만요. 소설의 마지막 문장처럼 역사는 계속되겠지만, 죽은 자들과 산 자들이 힘을 합쳐 역사를 이끌어 가리라는 실낱같은 희망의 끈을 놓지 않으려 합니다. 또 다른 세상에서 편안한 밤 보내십시오.

2025년 12월 15일
나윤덕 드림

라 스토리아 2

1판 1쇄   2026년 4월 15일

지은이   엘사 모란테
옮긴이   나윤덕
편집   김효진
교열   이수정
디자인   최주호
펴낸곳   마르코폴로
등록   제2021-000005호
주소   세종시 다솜1로9
이메일   laissez@gmail.com
인스타그램 instagram.com/marcopolopress

ISBN   979-11-24110-03-4   03880